LA BOUTIQUE AUX MIRACLES

Paru dans Le Livre de Poche :

Les Pâtres de la nuit.
Tereza Batista.

JORGE AMADO

La Boutique aux miracles

TRADUIT DU BRÉSILIEN PAR ALICE RAILLARD

STOCK

Titre original :
TENDA DOS MILAGRES
(Martins Editions, São Paulo, Brésil, 1971)

© Jorge Amado, 1976.
© Éditions Stock pour la traduction française.

*Pour
Zélia,
la rose et le sortilège.*

*Tout en écrivant ce livre
j'ai souvent pensé au regretté
professeur Martiniano Eliseu do Bonfim, Ajimuda,
sage babalaô et mon ami,
et je veux ici inscrire son nom —
à côté de ceux de Dulce et Miécio Táti,
de Nair et Genaro de Carvalho, de Waldeloir Rego
et d'Emanoel Araújo, ashé.*

« Quelle tu es, Bahia mienne,
Quel se passe dans ton enceinte. »

Gregório de Matos.

« Le Brésil possède deux grandeurs véritables :
la fécondité de son sol et le talent de ses métis. »

Manuel Querino

*(Le Colon noir comme facteur
de la civilisation brésilienne)*

« *Il leur reste, alors, un recours en grande vogue : le calquer sur une autre image (...). Ils feront un immense robot, docile et institutionnalisé. Une machine moderne intégrée au système défaillant ou au système à venir. Ressemblant à Gregório de Matos sans doute, mais plus beau et poli. Et ils le distribueront dans les écoles primaires, secondaires et supérieures, dans les librairies et dans les journaux. Par la puissance de l'information, par les Facultés et les agences de publicité, ils le diffuseront parmi toutes les classes d'âge, des enfants aux vieillards, et ils l'imposeront dans toute l'efficacité de sa vérité édulcorée (...) comme un quelconque produit industriel.* »

« *Ils devraient, ces fins esprits, prendre garde que le Poète préféra n'être ni juste ni injuste, important ou anonyme, qu'il ne se retira pas dans un ermitage ni ne se permit le refuge des champs dont, auparavant, il avait été nostalgique. Gregório de Matos ne s'abîma pas dans le refus de l'action ni dans la paix d'une contemplation sans engagement. Il mit en pratique la vie que sa poésie lui enseignait, l'amour et la liberté de l'homme au-delà de la commune mesure.* »

« *Cette image est ici reproduite dans toute sa pureté — ou son impureté, comme on voudra.* »

James AMADO
(« La Photographie interdite depuis trois cents ans »,
notes en marge des *Œuvres complètes*
de Gregório DE MATOS)

« *Mulâtre, minable et miséreux —
faisant le savant et le dur.* »

(Extrait d'une fiche de police sur
Pedro Archanjo, en 1926.)

« *Iaba est une diable sans queue.* »

CARYBE

(Iaba, *scénario pour un film.*)

Sur l'ample territoire du Pilori, hommes et femmes enseignent et apprennent. Université vaste et variée, elle s'étend et rayonne au Tabuao, aux Portes du Carme, à la rampe du Savetier, sur les marchés, à Maciel, à Lapinha, au Largo da Sé, au Tororó, à la Barroquinha, aux Sept Portes et au Rio Vermelho, partout où des hommes et des femmes travaillent les métaux et les bois, utilisent des herbes et des racines, mélangent rythmes, pas de danse et sang; dans ce mélange ils ont créé une couleur et une harmonie, une image neuve, originale.

Ici résonnent les tambours, les berimbaus [1], *les sonnailles, les clochettes, les tambourins, les grelots, les calebasses : les instruments pauvres, si riches de rythmes et de mélodies. Sur ce territoire populaire sont nées la musique et la danse :*

Camaradinho ê
Camaradinho, camará

A côté de l'église du Rosaire-des-Noirs, dans un premier étage à cinq fenêtres qui s'ouvrent sur le Largo du Pilori, maître Budiao avait installé son École de capoeira Angola : les élèves venaient à la fin de l'après-

---

1. Se reporter au glossaire, p. 409.

midi et le soir, fatigués du travail de la journée mais dispos pour la joute. Les berimbaus ordonnent les coups, divers et terribles : demi-lune, croche-pied, tête, queue-de-raie, bouche-de-crabe, saut de la mort, saut chaloupé, fouet, bananier, galopante, marteau, corps à corps, chandelle, nœud coulant, coup de serpe, coup-avant, coup-arrière et coup-armé. Les garçons luttent au son des berimbaus, dans la folle géographie des rythmes : São Bento Grand, São Bento Petit, Santa Maria, Cavalerie, Amazone, Angola, Angola Double, Angola Petit, Prends-l'orange-à-terre-tico-tico, Iúna, Samongo et Cinq Salomon, et il y en a bien d'autres — et combien. Ici, sur ce territoire, la capoeira angola s'est enrichie et transformée : sans cesser d'être lutte elle s'est faite danse.

L'agilité de maître Budiao est incroyable : y a-t-il chat aussi leste, léger et imprévu ? Il saute sur le côté, il saute en arrière, jamais aucun adversaire ne parviendra à le toucher. Dans l'enceinte de l'école les grands maîtres ont démontré valeur et compétence, tout leur savoir : Chéri de Dieu, le Batelier, Chico da Barra, Antônio Maré, Zacarias Grande, Piroca Peixoto, Sete Mortes, Bigode de Sêda, Pacífico do Rio Vermelho, Bom Cabelo, Vicente Pastinha, Doze Homens, Tiburcinho de Jaguaribe, Chico Me Dá, Nô da Emprêsa et Barroquinha :

> Petit c'était qui ton maître ?
> Mon maître c'était Barroquinha
> De barbe non il n'avait pas
> Pour la police son coutelas
> Son bon vouloir au pauvre bougre.

Un jour vinrent les chorégraphes et ils découvrirent les pas de la danse. Vinrent les compositeurs, de tous les bords, les sérieux et les farceurs, il y a de quoi faire pour tous, non ? Ici, sur le territoire du Pilori, dans cette université libre, dans la création du peuple naît l'art. Et, dans la nuit, les élèves chantent :

Ai, ai, Aidê
Jeu bien joué je veux apprendre
Ai, aie Aidê.

Les professeurs sont là, dans chaque maison, chaque atelier, chaque boutique. Dans le même bâtiment que l'École de Budiao, dans une cour intérieure, a répété et s'est préparé pour le défilé l'Afoshé des Fils de Bahia, et là a son siège le Terno de la Sirène, sous la direction du jeune Valdeloïr, un as pour les fêtes des pastorales et du carnaval : sur la capoeira il sait tout et il lui a ajouté des coups et des rythmes quand il a ouvert sa propre école, au Tororó. Dans la grande cour s'est aussi installé le samba de roda, le samedi et le dimanche, et là s'exhibe le nègre Ajaiy, rival de Lídio Corró au poste d'ambassadeur d'afoshé, mais unique et incontesté dans la ronde du samba, son rythmiste principal, son meilleur chorégraphe.

Nombreux sont les graveurs de miracles, qu'ils les dessinent à l'huile, au lavis, au crayon de couleur. Quiconque a fait une promesse à Notre-Seigneur de Bonfim, à Notre-Dame des Chandelles, à tout autre saint, et fut exaucé, a reçu grâce et satisfaction, va à l'atelier d'un graveur de miracles pour lui commander un tableau qu'il suspendra dans l'église, en reconnaissance de sa dette. Ces peintres primitifs s'appellent Joao Duarte da Silva, maître Licídio Lopes, maître Queiroz, Agripiniano Barros, Raimunda Fraga. Maître Licídio taille aussi des gravures dans le bois, des couvertures pour les brochures de la littérature de colportage.

Trouvères, chanteurs, improvisateurs, auteurs de petits recueils composés et imprimés dans la typographie de maître Lídio Corró et en d'autres rudimentaires officines, vendent pour cinquante reis et pour un sou l'épopée et la poésie sur ce libre territoire.

Ils sont poètes, pamphlétaires, chroniqueurs, moralistes. Ils relatent et commentent la vie de la cité, mettent en rimes chaque événement et des histoires inventées, également stupéfiantes : LA DONZELLE DU BARBON QUI FIT FIASCO ou LA PRINCESSE MARICRUZ ET LE CHEVALIER DE L'AIR. Ils pro-

testent et critiquent, enseignent et divertissent, de temps à autre ils créent un vers surprenant.

Dans l'atelier d'Agnaldo, les bois nobles — le jacaranda, le bois-brésil, le citrin, le bois de rose, le bois de campêche — se transforment en statues de Shangô, en Oshums, en Yemanjás, en image de caboclos, Rompe-Mundo, Trois Étoiles, Sept Épées, *les épées fulgurantes dans ses mains puissantes. Puissante est la main d'Agnaldo : quand déjà le cœur lui manque, condamné par la maladie de Chagas (en ce temps, la maladie fatale n'avait pas encore de nom, c'était seulement la mort lente et certaine), les mains infatigables créent* orishás *et* caboclos *et ils possèdent un mystère, personne ne sait lequel, comme si Agnaldo, si près de mourir, leur transmettait un souffle immortel de vie. Ce sont d'inquiétants personnages, ils rappellent à la fois des êtres légendaires et des personnes connues. Un jour, un père-de-saint de Maragogipe lui commanda un Oshossi immense et, à cette fin, apporta un tronc de jaquier ; il fallut six hommes pour le transporter. Déjà marqué par la maladie, épuisé, Agnaldo sourit en voyant l'arbre : un tronc pareil, ça lui plaisait à travailler. Il tailla dans le bois une divinité gigantesque, Oshossi, le grand chasseur ; mais sans l'arc et la flèche, avec une carabine. C'était un Oshossi inédit : c'était, bien sûr, le roi de Ketu, maître de la forêt, mais il ressemblait à Lucas da Feira, à un bandit du sertão, à un cangaceiro, à Besouro Cordão de Ouro :*

> Besouro avant son trépas
> Ouvrit la bouche et parla
> Mon fils ne sois pas battu
> Ton père jamais ne le fut.

Ainsi Agnaldo vit-il Oshossi et ainsi le fit-il : avec un chapeau de cuir, un coutelas et une carabine, et au revers de son chapeau l'étoile du cangaço. Le babalorishá n'en voulut pas, une image profane : Oshossi continua à garder l'atelier pendant des mois jusqu'à ce qu'un jour, un voyageur français passe par là et, en le voyant, en offre un bon prix. A ce qu'on dit il a fini dans un musée, à Paris. On raconte beaucoup de choses sur ce territoire libre.

Dans les mains de Mário Proença, un gaillard fragile, mulâtre presque blanc, les plaques de métal, le zinc, le cuivre sont des épées d'Ogun, des éventails de Yemanjá, des ornements d'Oshum, des hampes d'Oshalá. Une grande Yemanjá de cuivre est l'enseigne de son officine : A la Mère de l'Eau.

Maître Manú, sale, rude et nabot, mots comptés et forte nature, forge sur son fourneau le trident d'Eshu, les multiples fers d'Ogun, l'arc bandé d'Oshossi, le serpent d'Oshumaré. Dans le feu et les mains vigoureuses de Manú naissent les orishas et leurs emblèmes. La sculpture naît des mains créatrices de ces illettrés.

Installé aux Portes du Carme, maître Didi travaille les perles, les pailles, les queues de cheval, les cuirs : il crée et recrée les attributs d'Omolú, ébirís, adês, eruexins et erukerês, xaxarás. Son voisin est Deodoro, un mulâtre au rire bruyant, spécialiste en tambours de tous les types et de toutes les nations : nagô et gêge, angola et congo, et en ilus de nation ijeshá. Il fabrique aussi des agbés et des xerês — des clochettes et des sonnailles — mais les meilleurs agogôs sont de Manú.

Dans la rue du Lycée, porte ouverte à de joyeux bavardages, le santonnier Miguel fait et modèle anges, archanges et saints. Des saints catholiques, qu'on prie à l'église, la Vierge de la Conception et Santo Antônio de Lisbonne, l'archange Gabriel et l'Enfant Jésus — quelle parenté les rapproche donc tant des orishás de maître Agnaldo ? Entre ces élus du Vatican et ces caciques, ces caboclos des terreiros, il y a un trait commun : un mélange de sangs. L'Oshossi d'Agnaldo est un hors-la-loi du sertão. Le São Jorge du santonnier ne le serait-il pas aussi ? Son casque ressemble plutôt à un chapeau de cuir et le dragon tient du crocodile et de la goule de la pastorale.

De temps à autre, quand il en a le temps et que son cœur palpite, Miguel sculpte, pour son plaisir, une Noire nue, dans toute la force de sa séduction, et il l'offre à un ami. L'une d'elles est le portrait de la Noire

Dorothéia, identique : les seins hauts, la croupe indomptée, le ventre en fleur et les pieds dodus. Qui la méritait autre qu'Archanjo ? Il ne réussit pas pourtant à faire Rosa de Oshalá, il ne parvint pas à « apprendre son secret », comme il disait.

Les orfèvres travaillent les métaux nobles : l'argent et le cuivre se parent d'une sobre beauté dans des fruits, des poissons, des figues magiques, des pendeloques. A la cathédrale et à la rampe du Savetier ils touchent l'or, et le voilà devenu colliers et bracelets. L'orfèvre le plus fameux était Lúcio Reis; son père, un Portugais compétent, lui enseigna le métier mais il délaissa les filigranes pour les cajous, les ananas, les figues de toutes tailles. De la Noire Predileta, sa mère, il hérita son goût d'inventer et il inventa des boucles, des broches, des bagues — aujourd'hui elles valent des fortunes chez les antiquaires.

Aux étals des herbes, les noix de cola — obis et orobôs — les graines magiques et rituelles ont valeur de médecines. Dona Adelaide Tostes, tapageuse, mauvaise langue, grossière quand elle a bu, connaît chaque baie et chaque herbe, leur pouvoir magique et leur maléfice. Elle connaît les racines, les écorces d'arbre, les plantes et les feuilles et leurs qualités curatives : romarin pour le foie, mauve pour calmer les nerfs, armoise pour la gueule de bois, casse-pierre pour les reins, herbe-sainte pour les douleurs d'estomac, barbe-de-bouc pour ranimer courage et virilité. Dona Filomena est une autre sommité : si on la sollicite et qu'on la paie, elle prie et ferme le corps du client contre le mauvais œil, et elle guérit radicalement le catarrhe chronique, le mal de poitrine, avec certaine tisane de sauge, miel, lait et citron, et un je ne sais quoi. Il n'y a pas de toux, si convulsive qu'elle soit, qui résiste et persiste. Un médecin apprit d'elle une formule pour laver le sang, il se fixa à São Paulo et s'enrichit en soignant la syphilis.

A la Boutique aux Miracles, montée du Tabuao, 60, est sis le Rectorat de cette université populaire. Là, maître Lídio Corró grave des miracles, anime des ombres magiques, creuse dans le bois une fruste gravure ; là on trouve maître Pedro Archanjo, le Recteur, qui sait ? Penchés sur de vieux caractères usés et une presse capricieuse dans l'archaïque et très pauvre atelier, ils composent et impriment un livre sur le mode de vie bahianais. Là, tout près, au Terreiro de Jésus, se dresse la Faculté de médecine, et là, également, on enseigne à guérir les infirmités, à soigner les malades. Outre d'autres matières, de la rhétorique au sonnet et à de suspectes théories.

*Comment le poète Fausto Pena,
bachelier ès sciences sociales,
fut chargé d'une enquête
et la mena à bien*

Les lecteurs trouveront dans les pages qui suivent le résultat de mon enquête sur la vie et l'œuvre de Pedro Archanjo. Ce travail me fut commandé par le grand James D. Levenson, et payé en dollars.

Quelques éclaircissements préliminaires s'imposent, car ladite entreprise se révéla, d'un bout à l'autre, tant soit peu absurde, un incroyable nœud de contradictions. En revoyant mes notes je dois me rendre à l'évidence qu'elles expriment : sous bien des aspects l'incompréhensible et l'invraisemblable subsistent, tout est obscur et confus en dépit de mes efforts, véritablement considérables, qu'on me croie ou non.

Quand je parle de doutes et d'incertitudes, d'imprécisions et d'erreurs, je ne fais pas seulement allusion à la vie du maître bahianais mais bien à la totalité des faits dans leur complexité : depuis les événements d'un passé lointain jusqu'aux épisodes d'aujourd'hui — avec la sensationnelle interview de Levenson —, de la fabuleuse beuverie des festivités des cinquante ans d'Archanjo à la soirée de la clôture solennelle des commémorations de son centenaire. Pour ce qui est de la reconstitution de la vie d'Archanjo, le savant de Columbia n'en exigeait pas tant, son intérêt se limitait aux méthodes d'enquête et de recherche, aux conditions de travail qui avaient permis, avaient engendré une œuvre aussi vivante et aussi originale. Il me chargea uniquement de recueillir des données grâce auxquelles il puisse se faire une meilleure idée de la personnalité d'Archanjo sur qui il allait écrire quelques pages, une sorte de préface à la traduction de ses œuvres.

De la vie d'Archanjo bien des détails m'échappèrent, et même des faits importants, peut-être essentiels. Je me heurtai fréquemment au vide, un trou dans l'espace et dans le temps, ou je me trouvai face à des événements inexplicables, des versions multiples, des interprétations extravagantes, un complet désordre dans les matériaux recueillis. Je ne réussis jamais à savoir, par exemple, si la Noire Rosa de Oshala était, ou non, la même personne que la mulâtresse Risoleta, descendante de Malais, ou que la fameuse Dorotéia, de connivence avec le diable. Certains l'identifiaient à Rosenda Batista dos Reis, venue de Muritiba, tandis que d'autres attribuaient sa légende à la belle Sabina dos Anjos, « de tous les anges le plus beau », dans la chronique galante de maître Archanjo. Enfin, était-ce une femme unique, ou étaient-ce des créatures différentes ? Je renonçai à savoir et, d'ailleurs, je ne crois pas que personne l'ait jamais su.

Je confesse m'être résigné, par lassitude ou irritation, à ne pas élucider certaines hypothèses, à ne pas tirer au clair des détails — décisifs, qui sait ? — tels étaient l'imbroglio des récits et la discordance des témoignages. Tout se résumait à des « peut-être », « c'est possible », « si ce n'était pas comme ci, c'était comme ça », un manque absolu de cohérence et de sûreté, comme si ces gens n'avaient pas eu les pieds sur terre et voyaient dans le défunt, au lieu d'un être en chair et en os, une vraie légion de héros et de magiciens en un seul homme, à en juger par les prouesses qu'ils lui attribuaient. Je ne parvins jamais à faire le partage entre le témoignage et l'invention, entre la réalité et la fantaisie.

Quant à ses livres, je les ai lus, d'un bout à l'autre, tâche légère, d'ailleurs — pas plus de quatre opuscules, et le plus gros n'atteint pas deux cents pages (un éditeur de São Paulo vient de réunir trois d'entre eux en un seul volume, ne laissant à part que celui d'art culinaire, vu son caractère particulier qui doit lui ouvrir un plus vaste public). Je ne vais pas me prononcer sur l'œuvre d'Archanjo, au-dessus de toute réserve ou discussion aujourd'hui ; personne ne se risque à la critiquer après sa définitive consécration par Levenson et le succès de ses diverses traductions. Hier encore, je lisais dans les dépêches reçues par les journaux : « Archanjo publié à Moscou avec les éloges de la *Pravda*. »

Je peux, tout au plus, ajouter ma voix au concert unanime. Je dois dire que leur lecture m'a plu : bien des choses rapportées par Archanjo font, aujourd'hui encore, partie de notre vie, de la réalité quotidienne de notre ville. Je me suis diverti, et combien, avec l'avant-dernier de ses livres (signalons qu'à sa mort il préparait un nouvel ouvrage), celui qui lui attira tant de haines, tant de tracas. Maintenant, quand je rencontre certains individus qui se gargarisent de leur sang bleu, de leur arbre généalogique, de leurs blasons, de leurs nobles ancêtres et autres sottises, je leur demande le nom de leur famille et je le cherche dans la liste qu'a établie Pedro Archanjo, si scrupuleux et si honnête, si passionné de vérité dans son œuvre.

Il me reste à expliquer comment je suis entré en contact avec le savant nord-américain et me suis vu honoré de son choix. Le nom de James D. Levenson dispense de toute présentation ou commentaire et le fait qu'il m'ait confié cette difficile mission me comble d'honneur et de reconnaissance. Je garde un souvenir agréable de nos brèves relations en dépit de leurs revers. Simple, gai, cordial, élégant et bel homme, il est le contraire des savants caricaturaux, vieux, gâteux, assommants.

J'en profite pour mettre les points sur les *i* en ce qui concerne un aspect de cette mienne collaboration avec l'illustre professeur de Columbia qu'a misérablement exploité la médisance des envieux et des bons à rien. Non contents de s'immiscer dans ma vie privée, de traîner dans la boue où ils se complaisent le nom d'Ana Mercedes, ils ont tenté de me brouiller avec la gauche, insinuant que je m'étais vendu, moi et la mémoire d'Archanjo, à l'impérialisme nord-américain pour une poignée de dollars.

Voyons, quel rapport entre Levenson et le Département d'État ou le Pentagone ? Au contraire, aux yeux des réactionnaires et des conservateurs, sa position est considérée comme bien peu orthodoxe, son nom est lié à des mouvements progressistes, à des manifestations contre la guerre. Quand il obtint le prix Nobel pour son apport au développement des sciences sociales et des sciences humaines, la presse européenne exalta précisément la jeunesse du lauréat — il avait à peine atteint la quarantaine — et son indépendance politique propre à le faire suspecter dans certains milieux officiels. D'ailleurs, l'œuvre de Levenson est là, à la portée de tous, cet immense panorama de la vie des peuples primitifs et sous-développés que quelqu'un qualifia de « dramatique cri de protestation contre un monde corrompu et injuste ».

Je n'ai contribué en rien à la divulgation des livres d'Archanjo aux États-Unis, mais je considère cette divulgation comme une victoire de la pensée progressiste, car notre Bahianais fut un homme libre, sans idéologie, c'est vrai, mais doté d'une incomparable passion pour le peuple, porte-drapeau de la lutte contre le racisme, les préjugés, la misère et la tristesse.

Je suis arrivé à Levenson par l'intermédiaire d'Ana Mercedes, authentique valeur de la jeune poésie, entièrement vouée aujourd'hui à la musique populaire brésilienne, à l'époque rédactrice dans un quotidien local et chargée de couvrir le court séjour du savant dans notre ville. Elle s'acquitta si bien de la mission dont l'avait chargée son directeur qu'elle fut bientôt inséparable de l'Américain, son accompagnatrice et son interprète, jour et nuit. Sa recommandation pesa certainement sur le choix qu'il fit de moi, mais de là à dire ce que dirent d'elle et de moi certaines canailles, il y a loin, c'est une incroyable infamie : avant de m'engager, Levenson eut l'occasion de jauger mes capacités.

Nous nous rendîmes ensemble, tous les trois, à une fête de *Yansan*, au Terreiro d'Alaketu et là je pus étaler ma culture de spécialiste, démontrer mes connaissances et ma valeur. Dans un mélange de portugais et d'espagnol, ajoutant mon maigre anglais à celui, encore plus maigre, d'Ana, je lui expliquai les différentes cérémonies, je lui dis les noms des orishás, la signification des mouvements, gestes et attitudes, je lui parlai des danses et des cantiques, des couleurs des costumes et d'un tas d'autres choses — quand je suis en forme je suis intarissable, et ce que je ne savais pas je l'inventai, car je ne me trouvais pas en état de perdre les dollars promis, des dollars et non des cruzeiros dévalués, dont la moitié me fut versée peu après, dans le hall de l'hôtel où, tant soit peu à contrecœur, je pris congé.

Je n'ai rien de plus à expliquer, tout est dit. J'ajouterai seulement, avec une certaine mélancolie, que ce travail, mon travail, n'a pas été pris en considération par le grand Levenson. Aussitôt que je l'eus terminé je lui envoyai une copie dactylographiée conformément à notre accord, et j'y joignis un des deux uniques documents photographiques qu'il me fut possible de découvrir et d'obtenir : sur le cliché passé on voit un mulâtre foncé, jeune et solide, revêtu d'un costume sombre, très digne — c'est Archanjo, récemment nommé appariteur de la Faculté de médecine de Bahia. Je jugeai préférable de ne pas envoyer l'autre photo qui montre maître Pedro, maintenant vieux et négligé, une loque, en compagnie de femmes douteuses, levant son verre en une manifeste bacchanale.

Quinze jours plus tard, je reçus au courrier une lettre signée par la secrétaire de Levenson qui accusait réception de mon texte et m'adressait un chèque en dollars correspondant à la deuxième moitié due et à quelques frais que j'avais eus ou aurais pu avoir au cours de l'enquête. Ils payaient tout, sans discuter un centime, et auraient certainement payé davantage si je n'avais pas été si modeste dans mes prétentions et si timide dans ma note de frais.

De toute la documentation envoyée, le savant n'utilisa que la photographie quand il publia la traduction anglaise d'une bonne partie de l'œuvre de Pedro Archanjo dans sa monumentale encyclopédie sur la vie des peuples d'Afrique, d'Asie et d'Amérique latine (*Encyclopedia of Life in the Tropical and Underdeveloped Countries*), à laquelle collaborèrent les plus grands noms de notre temps. Dans les pages d'introduction Levenson ne se préoccupa quasiment pas de l'analyse des livres du Bahianais, et les références à sa vie sont infimes. Suffisantes, pourtant, pour me prouver qu'il n'avait pas jeté le moindre coup d'œil à mon texte. Dans sa préface, Archanjo est promu professeur, membre éminent du Collège de la Faculté de médecine (« distinguished Professor, member of the Teachers's Council »), et à ce titre il avait effectué ses recherches et publié ses livres, figurez-vous ! Qui inspira de pareilles balivernes à Levenson, je ne sais pas, mais s'il avait au moins feuilleté mes papiers il ne serait pas tombé dans une erreur aussi grossière — d'appariteur à professeur, ah ! mon pauvre Archanjo, il ne te manquait plus que ça !

Pas une fois mon nom n'est cité dans les pages de James D. Levenson, pas la moindre référence à mon travail. Cela étant, je me sens pleinement libre d'accepter l'offre que vient de me faire le sieur Dmeval Chaves, le florissant libraire de la Rua da Ajuda [1] devenu aussi éditeur, et qui veut publier ces pages sans prétention. J'ai imposé une seule condition, établir un contrat en règle, car, dit-on, le sieur Chaves,

---

1. Ou : rue du Bon Secours.

si riche et opulent, se fait tirer l'oreille pour payer les droits d'auteur, suivant, d'ailleurs, une tradition locale — déjà en des temps passés notre Archanjo avait été victime d'un certain Bonfanti, également libraire et éditeur, établi au Largo da Sé [1], comme on le verra plus loin.

---

1. Place de la Cathédrale.

*De l'arrivée au Brésil
du savant nord-américain
James D. Levenson
et de ses implications et conséquences*

1

Mais c'est un bijou! Ah! mon Dieu! un vrai bijou! s'exclama Ana Mercedes, avançant d'un pas et se détachant, long palmier tropical, de la foule des journalistes, professeurs, étudiants, snobs, écrivains, oisifs, réunis là, dans le spacieux salon du grand hôtel, dans l'attente de James D. Levenson pour sa conférence de presse.

Des micros des stations de radio, des caméras de la télévision, des projecteurs, des photographes, des cinéastes, un enchevêtrement de fils électriques que la jeune reporter du *Diáro da Manha* traversa, souriant et se trémoussant, comme si elle était chargée par la ville de recevoir et de saluer le grand homme.

« Se trémoussant » est un terme vulgaire et faux, une épithète triviale pour cette ondulation de hanches et de seins, dans un rythme de samba, une cadence de porte-étendard de défilé de carnaval. Très sexy, sa mini-jupe exhibant les brunes colonnes de ses cuisses, le regard crépusculaire, les lèvres, un peu épaisses, entrouvertes en un sourire, les dents avides et le nombril en évidence, elle était fascinante. Non, elle ne se trémoussait pas, elle était la danse même, invite et promesse.

L'Américain était sorti de l'ascenseur et s'était

arrêté pour regarder la salle et se laisser regarder : un mètre quatre-vingt-dix, un physique de sportif, une allure d'acteur, des cheveux blonds, des yeux bleu ciel, une pipe, qui lui aurait donné les quarante-cinq ans de son curriculum vitae ? Ses photos, qui occupaient une page entière dans les magazines carioques et paulistes, étaient responsables de l'assistance féminine, mais toutes le constatèrent immédiatement : le modèle en chair et en os surpassait de beaucoup les images. Quel homme !

« Dévergondée ! » dit l'une d'entre elles, à la poitrine pigeonnante ; elle parlait d'Ana Mercedes.

Subjugué, le savant regarda la jeune fille : elle avançait vers lui, décidée, le nombril à l'air, il n'avait jamais vu une telle danse dans la démarche, un corps aussi souple, et ce visage mêlé d'innocence et de malice, blanche négresse mulâtre.

Elle avança et s'arrêta devant lui — ce n'étaient pas des mots, c'était un roucoulement :

« Hello, boy !

— Hello ! » gémit Levenson, retirant sa pipe de sa bouche pour lui baiser la main.

Les femmes frémirent, soupirèrent à l'unisson, défaites, paniquées. Ah ! cette Ana Mercedes était une véritable petite putain, une journaliste raccrocheuse, une poétesse de merde — qui ignorait, d'ailleurs, que ses vers étaient écrits par Fausto Pena, le cocu du moment ?

« Le charme, la classe et la culture de la femme bahianaise étaient représentés *comme il faut* [1] dans la géniale conférence de presse de James D., les jeunes personnes férues d'ethnologie, les ravissantes jouant les sociologues... », écrivit dans son papier l'excellent Silvinho ; quelques-unes de ces dames possédaient, d'ailleurs, d'autres mérites que leur beauté, leur élégance, leurs perruques et leur compétence au lit : elles possédaient des diplômes des cours d'« Usages

---

1. En français dans le texte.

et coutumes folkloriques », « Traditions, histoire et monuments de la ville », « Poésie concrète », « Religion, sexe et psychanalyse » sous l'égide de l'Office du tourisme ou de l'École de théâtre. Mais, diplômées ou simples dilettantes, adolescentes agitées ou irréductibles matrones à la veille de leur deuxième ou troisième opération de chirurgie esthétique, elles sentirent toutes la fin de leur loyale concurrence, l'inutilité d'un quelconque effort : audacieuse et cynique, Ana Mercedes les avait devancées et avait pris sous sa coupe le mâle représentant de la science, sa propriété privée et exclusive. Possessive et insatiable — « chienne insatiable, copulative étoile », dans les vers du lyrique et malheureux Fausto Pena —, elle n'allait le partager avec personne, finies les espérances d'une quelconque compétition.

Sa main dans la main de la poétesse et journaliste, le professeur de Columbia University avança au milieu de la salle jusqu'au fauteuil réservé. Les flashes des photographes crépitèrent, les lumières étaient comme des fleurs — si on avait ouvert le piano et joué une marche nuptiale, Ana Mercedes, en mini-jupe et mini-blouse, et James D. Levenson, en tropical bleu, auraient été les jeunes mariés de l'année sur le chemin de l'autel. « Des jeunes mariés », susurra Silvinho.

Le savant s'assit et alors seulement leurs mains se séparèrent. Mais Ana resta debout à ses côtés, montant la garde, elle n'était pas assez folle pour le lâcher, livré à l'avidité de toutes ces cavales en rut. Elle connaissait chacune de ces femelles, plus faciles et accueillantes les unes que les autres. Elle leur sourit, rien que pour les humilier. Les photographes, pris de délire, montaient sur les chaises, étaient debout sur les tables, accroupis sur le plancher, dans une frénésie d'angles et de poses. Sur un signe discret du superintendant au Tourisme, les garçons servirent des rafraîchissements et la conférence de presse débuta.

Gonflé de dignité et d'érudition, de suffisance et de

vanité, Júlio Marcos, rédacteur au *Jornal da Cidade* et critique littéraire, posa son verre et se leva. Il y eut un silence et une vague d'admiration. Dans le clan féminin quelqu'un soupira profondément — à défaut du blond savant, du produit d'importation, l'arrogant Marcos, vaguement roux, avait son charme. Au nom du *Jornal da Cidade* — et des intellectuels les plus avancés — il posa la première question, fondamentale et explosive :

« Je souhaiterais connaître, en quelques mots, l'opinion de l'illustre professeur sur Marcuse, son œuvre et son influence. Ne vous semble-t-il pas qu'après Marcuse, Marx est une antiquité dépassée ? Etes-vous, ou non, de cet avis ? »

Cela dit, il parcourut le salon d'un regard triomphant, tandis que le traducteur désigné par le Rectorat — prononciation parfaite, bien sûr — répétait la question en anglais ; la pétulante Mariucha Palanga, deux opérations plastiques au visage, une aux seins, triste caricature de petite fille, applaudit à voix basse mais audible :

« Quel talent ! »

James D. Levenson aspira la fumée de sa pipe, regarda avec attendrissement le nombril d'Ana Mercedes, fleur de rêve, abîme de mystère, et répondit dans un espagnol guttural, avec cette brutalité qui sied si bien aux artistes et aux savants :

« La question est idiote, il faudrait être crétin ou attardé pour se prononcer sur l'œuvre de Marcuse ou discuter de l'actualité du marxisme dans les limites d'une conférence de presse. Si j'avais le temps de faire une conférence ou un cours sur ce sujet, très bien ; mais je n'en ai pas le temps et je ne suis pas venu à Bahia pour parler de Marcuse. Je suis venu pour connaître la ville où a vécu et travaillé un homme admirable, aux idées pénétrantes et généreuses, un créateur d'humanisme, votre concitoyen Pedro Archanjo. C'est pour ça, et uniquement pour ça, que je suis venu à Bahia. »

Il tira une autre bouffée de sa pipe, sourit à l'assistance, décontracté, calme, un sympathique *gringo*, et, sans plus se préoccuper du cadavre du journaliste Marcos, drapé dans le linceul de sa prétention, il se remit à contempler Ana Mercedes, la détaillant de haut en bas, de sa noire chevelure abandonnée jusqu'à ses extraordinaires ongles de pieds peints en blanc, il la trouvait de plus en plus à sa mesure et à son goût. Dans l'un de ses livres, Archanjo avait écrit : « La beauté des femmes, des simples femmes du peuple, est un attribut de la ville métisse, de l'amour entre les races, du matin clair sans préjugé. » Il fixa encore une fois ce nombril en fleur, nombril du monde, et dit dans son espagnol dur et correct d'université nord-américaine :

« Savez-vous à qui je comparerais l'œuvre de Pedro Archanjo ? A cette jeune fille ici présente. Elle ressemble à une page de Mister Archanjo, *igualzinha* (igualita). »

Ainsi commença à Bahia, en ce doux après-midi d'avril, la gloire de Pedro Archanjo.

2

La notoriété, la consécration publique, les applaudissements, l'admiration des érudits, la gloire, le succès — y compris social, avec son nom cité dans la rubrique mondaine et les gloussements hystériques des femmes de qualité, connues et libérales —, Pedro Archanjo ne les obtint que *post mortem*, quand ça ne lui servait plus à rien, même les femmes qu'il avait tant appréciées, dont il s'était tant régalé de son vivant.

Ce fut l'année Pedro Archanjo, comme l'écrivit, dans un bilan de fin d'année, un journaliste connu, en énumérant les événements culturels. Effectivement, aucune personnalité intellectuelle ne fit autant de bruit, aucune autre œuvre ne reçut les éloges accordés à ses quatre petits volumes réimprimés en toute hâte, des livres oubliés depuis tant de lustres ou plutôt inconnus, non seulement de la masse des lecteurs mais des spécialistes — avec les exceptions habituelles et respectables dont on parlera bientôt.

Tout commença avec l'arrivée au Brésil du fameux James D. Levenson, « l'un des cinq génies de notre siècle », selon l'*Encyclopédie britannique* : philosophe, mathématicien, sociologue, anthropologue, ethnologue, et bien d'autres choses encore, professeur à Columbia University, prix Nobel de sciences, tout ça et, comme si ça ne suffisait pas, Nord-Américain. Polémiste et audacieux, il avait révolutionné la science contemporaine avec ses théories : en étudiant et expliquant sous des angles inopinés le développement de l'humanité, il était parvenu à des conclusions neuves et hardies, à une formulation nouvelle des thèses et des concepts. Pour les conservateurs, c'était un dangereux hérétique ; pour ses étudiants et partisans, un dieu ; pour les journalistes, une bénédiction du ciel, car James D. Levenson ne ménageait pas ses paroles ni ses opinions.

Sur l'invitation de l'Université du Brésil, il vint à Rio de Janeiro pour donner cinq conférences à la Faculté des lettres. Ce fut l'immense succès que l'on sait : la première séance était prévue au salon Noble de la Faculté, il fallut la transférer en hâte au grand auditorium du Rectorat et encore des auditeurs durent rester dans les corridors et les escaliers. Les journaux et les magazines, les reporters et les photographes eurent fort à faire : Levenson n'était pas seulement génial, il était aussi photogénique.

Les conférences, suivies de questions et de débats enflammés, parfois aigres, donnèrent lieu à de violentes manifestations estudiantines en faveur du savant et contre la dictature. A plusieurs reprises les étudiants, debout, délirants, l'acclamèrent longuement. Certaines de ses phrases furent particulièrement appréciées du public et coururent le pays de bout en bout : « mieux vaut dix ans d'interminables conférences internationales qu'un seul jour de guerre et cela coûte moins cher » ; « les prisons et les policiers sont identiques sous tous les régimes, aussi ignobles, sans aucune exception » ; « le monde ne sera réellement civilisé que lorsque les uniformes seront devenus des objets de musée ».

Entouré de photographes et de vedettes, Levenson, revêtu d'un minuscule maillot, réserva toutes ses matinées pour la plage.

Systématiquement, il avait refusé les invitations des Académies, des Instituts, des cénacles culturels, des professeurs — tout ça, il n'en avait que trop à New York, il en était rassasié, mais ce soleil du Brésil, quand le retrouverait-il ? Il joua même au football sur la plage et fut photographié marquant un but, bien que les femmes fussent, sans doute, son sport favori. Il se lia intimement avec les plus remarquables spécimens nationaux, sur la plage et dans les boîtes.

Divorcé depuis peu, les chroniqueurs mondains se surpassèrent pour lui attribuer des aventures et des fiançailles. Une spécialiste des scandales, une guenon obsédée, prédit la ruine d'un foyer du grand monde ; elle se trompa : le mari, très flatté, devint l'ami intime du savant conquérant. « Hier, à la terrasse du Copa, dans un bikini de Cannes, Katy Siqueira Prado contemplait tendrement son mari, Baby, et le grand James D., inséparables », avait réfuté le solide Zul. Une revue à grand tirage étala sur la couverture du numéro de cette semaine-là l'athlétique anatomie du Nobel à côté de la promotionnelle anatomie de Nadia Silvia, une actrice de grand talent — il n'attendait pour se révéler que l'occasion qu'inexplicablement, jusqu'alors, le cinéma ou la scène lui avaient refusée — et Nadia, interviewée par le reporter, sourit beaucoup, ne confessa rien, sans pourtant nier une passion et un engagement. « Levenson est la sixième célébrité mondiale à perdre la tête pour l'irrésistible Nadia Silvia », publia gravement un journal, et il donna la liste des cinq précédents : John Kennedy, Richard Burton, l'Aga Khan, un banquier suisse et un lord anglais. Sans parler de la comtesse italienne, noble, millionnaire et gouine.

« Hier, le génial Levenson encore une fois sur la piste du *Bateau*, in love avec la séduisante Helena von Kloster », lisait-on dans « Les potins de la soirée » de Gisa ; « il a appris le samba et ne veut plus d'autre danse », révélait Robert Sabad dans dix-huit journaux et je ne sais combien de chaînes de T.V., instruisant les populations du mot de Branquinha de Val Burnier, hôtesse somptueuse, table et lit incomparables : « Si James n'était pas le prix Nobel qu'il est, il pourrait gagner sa vie comme danseur professionnel. » Journaux et magazines se déchaînèrent, ils exploitèrent le savant.

Rien, pourtant, d'aussi sensationnel que sa déclaration sur Pedro Archanjo, une bombe qui devait exploser à l'aéroport, au moment où il s'embarquait pour Bahia. En fait, à son premier contact avec la presse, en arrivant de New York, il avait fait une brève allusion au Bahianais, il avait mentionné son nom : « Je suis dans la patrie de Pedro Archanjo, je suis heureux. » Les reporters, pourtant, n'avaient pas noté la phrase, soit qu'ils ne l'aient pas comprise, soit qu'ils ne lui aient pas accordé d'importance. Mais, à son départ pour Bahia, ce fut autre chose, car le déconcertant prix Nobel déclara avoir réservé deux jours de son court passage au Brésil pour aller à Salvador « connaître la ville et le peuple qui furent l'objet des études du fascinant Pedro Archanjo dans ses livres pleins de science et de poésie », cet écrivain qui avait tant apporté à la culture brésilienne. Ce fut la panique.

Qui était ce dénommé Pedro Archanjo dont personne n'avait jamais entendu parler ? se demandaient les journalistes, interloqués. L'un d'eux, dans l'espoir d'un indice, voulut savoir de quelle façon Levenson avait eu connaissance de cet auteur brésilien. « En lisant ses livres — répondit le savant — ses livres impérissables. »

La question était venue d'Apio Corréia, une grosse tête, rédacteur de la rubrique « Sciences, arts et littérature » d'un quotidien du matin, savantissime et roublard comme pas deux.

Il poursuivit son bluff, il dit ne pas avoir connaissance de traductions des livres d'Archanjo en anglais.

Je ne les ai pas lus en anglais, mais en portugais, déclara le terrible Américain, précisant qu'il avait pu le faire malgré ses minimes connaissances de notre langue, grâce à sa maîtrise de l'espagnol et surtout du latin « ce ne m'a pas été difficile ». Il ajouta qu'il avait découvert les livres d'Archanjo à la bibliothèque de Columbia lors de récentes recherches sur la vie des peuples tropicaux. Il avait l'intention de faire traduire et publier aux États-Unis « l'œuvre de votre grand compatriote ».

« Je dois agir rapidement », se dit Apio Corréia, partant en quête d'un taxi qui le mène à la Bibliothèque nationale.

Ce fut une course folle jusqu'à ce que les journalistes découvrent et trouvent le professeur Ramos, éminent à bien des titres et, ce jour-là, parce qu'il connaissait l'œuvre de ce fameux Archanjo dont il avait maintes fois affirmé et exalté la valeur dans des articles destinés à des revues pour spécialistes et, malheureusement, confidentielles, jamais lues par personne.

Pendant des années — raconta-t-il — je suis allé d'éditeur en éditeur, un vrai chemin de croix, en proposant les livres d'Archanjo pour qu'on les réédite. J'ai écrit des préfaces, des notes, des explications : aucun éditeur ne s'y est intéressé. Je me suis adressé au professeur Viana, le directeur de la Faculté de philosophie, pour voir si, par son intermédiaire, l'Université ne soutiendrait pas sa publication. Il m'a répondu que je "perdais mon temps avec les élucubrations d'un nègre ivrogne. Ivrogne et subversif". Peut-être se rendent-ils enfin compte de la grandeur de l'œuvre d'Archanjo, maintenant que Levenson lui reconnaît l'importance qu'elle mérite. D'ailleurs, soit dit en passant, l'œuvre de Levenson est également mal connue au Brésil et ceux qui le louent et l'adulent tant n'ont même pas lu ses livres fondamentaux, ne comprennent rien à l'essentiel de sa pensée, ce sont des charlatans. »

Un peu amère, comme on voit, la déclaration du professeur Ramos, mais convenons qu'il avait ses raisons pour se sentir mélancolique — tant d'années à lutter pour faire une place au soleil au pauvre Archanjo sans parvenir à rien, à entendre les refus des éditeurs, les inepties et les menaces de Viana Le Mouchard, tandis qu'en une seule interview un étranger avait mis en branle toute la presse et la meute des intellectuels qui fouinaient dans les livres, reniflaient la trace du Bahianais méconnu — des intellectuels de toutes tendances et de toute obédience, sans distinction d'idéologie, les bons vivants comme les moroses, car Pedro Archanjo était devenu à la mode et ceux qui ne connaissaient pas et ne citaient pas ses œuvres ne pouvaient se considérer à la page et dans le vent.

Véritablement sensationnel, l'article d'Apio Corréia, trois semaines plus tard, « Pedro Archanjo, le poète de l'ethnologie ». On y trouve une curieuse et brillante version du dialogue échangé à l'aéroport entre le savant et l'érudit Corréia où l'un et l'autre faisaient preuve d'une profonde connaissance de l'œuvre d'Archanjo. Que celle du critique soit plus ancienne et plus étendue, c'est naturel en sa qualité de Brésilien.

3

A Bahia, patrie d'Archanjo, cadre et sujet de ses études, source de ses recherches, raison d'être de son œuvre, le carnaval fut à son comble.

Ce nom, consacré par Levenson, n'était pas aussi universellement méconnu ici qu'à Rio ou à São Paulo. A São Paulo, ça mérite d'être rappelé, les journalistes avaient découvert à grand-peine une unique référence au Bahianais, mais de la plus grande portée : un article de Sergio Milliet écrit en 1929 pour l'*Estado de São Paulo*. Commentant avec une extrême sympathie et de vifs éloges le livre d'Archanjo sur la cuisine bahiane (*L'art culinaire à Bahia — ses origines et ses principes*), le grand critique moderniste reconnut dans l'auteur un tenant « et des plus grands, des plus authentiques » de l'Anthropophagie, « le mouvement révolutionnaire si discuté que lancèrent récemment Tarsila, Oswald de Andrade et Raul Bopp [1] ». Cet « ouvrage exquis » par le caractère brésilien de son contenu et la saveur de sa prose lui paraissait être « l'exemple parfait du véritable essai anthropophagique ». Milliet concluait en regrettant de ne pas connaître les livres antérieurs d'un essayiste de telle valeur qui, sans avoir vraisemblablement jamais entendu parler des anthropophages paulistes, les avait rejoints.

A Bahia, il se trouva des gens qui l'avaient connu, fréquenté personnellement, comme en témoignent les journaux. Cela se réduisait, pourtant, à quelques personnes et à un certain nombre d'histoires. L'œuvre de Pedro Archanjo, ces quatre petits volumes sur la vie populaire bahianaise, publiés à grand-peine, à un tirage infime, imprimés à la main dans le précaire atelier de son ami Lídio Corró, à la montée du Tabuao, cette œuvre dont les mérites avaient subjugué le savant américain, était ici aussi ignorée et inexistante que dans le reste du pays.

Si Archanjo n'en avait pas envoyé des exemplaires

---

1. On peut se reporter à ce sujet au numéro 6 de la *Nouvelle Revue de psychanalyse*, « Destins du cannibalisme » (Gallimard, automne 1972), qui publie le *Manifeste anthropophagique* d'Oswald de Andrade. *(N.d.T.)*

à des institutions, des universités, des bibliothèques nationales et étrangères, on n'aurait plus reparlé de ses livres car Levenson ne les aurait pas découverts. A Salvador, seuls quelques ethnologues et anthropologues en connaissaient l'existence et la plupart par ouï-dire.

Et voici que, brusquement, non seulement les journalistes mais les pouvoirs publics, l'Université, les intellectuels, l'Institut, l'Académie, la Faculté de médecine, les poètes, les professeurs, les étudiants, l'École de théâtre, la vaste phalange des ethnologues et des anthropologues, la clique du Tourisme et autres désœuvrés, tous se rendirent compte que nous possédions un grand homme, un auteur illustre, et que nous le méconnaissions, nous ne lui consacrions pas le moindre discours, nous le reléguions dans l'anonymat le plus total, sans le mettre en valeur. Alors commença le cirque autour d'Archanjo et de son œuvre. Du jour de l'interview de Levenson, il se dépensa beaucoup de papier, beaucoup d'encre, beaucoup de pages des journaux pour saluer, analyser, étudier, commenter, louer l'écrivain sacrifié. Il fallait rattraper le temps perdu, corriger l'erreur, étouffer le silence de tant d'années.

L'œuvre d'Archanjo connut enfin l'actualité et le lustre auxquels elle avait droit et, au milieu des paltoquets et des flibustiers qui se saisirent de l'occasion et du sujet pour se pousser, il s'écrivit des choses sérieuses, des pages dignes de la mémoire de celui qui avait travaillé, indifférent au succès et au gain. Quelques témoignages de ses contemporains, des gens qui avaient connu Archanjo, qui l'avaient fréquenté, étaient marqués d'une émotion vraie, et le visage de l'homme fut ainsi révélé. Archanjo n'était pas aussi loin dans le temps qu'on se l'était d'abord imaginé : il avait rendu l'âme en 1943, il y a vingt-cinq ans, à soixante-quinze ans et, à ce qu'il paraît, dans des circonstances singulières ; on le trouva mort, gisant dans une rigole, tard dans la nuit. Dans ses poches, un calepin de notes et un bout de crayon, pas de papiers d'identité — inutiles, d'ailleurs, dans ce quartier pauvre et sordide de la vieille ville où tout le monde le connaissait et l'estimait.

*De la mort de Pedro Archanjo Ojuobá,
et de son enterrement au
cimetière de Quintas*

1

Gravissant la ruelle, titubant, le vieux se retient aux murs des vieilles bâtisses, si quelqu'un le voyait il le croirait ivre, surtout s'il le connaissait. L'obscurité était totale, toutes les lampes éteintes dans les rues et dans les maisons, pas un brin de lumière — mesure de guerre, les sous-marins allemands sillonnaient les côtes brésiliennes où se succédaient les naufrages de pacifiques bateaux de marchandises ou de passagers.

Le vieux sent la douleur grandir dans sa poitrine, il tente de presser le pas, s'il arrivait chez lui il allumerait la loupiote et il noterait dans son carnet le dialogue, la phrase prodigieuse; sa mémoire n'était plus la même qu'autrefois, quand il retenait une conversation, un geste, un fait avec tous ses détails pendant des mois, des années, sans besoin de notes. Une fois la discussion consignée, alors il pourrait se reposer, cette fichue douleur était venue et repartie bien d'autres fois. Mais jamais si fort. Ah! s'il pouvait vivre encore quelques mois, pas beaucoup, assez pour compléter ses annotations, mettre de l'ordre dans ses papiers et les confier à ce garçon sympathique qui travaillait à l'imprimerie! Quelques mois, pas plus.

Il palpe le mur, cherche à voir autour de lui, sa vue avait baissé, il n'avait pas d'argent pour de nouvelles lunettes, même pour une gorgée de *cachaça* il n'avait pas d'argent. La douleur, plus intense, le colle au *sobrado*, haletant. Il suffit, pourtant, d'un dernier effort pour arriver chez lui, quelques rues plus loin, jusqu'à sa soupente dans les combles du *château* d'Ester. A la lumière de la lanterne il écrira de sa fine écriture — si la douleur se calme et le permet. Il repense à son compère Corró, tombé mort sur la gravure du miracle, un filet de sang au coin des lèvres. Ils en ont fait des choses tous les deux, lui et le graveur de miracles, tant de fois vagabondé dans ces rues, culbuté des filles sous les porches. Lídio Corró était mort depuis bien longtemps : quinze ans, peut-être plus. Combien, mon bon ? Dix-huit ans, vingt ans ? Sa mémoire l'abandonne, mais la phrase du forgeron il la garde, intacte, mot pour mot. Il s'appuie au mur, tente de la répéter, il ne peut pas l'oublier, il doit la noter le plus tôt possible dans son carnet. Plus que quelques rues, une centaine de mètres. Avec effort, il murmure l'imprécation finale du forgeron qui l'avait appuyée d'un coup de poing sur la table, sa main noire pareille au marteau sur l'enclume.

Il avait été écouter la radio, les postes étrangers, la B.B.C. de Londres, la Radio Centrale de Moscou, la Voix de l'Amérique ; son ami Maluf avait acheté un poste qui attrapait le monde entier. Les nouvelles de ce soir-là vous mettaient du baume au cœur, les « aryens » se faisaient piler. Tout le monde déblatérait contre les Allemands, « les nazis allemands », « les monstres allemands », le vieux, lui, parlait seulement des « bandits aryens », des assassins des Juifs, des nègres, des Arabes. Il connaissait des Allemands qui étaient de braves gens, *seu* Guilherme Knodler s'était marié avec une Noire et avait eu huit enfants. Un jour on s'était risqué à lui parler de l'aryanisme, il avait ouvert son pantalon et répliqué :

« Faudrait d'abord que j' me coupe la chique. »

Quand Maluf servit de la gnole pour célébrer les victoires du jour, la discussion commença : si Hitler gagnait la guerre pourrait-il, oui ou non, tuer tout ce qui n'était pas blanc pur sang, liquider d'un coup le reste des gens ? Un avis par-ci, un avis par-là, moi j' te dis qu' si, moi j' te dis qu' non, mais s'il pouvait... le forgeron se fâcha :

« Même pas l' Bon Dieu, qui a fait l' monde, peut tuer tout l' monde d'un seul coup, il les tue un par un et plus il en tue, plus il en naît, plus les gens augmentent, et ils naîtront, ils augmenteront et ils se mélangeront, y a pas de fils de putain qui empêchera ça ! » — Sa main, en s'abattant sur le comptoir, renversa son verre et c'en fut fait de sa cachaça. Mais le Turc Maluf était bon prince, il offrit une autre tournée avant de se séparer.

Le vieux tente de reprendre sa montée en ruminant les paroles du forgeron, « ils naîtront, ils augmenteront et ils se mélangeront... ». Plus ils sont mélangés, mieux ça est : le vieux sourit presque à travers la douleur qui lui broie l'échine, une douleur diablement lourde à traîner. Il sourit en pensant à la petite-fille de Rosa, si pareille à sa grand-mère, belle comme elle et si différente : les cheveux lisses et soyeux, le corps élancé, les yeux bleus, la peau brune, que de gens il avait fallu pour la faire ainsi, parfaite. Rosa, Rosa de Oshalá, perdition de femme, il en avait aimé des femmes, le vieux, il en avait eu, mais aucune ne pouvait lui être comparée, pour elle il avait souffert l'indicible, il avait fait des choses insensées, des comédies ridicules, il avait pensé à mourir et à tuer.

Pourrait-il voir encore une fois la petite-fille de Rosa, le sourire, la grâce, la démarche mouvante de sa grand-mère — ses yeux bleus, de qui les tenait-elle ? Voir aussi quelques amis, aller au terreiro et saluer son saint, un pas de danse, un cantique, manger de la poule à l'huile de palme, une *moqueca* de poisson au *château* avec Ester et les petites. Non, il ne voulait pas mourir, mourir pour quoi ? Ça ne valait pas la peine. Comment était-ce, déjà, ce qu'avait dit le forgeron? Il devait le noter dans son carnet pour ne pas oublier, il oubliait déjà. Le livre à moitié fait, il devait l'achever, trier les faits, les phrases, les anecdotes, l'histoire de la *iaba* qui s'était faite irrésistible pour damner le coureur de jupons et qui était devenue folle du gaillard, une loque à sa merci; cette aventure fantastique, si quelqu'un la connaissait, c'était bien lui. Ah! Dorotéia! Oh! Tadeu!

La douleur le déchire, lui brise la poitrine, oh! non, il n'atteindra pas la maison d'Ester, perdue la phrase du forgeron, si belle et si vraie, oh! la petite-fille de Rosa...

Il tombe sur le trottoir, roule lentement vers la rigole. Son corps resta là, d'abord couvert par les ténèbres; puis vinrent les lueurs de l'aurore et elles l'habillèrent de lumière.

2

Le santonnier montre le corps allongé, rit, et, s'assurant sur ses jambes, fait cette constatation plaisante :

« Le copain est encore plus bourré que nous trois réunis. Il a le nez dans le ruisseau et il a vomi ses tripes. » Il rit à nouveau et vacille sans tomber, avec une pirouette de clown.

Le major Damiao de Souza, lui, soit pour être moins imbibé de cachaça, soit pour avoir une plus grande expérience de la mort — avocat de profession, il côtoie les crimes et les cadavres, est un habitué de la morgue —, flaire quelque chose et s'approche, observe le sang, tâte du bout de sa chaussure le dos du vieux, la veste en loques :

« Bel et bien mort. Aidez-moi.

Quelle quantité d'alcool le Major était-il capable

d'ingurgiter sans se soûler ? — se demande le santonnier répétant la question unanime des soiffards de la région, humiliés et perplexes devant ce mystère qui dépasse l'entendement. Jusqu'à ce jour les alambics de la ville et de tout le Recôncavo s'étaient révélés insuffisants et, selon Mané Lima, le Major était capable de « vider les stocks de la terre entière ». Lucide jusqu'au bout.

Riant et se bousculant, le santonnier et Mané Lima accourent et à eux trois, ils retournent le corps. Avant même de le voir de face, de distinguer son visage, le Major l'avait reconnu, depuis le début quelque chose lui avait semblé familier, peut-être la veste. Mané Lima, pétrifié de stupeur, d'abord sans voix, lâche un cri horrifié :

« C'est Pedro Archanjo ! »

Le Major, debout, rigide ; à peine une ombre sur son visage cuivré. Il ne s'était pas trompé, c'était le vieux, et le Major, avec ses quarante-neuf ans bien sonnés, se sent abandonné, orphelin de père et de mère. C'était le vieux, oui, et hélas ! il n'y avait plus rien à faire, plus rien ; pourquoi pas quelqu'un d'autre, un inconnu de préférence ? Tant de salauds de par le monde, merde de monde, et c'était justement le vieil Archanjo qui venait mourir comme ça, la nuit, dans la rue, sans avertir personne, était-ce possible ?

« Oh ! C'est l' vieux ! Malheur ! » Toute sa cachaça redescend dans les jambes du santonnier et il se laisse choir sur la chaussée, inutile et muet. Il peut tout juste retirer de la boue la main du défunt et il la tient serrée entre les siennes.

Une fois par semaine, le mercredi, invariablement, quel que soit le temps, Archanjo venait le chercher dans son échoppe de saints, d'abord c'étaient quelques verres de bière bien fraîche au bar d'Osmário, ensuite ils allaient au *candomblé* de Casa Branca, pour la cérémonie de Shangô. Un bavardage paisible, entremêlé d'anecdotes, un bavardage de toujours.

« Vide ton sac, mon bon, raconte-moi les nouveautés.

— Je ne sais pas grand-chose, maître Archanjo, y'a rien de neuf.

— Allons, voyons... Mon bon, à chaque instant il se passe des choses, des choses belles, des gaies et des tristes. Allez, laisse marcher ta langue, camarade, la bouche est faite pour parler. »

Quelle habileté, quelle persuasion, quel pouvoir avait-il pour ouvrir la bouche et le cœur des gens ? Même les *mères-de-saint* les plus discrètes et les plus strictes, la tante Maci, doña Menininha, Mãe Senhora, de l'Opô Afonja, les respectables matrones, même elles n'avaient pas de secret pour le vieux, elles lui révélaient tout sans se faire prier — d'ailleurs les orishás l'avaient ordonné ainsi, « pour Ojuobá, il n'y a pas de porte close ». Ojuobá, les yeux de Shangô, maintenant il était allongé là, mort, le long du trottoir.

Finis les verres de bière, maître Archanjo, trois ou quatre cannettes ; un mercredi le vieux payait, le suivant c'était le tour du santonnier — encore que, les derniers temps, le vieux ait été à sec, sans un sou. Il fallait voir sa satisfaction la semaine où il trouvait quelques centimes, un chiche pécule — il tapait fort sur la table pour appeler le garçon :

« Fais-moi le compte, mon bon...

— Laissez, maître Archanjo, gardez ça...

— En quoi t'ai-je offensé pour que tu me fasses cet affront, camarade ? Quand je n'ai pas d'argent, tu paies, je n'en fais pas une affaire, je n'y peux rien. Mais aujourd'hui, je suis riche, pourquoi paierais-tu ? Ne m'ôte pas mon obligation, mon droit, ne diminue pas le vieil Archanjo, laisse-moi exister, mon bon. »

Et il riait d'un rire qui découvrait ses dents très blanches, il avait conservé toutes ses dents parfaites, il suçait des rondelles de canne à sucre, mastiquait de petits morceaux de viande séchée :

« Ce n'est pas de l'argent volé, je l'ai gagné à la sueur de mon front. »

Il servait de garçon de courses dans une maison de putes, son ultime emploi, à le voir si joyeux, si satisfait, qui aurait pu imaginer la gêne, le dénuement, l'infinie pauvreté de ses dernières années ? Ainsi, le mercredi d'avant, sans chercher plus loin, il ne se tenait plus de joie : à la pension d'Ester il avait rencontré un jeune homme, un étudiant, qui travaillait dans une imprimerie et était disposé à imprimer son livre — il avait lu les précédents et proclamait très haut qu'Archanjo était quelqu'un, il avait démasqué toute cette mafia de charlatans de la Faculté.

Dans le tramway, à la tombée d'une nuit bercée d'étoiles et de brise marine, en route vers le Rio Vermelho d'En-Bas où se dresse, à flanc de colline, la Maison Blanche d'Engenho Velho, maître Archanjo avait parlé de son nouveau livre, les yeux brillants, pétillant d'esprit. Que de choses il avait recueillies, notées dans ses carnets, pour cette œuvre, « un sac à malices », la sagesse du peuple :

« Rien que ce que j'ai trouvé dans les maisons de filles, mon bon, tu ne t'en fais pas une idée. Vois-tu, camarade, pour un philosophe, il n'y a pas de meilleur endroit pour vivre qu'un bordel.

— Vous, vous en êtes un vrai, de philosophe, maître Archanjo, le plus grand que je connaisse. Il n'y a personne comme vous pour prendre la vie avec philosophie. »

Ils allaient au candomblé pour l'*amalá* de Shangô, obligation du mercredi. Tiá Maci donnait sa nourriture au saint, dans le sanctuaire, au son de la clochette rituelle et du chant des initiées. Ensuite, réunis dans la salle autour de la grande table, on servait le *caruru*, l'*abará*, l'*acarajé*, parfois une fricassée de tortue. Maître Archanjo avait un solide coup de fourchette, un solide coup de fourchette et le coude léger. Les conversations se prolongeaient tard dans la nuit, animées et cordiales dans une chaude amitié ; écouter Archanjo était le privilège des pauvres.

Finis le livre, l'amalá et la cachaça, le voyage en tramway et ses surprises ; le vieux connaissait chaque coin du parcours, les maisons et les arbres lui étaient familiers, d'une familiarité séculaire, car il connaissait leur présent et leur passé, à qui elles étaient et à qui elles avaient été, le fils et le père, le père du père et le père du grand-père, et avec qui ils s'étaient mélangés. Il connaissait celle du nègre venu d'Afrique comme esclave, celle du Portugais exilé de la Cour, celle du « nouveau chrétien » qui avait fui l'Inquisition. Maintenant, c'en était fini de tout ce savoir, et du rire, de la verve, les yeux des yeux de Shangô s'étaient fermés, Ojuobá n'est plus bon que pour le cimetière. Le santonnier pleure à chaudes larmes, solitaire et anéanti.

De même qu'il ne peut s'enivrer, le Major ne parvient pas à pleurer, sauf au tribunal — et avec quelle facilité ! — ou pour quelque célébration s'il lui faut émouvoir l'auditoire, le gagner à sa cause. Mais la douleur véritable, celle qui le dévore intérieurement, lui ronge les entrailles, ne se marque pas sur son visage.

Mané Lima clama au monde entier le nom et la mort du vieux, planté au milieu de la montée du Pilori, endroit propice et efficace, mais en cette heure de petit jour blafard seuls quelques rats énormes et un chien famélique ont entendu son cri.

Le Major s'arrache à la vision fatale, il monte la rue vers la maison d'Ester, le poids de la nouvelle lui courbe les épaules. Là-haut il boira un bon coup, réconfortant et nécessaire.

3

Subitement, la ruelle commença à s'animer. Du Largo da Sé, de la rampe du Savetier, du Carme, hommes et femmes surgirent, pressés et affligés. Ils ne venaient pas pour la mort de Pedro Archanjo, le savant auteur de livres sur la miscigénation, livres peut-être définitifs, ils venaient pour la mort d'Ojuobá, les yeux de Shangô, un père pour ce peuple. Du *château* d'Ester, la nouvelle s'était propagée de bouche en bouche, de porte en porte, de maison en maison, elle avait traversé les rues, monté les escaliers, descendu les ruelles et les impasses. Elle parvint au Largo da Sé au moment où s'emplissaient les premiers tramways et les premiers autobus.

Des femmes arrachées au sommeil ou aux bras de clients attardés pour les larmes et les lamentations, des travailleurs aux horaires précis, des vagabonds sans heure, des ivrognes et des mendiants, des habitants des grandes bâtisses, des infects meublés, des marchands ambulants, des jeunes et des vieux, des gens du candomblé et des commerçants du Terreiro de Jésus, un charretier avec sa charrette, et Ester, un kimono jeté sur sa nudité montrant tout à qui voulait voir. Mais qui aurait osé en profiter alors qu'elle s'arrachait les cheveux et se frappait la poitrine :

« Ah! Archanjo, mon saint, pourquoi n'as-tu pas dit que tu étais malade? Comment j'aurais pu savoir? Qu'est-ce qu'on va devenir maintenant, Ojuobá? Tu étais la lumière des gens, nos yeux pour voir, notre bouche pour parler. Tu étais notre force et notre intelligence. Tu savais le passé et le futur, qui d'autre va savoir? »

Qui, hélas! qui? En cette heure d'affliction, hommes et femmes affrontaient la mort nue et cruelle, là, dans le ruisseau, dépouillée de tout artifice, de la moindre consolation. Pedro Archanjo Ojuobá n'était pas encore passé dans la légende, il n'était que mort et rien de plus.

Les portes et les fenêtres s'ouvraient, le sacristain arriva de l'église avec un cierge allumé. Ester se serra contre lui en sanglotant. Autour du corps, la foule, et un soldat de la police militaire avec ses armes et son autorité. Ester s'assit à côté du santonnier, elle prit la tête d'Archanjo. Du bout de son kimono elle nettoya le sang entre les lèvres. Le Major lui adressa la parole en détournant les yeux pour ne pas voir les seins découverts, ce n'était pas le moment convenable — mais y a-t-il pour ça un moment défendu, Archanjo ? Tu disais que non, « n'importe quel moment est bon pour réjouir le corps ».

« On va le porter chez toi, Ester.

— Chez moi ? — Ester interrompit ses sanglots, regarda le Major, scandalisée. Tu es fou ? Tu ne vois pas que c'est impossible ? C'est l'enterrement d'Ojuobá, ce n'est pas l'enterrement d'une putain ou d'un maquereau pour sortir d'un bordel...

— Ce n'est pas pour que l'enterrement parte de là, c'est seulement pour le changer de vêtements, on ne va pas l'enterrer avec ce pantalon immonde et cette veste rapiécée...

— Ni sans cravate, il n'a jamais été à une fête sans cravate..., renchérit Rosalia, la plus ancienne des filles, en d'autres temps un béguin d'Archanjo.

— Mais il n'a rien d'autre à se mettre.

— Ça alors. Je lui donne mon costume bleu, en casimir, je l'ai fait faire pour mon mariage, il est comme neuf, proposa Joao des Plaisirs, maître ébéniste, demeurant dans les parages. Ça alors ! répéta-t-il et il partit chercher le costume.

— Et après, où est-ce qu'on le mène ? demanda Rosalia.

— Ne me demande rien, ma fille, je suis incapable de penser ou de décider, demande au Major, laisse-moi avec mon vieux », rugit Ester, la tête d'Archanjo appuyée contre elle, dans la chaleur de son sein.

Le Major fut pris de court. Où ? Allons, trêve de sottises, l'important, pour l'instant, c'est de le sortir de là, du milieu de la rue. Ensuite ce n'est pas les maisons qui manqueront. Mais le sacristain de l'église de Notre-Dame-du-Rosaire-des-Noirs, un copain de longue date, se souvint qu'Archanjo était un membre ancien, notable et éprouvé, de la Confrérie, avec droit à une veillée à l'église, messe du septième jour et concession à perpétuité au cimetière de Quintas.

« Alors, en avant », ordonna le Major.

Ils allaient soulever le corps, mais le soldat mit le holà : que personne ne s'avise de toucher au cadavre avant l'arrivée de la police, du commissaire et du médecin. Un jeune soldat, encore adolescent, presque un enfant; on l'avait affublé d'un uniforme, d'armes et d'ordres rigoureux, il incarnait la force brute et le pouvoir — le malheur du monde.

« Que personne n'y touche ! »

Le Major examina le soldat et la situation : une jeune recrue de l'intérieur, mystique de la discipline, difficile à ébranler. Le Major fit une tentative :

« Tu es d'ici, mon garçon ? Ou tu es du Sertão ? Tu sais de qui il s'agit ? Sinon, je vais te le dire...

— Je ne veux rien savoir. Il ne sortira d'ici qu'avec l'ordre de la police. »

Alors le Major se redressa. Il n'allait pas accepter que le corps d'Archanjo reste exposé en pleine rue — comme un criminel sans le droit d'une veille.

« Il va en sortir, et tout de suite. »

Pour bien des raisons, toutes essentielles, on avait surnommé le major Damiao de Souza l'avocat du peuple : on l'avait fait pour ses nombreux mérites. Auparavant, on lui avait déjà octroyé le titre de Major — major sans brevet, sans bataillon, sans épaulettes, sans uniforme, sans mandement ni commandement, un drôle de major. L'avocat du peuple gravit la marche du trottoir et plaida d'une voix tremblante d'indignation :

« Est-il possible que le peuple de Bahia consente à ce que le corps de Pedro Archanjo, d'Ojuobá, reste au milieu de la rue, dans la boue des égouts, dans cette pourriture que le préfet ne veut pas voir, ne veut pas assainir, qu'il reste là à attendre qu'apparaisse un médecin de la police ? Jusqu'à quelle heure ? Jusqu'à midi, jusqu'à quatre heures de l'après-midi ? O peuple, ô glorieux peuple de Bahia, toi qui as expulsé les Hollandais et défait les colonisateurs lusitaniens, vas-tu laisser notre père Ojuobá pourrir dans la fange ? O peuple de Bahia ! »

Le peuple de Bahia — bien une trentaine de personnes, sans compter ceux qui débouchaient aux deux extrémités de la ruelle — hurla, les poings se dressèrent et les femmes en pleurs se ruèrent sur le soldat de la Glorieuse. C'était une heure décisive, périlleuse et difficile ; le soldat, comme l'avait prévu le Major, était de roc. Discipliné, farouche, inflexible de par sa jeunesse et son autorité, il ne capitule pas, il dégaine son arme : « Celui qui approche est mort ! » Ester avança, prête à mourir.

Or voici que, dans les hauteurs, retentit le sifflet quasiment civil du garde de nuit, Everaldo Sabre-de-Bois, retournant dans ses foyers après une nuit de devoir professionnel et quelques lampées d'eau-de-vie : que signifiait ce chambard au petit matin ? Il vit le soldat le sabre à la main et Ester les seins au vent — une querelle de putains, pensa-t-il, mais Ester était dans ses bonnes grâces :

« Soldat, cria-t-il au troufion, repos ! »

Autorité contre autorité, d'un côté le garde de nuit, le bas de l'échelle, avec son sifflet pour faire déguerpir les voleurs et sa roublardise, sa souplesse, ses finasseries ; de l'autre, le soldat de la Glorieuse, un militaire pour de vrai, avec son sabre, son revolver, son règlement, sa violence, sa force brutale.

Everaldo découvrit le cadavre par terre :

« Archanjo, qu'est-ce qu'il fait là ? C'est la cachaça, hein ?

— Hélas ! non... »

Le Major lui expliqua la découverte du corps et cette tête de bois de soldat qui ne voulait pas permettre qu'on le transporte chez Ester. Everaldo, dit Sabre-de-Bois, coupa court à la bagarre :

« Soldat, tu ferais mieux de ficher le camp pendant qu'il en est encore temps, tu as perdu la tête, tu as manqué au Major.

— Au Major ? J'vois pas de Major.

— Et celui-ci, le major Damiao de Souza, tu n'en as jamais entendu parler ? »

Qui ne connaissait pas le nom du Major ? Même le jeune soldat en avait entendu parler, jusqu'à Juàzeiro et à la caserne, quotidiennement.

« Lui, c'est le Major! Pourquoi ne l'a-t-il pas dit tout de suite? »

Il perdit son intransigeance, sa pauvre et unique force, le voilà doux comme un agneau, le premier à exécuter les ordres du Major — ils déposèrent le corps dans la charrette et s'en furent tous au *château* d'Ester.

Maître Pedro Archanjo s'en allait, content de la vie, content de la mort : ce voyage du défunt dans une charrette ouverte, tirée par un âne agitant ses grelots, avec ce cortège d'ivrognes, de vagabonds noctambules, de putains et d'amis, le garde Everaldo en tête soufflant dans son sifflet, en queue, le soldat au garde-à-vous, ah! ce court voyage semblait être une de ses inventions, une bonne blague à consigner dans son calepin, à raconter à la table de l'amalá, le mercredi le Shangô.

4

L'argent pour l'enterrement fut surtout fourni par les filles de joie. Pour le cercueil, les autobus, les cierges et les fleurs.

En sa qualité d'ancienne liaison, Rosália prit le deuil des veuves, un châle noir sur ses cheveux courts et décolorés — elle parcourut le quartier du Pilori, collectant les dons, personne ne refusa. Pas même le marquis Rogne-Misère ; même lui, qui jamais n'avait absorbé une goutte de cachaça, y alla d'une obole et d'un mot sur le défunt.

Oui car, outre l'argent, Rosália recueillait des histoires, des souvenirs, des anecdotes, des témoignages ; partout la trace de Pedro Archanjo, sa présence. La petite Kiki, quinze ans à peine, rachitique, un fin morceau pour les gros clients du *château* de Dedé, ouvrit des yeux immenses, montra la poupée qu'il lui avait donnée et éclata en sanglots.

Dedé, une vieille maquerelle, avait connu Archanjo la vie entière, et toujours impulsif et fou. Encore gamine et pucelle, une bergère à la Pastorale, elle avait été sa partenaire préférée aux fêtes de fin d'année, dans les neuvaines et les treizaines, dans les répétitions des Écoles de samba, au défilé du carnaval. Archanjo était une force de la nature, qui pouvait lui résister ? Il s'était offert bien des pucelages ; rien que des bergères de Pastorale, une quantité. Dedé pleurait et riait, se souvenant : « moi, jeune et jolie, lui un brigand ».

« Ç'a été le premier, c'est lui qui t'a fait la faveur ? » La question resta sans réponse, Dedé n'ajouta rien. Rosália partit sans savoir. Elle aussi en avait long à raconter et pourtant elle allait, digne, sans larmes, ramassant les dons.

« C'est de bon cœur, je donnerais plus si je pouvais », dit Roque, vidant sa poche, quelques maigres centimes.

Dans l'atelier, tous les cinq participèrent et Roque expliqua :

« Y' a pas si longtemps, quinze ans, même pas... Attendez, je vais vous dire la date exacte, c'était en 34, il y a neuf ans ; qui a oublié la grève de la "Circulaire" ? Au début, il n'y avait que les gars des tramways, ce diable de vieux n'avait pas de raison de s'en mêler.

— Il a travaillé à la "Circulaire" ? Je n'en savais rien.

— Peu de temps, il était receveur des quittances d'électricité, il avait eu bien du mal à trouver cette place, il était dans le besoin.

— Il a toujours été dans le besoin.

— Voilà qu'il s'est mis en grève lui aussi, il a fini dans le comité, il a failli être arrêté et a été fichu à la rue. Aussi jamais personne ne lui a fait payer le tramway. Ce vieux, c'était le diable. »

A l'École de capoeira, dans son premier étage qui jouxte l'église, maître Budiao, assis sur un banc, regardait fixement devant lui, maigre et sec, attentif aux bruits, et seul. A quatre-vingt-deux ans une attaque l'avait terrassé comme s'il ne lui suffisait pas d'être aveugle. Malgré ça, les soirs d'affluence, il prenait le berimbau et chantait en jouant. Rosália transmit son message.

« Je le savais déjà, j'ai envoyé la femme porter un petit quelque chose. Quand elle sera de retour j'irai à l'église voir Pedro.

— Grand-père, vous n'êtes pas en état.

— Tais-toi. Je n'irai pas ? Je suis plus vieux que lui de pas mal d'années, je lui ai appris la capoeira, mais tout ce que je sais je le dois à Pedro. C'était un homme qui avait de l'honneur et qui était sérieux.

— Sérieux ? Drôle comme il était ?

— Je veux dire qu'il était sérieux par le caractère, pas par la mine. »

Perdu dans les ténèbres, prisonnier de ses jambes flageolantes, maître Budiao revoit le jeune Archanjo environné de livres, toujours avec des livres, étudiant seul, jamais il n'eut de professeur :

« Et il n'en avait pas besoin, il apprenait par lui-même. »

La femme du maître de capoeira, une robuste quinquagénaire, monte l'escalier, sa voix emplit la salle :

« Il est trop beau, habillé de neuf, avec plein de fleurs. Il va partir pour l'église, il y a des gens partout. L'enterrement est à trois heures.

— Tu as donné ma part ?

— Dans la main du santonnier Miguel, c'est lui qui s'en occupe. »

Et Rosália continua, de maison en maison, de boutique en boutique, de bar en bar, de *château* en *château* ; elle passa les Portes du Carme, descendit le Tabuao. Là où Lídio Corró avait eu son atelier, maintenant un bazar de fantaisies, elle fit une pause.

C'était il y a plus de vingt ans, vingt-cinq ou trente, qui sait ? Pourquoi compter le temps, ça n'avance à rien. Elle aussi, Rosália, était jeune et jolie, plus une jeune fille mais une femme faite et appétissante, dans la force de l'âge ; Archanjo frôlait la cinquantaine. Un amour sans mesure, une passion folle, désespérée.

Dans l'atelier de Lídio Corró, ils passaient presque tout leur temps : les deux hommes sur les casiers de caractères, avec le petit apprenti. De temps à autre, une gorgée pour s'échauffer au travail. Rosália allumait le feu, faisait des gâteaux, le soir les amis apparaissaient avec des bouteilles.

Plus loin, à l'angle de la ruelle, se dressait la grande bâtisse, elle n'existe plus. De la mansarde, en haut, on voyait l'aube se lever sur le quai, sur les navires et sur les barques. A travers les carreaux cassés de la fenêtre la pluie pénétrait, la brise de mer, la lune dorée, les étoiles. Les soupirs d'amour se mouraient dans les franges du matin. Pedro Archanjo, un gaillard au lit, et quelle délicatesse !

Il n'y a plus de sobrado, plus de mansarde ni de fenêtre sur la mer. Rosália reprend sa marche, elle n'est plus solitaire pourtant, ni triste. Deux hommes montent précipitamment :

« J'ai connu un fils à lui, mon copain aux docks, ensuite il s'est engagé sur un navire.

— Mais il n'a jamais été marié...

— Il a fait plus de vingt enfants, c'était un costaud.

Il rit de bon cœur, son compagnon aussi, cet homme c'était le diable. Et cet autre rire, plus sonore et plus clair, d'où vient-il, Rosália ? Vingt seulement ? Il y a du fils là-dessous, camarade, ne sois pas honteux ; sceptre puissant, pâtre des pucelles, séducteur des femmes, patriarche des putes, par les unes et par les autres Pedro Archanjo peupla le monde, mon bon.

L'Église toute bleue au milieu de l'après-midi, l'église des esclaves sur la place où se dressèrent le tronc et le pilori. Est-ce un reflet du soleil ou une tache de sang sur les dalles de pierre ? Tant de sang a coulé sur ces pierres, tant de gémissements de douleur sont montés vers ce ciel, tant de supplications et tant d'imprécations ont résonné sur les murs de l'église bleue du Rosaire-des-Noirs.

Il y a longtemps qu'une si grande foule ne s'était rassemblée au Pilori, elle déborde l'église, le parvis, l'escalier, se répand sur les trottoirs et dans la rue. Les deux autobus seront-ils suffisants ? Avec le rationnement d'essence il n'a pas été facile de les obtenir, le Major a dû se démener, faire jouer ses relations.

Un attroupement au moins égal attend dans la montée de Quintas, au pied du cimetière. Beaucoup vont jusqu'à l'église, contemplent le visage serein du défunt, quelques-uns lui baisent la main ; ensuite, à la rampe du Savetier, ils prennent le tramway de Quintas où ils attendront le cortège. Une bande d'étoffe noire sur toute la largeur de la façade, au siège de l'*afoshé*.

Sur les marches de l'église le Major fume son cigare à un sou, grommelle des « bonjours », il n'est pas d'humeur à bavarder. Dans l'église, Pedro Archanjo, prêt pour la cérémonie, propre et bien vêtu, correct. C'était ainsi, tiré à quatre épingles, qu'il allait aux cérémonies des terreiros, aux fêtes de rue ; aux anniversaires, mariages, veillées et funérailles. Ce n'est qu'à la fin de sa vie qu'il s'est un peu négligé, acculé par la misère. Ce que jamais il ne perdit, ce fut sa gaieté.

Grand adolescent de trente ans, il venait chaque matin au Marché de l'Or, à la baraque de commère Terência, la mère du galopin Damiao, boire son café en mangeant du couscous de maïs et des gâteaux au tapioca. Pour rien, qui l'aurait fait payer ? Très tôt il s'était habitué à ne pas payer certaines dépenses, ou plutôt à les payer avec la monnaie de son rire, de sa verve. Ce n'était pas par avarice — le cœur sur la main, prodigue — mais parce qu'on ne le faisait pas payer ou que, la plupart du temps, il n'avait pas de quoi le faire; l'argent ne moisissait pas dans ses poches, d'ailleurs à quoi sert l'argent sinon à être dépensé, mon bon?

Aussitôt que Damiao entendait retentir son rire clair, il abandonnait tout, la bagarre la plus passionnante, pour venir s'asseoir par terre dans l'attente des histoires. Des orishás, Archanjo savait tout, les plus intimes détails; des autres héros aussi : Hercule et Persée, Achille et Ulysse. Démon effréné, terreur des voisins, polisson et incorrigible, chef d'une bande sans merci, Damiao n'aurait pas appris à lire si Archanjo ne le lui eût enseigné. Aucune école ne l'avait gardé, aucune férule ne l'avait convaincu, par trois fois il s'était enfui du foyer pour mineurs. Mais les livres d'Archanjo — la *Mythologie grecque*, *Les Trois Mousquetaires*, *Les Voyages de Gulliver*, *Don Quichotte de la Manche* —, son rire si communicatif, sa voix fraternelle et chaude : « assieds-toi là, mon petit camarade, viens lire avec moi une histoire du tonnerre », avaient gagné le petit vagabond à la lecture et au calcul.

Archanjo savait par cœur une quantité de vers et il savait les dire, un acteur. Des poèmes de Castro Alves : « ... C'était une vision dantesque... Le pont qui des hublots rougit l'éclat, en sang se baigne »; de Gonçalves Dias : « Ne pleure pas, mon fils; ne pleure pas, la vie est une lutte cruelle : vivre c'est lutter » — et les gamins d'écouter bouche bée, palpitants d'intérêt.

Quand il arrivait à Terência d'avoir des idées noires, la pensée vers ce mari qui l'avait lâchée pour une autre et avait disparu, le compère ramenait un sourire sur ses belles lèvres en déclamant des vers lyriques, des poèmes d'amour : « ... sa bouche était un oiseau écarlate où chantait un sourire folâtre... ».

Commère Terência dans sa cantine du marché, vivant pour ce fils, Damiao, posait des yeux pensifs sur son compère — quoi d'autre à faire sinon sourire ? Dans la boutique de Miro, l'impulsive Ivone larguait ses soucis, dans la magie des vers : « Une nuit, il m'en souvient... Elle dormait, nonchalante, dans un hamac abandonnée... Sa chemise entrouverte, ses cheveux défaits... » Les yeux de Terência, pensifs.

Au Marché de l'Or, un certain matin de tempête, le ciel de plomb et le vent déchaîné, eut lieu la rencontre de Pedro Archanjo et de la Suédoise Kirsi. Le Major croit la revoir : vision fascinante, immobile à la porte, trempée de pluie, la robe collée au corps, toute curiosité et surprise. L'enfant n'avait jamais vu de cheveux comme les siens, si lisses et si blonds, incroyablement blonds, une peau de rose, des yeux d'un bleu infini, bleus comme cette église du Rosaire-des-Noirs.

Dans l'église un bourdonnement, un va-et-vient, des gens qui entrent et des gens qui sortent, un rassemblement permanent autour du cercueil. Ce n'était pas un cercueil de première classe, une bière de luxe, la collecte n'en avait pas permis autant, mais il était convenable avec ses cordons et ses galons, son drap violet, ses poignées de métal et Archanjo revêtu de la robe rouge de la confrérie.

Assises alentour, les plus vénérables mères-de-saint ; toutes, sans exception. Auparavant, chez Ester, dans la soupente exiguë dans les combles, *mãe* Pulquéria avait accompli les premières obligations de l'*ashéshé* d'Ojuobá. Partout, dans l'église et sur la place, le peuple des terreiros : de respectables *ogans*, des filles-de-saint, de nouvelles initiées. Des fleurs, lilas, jaunes, bleues, une rose rouge dans la main noire d'Archanjo. Ainsi l'avait-il désiré et demandé. Le sacristain et le santonnier allèrent appeler le Major, il était trois heures moins cinq.

La voiture mortuaire et les autobus archipleins partent en direction du cimetière de Quintas où, sur les terres de sa confrérie catholique, Ojuobá, les yeux de Shangô, a droit à une concession perpétuelle. Une automobile à gazogène suit le cortège, amenant le professeur Azevêdo et le poète Simões, les deux seuls à être venus là parce que le défunt avait écrit quatre livres, avait discuté des théories, avait polémiqué avec les savants de l'époque, avait réfuté la pseudo-science officielle, s'élevant contre elle pour la démolir. Les autres étaient venus pour dire au revoir à un vieux bonhomme plein de savoir et de finesse, de bon conseil et d'expérience, causeur de renom, buveur fameux, coureur de jupons jusqu'à la fin, inlassable faiseur d'enfants, le préféré des orishás, le confident des secrets, un vieux bonhomme grandement respecté, presque un sorcier, Ojuobá.

Le cimetière se trouve au sommet d'une colline, mais la voiture mortuaire, les autobus et l'automobile ne montent pas jusqu'à la porte comme ça se fait habituellement pour les enterrements. Ce ne sont pas de quelconques funérailles, et le mort et sa suite descendent de voiture au pied de la montée.

Ceux qui viennent de l'église se mêlent à ceux qui attendaient à Quintas, une foule innombrable : un enterrement d'une telle affluence, il n'y a eu que celui de *mãe* Aninha, quatre ans auparavant. Aucun homme politique, pas de millionnaire, ni de général, ni d'évêque qui ait rassemblé un tel peuple à l'heure des adieux.

Des *obás* et des ogans, quelques-uns courbés sous le poids des ans, des vieillards au pas fatigué, le Major et le santonnier Miguel se saisissent du cercueil et, par trois fois, le soulèvent au-dessus du peuple, par trois fois le posent à terre pour le début du rituel *nagô*.

La voix du père-de-saint Nèzinho s'élève pour le chant funèbre, en langue yorouba :

Asheshê, asheshê
Omorode.

Le chœur reprend, les voix montent pour le cantique d'adieu : « Asheshê, asheshê. »

Le cortège avance, montant la ruelle : trois pas en avant, deux pas en arrière, des pas de danse accompagnés du cantique sacré, le cercueil soulevé à la hauteur des épaules des obás :

> *Iku lonan ta ewê shê*
> *Iku lonan ta ewê shê*
> *Iku lonan.*

Au milieu de la côte le professeur prend une poignée du cercueil, les pas lui étaient faciles, il en avait hérité avec son sang mêlé. Les fenêtres sont pleines, des gens viennent en courant pour voir ce spectacle unique. Un enterrement comme celui-ci, on n'en voit qu'à Bahia, et de loin en loin.

Là vient Pedro Archanjo, bien mis, costume neuf et cravate, la robe rouge, très correct, qui danse sa danse dernière. Le chant puissant traverse les maisons, fend le ciel de la ville, interrompt les négoces, immobilise les passants ; la danse domine la rue, trois pas en avant, deux pas en arrière — le mort, ceux qui le conduisent et le peuple entier :

> *Ara ara la insu*
> *Iku ô iku ô*
> *A insu bereré.*

Ils arrivent enfin à la porte du cimetière. Obás et ogans, de dos comme l'ordonne le rituel, font entrer le cercueil d'Ojuobá. Au bord du tombeau, parmi les fleurs et les larmes, les tambours se taisent, la danse et le cantique cessent. « Nous sommes les derniers à voir ces choses », dit le poète Simôes au professeur Azevêdo qui se demande, affligé, combien ici ont une idée de l'œuvre d'Archanjo. Ne vaudrait-il pas la peine de faire l'effort d'un petit discours ? La timidité l'en empêche. Tous sont vêtus de blanc, la couleur du deuil.

Le cercueil s'immobilise un instant avant d'être

enfermé pour toujours dans la sépulture. Pedro Archanjo est encore parmi les siens. La foule se resserre, quelqu'un sanglote.

Alors, quand le silence fut total et que les fossoyeurs prirent Pedro Archanjo dans son cercueil, une voix solitaire s'éleva, vibrante et grave, en un chant poignant, déchirant, un adieu infiniment tendre et douloureux. C'était maître Budiao, tout en blanc, tout en deuil, conduit par sa femme, soutenu par Mané Lima, au haut d'une tombe, aveugle et paralysé : le dialogue d'un père et d'un fils, de frères inséparables, adieu frère adieu pour toujours adieu, une phrase d'amour, *iku ô iku ô dabó ra jô ma boiá*.

« Quand je mourrai, qu'on me mette dans la main une rose rouge. » Une rose de feu, une rose de cuivre, de chant et de danse, Rosa de Oshalá, *asheshê, asheshê*.

*De notre poète et chercheur
dans sa condition d'amant (et cocu)
avec un échantillon de sa poésie*

1

Comme le grand Levenson ne pouvait, ce soir-là encore, se passer de l'aide d'Ana Mercedes pour mettre en ordre quelques notes, et comme ma présence n'était ni utile ni souhaitable pour mener à bien cette tâche, je présentai mes devoirs au savant dans le hall de l'hôtel. Il me souhaita bon travail, ce qui me parut cynique.

Aussi pris-je à part sa nouvelle collaboratrice pour lui recommander vigilance et fermeté, que ce gringo n'aille pas jouer les conquérants vulgaires et ne fasse pas dégénérer la science nocturne en grossier libertinage. Arrogante, blessée dans sa dignité, elle coupa court à mes préoccupations et à mes doutes avec cette question acerbe et cette menace terrible : « Je croyais ou non à sa loyauté et à son honneur ? Parce que, si j'avais le moindre doute, il valait mieux alors... » Je ne la laissai pas conclure, pauvre de moi ; je l'assurai de ma confiance aveugle et j'obtins son pardon, un baiser rapide et un sourire ambigu.

Je partis à la recherche d'un bistrot pour ma veillée civique : me soûler, noyer dans la cachaça les restes de la jalousie que les dollars de l'Américain et les protestations d'Ana Mercedes n'avaient pas liquidés.

Oui, la jalousie, car j'en mourais et renaissais chaque matin, à chaque instant du jour et surtout de la nuit — si je ne l'avais pas avec moi —, jalousie d'Ana Mercedes pour qui je luttai, me battis et fus battu, pour qui je souffris l'indicible, dans un abîme d'humiliations et de rancœurs, pour qui je devins un paillasson misérable et indigne, la risée universelle des lettrés et pseudo-lettrés et tout ça en valut la peine, c'était encore peu, car elle méritait bien plus.

Muse et réconfort de la toute nouvelle génération de poésie, Ana Mercedes participa au mouvement « Communication à travers l'Hermétisme », formule géniale, mot d'ordre dont même les butors et les envieux ne pourront nier l'actualité. Parmi les militants de cette nouvelle poésie mon nom est admiré et applaudi. « Fausto Pena, l'auteur d'*Eructation*, un des chefs de file les plus représentatifs de la jeune poésie », écrivit dans le *Jornal da Cidade* Zino Batel, l'auteur de *Vive la crotte*, chef de file lui aussi et non moins représentatif. Étudiante en journalisme à cette même Faculté où, deux ans auparavant, j'avais obtenu mon diplôme de sociologie, Ana Mercedes avait loué, pour un vil salaire, sa brillante intelligence à la rédaction du *Diário da Manha* (c'est en sa qualité de reporter qu'elle connut Levenson et le fréquenta), et elle avait accordé gratuitement à ce poète barbu et vacant les charmes de son corps divin, incomparable. Ah! Comment décrire cette métisse du Bon Dieu, de l'or pur de la tête aux pieds, un corps au parfum de romarin, un rire de cristal, un mélange savant d'abandon et d'artifices, et sa capacité infinie à mentir!

Au *Diário da Manha*, des patrons aux portiers, en passant par la rédaction, l'administration et les ateliers, tant qu'elle hanta ces lieux, barque voguant sur une mer démontée, aucun de ces saligauds n'eut d'autre pensée, d'autre désir que de la faire naufrager sur un des meilleurs sofas du salon de la direction, sous le portrait de l'éminent fondateur — œuvre de Jenner; sur les tables branlantes de la rédaction et de l'administration, sur l'antique presse, sur les rames de papier ou sur le plancher souillé de graisse et de déchets ; si Ana Mercedes avait posé son corps sur ce sol d'immondices, elle l'aurait transformé en un lit de roses, une terre bénie.

Je ne crois pas qu'elle ait cédé à aucun de ces cuistres ; avant, dit-on, il n'en fut pas de même : pour se faire engager elle se serait prêtée au Dr Brito, le rédacteur en chef de la gazette, on l'avait vue avec lui dans les alentours suspects du « Quatre-vingt-un », une maison de rendez-vous chic que tenait *madame* Elza. Elle me jura son innocence ; elle avait hanté ces parages avec son patron, c'est vrai, mais c'était pour lui prouver ses capacités, son talent de reporter — une histoire confuse que je ne désire pas approfondir, et qui n'a rien à faire ici.

J'acceptai son obscure explication, celle-ci et bien d'autres, y compris celle de la raison scientifique le soir où j'assumai la responsabilité de partir sur les traces de Pedro Archanjo dans les ruelles et les impasses de Bahia : ma jalousie, atroce et violente, assassine et suicidaire, se fondait en serments d'amour quand la perfide, arrachant sa mini-blouse et sa mini-jupe, exhibait le reste, bras et jambes tendus, tout ce paysage doré, cuivre et or, et ce parfum de romarin, maîtresse en fornication : « avec toi ont appris et se sont formées les prostituées », écrivis-je dans l'un des multiples poèmes que je lui dédiai, multiples et beaux (qu'on me pardonne).

La littérature fut le lien initial qui nous rapprocha et Ana Mercedes admira ce poète qui vous parle, et sa rude poésie, avant de céder au « maudit cobra », barbu, chevelu, en blue-jeans. « Maudit cobra », qu'on me pardonne à nouveau ma présomption ; ce sont les poétesses qui le disaient, un « vrai cobra ».

Inoubliable moment où, timide et craintive, elle me tendit pour que je le juge son cahier d'écolière, avec ses premiers essais : émouvante beauté, un sourire suppliant, toute humilité. Ce fut la première fois et l'unique où je l'eus humble à mes pieds.

Zino Batel avait obtenu un quart de page dans le supplément dominical du *Jornal da Cidade* pour la « Colonne de la Jeune Poésie » et il voulut que nous l'organisions ensemble : esclave huit heures par jour de l'agence d'une banque, la nuit à la ronéo du journal, il ne lui restait pas de temps pour réunir et choisir des poèmes. Cette tâche m'échut, gratuite et difficile, mais d'une certaine façon rémunératrice, j'y gagnai prestige et standing. J'établis mon quartier général dans un bar sombre et microscopique, au fond d'une galerie d'art, et me vis assailli d'une nombreuse clientèle de garçons et de filles — je n'avais jamais imaginé qu'il existât tant de jeunes poètes et si mauvais —, plus inspirés et plus féconds les uns que les autres, tous avides d'un pouce de place dans notre colonne. Les candidats, en général riches d'inspiration et pauvres de moyens, payaient en *batidas* de citron ; quelques-uns, les plus entreprenants, offraient du whisky. Je réaffirme ici ne pas m'être laissé influencer dans mon jugement et dans mon choix par la qualité ou la quantité des breuvages. Et, si quelques poétesses hystériques m'ouvrirent leurs jambes maigres, elles n'eurent pas raison de ma sévérité critique bien connue ; tout au plus elles l'adoucirent.

En quelques minutes Ana Mercedes mit fin à tant de force de caractère et d'impartialité. A peine eus-je jeté les yeux sur son cahier que je pus constater : elle n'était pas née pour ça ; Seigneur, que c'était mauvais ! Mais ses genoux, plus quelques centimètres de cuisses, une perfection de la nature, et ses yeux apeurés : « Mon enfant, lui dis-je, vous avez du talent. » Et comme elle souriait avec reconnaissance, j'en remis : « Un talent fou ! »

« Vous allez le publier ? demanda-t-elle tout de suite, anxieuse, entrouvrant les lèvres et y passant le bout de la langue. Mon Dieu !

— C'est possible, ça dépend de vous », répondis-je d'un ton badin, lourd d'insinuations et de sous-entendus.

J'avoue qu'à ce moment-là je pensai encore m'en sortir avantageusement mais honorablement : je couchais avec la poétesse sans publier ses platitudes. Grossières erreurs : le dimanche suivant elle faisait son entrée dans la Colonne de la Jeune Poésie, qu'elle était seule à occuper, avec ce commentaire : « Ana Mercedes, la grande révélation littéraire de la saison », et je n'avais rien obtenu de plus que quelques baisers, un sein effleuré et des promesses. Je dois préciser que les trois poèmes publiés sous son nom étaient pratiquement de ma plume. Dans l'un d'eux j'avais seulement conservé d'Ana Mercedes le mot « subilatorio », sublime et inconnu de moi ; il signifie anus. On peut dire, d'ailleurs, que la production poétique d'Ana Mercedes a été tout entière de mon cru dans un premier temps, puis de celui du poète Ildázio Taveira quand l'ingrate, lasse peut-être des scènes de jalousie, abandonna ma couche et commença une nouvelle phase littéraire. Du poète Ildázio elle passa à la musique populaire, collaboratrice du compositeur Toninho Lins, plus souvent dans son lit que dans les paroles ou la musique.

Quand Levenson arriva à Bahia, mon histoire avec Ana Mercedes avait atteint son point culminant : passion définitive, amour éternel. Pendant des mois et des mois je n'eus d'yeux ni de forces pour nulle autre femme et, si elle trahit nos serments d'amour, je ne parvins jamais à le vérifier — peut-être ne le voulais-je pas réellement, qui sait ? A quoi m'aurait servi cette preuve sinon à rompre définitivement — et ça, ah jamais ! — ou à n'avoir pas même aux heures amères le bénéfice du doute, de la plus petite, de la plus infime parcelle de doute ?

Doutes et jalousie, désir de l'avoir dans mon lit quand je l'avais laissée avec le savant à pareille heure de la nuit, crucifié et abject, payé en dollars, j'allai me cacher et m'enivrer au « Pipi des Anges », un trou inconnu des chalands.

A peine étais-je installé devant une cachaça que je vis qui, en étroite conversation avec une sordide mégère, maquerelle ou vieille fille, je ne sais, un indescriptible objet ? L'académicien Luiz Batista, défenseur de la Morale et de la Famille, un bigot par excellence, le champion des Bonnes Causes ! Il frémit en me voyant mais il n'eut pas le choix : il dut venir, affable et cordial, me donner des explications, une histoire aussi confuse que celle d'Ana Mercedes.

J'ai enduré le professeur Batista au collège, ses classes soporifiques, son verbiage emphatique, son conservatisme bovin, sa mauvaise haleine ; nous ne nous sommes jamais bien entendus, ni alors ni depuis, les rares fois où nous nous rencontrons. Mais voici que, dans cet infect troquet du plus bas étage, moi remâchant ma rancœur, ma douleur de cornu, lui découvert en vile compagnie, nous trouvons un sujet qui nous réunit, un commun intérêt, un ennemi qui nous rapproche : Levenson, le savant américain et son contrepoint, brésilien, l'anonyme Pedro Archanjo.

Le respectable académicien m'exposa ses réserves à l'égard de Levenson, ses doutes sur sa mission au Brésil ; je tus les miennes, elles étaient trop intimes et trop personnelles. Les siennes étaient d'intérêt public, elles touchaient à la sûreté de l'État.

« Tant de gens éminents à Bahia, la patrie de génies et de héros, à commencer par Ruy, l'Aigle de La Haye, et cet étranger choisit, pour l'encenser, le seul d'après lui digne de son intérêt, un nègre ivrogne et farceur. »

L'indignation le gagnait et il se leva, dans une pose oratoire, en transe comme les initiées du Terreiro d'Alaketú ; tourné tantôt vers moi, tantôt vers sa glorieuse conquête ou vers le garçon occupé à se curer les dents :

« Si l'on veut bien y prêter attention, toute cette comédie culturelle n'est qu'un plan d'origine communiste pour saper les bases du régime — plus bas, confidentiel —, j'ai lu quelque part que ce dénommé Levenson a été menacé de déposer devant la Commission des activités anti-américaines et je sais, de source sûre, que son nom figure dans les listes du F.B.I. »

Il brandit un doigt en direction de la solennelle indifférence du garçon, depuis longtemps habitué aux ivrognes les plus variés et les plus ridicules.

« Car, enfin, que veut-il nous imposer comme summum de la science ? Des élucubrations en mauvais portugais sur le bas peuple, la racaille. Qui était ce fameux Archanjo ? Une personnalité d'exception, un professeur, un docteur, un homme de science, un grand politicien, ou au moins un riche commerçant ? Rien de tout ça : un simple appariteur de la Faculté de médecine, à peine plus qu'un mendiant, quasiment un ouvrier. »

L'insigne citoyen écumait et je ne conteste pas le bien-fondé de sa colère. Il avait voué sa vie à clamer contre la pornographie, la dissolution des mœurs, les maillots de bain, Marx et Lénine, l'abâtardissement de la langue portugaise, « dernière fleur du Latium », et quel résultat avait-il obtenu ? Aucun : la pornographie domine les livres, le théâtre, le cinéma et la vie, la dissolution des mœurs est devenue chose normale et quotidienne, les jeunes filles gardent leurs pilules avec leur rosaire, les maillots sont devenus bikinis et ainsi de suite ; comme s'il ne suffisait pas de Marx et Lénine, voici maintenant Mao Tsétoung et Fidel Castro, sans parler des curés, tous possédés du diable ; quant aux livres et à la langue portugaise, les ouvrages de l'illustre académicien, coulés dans le limpide et correct idiome de Camoens, dorment sur les étagères des librairies, en éternel dépôt, tandis que se vendent à des milliers d'exemplaires les livres de ces écrivaillons qui méprisent les règles de la grammaire et réduisent la langue classique à un sous-dialecte africain.

J'eus peur qu'il ne nous morde, moi ou le garçon. Il ne le fit pas. Il prit sa poule, monta dans sa Volkswagen et partit à la recherche d'un coin quelconque, réellement discret, où un père de la patrie et de la morale puisse se livrer aux indispensables préliminaires capables de l'amener, une fois dans sa vie, à pratiquer l'amour charnel avec une autre que sa sainte épouse sans que l'espionne, dans ces douces prémices, un individu de basse extraction.

De basse extraction, sans doute. S'il n'en était pas ainsi, au lieu de cultiver des doutes ténus dans la cachaça, y cherchant l'inspiration pour des vers discutables, implacable, je ferais irruption dans l'hôtel et dans l'appartement pour le flagrant délit ; dans une main les dollars que je jetterais à la figure de la canaille, dans l'autre le revolver chargé : cinq balles pour l'infidèle, dans son ventre dissolu, jouissance et trahison, la dernière balle dans mon oreille. Ma jalousie, hélas, est assassine et suicidaire.

2

Cobra cocu

Étoile polluée
couches étrangères
coïts en latin
oh polluée
je mangerai tes restes
les déchets
les roses la fatigue la nuit de veille
le père de la patrie douleur du monde
je mangerai tes restes
sociologiques
parfum de romarin fleur de lavande
whisky bain savonnette fumée de pipe
oh yes

Pure victime
ni revolver ni poignard
ni rasoir ni vomissement ni
pleurs plaintes menaces cris

rien qu'amour
je mangerai tes restes

Roi des cornus
cobra cocu tordu
jardin de cornes
lances dards épieux bois pics
au front aux mains aux pieds
à l'épine dorsale
au subilatorio
je t'en pénétrerai
pure étoile polluée
ton maître et seigneur.

FAUSTO PENA

Pipi des Anges, au petit matin, 1968.

*Où l'on traite de gens
illustres et distingués,
d'intellectuels de grande classe,
dont quelques-uns savent ce qu'ils disent*

1

Les déclarations de Levenson mobilisèrent les pages des gazettes, les micros des radios, les caméras de la télévision pour les mettre au service de la mémoire et de l'œuvre du Bahianais inconnu jusqu'alors — brusquement une célébrité internationale. Reportages, interviews, déclarations des ténors de la culture, articles dans les suppléments dominicaux, chroniques, tables rondes dans les programmes de grande écoute. En général les intellectuels, dans les interviews et les articles, à la radio et à la télévision, cherchèrent surtout à attester d'une vieille familiarité avec l'œuvre d'Archanjo. Aucune différence, comme on le voit, entre ceux d'ici et ceux de Rio et de São Paulo : le progrès liquide les inégalités et les retards culturels qui autrefois distinguaient la métropole de la province. Aujourd'hui, nous sommes aussi dans le vent, aussi capables, aussi cultivés et audacieux que n'importe quel grand centre du Sud, et nos talentueux jeunes gens n'ont rien à envier à Apio Correia et aux autres cracks des bars d'Ipanema et de Leblon, si subtils et si hardis qu'ils soient. Il ne subsiste qu'une seule et scandaleuse différence : ici les salaires et les cachets restent bas, misérablissimes — provinciaux.

Étrangement, on découvrit que chacun de nos plus grands talents avait crié sur les toits, depuis longtemps et de toutes les façons, l'inestimable valeur de l'œuvre de maître Pedro (d'appariteur à la Faculté de médecine ils le promurent même « master » de l'Université), tandis que leurs collègues l'ignoraient ignominieusement. A les lire, on avait l'impression que le nom et les livres d'Archanjo n'avaient jamais connu l'anonymat et l'ombre d'où les avaient tirés les citations de Levenson; bien au contraire, constamment ils avaient été mis en évidence, en vedette, clamés aux quatre vents dans des essais, cours, conférences et débats par une immense cohorte de continuateurs de l'œuvre et des concepts de l'auteur de *La Vie populaire de Bahia*. Émouvante unanimité, touchante constatation : qui aurait pu prévoir l'existence d'un si grand nombre de disciples de Pedro Archanjo, un véritable bataillon, car Bahia, c'est un fait, est une mine d'ethnologues, de sociologues, d'anthropologues, de folkloristes et autres spécimens de la même faune, tous plus actifs et compétents, que nous garde Notre-Seigneur de Bonfim !

Il convient de relever, parmi ce fatras d'écrits érudits et burlesques, deux ou trois contributions réellement sérieuses et dignes d'être mentionnées. La longue interview accordée par le professeur Azevêdo au journal du soir *A Tarde*, par exemple.

Titulaire d'une chaire de sociologie, le professeur n'avait rien de commun avec l'arrivisme frénétique de certains intellectuels. Il connaissait effectivement l'œuvre d'Archanjo : il avait collaboré avec le professeur Ramos, de Rio de Janeiro, pour établir des notes propres à situer cette œuvre et à l'éclairer; il s'était efforcé d'intéresser de jeunes spécialistes à ces petits livres, mais les spécialistes étaient contents d'eux et de leur savoir, et ça leur suffisait. Il fallut la venue de James D. Levenson, prix Nobel, pour qu'ils se convertissent et prennent en main la tardive gloire d'Archanjo.

L'interview du professeur Azevêdo fut la principale source où s'abreuvèrent les signataires des brillants articles pour les suppléments littéraires et les revues, car il n'était pas facile de se procurer les livres d'Archanjo, des tirages anciens et limités. Avec un soin scrupuleux le professeur expliqua, analysa, disséqua l'œuvre de l'auteur des *Influences africaines dans les coutumes de Bahia* en soulignant sa qualité d'autodidacte, son sérieux et son courage scientifique, stupéfiants pour l'époque. Il cita des titres, des fragments, des lieux d'enquête, des noms, des dates, dit quelques mots de l'homme avec qui il avait eu de brèves relations et à l'enterrement duquel il avait assisté.

Plus de vingt essais, articles et chroniques naquirent de cette interview ; quelques-uns valurent à leur auteur de retentissants éloges ; pas un ne mentionna le professeur, mais tous citaient les œuvres de Levenson et de quelques auteurs yankees ou européens. L'un d'eux, à l'avant-garde s'il en est, qualifia le « message archanjien » de « produit rétrospectif de la pensée de Mao ». Un autre, non moins à l'avant-garde, écrivit sur « Archanjo et Sartre : deux mesures de l'homme ». Des cerveaux !

Curieuse chose, méritant une place à part parmi tant de bavardages, que l'article du journaliste Guerra, l'un des rares à ne pas se proclamer ethnologue, à ne pas se vouloir disciple d'Archanjo. Mauvaise langue sans pitié, ce Guerra n'entra dans la lice que pour dénoncer les plagiats répétés dont avait été victime une des œuvres du maître, la seule à avoir obtenu une certaine audience quand elle avait été exposée aux devantures des librairies plus de trente ans auparavant.

Dans son témoignage le professeur Azevêdo avait fait état des immenses sacrifices que s'était imposés l'appariteur désargenté — maigre traitement et cachaça généreuse — pour imprimer ses livres. Son compère et ami Lídio Corró, graveur de miracles, flûtiste et bon vivant, avait installé une modeste typographie à la montée du Tabuao : il imprimait des prospectus et des réclames pour les commerçants du voisinage, pour les cinémas de la rampe du Savetier, composait les brochures des chanteurs populaires, une littérature de colportage que l'on vendait sur les marchés et dans les foires. Sur Lídio Corró, dans le cadre des commémorations du centenaire d'Archanjo, l'essayiste Valadares élabora un méticuleux travail, digne d'être lu et retenu : « Corró, Archanjo et l'Université du Tabuao ». Là, dans le fruste atelier, furent composés et imprimés trois des quatre volumes du maître ignoré, tous d'une exécrable qualité graphique.

Un de ses livres, pourtant, trouva un éditeur digne de ce nom et fut tiré à mille exemplaires, ce qui était beaucoup pour l'époque et énorme pour Archanjo dont les tirages antérieurs n'avaient pas dépassé trois cents ; quant à son dernier ouvrage, les importantissimes *Notes sur le métissage dans les familles bahianaises*, on en imprima seulement cent quarante-deux exemplaires, il n'y avait pas de papier pour davantage. Cent quarante-deux, c'est peu et assez cependant pour faire scandale, pour susciter horreur et violence. Quand Corró trouva d'autres rames de papier et voulut reprendre l'impression, la police arriva.

L'Art culinaire bahianais, origines et principes eut un meilleur sort. Un certain Bonfanti, d'origines douteuses et de réputation suspecte, s'était établi place de la Cathédrale comme bouquiniste, il était spécialisé dans les articles scolaires et dans l'exploitation des collégiens et des étudiants auxquels il achetait bon marché et vendait cher les mêmes livres : anthologies, tables de logarithmes, dictionnaires, traités de médecine et de droit. Pedro Archanjo fréquentait la maison, en d'interminables conversations avec le grigou, il était même parvenu à lui devoir quelques sous pour une édition usagée, mais complète, des *Mémoires d'un médecin* de Dumas père, une preuve de grande estime de la part du libraire qui ne faisait crédit à personne.

Bonfanti avait édité quelques opuscules destinés à aider dans leurs examens les élèves du lycée et des collèges privés de Bahia : la traduction des fables de *Phèdre*, infaillible à l'épreuve écrite de latin, les solutions des problèmes d'algèbre et de géométrie, quelques notions de grammaire, une analyse des *Lusiades*, tous de dimensions réduites pour faciliter le transport clandestin et les coups d'œil furtifs dans les salles d'examen. Pour compléter l'éducation des jeunes gens, à laquelle il manifestait tant d'intérêt, l'Italien imprimait et vendait des brochures pornographiques qui lui valaient également une clientèle sélecte de messieurs dignes.

Outre les livres, petits plats et friandises réunissaient le mulâtre bahianais et l'étrange péninsulaire, tous deux de solides appétits et de fins gourmets, tous deux cuisiniers hors ligne. Archanjo n'avait pas son rival pour certains plats bahianais, sa moqueca de raie était sublime. Bonfanti préparait une pastasciuta-aifunghi-secchi à s'en lécher les doigts, tout en se plaignant que n'existent pas à Bahia certains ingrédients indispensables. De leurs conversations et de leurs déjeuners dominicaux naquit l'idée d'un manuel de cuisine bahianaise qui réunirait des recettes transmises jusqu'alors oralement ou consignées sur des cahiers de cuisine.

Les modalités de l'édition n'allèrent pas sans disputes, Bonfanti voulant réduire le texte aux recettes avec, tout au plus, une demi-page de préface, tandis qu'Archanjo exigeait sa publication intégrale, sans coupures : d'abord son enquête, ses commentaires, sa longue étude ; ensuite les recettes. Le livre parut finalement ainsi, mais le tirage mit des années à s'épuiser soit parce qu'« un manuel de cuisine est destiné aux maîtresses de maison et ne doit pas comporter de littérature ni de science », comme le proclamait Bonfanti — se plaignant du déficit et refusant de payer les droits d'auteur —, soit que ce filou d'Italien en ait tiré bien plus de mille exemplaires, soit par désintérêt de la part du public.

Quand Archanjo mourut, Bonfanti avait encore un petit stock, quelques volumes.

Mais, si désintérêt il y eut, avec les années, avec le développement de la ville, le progrès, l'installation d'industries, avec surtout le tourisme, la cuisine bahianaise gagna un renom et une popularité nationale. Divers livres de recettes furent lancés à Rio et à São Paulo. Quelques-uns dans de superbes éditions, bien imprimés, illustrés de photographies en couleur. Des journalistes, des dames de la société, un Français qui possédait un restaurant au Corredor da Vitória, tous y allèrent de leur livre et gagnèrent, ainsi que leurs éditeurs, des sommes rondelettes avec *La Cuisine bahianaise, Cent Recettes de plats et de gâteaux de Bahia, Dendê, coco et pimens, La Cuisine afro-brésilienne, Les Oublis de Yaya*, etc.

Selon le terrible Guerra ils copièrent purement et simplement, et sans vergogne, la brochure d'Archanjo, sans rien y ajouter de neuf ni d'original. Au contraire : ils abandonnèrent comme inutile et fastidieuse — « les imbéciles ! » s'exclamait le chroniqueur en colère — la partie des recherches, études et conclusions, ne volant que le répertoire de recettes. Pourtant, un journaliste carioque, plus ambitieux et impudent, après une courte semaine à Bahia, vola tout — page par page. Pire encore : il eut l'audace de récrire les synthèses d'Archanjo en les déformant, les dénaturant. L'écrivain Guerra dénonça l'escroquerie — « on sait pourtant que je ne suis ni ethnologue ni folkloriste ».

Quant à l'interview du major Damiao de Souza, la populaire figure des luttes judiciaires et de tant de campagnes mémorables, ses conséquences furent si imprévisibles, allèrent si loin, qu'elle mérite un chapitre à part.

2

Rares, rarissimes ceux qui pouvaient tourner le loquet et entrer directement dans le bureau du docteur Zèzinho Pinto, directeur (et propriétaire) du *Jornal da Cidade*, où le puissant citoyen se réfugiait pour réfléchir et décider de ses projets et de ses affaires — à la Financière c'était impossible, à la Pétrochimique aussi, au siège des industries réunies, n'en parlons pas. Là, dans cette pièce dont la porte était rigoureusement interdite, à deux heures de l'après-midi, avant que ne commence le brouhaha de la rédaction et des ateliers, il trouvait la tranquillité nécessaire à ses méditations et aussi à un somme réparateur.

Le major Damiao de Souza, pourtant, avait ses entrées partout; il avança sa main osseuse, le loquet fonctionna, il entra :

« Docteur Zèzinho, mon cher, Dieu garde Votre Excellence. Chez vous, tout va bien? La santé est aussi florissante que les affaires? Allons, c'est ce qu'il faut. Bon, je suis venu vous parler de Pedro Archanjo. Les gamins de votre journal écoutent n'importe qui, ils publient la photo du premier pitre venu, mais votre serviteur, le seul à Bahia qui connaisse Archanjo, reste de côté, oublié, dédaigné. Qu'est-ce que c'est, monsieur le Directeur? On méprise le major? »

Il avait touché un point sensible, une plaie à vif : le docteur Zèzinho Pinto revenait du déjeuner mensuel où les trois magnats de la presse bahianaise, les maîtres des journaux de Salvador, accordaient leurs violons. Amis de longue date, ce déjeuner était toujours une joyeuse réunion, avec de bons vins et du whisky de contrebande; en plus des informations qu'ils échangeaient, de l'analyse de la situation politique et économique, ils riaient et disaient du mal d'autrui, se taquinaient mutuellement en commentant les gaffes de leurs feuilles respectives. Ce jour-là, la victime avait été le docteur Zèzinho à propos de la piteuse façon dont le *Jornal da Cidade* avait couvert le sujet de l'heure : Pedro Archanjo. « Des rédacteurs de si grand talent, la fleur de l'intellectualité, et malgré ça les articles sur le thème à la mode restaient loin derrière les réussites de *A Tarde* — l'interview du professeur Azevêdo pour ne citer qu'un seul exemple — et celles du *Diário da Manha*, avec le supplément spécial « L'Archange de Bahia » —, sans parler des déclarations exclusives de Levenson, accordées à Ana Mercedes, reproduites par la presse de Rio et de São Paulo, de Porto Alegre, de Recife. »

« Vous conviendrez, mon cher Brito, qu'avec de telles méthodes... qui refuserait un entretien particulier à Ana Mercedes, en tête-à-tête, dans une chambre d'hôtel ? Pas même moi. Si ce n'est pas de la concurrence déloyale, je ne sais pas ce que c'est. Vous savez comment on l'appelle dans les salles de rédaction ? La chosette en or.

— Elle est vraiment en or, Brito ? On dit que vous le savez », plaisanta Cardim.

Tous trois rirent et burent le bon vin allemand, mais l'arête était restée en travers de la gorge du docteur Zèzinho, fanatique de son journal, jaloux de son standing. Il payait coquettement ces garçons bourrés de titres et de prétention, il les laissait écrire une série d'hérésies dans sa gazette pour que le *Jornal da Cidade* soit le porte-parole de la culture, et voilà que sur un sujet aussi primordial ils se laissaient battre par leurs concurrents, des rédacteurs ignares de quatre sous. Tout à l'heure, en réunion — après une courte sieste dans son bureau à air conditionné —, il botterait les fesses doctes et bien nourries des responsables, il payait trop bien ces individus. Il ne pouvait admettre de voir son journal humilié, à l'arrière-garde.

Archanjo ? Vous l'avez connu, Major ? C'est vrai ?

— Si je l'ai connu ? Qui m'a appris à lire ? Qui l'a trouvé mort à la montée du Pilori ? Il a raté d'être mon père parce que *sinha* Terência, ma mère, ne l'a rencontré qu'après que Souza le Borgne eut largué la famille et qu'elle eut prit une baraque au Mercado do Ouro. Tous les matins Archanjo venait prendre son café, à lui seul c'était un vrai cirque : des histoires, des vers, des anecdotes. Encore maintenant, je soupçonne *sinha* Terência d'avoir eu un faible pour lui, mais Archanjo ne mangeait pas de ce pain-là. Qui m'a élevé, c'est lui, lui qui m'a appris l'a.b.c., le bien et le mal de la vie. »

Il ne le dit pas mais il aurait pu dire : le goût de la cachaça et le plaisir des femmes. Mais le docteur Zèzinho ne l'écoutait plus, agitant la clochette, criant au coursier :

« Il y a quelqu'un à la rédaction ? Qui ? Ari ? Envoie-le-moi, vite — il se retournait vers le Major, lui souriant de son célèbre sourire : Major, vous êtes un chef, il n'y a pas de doute — et il lui sourit une nouvelle fois, il souriait comme il aurait fait un cadeau. Vous êtes un chef. »

D'une certaine façon c'était vrai : à la veille de ses soixante-quinze ans, le Major était d'une popularité sans rivale, sans doute le personnage le plus pittoresque de Bahia. Avocat du peuple, défenseur des pauvres, providence des malheureux, agréé au tribunal, il avait battu tous les records de défenses — et d'acquittements — au tribunal où il exerçait depuis bientôt cinquante ans; une innombrable clientèle d'accusés, archipauvres, désemparés, pour la majeure partie gratuite. Journaliste, il avait sa place dans tous les journaux car dans tous il écrivait ses fameuses « Deux lignes » de protestation et d'appel aux autorités, clamant contre la misère, la faim et l'analphabétisme. Ex-conseiller municipal grâce aux voix d'un petit parti qui, dans l'ivresse de son succès, avait élu deux malins, le Président et le Vice-président de l'assemblée, d'insatiables rats, il fit du conseil municipal la maison du peuple pauvre, entraîna les autres édiles dans la dissidence, impliqua le conseil dans les invasions de terrains d'où sortirent de nouveaux quartiers, jamais plus il ne fut élu. Orateur universel et en tous genres, non seulement au tribunal et en cours d'appel, mais dans quelque cérémonie où il se trouvât, il prenait aussi bien la parole dans les solennités civiques que dans les repas de mariage, d'anniversaire ou de baptême; aussi bien pour l'inauguration d'une école ou d'un dispensaire que pour l'ouverture d'un magasin, d'une boutique, boulangerie, bar; pour l'enterrement d'une personnalité et dans les meetings politiques (quand ils étaient permis, autrefois) sans distinction de parti. Selon lui, pour défendre les intérêts du peuple, pour protester contre la misère, le manque de travail et d'écoles, n'importe quel canard, n'importe quelle tribune faisait l'affaire, et que les mécontents aillent au diable.

Il valait la peine d'entendre un de ses discours — ah! l'infaillible discours du 2 juillet, place de la Cathédrale, devant l'effigie du *Caboclo* et de la *Cabocla*, avec Labatut, Maria Quitéria, Joana Angélica, un monument d'éloquence civique et baroque. La foule, en délire, que de fois le porta-t-elle en triomphe!

La voix rauque de cachaça et de tabac, faite pour les tropes et les formules qui arrachent les applaudissements, les citations des grands hommes brésiliens et étrangers — le Christ, Ruy Barbosa et Clemenceau étaient ses préférés. Dans les discours du Major jaillissaient des sentences et des maximes qu'il attribuait à des noms fameux, vivants, morts et inventés; au tribunal il les lançait à la tête des procureurs bouche bée devant tant d'audace. Une fois, pour appuyer une thèse absurde de légitime défense, comme il avait cité « l'immortel jurisconsulte Bernabó, gloire de l'Italie et de la latinité », le procureur, imberbe, bouillant et content de soi, résolut de dénoncer l'imposture, de démasquer une bonne fois le mystificateur:

« Monsieur le Major, pardonnez-moi, mais je n'ai jamais entendu parler de ce criminaliste que cite Votre Excellence. Existe-t-il réellement, ce Bernabó? »

Avec pitié, le Major posa les yeux sur le prétentieux:

« Votre Excellence est encore bien jeune, vous n'avez pas tout lu, il est normal que vous ignoriez les œuvres classiques de Bernabó, on ne peut vous en faire grief. Si Votre Excellence avait mon âge, les yeux presque aveugles, usés par la lecture, là, non, on ne vous pardonnerait pas semblable ignorance... »

Une vue excellente, jamais il ne porta de lunettes. A un âge où la plupart des gens ont un pied dans la tombe, sont à la retraite à attendre la mort, il se conservait vert et vigoureux, « conservé dans la cachaça », mangeant des pieds-paquets à minuit à São Joaquim, aux Sept Portes, à la rampe du Marché, entraînant les femmes dans son lit, « si je vais dormir sans la bagatelle, le sommeil ne vient pas », un cigare bon marché dans sa bouche aux dents gâtées, les mains grandes et noueuses, faux col, complet blanc — étant dé Oshalá, il ne porte que du blanc —, parfois le col et les manchettes maculés.

Son cabinet, en principe, est là où le Major se trouve, car jamais on ne l'a vu marcher seul, s'il est dans la rue trois ou quatre malheureux lui emboîtent le pas, et s'il s'installe au comptoir de quelque bistrot pour un petit verre toujours salutaire contre le froid ou contre la chaleur, immédiatement commencent les récits, les plaintes, les demandes. Il prend des notes sur des bouts de papier qu'il enfouit dans la poche de sa veste. Mais son cabinet officiel, où il reçoit tous les matins, est au fond d'un porche, dans une maison coloniale de la rua do Liceu, dans l'ex-atelier du santonnier Miguel. Le santonnier mort, un ravaudeur de savates loua l'emplacement et y disposa ses outils et son cuir. La table du Major resta pourtant au même endroit et le nouvel artisan, un sympathique albinos plein de taches de rousseur, lui assura cachaça et amitié.

Là, aux abords de la porte, dès la première heure, s'agglutine la terrible clientèle : des femmes dont on a arrêté le mari, parfois avec toute leur marmaille, des mères d'enfants d'âge scolaire et sans école, des chômeurs, des prostituées, des vagabonds, des malades à qui il faudrait un médecin, un hôpital et des médicaments, des escrocs inculpés en liberté provisoire, des familles sans argent pour enterrer un mort, des femmes abandonnées par leur mari, des filles fraîchement déflorées, enceintes d'un séducteur rebelle au mariage, les gens les plus divers, tous menacés par la justice, la police, les grands; et des ivrognes simplement ivrognes, qui espèrent une lampée matinale pour se rincer la bouche — une population pitoyable, affamée et assoiffée. Un à un le Major les écoute.

Ses domiciles se trouvent à Liberdade, à Cosme de Faria et à Itapagipe et, dans chacun d'eux, une tendre concubine l'attend, aussi tendre que patiente, jusqu'au petit matin la nuit qui lui revient.

A Liberdade une grosse et placide créole, bien fournie en seins et en croupe, dans les quarante et quelques années, c'est Emerência qui prépare des plats bahianais pour les riches, sa clientèle est triée, elle est la plus ancienne des actuelles amours du Major — il y a plus de vingt-cinq ans il l'a enlevée. A Cosme de Faria la douce Dalina coud pour des clientes, coud et brode; mains de fée, visage piqué de petite vérole, la trentaine, plutôt blonde, agréable.

Le Major la connut quand elle vint le trouver, engrossée, et chassée par un père despotique. Le responsable, marié et caporal de l'armée, obtint d'être très vite déplacé vers le sud. Le Major trouva une maternité et un médecin pour Dalina et ensuite les recueillit, elle et l'enfant, il n'allait pas les laisser à la grâce de Dieu. A Itapagipe, dans une maisonnette, façade verte et fenêtres roses, Mara, cabocla et jolie, dix-huit ans et deux dents en or, fait des fleurs de papier crépon pour un magasin de l'Avenida 7, et autant elle en fait autant elle en vend. Le patron du magasin, d'ailleurs, lui a déjà proposé d'autres accords et avantages; ainsi que Floriano Coelho, artiste peintre, beau garçon et beau parleur — l'un et l'autre voudraient la prendre en charge. Mais Mara est fidèle à ses fleurs et à son homme. Quand le Major arrive, elle se pelotonne dans ses bras maigres, respire son haleine forte, écoute sa voix rauque d'insomnie :

« Comment va mon petit oiseau ? »

Trois foyers, trois maîtresses ? Devant l'étonnement compréhensible et naturel de bien des gens quand ils apprennent le nombre des belles — « c'est impossible, c'est des blagues » — le Major s'excuse, demande qu'on le comprenne : qu'on tienne compte de son âge et de son emploi du temps. Quand il était plus jeune et plus libre ce n'était pas trois, c'était des maisons et des femmes sans compter, les officielles et les accidentelles.

« Archanjo était toujours entouré de gens et les filles ne le lâchaient pas », dit le Major tandis qu'Ari, rédacteur principal, note cette information de son écriture illisible. Curieux, le docteur Zèzinho assiste à l'interview. Des personnages défilent, des anecdotes, des lieux et des dates. La Boutique aux Miracles, Lídio Corró, Budiao, Kirsi, la baraque du marché, Ivone, Rosa, Rosâlia, Ester, des femmes et des femmes, l'Afoshé des Fils de Bahia, la persécution contre Procópio, le commissaire Pedrito Gordo, une brute, la grève de la « Circulaire », celle de 34 (« il vaut mieux ne pas parler de grève dans la situation actuelle, évite ce point, Ari », recommande le directeur au journaliste, une tête chaude, capable de faire de la grève le centre de son article, de lui créer des difficultés avec la censure), l'Association de la Sirène, le santonnier Miguel. Beaucoup de choses, certes, mais tout le bavardage du Major déconcerte le patron du journal ; ça ne vaut pas grand-chose, ça n'a pas le moindre caractère scientifique.

« Il est mort dans la misère, n'est-ce pas ? » demande Ari.

Bon et simple, mais une tête dure obstinée, un orgueil intérieur, il n'y avait rien à faire avec Archanjo. Que de fois le Major (et pas seulement le Major, aussi d'autres amis) avait voulu l'emmener dans l'un de ses foyers quand le vieux perdit ses dernières possibilités de travail. Tu acceptes ? Pas question. « Je me débrouille seul, je n'ai pas besoin d'aumône. » Terrible vieux.

« Il y a vingt-cinq ans qu'il est mort, exactement. Et en décembre, une semaine avant Noël, le 18, il y aura cent ans qu'il est né. »

On entendit une exclamation : c'était le docteur Zèzinho qui tenait enfin ce qu'il voulait et qu'il cherchait :

« Qu'est-ce que vous dites, Major ? Cent ans ? Répétez ça !

— C'est la vérité : le centenaire d'Archanjo, quand on a fêté ses cinquante ans, mon bon ami, ce fut une fête du tonnerre, quelle semaine ! »

Très agité, le docteur Zèzinho s'était levé, il annonça :

« Une semaine ? Voyons une semaine... Ce centenaire, Major, nous allons le commémorer pendant une année entière, à dater de demain. Pour terminer, le jour de sa naissance, par une grande solennité. *Seu* Ari, le *Jornal da Cidade* va patronner les commémorations du centenaire de l'immortel Archanjo. Tu comprends, tu saisis bien ? Maintenant, c'est moi qui vais rire. On va voir la tête de Brito et de Cardim. *Seu* Ari, avertis Ferreirinha et Goldman ; nous allons faire une réunion aujourd'hui même, nous allons lancer une campagne de grand style. Nous convoquerons le gouvernement, l'Université — l'École de médecine en tête — l'Institut d'histoire, l'Académie des belles-lettres, le Centre d'études folkloriques, les banques, le commerce, l'industrie, nous créerons un comité d'honneur, nous ferons venir des gens de Rio. Ah ! nous allons écraser ces feuilles de chou, nous allons leur montrer comment on fait un journal. »

Ari était d'accord :

« Le journal a grand besoin d'une bonne campagne. Depuis qu'on ne peut plus attaquer le gouvernement la vente baisse. »

Le docteur Zèzinho Pinto s'adressa au Major :

« Major, vous m'avez donné l'idée du lancement de l'année : le centenaire de Pedro Archanjo. Je ne sais comment vous remercier, comment vous rétribuer. »

Il lui sourit, il n'y avait pas de meilleure rétribution, de meilleur remerciement, de rémunération plus agréable que le chaleureux sourire du digne citoyen. Mais le Major, ah ! ce major Damiao de Souza :

« Allons, ne vous en faites pas pour ça, mon bon ami. Venez avec moi au bar des Gratte-papier, là en face, et offrez-moi un cognac, ou plutôt deux, sans compter le vôtre. Un pour moi, l'autre je le boirai pour Archanjo, le vieux adorait une bonne fine. Allons-y tout de suite, l'heure est propice. »

Pour le magnat il eût été déplacé d'avaler un cognac national au zinc d'un bistrot minable, encore plus dans la chaleur de l'après-midi. D'un geste généreux, pourtant, il donna l'ordre à la comptabilité de préparer un chèque pour la cachaça du Major. Aujourd'hui, tout se paie, fini le bon vieux temps.

3

Le grand Levenson n'eut pas connaissance de l'interview du major Damiao de Souza, accordée et publiée quand le savant avait déjà quitté Bahia, et il déplora quelques mois plus tard, dans une courte lettre de sa secrétaire au docteur Zèzinho Pinto, directeur et propriétaire du *Jornal da Cidade*, de ne pouvoir accepter l'invitation de l'insigne organe de la presse bahianaise à prendre la parole lors de la « séance solennelle *in memoriam* de l'immortel Pedro Archanjo », pour la clôture des commémorations du centenaire du maître bahianais. « Le professeur Levenson vous remercie de lui faire part de l'hommage rendu à Pedro Archanjo et il se solidarise avec vous, heureux de constater que le peuple brésilien témoigne son admiration et sa fidélité à l'éminent écrivain. » Malheureusement, il ne pouvait venir, bien qu'il l'eût désiré : des engagements antérieurs et impérieux en Extrême-Orient, au Japon et en Chine. Un curieux *post-scriptum*, de la main du professeur, donnait une inestimable valeur d'autographe à la lettre écrite à la machine et signée par la secrétaire :

« *P.S. — La Chine dont il est question ici est la Chine continentale, la République populaire chinoise, l'autre, l'île de Formose, n'est qu'une ridicule et dangereuse invention des bellicistes.* »

« Le prix Nobel applaudit à l'initiative du *Jornal da Cidade* », telle était la manchette qui précédait l'annonce de l'« enthousiaste solidarité de James D. Levenson, le grand homme de science des États-Unis, avec la campagne de presse de notre journal », et de son impossibilité d'y participer. « Je suis solidaire de cet hommage et j'en suis heureux », transcrivait la gazette, escamotant du même coup la secrétaire et le *post-scriptum*.

Le docteur Zèzinho ne cacha pas sa contrariété : il avait donné comme certaine la présence de Levenson, son show se réduisait maintenant aux génies nationaux et aux valeurs de la province. Il était assuré de la présence du professeur Ramos, de Rio de Janeiro, faible consolation de l'absence du prix Nobel, « venant spécialement du Géant du Nord, de la colossale Amérique », ainsi qu'on l'avait annoncé avec fracas.

Le potentat bahianais ne sut rien des vacillations de Levenson, presque décidé à envoyer au diable le cours à l'Université de Tokyo et l'invitation de Pékin, et à revenir à Bahia, revoir la mer vert-bleu, les voiles des barques, la ville accrochée à la montagne, ces gens d'un charme civilisé, et la longue fille — comment s'appelait-elle, déjà ? —, palmier dressé, lèvres, seins, hanches et ventre inoubliables, métisse sortie d'un livre d'Archanjo, ce perturbateur d'Archanjo dont il avait à peine deviné les traces dans le mystère de la ville.

Il était venu pour deux jours, il était resté trois — trois jours et trois nuits — et il gardait de ce rapide passage une idée poétique et absurde : Archanjo était un sorcier, ça, il s'en était rendu compte, et il avait inventé cette jeune fille pour lui, Levenson, afin de lui donner une preuve vivante de tout ce qu'il avait écrit. Comment s'appelait-elle, voyons ? Ann, oui, Ann, accueillante et impavide — et avec son idiot de fiancé sur ses pas.

« Quel est cet individu couleur de muraille qui nous suit partout ? Un admirateur ou un policier, "un policia" ? », demanda le savant, au fait des habitudes des pays sous-développés et de leurs dictatures, en montrant le poète Fausto Pena, ombre de leurs pas.

« Lui ? Ana rit avec imprudence. C'est mon fiancé... A propos, ne disiez-vous pas que vous vouliez engager quelqu'un pour rassembler des informations sur Pedro Archanjo ? C'est la personne qu'il vous faut. Il est sociologue et poète, il a du talent et du temps libre.

— S'il nous garantit qu'il commence à travailler à l'instant et qu'il nous laisse en paix, il peut se considérer comme engagé... »

Ç'avaient été des journées bien remplies : en compagnie d'Ana Mercedes, Levenson avait sillonné la ville, marcheur intrépide, on le trouvait dans les ruelles, dans les impasses, au marais des Alagados, dans la zone, dans les églises baroques d'or et céramiques bleues. Il parla à des tas de gens de toute sorte : Camafeu d'Oshóssi, Eduardo de Ijeshá, maître Pastinhe, Menininha et Maezinha, Miguel de Santana Obá Aré. Il fuit les notables et refusa un dîner en son honneur sous prétexte d'une indisposition intestinale, déclinant le menu raffiné et le discours de bienvenue de l'académicien Luiz Batista, une notabilité. Il alla manger du *vatapá*, du caruru, de l'*efó* aux crevettes, de petits crabes en sauce, des gâteaux à la noix de coco et des ananas au haut du Marché Modèle, au restaurant de feu Maria de São Pedro, d'où l'on voyait les barques aux voiles déployées fendre le golfe, et les monceaux de fruits sur le quai au-dessus de la mer.

Au candomblé d'Olga, fille de Lôko et de Yansan, à Alaketú, il reconnut les orishás des livres d'Archanjo et, en écoutant d'une oreille morne les explications du fiancé de la jeune fille, il les salua, plein d'enthousiasme et d'amitié. Appuyé sur son scintillant bâton, Oshalá vint à lui en dansant et le prit dans ses bras. « Votre protecteur, *meu pai*, c'est Osholufan, Oshalá le Vieux », lui dit Olga en le menant voir les autels. Une reine, cette Olga, dans son cortège d'initiés et d'*iaôs*. « Reines des rues de la ville, avec leurs plateaux chargés de mets et de gâteaux, doublement reines dans les terreiros, mères et filles de saint », avait écrit Pedro Archanjo.

Les heures de la nuit, des trois courtes nuits, avaient été pour le lit et l'amour, les longues jambes de la jeune fille, ses hanches, ses seins bruns, son parfum de tropique, son rire insolent, provocant :

« On va voir, *seu* gringo, si vous valez quelque chose ou si ce n'est qu'une façade, avait-elle dit la première nuit en arrachant son peu de vêtements. Je vais vous apprendre ce que c'est qu'une mulâtresse brésilienne. »

Une fête, une fête sans pareille, de rires et de soupirs. Une fête, que dire de plus ? Les mots manquent et le savant Levenson, cher docteur Zèzinho, était à deux doigts de tout abandonner, Japon et Chine — Chine continentale, ne l'oubliez pas —, et d'accepter votre invitation pour revoir la ville d'Archanjo, mystère et sorcellerie.

Ah ! si le docteur Zèzinho l'avait su, il aurait pu composer une autre manchette pour son journal : « A New York, le grand Levenson souffre de *saudades* de Bahia. »

Quelques rares contemporains de Pedro Archanjo que découvrirent les reporters, par hasard plutôt qu'à la suite de recherches planifiées, de timides vieillards, des gens simples du peuple, se bornèrent à évoquer l'image d'un bon voisin, d'un bohème un peu fou avec la manie de tout noter, grand questionneur et conteur d'histoires, auditeur attentif, habile joueur de viole et de guitare, sans parler du berimbau pour capoeira et du tambour, instruments qui n'avaient pas de secret pour lui et qu'il pratiquait depuis son enfance aux fêtes des rues et des terreiros.

Des dépositions misérables, des témoignages chiches pour les journalistes d'une exigence tyrannique, avides de détails à sensation, d'histoires de sexe ostentatoires et tristes, de violence pour la violence ; des souvenirs d'un temps et d'une gent sans attraits pour la presse de ce monde-chien. Un temps et des gens encore très proches par le calendrier mais si loin par les habitudes, les sentiments, le style de vie, si loin que le reporter Peçanha commentait pour le cercle de ses amis et amies, dans une boîte :

« Vous voyez ça d'ici ? Moi dans le cirage total avec un *colored* de petit vieux, mort et enterré depuis plus de vingt ans et qui n'en démord pas, qui me raconte des radotages, des conneries vaseuses que lui trouve terribles sur un machin appelé la Boutique aux Miracles... »

Dans le cirage, le reporter Peçanha ; tous ses amis, toutes ses amies, dans le cirage ; dans le cirage total, et le seul à ne pas l'être était un pauvre diable :

« Moi dans un cirage monstre, pas moyen d'y voir goutte, et ce Mathusalem qui me rebat les oreilles avec cette fameuse Boutique où ce maudit Archanjo faisait l'acteur, disait des vers, une connerie totale. Vous savez ce que je pense ? Cet Archanjo n'était qu'un clown. »

*Où il est question de défilés de carnaval,
de batailles de rue et autres merveilles,
avec des mulâtresses, des négresses
et une Suédoise
(qui en vérité était finlandaise)*

1

Et le peuple accourut pour voir et il applaudissait, criait, en sautant et dansant dans un fol enthousiasme. Et vint le défilé tout entier : masques, géants, paillasses, tambourinaires — *zabumbas, zé-pereiras* — blocs, cordons, bouffons, grimes. Quand le cortège déboucha au Politeama on entendit un cri le saluer à l'unisson une clameur : *viva, viva, vivoô!*

La surprise faisait redoubler le délire : le docteur Francisco Antônio de Castro Loureiro, préfet de police par intérim, n'avait-il pas proscrit « pour des motifs ethniques et sociaux, dans l'intérêt des familles, des mœurs, de la morale et de la paix publique, pour combattre le crime, la licence et le désordre », la sortie et le défilé des afoshés, des cortèges de carnaval à dater de 1904, sous quelque prétexte et où que ce soit dans la ville ? Qui, alors, aurait osé ?

L'Afoshé des Fils de Bahia avait osé; il n'était encore jamais sorti jusqu'alors et jamais on n'avait imaginé, on n'avait vu de cortège d'une telle majesté, de composition si spectaculaire, avec des rythmes pareils, une merveille de couleurs, une ordonnance admirable et Zumbi dans toute sa grandeur.

Il avait doublement osé, car il avait fait descendre

dans la rue la République des Palmares sur le pied de guerre, ses héroïques combattants et Zumbi, son chef et commandant, le plus grand de tous les guerriers, vainqueur de trois armées, qui affrontait la quatrième, à l'instant de la bataille, mettant en danger l'Empire et l'Empereur, triomphant sur sa montagne de feu et de liberté.

Zumbi était là, debout sur la montagne, la lance au poing, torse nu, une peau d'once couvrant sa virilité. Le cri de guerre scande la danse des nègres fugitifs, fuyant le fouet, les contremaîtres et les seigneurs, la condition de bêtes de somme, redevenus des hommes et des combattants, jamais plus esclaves. D'un côté les guerriers à demi nus, de l'autre les mercenaires de Domingos Jorge Velho, l'esclavocrate, capitaine sans cœur et sans pitié, sans foi ni loi. « Je les veux vivants, tous, comme esclaves », annonçait-il dans son discours au peuple de Bahia, au carnaval. Il avait une longue barbe, une tunique et un baudrier, un chapeau de *bandeirante* et à la main le fouet à trois mèches.

Le peuple applaudissait l'insubordination, le courageux défi ; a-t-on jamais vu, monsieur le docteur Francisco Antônio de Castro Loureiro, chef intérim de la police et Blanc au cul noir, a-t-on jamais vu un Carnaval sans défilé, l'amusement du peuple pauvre, du plus pauvre des pauvres, son théâtre et son ballet, sa représentation ? Ça ne vous suffit pas la misère, le manque de nourriture et de travail, les maladies, la variole, la fièvre malingre, la malaria, la dysenterie qui tue les enfants, vous voulez encore, monsieur le docteur Francisco Antônio Tue-le-Nègre, l'appauvrir plus et le réduire. Fit-ó-fó pour le chef de la police, dans les huées, dans les sifflets, dans les rires, fit-ó-fó. Bravos et vivas pour les intrépides de l'afoshé, viva, viva, vivoó !

Et vint le Carnaval tout entier saluer l'Afoshé des Fils de Bahia, applaudir la république libertaire des Palmares. Pareil succès, même l'Afoshé de l'Ambassade africaine ne l'obtint pas quand, en 1895, il se présenta pour la première fois, montrant la cour mirifique d'Oshalá. Pas plus que, trois ans après, quand il exhiba dans la ville la cour du dernier roi du Dahomey, Sa Majesté noirissime Agô Li Agbô. Ni les Histrions d'Afrique, avec leur chef Lobossi et son rituel angola. Ni les Fils da Aldeia, en 1898, un afoshé de caboclos, une éblouissante nouveauté qui arracha applaudissements et éloges. Aucun digne de se comparer aux Fils de Bahia l'année de la prohibition.

Et vint le Carnaval tout entier et avec lui la cavalerie et la police. Le peuple réagit pour défendre l'afoshé, à mort Chico Cagon, à mort l'intolérance. La bataille s'étendit, les brutes à cheval dégainèrent leur épée, frappèrent, piétinèrent, écrasèrent sous les pattes des chevaux — l'afoshé se défit dans la foule. Cris et gémissements, à mort et vivats, des gens mis à mal, des poursuites, des chutes, des empoignades, quelques guerriers pris par les sbires, libérés par le peuple entraîné aux bagarres et aux pirouettes.

Telle fut la première et la dernière présentation, le défilé unique de l'Afoshé des Fils de Bahia qui fit descendre dans la rue Zumbi des Palmares et ses combattants invincibles.

Un flic criait des ordres :

« Prenez ce Noir, c'est la tête de tout. »

Mais le Noir, la tête de tout, Pedro Archanjo, s'était volatilisé dans une ruelle, dévalant la rue avec deux autres. L'un devait être le secrétaire de Zumbi vu que, outre son pagne, il portait une plume, un parchemin et un encrier bleu en bandoulière. Qui pouvait être ce scribe sinon Lídio Corró ? Quant au second fuyard, on reconnaissait, à sa blancheur de peau et à son uniforme, Domingos Jorge Velho, bien qu'il ait perdu, dans le feu de la bataille, son chapeau de bandeirante et sa barbe ; dans la vie civile le Galicien Paco Muñoz, patron du bistrot La Fleur du Carme.

Ils couraient tous trois comme des dératés, de fameux champions. Mais, soudain, Pedro Archanjo, simple guerrier des Palmares et chef de bande, stoppa son marathon et commença à rire, à rire à tout rompre, un rire sonore, clair et bon, de quelqu'un qui avait brisé l'ordre injuste et proclamé la fête ; à bas le despotisme, vive le peuple, limpide et infini rire d'allégresse, *fit-ó-fó, fit-ó-cu*, viva et viva, *vivoô !*

2

Sa dernière Farce carnavalesque, les Fils de Bahia : en 1918 les afoshés réapparurent après quinze ans d'interdiction, mais Archanjo n'avait plus de temps pour ça, ni l'intérêt d'avant, bien qu'à la demande de mãe Aninha il ait encore participé au comité responsable des Histrions d'Afrique quand leur glorieux étendard reprit place dans le Carnaval, brandi par Bibiano le crépu, *ashogun* du candomblé de Gantois.

Afoshé signifie enchantement, et le premier de tous, l'initial, avait été confié à Pedro Archanjo par Majé Bassan la redoutable : Archanjo était venu lui faire part de leur entreprise et lui demander conseil et bénédiction. Lídio Corró, José Aussá, Manuel de Praxedes, Budiao, Sabina et lui, d'accord avec une équipe animée du Tororó, voulaient organiser une Folia carnavalesque, l'Ambassade africaine, en l'honneur des esprits et pour montrer dans la fête la civilisation d'où provenaient nègres et mulâtres.

Mãe Majé Bassan fit le jeu pour savoir quel serait le souverain de l'Ambassade et quel Eshu la protégerait. Yemanjá, la sirène de la mer, se proclama souveraine et Eshu Akssan en assuma la garde et la responsabilité. Ainsi étant, la *iyalorishá* apporta la petite corne de bélier sertie d'argent, renfermant l'*ashé*, l'assise du monde. Voici l'afoshé, dit-elle, et sans lui ou un autre de pareil pouvoir, aucun groupe, aucune Folia de Carnaval, ne doit défiler dans la rue ni s'y risquer.

« Voici l'afoshé, l'enchantement », répéta-t-elle et elle le remit à Pedro Archanjo.

L'Ambassade africaine, le premier afoshé à revendiquer la primauté et les applaudissements sur la place publique, — en affrontant les grandes Sociétés, la toute-puissante Croix-Rouge, la monumentale Assemblée de Vulcain, les Fantoches d'Euterpe, les Innocents en Marche —, sortit en l'an 1895, avec Lídio Corró comme ambassadeur, maître de cérémonie, chorégraphe sans égal. A son signal le Danseur, Valdeloïr, un garçon du Tororó, arrêtait l'afoshé et entonnait :

> *Afoshé loni*
> *E loni*
> *Afoshé ê loni ê.*

Le cœur se mettait de la partie, chantant et dansant :

> *E loni ê imalé shê.*

Aujourd'hui, c'est l'enchantement, disaient-ils, c'est l'enchantement aujourd'hui. La Cour d'Oshalá, thème choisi pour le cortège, obtint un tel succès que l'année suivante se joignait à l'Ambassade l'Afoshé des Histrions d'Afrique, fondé et dirigé par des gens de nation angola, avec son siège à Santo Antônio Au-delà-du-Carme. Un an encore et ils étaient cinq à entonner le chant des nègres et des mulâtres, réduit jusqu'alors à la clandestinité des *macumbas* — et le samba dans les rues fut à tous.

Tous l'aimaient tant ce chant des nègres, ce samba-de-roda, la danse, le rythme des tambours, le sortilège des afoshés — quoi d'autre à faire sinon les interdire ?

Les gazettes protestaient contre « la façon dont s'est africanisée, parmi nous, la fête du Carnaval, cette grande fête de civilisation ». Durant les premières années du nouveau siècle, la campagne de presse contre les afoshés grandit, violente et systématique, à chaque succès des « cortèges des Africains » et à chaque échec des Grandes Sociétés carnavalesques — avec la Grèce antique, avec Louis XV, avec Catherine de Médicis —, favoris des messieurs bien, des *docteurs*, des riches. « Les autorités devraient interdire ces tambourinades et ces candomblés qui envahissent actuellement nos rues, qui produisent cette cacophonie innommable comme si l'on était à la Quinta das Beatas ou à Engenho Velho, de même que cette mascarade enjuponnée et enturbannée qui entonne l'abominable samba, car tout cela est incompatible avec notre état de civilisation », proclamait le *Jornal de Noticias*, puissant organe des classes conservatrices.

Ils envahissaient les rues, les afoshés, pour corrompre et pour avilir. Le peuple, dans les déhanchements du samba, n'avait plus d'yeux ni d'admiration pour les chars allégoriques des Grandes Sociétés, pour ces thèmes empruntés à la cour de France ; bien loin le temps « où l'enthousiasme éclatait au passage des clubs victorieux qui monopolisaient toutes les attentions ». L'éditorialiste exigeait des mesures radicales : « Que sera le Carnaval de 1902 si la police ne veille pas à ce que nos rues ne présentent plus l'aspect de ces terreiros où le fétichisme est roi, avec son cortège d'ogans et son orchestre de sonnailles et de tambourins ? » Les afoshés, sur les places et dans la rue, occupant la première place ; tous plus triomphants et riches en couleurs et en mélodies, en figures de samba — devant le Politeama, dans la rue Basse, au Largo do Teatro. Ils obtenaient triomphe sur triomphe, ovations, applaudissements et même des prix. Ils envahissaient les rues, les afoshés et le samba, une épidémie. Seul un remède drastique.

En 1903, quand treize afoshés de nègres et de mulâtres firent défiler leurs cortèges imposants (« Et précéderont le défilé, déchirant les airs des notes stridentes de leurs instruments, DEUX TROM-PETTES, lesquels porteront de SUPERBES COSTUMES DE TUNIS comme preuve de ce que la civilisation n'est pas UNE UTOPIE DANS LE CONTINENT NÈGRE, comme le proclament les malveillants », ainsi commençait le manifeste au peuple de l'un des afoshés), en 1903, après la parade, le journaliste se couvrit la tête de cendres et de honte : « Si quelqu'un jugeait Bahia d'après le Carnaval, il ne pourrait manquer de la rapprocher de l'Afrique et signalons, pour notre honte, que se trouve actuellement ici une délégation de savants autrichiens qui, naturellement, la plume à la main, enregistrent ces faits pour les propager dans les journaux de la savante Europe. » Où était la police ? Que faisait-elle « pour prouver que cette terre est civilisée » ? Si cette scandaleuse exhibition africaine continue : les orchestres de tambours, les hordes de métisses et de tous les degrés du métissage — des opulentes créoles aux galantes mulâtresses blanches —, le samba enivrant, cet enchantement, ce sortilège, cette sorcellerie, où ira finir alors notre latinité ? Car nous sommes latins, sachez-le, et si vous ne le savez pas, vous l'apprendrez par le fouet et par les coups ».

La police finit par agir pour sauvegarder la civilisation et la morale, la famille, l'ordre, le régime, la société menacée et les Grandes Sociétés, avec leurs chars et leurs gracieux défilés de l'élite : elle interdit les afoshés, le *batuque*, le samba, « l'exhibition des clubs d'inspiration africaine ». Enfin, mieux vaut tard que jamais. Maintenant peuvent débarquer les savants autrichiens, allemands, belges, français, ou de la blanche Albion. Maintenant, oui, ils peuvent venir.

Mais qui vint, ce fut Kirsi, la Suédoise, qui d'ailleurs, rectifions tout de suite, n'était pas suédoise comme tous le pensèrent, le dirent, et comme elle resta ; mais finlandaise, blés mûrs et étonnement. Étonnement et pluie sur son visage, à la porte du

Marché de l'Or, le matin du mercredi des cendres, un rien de crainte et des yeux d'un azur infini.

Pedro Archanjo se leva de la table chargée de couscous et d'igname, il sourit de son sourire franc, il alla droit à elle avec décision, comme si on l'eût désigné pour la recevoir, et lui tendit la main.

« Venez prendre du café. »

Comprit-elle ou non la matinale invite, jamais on ne le sut, mais elle l'accepta ; elle s'attabla et dévora avec gourmandise l'aipim, l'igname, le gâteau de maïs, le couscous de tapioca.

L'impétueuse Ivone rongea sa jalousie dans la boutique de Miro, marmonnant des insultes telle que : « chlorotique ». Terência tourna vers la table ses yeux tristes, plus tristes qui sait ? Rassasiée de manger, l'invitée dit un mot dans sa langue et sourit à tous. Le gamin Damiao, jusque-là silencieux, debout en retrait, se rendit enfin et sourit aussi :

« Ce qu'elle est blanche, comme de la craie.

— Elle est suédoise, révéla Manuel de Praxedes, qui venait d'arriver pour boire un café et un petit verre. Elle débarque du bateau suédois, ce cargo qui charge du bois et du sucre, elle est venue dans le même chaland que moi — Manuel de Praxedes travaillait au chargement et au débarquement des navires. De temps en temps, une dame riche et un peu folle s'embarque sur un caboteur pour connaître le monde. »

Elle n'avait l'air ni riche ni folle, du moins là, dans la baraque, encore mouillée, les cheveux collés au visage, si innocente et si fragile, une petite fille.

Le bateau part à trois heures, mais elle sait qu'elle doit embarquer plus tôt, j'ai vu le commandant parler avec elle quand elle est descendue. »

Touchant du doigt sa poitrine, elle dit :

« Kirsi, elle le dit et le répéta en séparant les syllabes.

— Elle s'appelle Kirsi, comprit Archanjo et il prononça : Kirsi. »

La Suédoise battit des mains, approuvant, joyeuse,

et elle toucha la poitrine d'Archanjo en lui demandant quelque chose dans sa langue. Manuel de Praxedes le mit au défi :

« Déchiffre la charade, allons, mon compère le savant.

— Mais je l'ai déjà déchiffrée, mon bon. Je m'appelle Pedro », répondit-il en se tournant vers la jeune fille ; il avait deviné sa question et, refaisant ce qu'avait fait l'étrangère, il répéta : Pedro, Pedro, Pedro Archanjo, Ojuobá.

— Oju, Oju », l'appela-t-elle.

C'était le mercredi des cendres. La veille, mardi gras, l'Afoshé des Fils de Bahia avait été dispersé du plat des sabres et sous les pattes des chevaux devant le théâtre Politeama, après avoir défilé et imposé la liberté et le samba. Le gamin Damiao avait fait choir de son cheval un soldat monté et lui avait pris son képi comme trophée. Il ne l'avait pourtant pas fait admirer par Terência, de crainte d'être grondé. Il partit en courant pour aller le chercher dans sa cachette, sur la plage. Quand il revint avec son butin de guerre, Archanjo et la Suédoise n'étaient plus là.

Qui fut au comble de l'enthousiasme, ce fut Manuel de Praxedes, la vieille Zumbi des Palmares soi-même, avec sa stature de géant, ses quasi deux mètres et sa poitrine de carène. L'après-midi, dans l'afoshé et la bagarre ; au matin, dans la barcasse, dans la cale du cargo qui avait jeté l'ancre pendant la nuit. Il n'avait même pas eu le temps d'en parler et de commenter avec Archanjo et Lídio, avec Valdeloïr et avec Aussá ; il avait foncé dans la mêlée, désarçonnant Dieu sait combien de ces minables de la police, il n'avait pu en rire qu'en mer, en attendant le navire. De sa main de fer il caressa la tête de l'enfant :

« Quel toupet, ce garnement !

— Je vais le lui couper, moi, son toupet, menaça Terência, la voix basse et grave, les yeux au loin.

— Allons, *sinhá* Terência, qui ne s'est pas battu hier ? On avait le bon droit pour nous, pas vrai ?

— C'est un enfant, il n'a pas l'âge pour tout ça. »

Un enfant ? Le plus jeune guerrier des troupes de Zumbi, apte au combat et la preuve était là, le képi du soldat. Il rit de toutes ses forces, Manuel de Praxedes, et son éclat de rire ébranla les fondations du Marché.

En direction du Tabuao, sous la pluie fine, la Suédoise et Archanjo sans paroles mais dans un seul rire. Dans la baraque un silence gênant, pourquoi ? Manuel de Praxedes reprit le fil de la conversation :

« Vous n'avez pas été voir le Carnaval, hier, *sinhá* Terência ?

— Pour voir quoi ? Je n'ai pas de goût pour les fêtes et le Carnaval, *seu* Manuel.

— Pour nous voir, voir l'afoshé, moi qui faisais Zumbi, Damiao déguisé en guerrier. Maître Pedro aurait aimé vous voir là.

— Je ne fais faute à personne, encore moins à mon compère. Il en a d'autres à regarder, il ne fait pas attention à moi. Même des blanches des bateaux, maintenant. *Seu* Manuel, laissez-moi dans mon coin, à ma tranquillité et à mes soucis. »

Le vent apportait des lambeaux de rire : au loin, sur le sable, Archanjo et la Suédoise, main dans la main.

3

Avec des gestes et des rires ils se comprenaient facilement ; main dans la main ils se promenèrent : ils assistèrent à la cérémonie des cendres à l'église d'or de São Francisco, à l'église de pierre de la Sé, à l'église bleue du Rosaire-des-Noirs. Spectres endeuillés, de vieilles dévotes ployées sous le poids des fautes du temps païen du Carnaval, des péchés des hommes, recevaient les cendres de la pénitence. Qui mérite la miséricorde de Dieu ? La Suédoise, de surprise en surprise, d'église en église, ouvrant grands les yeux, sa main serrant le bras d'Archanjo.

Ils parcoururent des rues et des ruelles, il lui montra la Boutique aux Miracles derrière ses portes fermées. Lídio Corró, la veille, avait vidé au moins une outre dans les célébrations ; il ne se réveillerait pas avant le milieu de l'après-midi. Alors, avec beaucoup de gestes et beaucoup de rires, elle lui demanda où était sa maison. Là, tout près ; une mansarde sur la mer avec, la nuit, la lune et les étoiles. Il y a cinq ans, il avait loué la soupente à l'Espagnol Cervino, et il devait l'habiter plus de trente ans.

Dans l'escalier sombre et abrupt couraient des rats, et quand l'un d'eux, effrontément, sauta sur la Suédoise, peur ou prétexte, elle se retrouva dans les bras d'Archanjo et lui abandonna sa bouche de sel et de marée. Fragile enfant, il la prit dans ses bras et la porta au haut de l'escalier.

Un parfum de feuilles de *pitanga* et une cachaça vieillie dans un petit tonneau de bois odorant. Dans un coin de la mansarde une espèce d'autel, mais différent ; des fers et des emblèmes des esprits au lieu des statues ; le sanctuaire d'Eshu avec son fétiche, sa pierre sacrée. Pour Eshu la première gorgée de cachaça.

Parfois on disait qu'Archanjo était fils d'Ogun, beaucoup le pensaient de Shangô dans la maison duquel il avait une position et un titre élevés. Mais quand on jetait les cauris et qu'on faisait le jeu, celui qui répondait immédiatement, avant tout autre, c'était le vagabond Eshu, seigneur du mouvement. Ensuite venait Shangô pour son Ojuobá, Ogun suivait de près puis venait Yemanjá. En tête, Eshu, qui riait, insolent et pagailleur. Il n'y a pas de doute, Archanjo était le Diable.

Kirsi s'arrêta devant le *peji*, ensuite, par la fenêtre, elle montra le navire au-delà du fort. Dans la cheminée un filet de fumée. « Mon bateau », disait-elle dans son dialecte, il comprit et regarda l'heure à l'horloge — midi précis et les cloches le confirmèrent. Au son des cloches elle se dévêtit, sans ostentation et sans gêne, naturelle et simple, avec un sourire et un mot en finlandais, un serment, une expression, qui peut savoir ? Au son des cloches ils restèrent ; l'après-midi marcha vers le couchant et ils ne s'en rendirent pas compte.

Ce n'était plus le son des cloches mais bien l'importune sirène du navire, l'avertissement du départ, arrachant de la zone de prostitution les matelots et les marins. Du tuyau de la cheminée montaient d'épais nuages de fumée. Un long sifflement pour appeler la passagère retardataire. Dans la soupente tous deux ne faisaient qu'un, endormis dans un même rêve. Archanjo lui avait appris l'*acalanto* et le *cafuné*. Dans son idiome extravagant, musical pourtant, avec une comptine du Nord elle le berça.

Ils s'éveillèrent en même temps, sous l'insistance du cargo anxieux ; l'horloge marquait trois heures et demie de l'après-midi. Archanjo se leva, brisé de regrets, meurtri de désir, ç'avait été si peu et c'était fini ! Le bateau, la mer, le commandant la réclamaient, Archanjo enfila son pantalon, elle rit.

Elle se leva toute blanche et nue, par la fenêtre elle fit un signe d'adieu au bateau. Sa main descendit le long de la poitrine d'Archanjo, peau satinée de mulâtre, s'arrêta à la ceinture, quelle idée de s'habiller ? L'étrangère dit diverses choses et Archanjo sut, d'un savoir certain, que c'était d'amour qu'elle parlait.

« Gringa, répondit-il à la lettre, le mulâtre que nous ferons ensemble, si c'est un homme, sera l'homme le plus intelligent et fort, roi de Scandinavie ou président du Brésil. Mais, ah ! si c'est une femme, aucune autre ne pourra se comparer à elle en perfection et en beauté. Viens. »

Longtemps encore le cargo siffla pour la passagère perdue et la police fut avisée. Enfin le commandant ordonna le départ : impossible de tarder plus. Son patron, l'armateur, le lui avait bien dit quand il avait vu la voyageuse sur le pont : « Cette cinglée va te compliquer la vie; ne retarde pas le voyage, s'il te plaît, quand dans le premier port elle aura disparu. » Ce fut à Bahia où le métissage se poursuit.

Vite, gringa, et prenons notre temps, vite, vite ! Leurs paroles se croisaient qui n'étaient que mots d'amour.

4

La lumière de l'après-midi se fond en ombres; la montée du Tabuao, presque vide, ne s'est pas encore remise du Carnaval. Maître Lídio Corró, penché sur le papier, dessine et peint, grave le miracle. Il a commencé avant le défilé, il doit terminer aujourd'hui même. Malgré sa fatigue et sa paresse, sa physionomie s'ouvre en un sourire.

Le miracle a été fameux, digne d'une promesse et de gratitude que Lídio Corró, artiste du pinceau, exprime sur commande, usant pour ce faire de son encre à la colle et de son talent. Mais Lídio ne pense pas à la grandeur de la grâce concédée, à la qualité du prodige, c'est son œuvre à lui qui provoque son sourire et son contentement : la lumière obtenue, les couleurs et la composition difficile, avec les personnages, la fuite des chevaux, le saint et la forêt vierge. L'once surtout lui plaît.

Un coup de pinceau par-ci, un autre par-là, pour accentuer le vert de la forêt, le noir ciel nocturne, la pâleur des enfants; la scène est pathétique et le maître parvient à la fin de son travail. Peut-être devrait-il ajouter un éclair ou deux, fendant les ténèbres, pour donner plus de force au drame.

Quand il prit le pinceau pour retoucher et terminer le miracle, Lídio Corró, quadragénaire petit et trapu, mulâtre vif et jovial, le fit à contrecœur. La veille il avait bu plus que de raison; Budiao et lui avaient passé la mesure chez Sabina, au batuque. A partir d'un certain moment, Lídio ne se rappelle rien : comment s'est terminée la fête et comment il a regagné la Boutique, qui l'y a amené — quand il s'est réveillé, presque à deux heures de l'après-midi, il s'est retrouvé tout habillé, avec ses chaussures, sur la banquette où il dort et trousse les filles, dans une alcôve au fond de l'atelier. Atelier et résidence, tout à la fois, avec cuisine, une douche pour la toilette, un vrai plaisir, et un bout de jardin où Rosa plante et cueille des fleurs. Si Rosa se décidait une bonne fois, ah ! quel jardin ne s'épanouirait pas sous ses doigts ! Lídio prépara un café très fort. Pendant ce carnaval, personne n'avait vu Rosa de Oshalá.

Le seul désir du faiseur de miracles était de retourner au lit et de dormir jusqu'au soir ; alors il ouvrirait les portes de la Boutique pour recevoir ses amis et bavarder. Bien des sujets et des discussions les attendent : les événements de la veille, grossis d'un tissu de rumeurs, de faux bruits et de nouvelles absurdes. Quelqu'un était arrivé chez Sabina avec une histoire fameuse : le préfet de police par intérim, le docteur Francisco Antônio de Castro Loureiro, avait été atteint d'un mal subit en apprenant qu'un afoshé de Noirs et de mulâtres avait désobéi à son arrêté et était sorti dans les rues.

Le docteur Francisco Antônio, de famille noble et d'ascendance illustre, tyrannique et venimeux, inflexible — un ordre de lui devait être obéi aveuglément, rapidement et intégralement exécuté. Il n'avait pas pu supporter que quelqu'un se risque à ignorer et à violer la loi par lui imposée, qu'un afoshé s'organise et sorte défiler. Et, c'était un comble, avec ce thème, défi et insulte. Une audace imprévisible, une impossible forfaiture, périlleuse et compliquée, avec de multiples aspects ; ça exigeait du temps, de l'argent, une organisation et le plus grand secret. Le docteur se refusait à croire que ces immondes canailles, cette horde de métis, aient conçu et osé seuls cette incroyable entreprise. Il devait y avoir derrière le doigt pervers et retors des monarchistes ou un complot subversif de la vile opposition. Mais, si réellement ce n'avait été que les métis, la racaille noire, alors il ne lui restait qu'à mourir, ou pire, à se démettre de sa charge.

En présence du docteur Francisco Antônio, avec son renom de courage et de cruauté, de redoutables bandits verdissaient, les criminels les plus endurcis pissaient de peur. Et ce héros de la police, cette terreur des Noirs, avait été tourné en ridicule dans les rues de la ville, sur la place publique, cible des sifflets et des quolibets, *fit-ó-fó* dans la bouche des traîne-guenilles et des va-nu-pieds. Blessé dans son orgueil, ravagé de haine et d'humiliation, et démissionnaire, le voilà au lit avec des médecins et des tisanes.

Tout en gravant le prodigieux miracle, Lídio laisse courir son imagination : qui sait si en ce même instant la famille du préfet de police par intérim ne fait pas une promesse au Seigneur de Bonfim pour lui sauver la vie et son emploi, et s'il ne lui incombera pas à lui, maître Corró — ambassadeur de l'afoshé, secrétaire de Zumbi, maître de ballet qui commande la danse — de peindre le docteur au lit, vert de rage et d'impuissance, le cœur malade des sambas et des chants en nagô, un cœur qui ne contient que fatuité, arrogance et mépris pour le peuple. Jamais il n'y avait eu un coup si bien monté, jamais on n'avait affronté avec tant de cran et de hardiesse les lois et les impositions des puissants. Quand, en lisant le décret dans le journal — la prohibition des afoshés, du samba et du batuque — Archanjo lui proposa la plaisanterie, lui aussi, Corró, avait dit : « C'est impossible. » Mais qui peut résister à Archanjo, langue d'or, une montagne de bonnes raisons et d'arguments ? Il était revenu à Lídio une grande responsabilité dans toute l'affaire. Lui, Budiao, Valdeloïr et Aussá avaient été les pièces maîtresses de l'organisation. Sans parler d'Archanjo, le principal.

Il avait pris le pinceau avec mollesse et sans goût :

comment un noceur peut-il travailler dans les cendres de ce mercredi mort, jour de repos ? Mais le délai était inexorable : avant neuf heures du matin, le jeudi, sans le moindre retard, car pour onze heures le destinataire de la commande, le bénéficiaire du miracle, un nommé Assis, un homme de l'intérieur qui avait les moyens, planteur de tabac et de canne, avait commandé un curé et une messe avec sermon et chœurs. Il avait fait une promesse de taille, il allait lui en coûter une somme rondelette, une récolte de tabac : pour ne parler que des cierges, d'un mètre il en avait commandé deux douzaines. Et le feu d'artifice, *seu* Corró ? Toute la famille depuis une semaine à la ville, à l'hôtel, une tripotée de gens. Vous êtes invité, après la messe on va fêter ça, si Dieu le veut.

« Ah ! mon pauvre, pour jeudi c'est impossible, pas moyen. Il y a le carnaval au milieu et, pendant le carnaval, on ne peut pas compter sur moi, encore moins cette année. Si vous êtes vraiment si pressé, cherchez quelqu'un d'autre. »

Mais l'homme ne voulait entendre parler de personne d'autre ; pour lui il n'y avait que Lídio Corró — son renom de graveur allait jusqu'au sud et au Sertão. D'Ilhéus à Cachoeira, de Belmonte et de Feira de Santana, de Lençois et même d'Aracaju et de Maceió débarquaient des clients à la Boutique. *Seu* Assis fut catégorique : « Il n'y a que vous qui puissiez faire ça ; on m'a dit qu'il n'y a personne de plus compétent et je veux, mon ami, du bon et du meilleur ; ç'a été un miracle de première, *seu* Corró, ce n'était pas une once, c'était un monstre de bête sans entrailles, des yeux, croyez-moi, un éblouissement ! » A en croire le Sertanège, cette fois le Seigneur de Bonfim s'était surpassé.

Des fourrés verts d'une épaisse forêt, sous un ciel triste de mauvais présage, surgit le fauve, rapide et affamé, zébré de noir et de jaune — il domine le ciel et le paysage, il domine le tableau entier : à côté de son corps énorme les hommes sont des pygmées et les arbres des arbustes de jardin. Les yeux de la bête étincellent, ces yeux qui éblouissent, seule lumière présente car, après réflexion, maître Corró a renoncé aux éclairs qui seraient faux et excessifs. Pour l'effet il suffit des yeux de l'animal, d'un éclat incandescent et hypnotique — ils balaient l'obscurité, paralysent les voyageurs.

Le rugissement du félin a réveillé les quatre adultes et les trois enfants endormis dans la clairière. Lídio les a représentés figés par la peur. Piaffant et hennissant, les chevaux se sont enfuis, on ne voit que les croupes qui sautent, au galop. Un miracle de catégorie, un prodige pas croyable, c'est trop pour les limites d'un tableau : et c'est précisément ça, sa difficulté, qui réussit à arracher Lídio Corró à sa paresse et à sa fatigue, qui l'attache au passionnant travail. La facilité ne le séduit pas, c'est un artiste et il a son orgueil et sa fierté — ou seul le docteur Francisco Antônio a-t-il droit à l'amour-propre, à l'honneur, à la dignité ?

Ce n'est pas tous les jours que l'on peint un miracle pareil, avec cette perfection. Soignant l'écriture, Lídio inscrit au bas du tableau : « Grand Miracle que fit Notre-Seigneur de Bonfim, le 15 janvier 1904, pour la famille de Ramiro Assis lorsque, allant d'Amargosa à Morro Prêto avec son épouse, une sœur célibataire, ses trois enfants et leur nourrice, il se vit, la nuit, attaqué par une once dans la clairière où ils dormaient. Ils implorèrent le Seigneur de Bonfim et l'once devint calme et douce et s'en alla. »

Écrite en quatre lignes, l'histoire devient très simple. Dans le tableau maître Corró met l'angoisse, la peur, l'affliction, le désespoir de la famille, la mère en transe. Dans les mains de Ramiro Assis, un simple couteau à hacher le tabac, car la carabine est restée dans la besace du cheval.

On voit le fauve qui avance à pas traîtres et feutrés. Il se dirige vers le plus jeune des enfants, encore à quatre pattes, qui sourit innocemment à l'énorme chat. C'est alors que Joaquina, l'épouse d'Assis et la mère des petits, poussa un cri atroce :

« Notre-Seigneur de Bonfim, sauvez mon fils ! »

L'intervention du saint fut foudroyante. A un pas du bébé le fauve s'arrêta comme si une main céleste l'eût retenu. Dans une nouvelle supplication adultes et enfants unirent leurs voix, à l'exception du tout-petit encore païen et ravi, qui souriait à l'once, familièrement. Dans un seul hurlement ils invoquèrent le saint tout-puissant : « Sauvez-nous, Seigneur de Bonfim ! » Ramiro Assis promit monts et merveilles.

« Il faut l'avoir vu pour le croire, maître Corró : l'once fit demi-tour, elle alla tranquillement jusqu'aux fourrés et disparut. Je serrai les miens dans mes bras. Tout le monde dit que vous êtes le plus grand graveur de Bahia. Je veux un tableau où il y ait tout ce que je vous ai raconté. Tout sans rien changer. »

En parlant ainsi, *seu* Assis touchait juste et droit. Nombreux à Bahia sont les graveurs de miracles ; rien qu'entre le Tabuao et le Pilori il y en a trois, en plus de maître Lídio, mais d'égal à lui ni ici ni dans toute l'étendue du pays. C'est le peuple qui le dit et non pas lui, peu enclin à la vantardise et aux fanfaronnades. « Je vais soigner le saint, il l'a bien mérité. »

Maître Corró s'attarde sur le dessin du Christ de Bonfim, crucifié sur la croix mais avec un bras détaché, tendu en direction de l'once et de la famille. Au haut du tableau, d'où le saint exécute son miracle, la clarté domine l'obscurité, l'aurore est proche.

Lídio Corró revient pourtant à son sujet préféré et rebelle : l'once rayée, agressive, gigantesque, les yeux qui étincellent et la bouche, aïe ! la bouche qui sourit à l'enfant. L'artiste a tout fait pour effacer ce sourire, cette tendresse ; il a donné à l'once sertanège une allure de tigre et des airs de dragon. C'est plus fort que lui, aussi féroce qu'il la peigne, elle sourit ; entre le fauve et l'enfant il y a un pacte secret, une antique compréhension, une immémoriale amitié. Lídio renonce et signe son œuvre. Une bande rouge entoure le tableau et, à l'encre blanche, le graveur écrit son nom et son adresse : Maître Lídio Corró, la Boutique aux Miracles, le Tabuao, n° 60.

Dans le clair-obscur de l'après-midi finissante, à la lueur violette du crépuscule, maître Corró, sincèrement ému, admire le travail terminé : une beauté. Un chef-d'œuvre de plus qui sort de cet atelier, de la Boutique aux Miracles (si Rosa consentait, il changerait le nom en « Boutique de Rosa et des Miracles »), où s'acharne et lutte un artiste modeste mais compétent dans son office. Et pas seulement dans cet office de graveur de miracles, dans cet art de peintre d'ex-voto : en bien d'autres choses, demandez seulement dans la rue qui est Lídio Corró et tout ce qu'il exécute et réalise.

En fait, ce n'est pas lui seul : ils sont deux. Lídio Corró et Pedro Archanjo, presque toujours ensemble, et avec eux deux réunis personne ne peut rien : compères, frères, plus que frères, ils sont siamois, ils sont jumeaux, *ibejes*, deux *eshus* lâchés dans la ville. Si vous voulez savoir, allez à la police et demandez au docteur Francisco Antônio.

Lentement, maître Lídio recule, s'approche de la porte pour mieux voir. La lumière est faible, la nuit descend.

« Joli, dit la voix d'Archanjo. Si j'étais riche, mon bon, toutes les semaines au moins je te demanderais un miracle. Pour l'avoir chez moi et le regarder quand je voudrais. »

Le graveur se retourna, souriant dans l'ombre, et découvrit l'étrangère : sa blancheur de porcelaine, transparente, son aspect de petite fille.

« Kirsi, présenta Archanjo, et sa satisfaction était visible.

— Enchanté, dit Corró, et il tendit la main. Entrez, vous êtes chez vous, et il ajouta pour Archanjo : Fais-la asseoir et allume la lampe. »

Il ne manifesta pas de surprise devant la nouvelle venue, l'hôte inattendu. Il plaça le tableau face à la lumière et longuement le regarda et l'apprit par cœur. L'étrangère, grande et svelte, regarda aussi par-dessus son épaule, approbatrice, enthousiaste, avec une véhémence d'applaudissements et d'exclamations intelligibles. Maintenant seule manque Rosa, la vagabonde, et qui sait si elle ne va pas apparaître en chair et en os. Ici, à la Boutique aux Miracles, tout peut arriver et arrive.

5

Si durant le jour l'agitation était intense, elle l'était beaucoup plus la nuit. L'animation grandit à la Boutique aux Miracles dès que les lampes s'allument et annoncent l'heure du spectacle. Ensuite, plus que les amis et les belles, la conversation à bâtons rompus, à la bonne franquette.

Même le jour des Cendres, le mercredi après le Carnaval, les clients ne ratent pas la lanterne magique, la « marmotte » installée dans la cuisine. De qui l'idée de ce rudimentaire cinématographe? De Lídio Corró, de Pedro Archanjo? Difficile de savoir, mais certainement les silhouettes découpées dans un épais carton, articulées, vues de profil, sont de Corró. D'Archanjo viendra l'animation, la mise en scène, le boniment, le sel et le piment.

Les lumières éteintes, il ne reste que la lueur tamisée du lampion sous le voile noir d'où les ombres grossies des personnages naïfs et libertins se projettent sur le mur blanchi à la chaux. Tout est très simple, très primitif et coûte deux centimes. Ça attire jeunes et vieux, riches et pauvres, marins, dockers, commis de magasin et commerçants. Même des femmes se risquent à venir en cachette.

Pour voir, réfléchis sur le mur, les deux copains. Le Tringleur et Zé le Poireau, qui se tapent sur l'épaule dans des protestations d'amitié. Affriolante,

Lili Sucette entre en scène, et adieu l'amitié éternelle et sincère. Les deux lurons se disputent la colombe à coups de poing, jurons, soufflets, crocs-en-jambe, coups de pied, feintes de capoeira, la bagarre arrache des applaudissements au parterre.

Tout finit dans la grosse farce quand Zé le Poireau, poireau en bataille, se jette sur Lili Sucette, lui ouvre les cuisses et se l'envoie. Le public délire à l'extravagante exhibition, moment culminant, émotion suprême de la superproduction. Mais ce n'est pas la fin du spectacle, ni la séquence du plus grand burlesque qui, à elle seule, paie des deux centimes de l'entrée. Au meilleur du plaisir, au moment extrême des amants, voici que Le Tringleur revient en scène, refait et vindicatif, et Zé le Poireau ne s'en aperçoit que lorsqu'il sent son rival qui lui monte sur le dos et fonce dans le tas.

La séance se termine, les clients sortent en s'esclaffant, d'ici peu d'autres arriveront. De six heures de l'après-midi à dix heures du soir la « marmotte » fonctionne. Pour deux centimes, avouez que c'est donné.

6

Parfois, quand il achève un miracle gravé avec art et application, maître Lídio Corró ressent le désir de renoncer à la rémunération, de garder le tableau, de ne pas le remettre, de le laisser au mur de l'atelier. Les plus beaux, du moins. Dans la salle de la Boutique aux Miracles, pour l'instant, il n'y a qu'un miracle au mur, suspendu.

Il représente et montre un individu livide et squelettique, victime d'une tuberculose galopante, sauvé de la mort en certaine occasion quand, à l'heure de l'hémoptysie finale, une tante à lui, incrédule en la médecine et dévote de la Vierge, eut recours à Notre-

Dame-des-Lumières et lui abandonna le sort de son neveu baigné de sang.

La tante vint elle-même commander le travail : une dame grassouillette, à la conversation attrayante, plus bavarde que l'Assis de l'once et encore aguichante. Manuel de Praxedes qui était présent à l'entretien en fut ébloui, amateur comme il l'était des femmes bien en chair : « J'aime sentir quelque chose dans la main ; y'a que les chiens qui aiment les os, mais essaye de leur donner du filet mignon et du rôti et tu verras le résultat. »

La bienheureuse était ravie de son miracle, elle en conta les mérites, se vanta d'être dans les bonnes grâces de la Sainte Vierge. Manuel de Praxedes dit que, lui aussi, était très dévot de Notre-Dame-des-Lumières, il ne manquait pas sa fête, quel que soit le temps il s'y rendait chaque année. Une fameuse sainte, extra-miraculeuse, avec elle c'était comme ça, du tout cuit, ça ne ratait jamais.

La tante, toute remuée du baratin du galant, tint à payer la moitié du prix de la commande, et ce fut une chance car jamais elle ne revint. A ce qu'on sut, lors d'une nouvelle hémoptysie, la sainte se tint coite, allez savoir pour quel motif, définitif certainement. De l'avis judicieux de Rosenda Batista dos Reis, à qui Corró narra l'épisode, la sainte s'était sentie offensée du caquetage de la grosse tante et du docker et les châtia en abandonnant le phtisique à son sort, rendant le sang. Rosenda était d'un jugement sagace, sûr et éprouvé, et elle en connaissait un bout en miracles et en magie.

Le tableau au mur représente une chambre triste, sans horizons, des couleurs pathétiques, le sang à gros bouillons. A demi soulevé dans son lit étroit, maigre, exsangue, l'agonisant : un paquet d'os, un teint de cire, sur son visage se lit la mort. La tante, pieuse et épanouie, jupe à fleurs, châle rouge sur son chignon, contemple la statue de Notre-Dame-des-Lumières et implore sa compassion. Le sang déborde du lit, des draps, couvre le sol, atteint le ciel.

Un peu plus loin que ce fleuve de sang, un urinal de porcelaine avec des fleurs en vert, rose et rouge. Des fleurs identiques sur la jupe de la tante, à la tête et au pied du lit. Maître Lídio avait peut-être voulu rompre ainsi l'atmosphère sinistre, de désespoir et de mort — ah! ma bonne, il n'y a pas de saint qui puisse sauver ce malheureux. Il suffit de regarder le tableau et de voir son visage.

Parce qu'il fut faux et raté, c'est l'unique miracle qui subsiste au mur de l'atelier, suspendu entre une gravure de São Jorge avec son cheval blanc et le dragon de feu, et une affiche du Moulin-Rouge, de Paris, signée de Toulouse-Lautrec, une scène de danse, de french-cancan; des Françaises, la jupe retroussée, exhibent jambes, jarretières, bas et volants; comment, diable, est-elle venue aboutir là?

Il voudrait, ô combien! garder avec lui quelques-uns de ses miracles, les plus beaux, gravés avec art et application, mais comment le faire s'il a besoin d'argent? D'argent et de beaucoup, d'une façon urgente. Il a son bas de laine; il place ses économies chez *seu* Herval, grossiste dans la Ville Basse. Une presse, si petite soit-elle, ne coûte pas deux sous, il faut réunir des montagnes d'argent.

Une presse, son unique ambition dans la vie, et il doit la réaliser. Unique, car l'autre, celle qui se rapporte à Rosa de Oshalá, celle-ci ne dépend pas du travail ou de l'argent, c'est un rêve impossible. Pour transformer ce rêve en réalité le Seigneur de Bonfim et la Vierge-des-Lumières devraient réunir leurs forces, leurs pouvoirs, en un miracle suprême — et peut-être serait-il encore nécessaire de demander, par la même occasion, un *ebó* pour Osholufan, qui est Oshalá le Vieux, le plus grand de tous.

Le miracle c'est ça, mon amour — Rosa qui danse là, sa jupe blanche, ample, ses sept jupons, ses bras et ses épaules nus sous la blouse de dentelle, ses colliers, ses perles, ses bracelets, son rire agreste. Dire comment était Rosa, la Noire Rosa, Rosa de Oshalá, la décrire avec ses sandales de velours, son regard nocturne, cette odeur de femme, ce parfum, sa peau noir bleuté — soie et pétale —, tout son pouvoir, de la tête aux pieds, sa profonde étrangeté, sa présence, ses amulettes d'argent, la langueur de ses yeux yoroubas; ah, mon amour, pour le faire, seul un poète de réputation éprouvée, avec une lyre et des cheveux longs, et pas de ces troubadours des ruelles, en vers à sept pieds, des guitaristes bons pour rimer, mais pour Rosa, ah! c'est trop peu!

Un jour, Rosa allait à travers les rues, en habits de fête, car elle se dirigeait vers Casa Branca et — c'était vendredi — elle avait acheté une poule blanche pour sacrifier à son père Osholufan. De la fenêtre d'un sobrado riche, deux messieurs opulents, l'un d'âge certain, l'autre tout jeune, la virent passer avec son présent et son port de reine, dans toute sa splendeur, ses sandales laissaient en marchant un sillage plein de musique, la rose dans ses cheveux — ses cheveux étaient un musc matinal —, sa croupe une barque en haute mer et un coin de sein éblouissait le soleil.

Tous deux soupirèrent et le jeune homme, mignon fils de famille, rejeton de cousins et cousines en mariages et fornications de sang pur, jouvenceau rachitique et fat, dit en bégayant : « C'est quelque chose, cette créole, Colonel! J'aurais volontiers un entretien avec elle! » » A quoi le vieux *fazendeiro* — il avait été en son temps un chêne, un torrent bouillonnant, un cheval fougueux, un étalon, un tremblement de terre — détachant ses yeux du spectacle de la Noire et les posant sur le joli étudiant, sang pauvre, décadent, débile, débiloïde, répondit : « Ah!

mon petit docteur, ça, c'est une femme pour beaucoup de compétence, ce n'est pas une fleur pour un béjaune, un oiseau sans plumes, ni pour un vieux coq qui ne fait plus cocorico. Moi, je ne fais plus l'affaire et vous, vous ne la ferez jamais. »

Lídio Corró prend sa flûte et le son réveille les étoiles ; à la guitare, Pedro Archanjo appelle la lune et la fait se lever — pour Rosa tout est peu, d'elle naît le samba à la Boutique aux Miracles. La flûte gémit d'amour, sanglote.

Rosa arrive toujours ainsi, à l'improviste, elle arrive tout à coup. De la même façon imprévisible, elle disparaît ; pendant des semaines et des mois personne ne l'aperçoit ; ponctuelle seulement à quelques obligations précises du candomblé, quand elle reçoit Oshalá au *baracon* de Casa Branca, à Engenho Velho où navigue la barque d'Oshum. Excepté dans la ronde des filles-de-saint pour ces grandes fêtes, imprévisible en tout.

Un jour, elle apparaît et elle est là durant une semaine entière, du lundi au samedi ; debout avant tout le monde, elle sort à la première lueur du matin, très animée, dans les rires et dans les chansons, plaisantant et bavardant avec Corró, appuyée à son bras, posant la tête sur son épaule, amante et tendre et si active maîtresse de maison, mettant de l'ordre, s'occupant des choses, qu'il la pense là définitivement et pour toujours, sa maîtresse dans le concubinage, son épouse dans le mariage, sa femme. Mais, quand tout paraît stable et solide, Rosa s'envole, ne donne pas de nouvelles pendant un mois ou deux, un temps vide de joie.

Quand le miracle se produisit, il y a de ça plus d'un an, par hasard et sans crier gare, sans préambule et sans détours, Lídio qui depuis longtemps la convoitait, immédiatement avait voulu officialiser la liaison : « Apporte ton bagage, et installe-toi. »

Ils revenaient d'une fête un certain soir, Lídio lui avait offert sa compagnie sur la route dangereuse et déserte, et c'est elle qui lui demanda de voir la fameuse lanterne magique : elle rit à mourir de Zé le Poireau ; elle but un verre d'*aluá* et se donna, fougueuse, presque abandonnée, comme désemparée. Elle resta, allant et venant, trois jours et trois nuits : elle fit le ménage de l'atelier et de la chambre, rendit tout propre et neuf, remplit la maison de chansons, Lídio était aux anges. Mais il suffit qu'il parle de se mettre ensemble, elle devint dure et sévère, la voix lourde de menaces et d'avertissements : « Ne me parle jamais de ça, jamais plus sinon je ne reviens pas. Si tu me veux, si tu m'aimes, ce doit être comme ça, quand ça me plaît, quand de ma libre volonté je veux venir. Je ne te demande rien, je te demande seulement de ne pas te mêler de ma vie, de ne pas me surveiller, n'essaie pas de m'espionner car, si je l'apprenais, je jure que jamais tu ne me reverrais. » Elle le dit de telle manière et d'un tel ton qu'elle ne lui laissa pas la possibilité de discuter : « Pour te voir et t'avoir, j'avalerai des couleuvres et des crapauds, s'il le faut. »

Il tint promesse : il ne lui posa pas de questions et fit la sourde oreille aux commérages. Commérages, chuchotements, calomnies, car en vérité personne ne sait rien de concret sur Rosa. La maison confortable aux Barris, devant un jardinet, des rideaux aux fenêtres et un chien de garde, foyer impénétrable — à part l'enfant, impeccablement habillée, parmi les fleurs, qui joue avec le molosse ; une petite mulâtresse belle comme une statue d'église, Rosa petite fille aux cheveux lisses, métisse couleur de sapoti.

La clef de la vie de Rosa, de ses secrets, seule Majé Bassan la connaît, le pourquoi et les conséquences, tout bien gardé dans ses seins démesurés. Des seins de mère-de-saint doivent être ainsi, énormes, pour qu'y tienne l'affliction de ses fils et de ses filles et des étrangers et des étrangères. Ce sont des coffres de désespoir et de rancœur, d'espérances et de rêves, ce sont des arches d'amour et de haine.

Seule Majé Bassan, la redoutable et douce Mère, elle et personne d'autre connaît Rosa et sa vie, le reste c'est du vent. « Elle vit avec un richard blanc, un vieux de famille noble, baron ou comte, duc de Truc et de Machin, le père de sa fille » ; « elle est mariée devant le maire et le curé avec un commerçant portugais, la petite est de lui ». Purs bavardages de commères, cancans de médisants, besoin de parler, plaisir d'être mauvaise langue. Lídio n'a jamais demandé ni n'a voulu savoir.

Rosa arrive, mutine et enjouée, sa présence suffit, qu'importe le reste ? Elle bavarde, rit, danse ; elle chante et sa voix est grave, d'un nocturne accent. Rosa entourée d'ombres dans la pauvre lumière de la Boutique aux Miracles où la flûte de Lídio pleure et supplie. Pour qui danse-t-elle ? Pour qui les évolutions de son corps, les inflexions de ses hanches, ses yeux de langueur ? Pour Lídio, constant et occasionnel amant ? Pour quelqu'un qui n'est pas là et dont on ne sait qui il est, mari, concubin, noble ou riche, le père de sa fille ? Pour Archanjo ?

Le miracle c'est ça, mon cœur — Rosa avec son chant, un chant antique, plein de promesses, de malice, de sous-entendus :

> *Allons derrière l'église*
> *Allons chez sinhá Lisa*
> *Catumba.*

Maître Lídio Corró s'épuise sur sa flûte, passion à vif, son cœur malheureux se brise. Pour l'avoir de temps à autre, il avale crapauds et couleuvres, des serpents. Devant lui Rosa danse et chante, s'offre et se refuse. Devant eux deux, Pedro Archanjo ne manifeste rien ; du feu qui le dévore personne ne saura rien ; Lídio ne peut pas soupçonner et Rosa encore moins. Sa face s'est fermée, son visage de pierre. Cette énigme d'Archanjo, cette devinette sans réponse, pas même Majé Bassan ne la déchiffre. Et résonnent les paumes des belles, s'ouvre la ronde du samba, la flûte vibre, la guitare monte. Chacun avec son secret, son angoisse, son tourment. Aux pieds d'Archanjo, contre lui, la Suédoise, blanche et blonde. Mais elle n'est pas seule. A côté se dresse Sabina dos Anjos, de tous les anges le plus beau, reine de Saba au dire de maître Pedro, avec son ventre saillant dans l'attente du petit; dans son état et tout, la veille, elle avait dansé le samba sans trêve et maintenant aussi elle entre dans la ronde où déjà évolue Rosenda Batista dos Reis, celle de Muritiba, la magicienne, détentrice des philtres et des sortilèges. Elle s'est prosternée aux pieds d'Ojuobá, à la fête au sanctuaire d'Oshossi, et lui, en la relevant, a touché du bout des doigts sa poitrine superbe. Près de la chaise, debout, jonc flexible, fleur de la nation malaise avec un mélange de Blanc et d'Ijeshá, Risoleta s'épanouit dans un sourire : derrière l'église, elle a vu Archanjo et l'a reconnu.

L'unique pourtant à être jalouse de l'étrangère venue de la mer, l'unique entre toutes, c'est celle qui jamais n'a été dans ses bras et dont il n'a jamais baisé la bouche; l'unique à avoir le cœur brûlant de haine et à souhaiter sa mort — mort pour la Blanche et pour elles toutes sans distinction de couleur. C'est Rosa de Oshalá, les seins libres sous sa blouse, les hanches déchaînées sous ses sept jupons, qui danse devant eux deux. Lídio soupire dans un sourire; d'ici peu il l'aura dans ses bras, long embrasement. Archanjo s'enferme dans son énigme.

Le miracle c'est ça, ma sainte, miracle de Bonfim, miracle des Lumières, prodige d'Oshalá — Rosa dans le chant et la danse à la Boutique aux Miracles, une nuit d'affliction et de mystère.

8

Un rêve affreux, un cauchemar : il est sur le sable du port, désert brûlant et froid en même temps, pareil à la fièvre de la malaria. Lui, Archanjo, le cœur à nu et l'arme brandie, s'est transformé en Zé le

Poireau et Lídio Corró est devenu Le Tringleur. Dans des serments et des étreintes d'éternelle amitié ils jouent de la flûte et de la guitare.

Vient Lili Sucette, sans jupe, sans jupons, sans blouse de dentelle, seulement les colliers, les perles, les bracelets, Rosa de Oshalá nue, entièrement nue, noire bleutée, douce rose, son parfum et le son de sa voix, tout voilé et grave, la nuit immense et froide, un ciel lointain. Elle dansait devant eux, s'exhibant, et immédiatement ils devinrent adversaires, ennemis, des puits de haine sans fond. Assassins implacables, les armes à la main : flûte et guitare et les épées des soldats à cheval. Le duel eut lieu à l'angle du hangar et le corps de Lídio Le Tringleur, mort à jamais, tomba à l'eau. Un soleil se leva dans la nuit quand le frère tomba, et brûla le quai, dans un ultime son de flûte.

C'était le moment de prendre possession de Rosa, de lui ouvrir les jambes, de s'y blottir. En sueur, transe et désespoir, la poitrine oppressée de chaleur et de froid, fièvre de malaria, Archanjo lutte contre le rêve quand déjà l'amitié succombait aux pieds de la tentatrice.

Peu m'importe le noble, peu m'importe le riche, Rosa, bien au contraire. Ce peut être le marquis de Carabas, un Portugais négociant en gros, je lui ornerais le front avec plaisir. Mais comprends, Rosa, et ne me regarde pas ainsi ; si Lídio était né de ma mère, conçu de mon père, il ne serait pas plus mon frère, je ne lui devrais pas autant d'honneur et de loyauté.

Non, ce ne peut pas être — même si d'amour je me meurs, même si mon cœur éclate ou va de port en port cherchant, errant, en chacun d'eux ta saveur nocturne et ton parfum, en aucun ne déchiffrant ton mystère.

Rosa, nous ne sommes pas les pantins de la lanterne magique, nous avons honneur et sentiment. Rosa, nous ne sommes pas des dégénérés dans une promiscuité immonde, des animaux ou pire, des criminels. Oui, Rosa, exactement ça : « Des métis dégénérés dans une sordide, une immonde promiscuité », c'est ce qu'a écrit un professeur de médecine, un docteur. Mais c'est un mensonge, Rosa, une calomnie de ce je-sais-tout qui ne sait rien.

Archanjo s'arrache au rêve dans un ultime effort, il ouvre les yeux, le matin naît sur la mer et les voiliers partent. La Suédoise est faite de jasmin et exhale un parfum léger, matinal. Un enfant mulâtre courra dans la neige. L'image de Rosa se défait au loin, toute nue.

Dans l'étrangère je t'oublierai, et en Sabina, en Rosenda, en Risoleta ; je t'oublierai en beaucoup d'autres, libéré du tourment et de l'affliction. J'oublierai ou je chercherai avec désespoir. Dans les champs de jasmin et de blé, ton corps noir. En elles toutes, Rosa de Oshalá, ton indéchiffrable énigme, ton amour éternel interdit.

9

Plus bas, au tournant de la montée, sous l'auvent d'une porte, le vieil Emo Corró avait installé un fauteuil de barbier très fréquenté, et une armoire de potions en plus de son davier d'arracheur de dents. Il enseigna le métier et la médecine à ses deux fils : Lucas et Lídio. Ce dernier, pourtant, abandonna tôt rasoir et ciseaux. Cédant à l'offre de son parrain, Cândido Maia, maître typographe, il alla se former auprès de lui à l'École des arts et métiers. Élève d'une vive intelligence, plein d'intérêt pour cet office, il le domina rapidement, passa d'apprenti à maître en peu de temps.

C'est alors qu'il avait connu Artur Ribeiro, un personnage étrange, taciturne et solitaire. Ayant purgé une peine de prison il ne lui était pas facile de trouver un travail stable. Cândido et d'autres vieux camarades lui procuraient de petits boulots à l'École. Graveur sur métal et sur bois, il n'avait pas de rival dans tout le Nord du pays. En 1848, d'accord avec un Libanais et un Russe, il avait monté un atelier clandestin de gravure : impossible de distinguer les faux billets, gravés par Artur, des vrais du gouvernement, faits en Angleterre.

L'affaire prospéra, trop même : Ribeiro à l'atelier, le Libanais et le Russe écoulant la fausse monnaie, une marchandise de bon rendement. Ils seraient allés loin sans le Libanais, un fou. Il prit le délire des grandeurs, fit un malheur : femmes, champagne, cabriolet. Ça finit comme c'était à prévoir, le secret alla aboutir à la préfecture de police. Ribeiro et Mahul furent coffrés, du Russe jamais plus de nouvelles, il avait filé à temps avec la valise pleine d'argent, des billets du gouvernement, des vrais.

Artur Ribeiro, renfermé, renfrogné, peu bavard, encore sous le coup de sa honte bien qu'il ait terminé sa peine, se prit d'intérêt pour ce gamin adroit, doué pour le dessin, et lui enseigna à graver des miracles — un autre de ses recours dans cette fichue fin de vie —, à graver sur des morceaux de bois ; pas sur le métal car plus jamais il n'avait touché une plaque de cuivre, serment fait sous les verrous. Un jour de cachaça et de confidences, il dit à Lídio qu'il avait un unique désir : tuer de ses mains le misérable Fayerman ; le Russe avait eu vent des visées de la police, il avait décampé avec la caisse, sans un mot à ses associés de contrebande.

La mort de son frère Lucas ramena Lídio aux ciseaux, au rasoir, au davier. Emo avait perdu sa sûreté de main avec les années et la boisson, quelqu'un devait assurer la subsistance du vieux et celle de Zizinha, sa récente épouse, la troisième, un tendron de dix-huit ans. Main tremblante, vue courte, oreille faible, mais le principal fonctionnait : « C'est tout ce qui me reste », disait Emo en présentant sa jeune femme.

L'apprentissage de Lídio dans la vieille bâtisse des

arts et métiers et dans les rues de Bahia ne se borna pas à l'art de la typographie, à la gravure des miracles, au travail du bois : on lui apprit des pas de danse, des rudiments de musique, le jeu de dames, le trictrac, les dominos et à jouer de la flûte, son plus grand talent. En toutes choses, il était habile et sûr, il avait les pieds sur terre, expérience et sagacité.

Pendant un certain temps, il se consacra à la barbe et aux cheveux, arrachant des dents et administrant des drogues — venin de serpent, herbe aux grelots, sirop-maison au nénuphar (radical pour traiter la phtisie), de miraculeuses écorces d'arbre, élixirs, tonique pour ranimer les esprits et le reste, poudre de lézard pour l'asthme. Jusqu'à ce qu'il retrouve Archanjo, son contemporain à l'École, aussi curieux et décidé que lui et de huit ans plus jeune. Archanjo aussi avait fait divers métiers : c'est dans la typographie qu'il resta le plus quoique son fort, ce fût la calligraphie et la lecture — il étudia la grammaire, l'arithmétique, l'histoire, la géographie. On vantait ce qu'il écrivait : les caractères et l'invention.

Un jour il disparut, pendant des années on ne sut rien de lui. Sa mère était morte, l'unique lien qui le retenait à Bahia. Il n'avait pas connu son père, recruté de force pour la guerre du Paraguay, laissant Noca enceinte de leur premier enfant car ils étaient ensemble depuis peu. Il rendit l'âme dans la traversée des marais du Chaco, sans même apprendre la naissance du petit.

Archanjo partit découvrir le monde. Partout où il passa il apprit. Il fit n'importe quoi — matelot, garçon de café, aide-maçon, écrivain public ; des lettres pour le fin fond du Portugal, nouvelles et regrets de rustres émigrants. Il alla par monts et par vaux, toujours entouré de livres et de femmes. Pourquoi exerçait-il tant d'attraction sur les femmes ? Peut-être à cause de sa délicatesse innée et de son verbe facile. Il ne s'imposait pas seulement à la gent féminine : si jeune encore et tout le monde l'écoutait en silence, avec attention.

A son retour de Rio il avait vingt et un ans et un goût très sûr dans sa mise ; il jouait de la guitare et de la viole. Il s'employa à la Typographie des Frères et, des mois plus tard, un soir de Pastorale, il rencontra Lídio Corró qui faisait répéter les bergères, délicate occupation. Ils devinrent inséparables et l'officine de barbier se transforma peu à peu.

Trois ans après leur rencontre à l'association de l'Étoile du Berger, comme le rez-de-chaussée du sobrado n° 60 s'était trouvé libre, Lídio le loua et, avec grand soin, dessina l'enseigne, chaque lettre d'une couleur : La Boutique aux Miracles — car c'est de la gravure des miracles que lui venait le principal de ses ressources.

Archanjo avait choisi le nom. Il avait laissé l'art graphique pour apprendre l'alphabet et le calcul à des enfants déshérités, et il était devenu une espèce d'associé de Corró. Associé au travail et aux divertissements, car les maigres gains de Lídio le forçaient à trouver des expédients. L'ambition de Corró : la Typographie démocratique où *seu* Estevao das Dores composait et imprimait les histoires des chanteurs ambulants, les couplets, les vers des *desafios*, une vaste littérature de colportage ; les couvertures des brochures étaient des gravures de Lídio, tracées dans le bois. Blanchissant et rhumatisant, clopinant, *seu* Estevao s'était engagé à lui vendre le fonds à tempérament quand il se déciderait enfin à se reposer.

Dans l'attente des plombs et de la clientèle de la Démocratique, la Boutique aux Miracles était devenue le cœur, le centre vital de toute cette partie de la ville où se déroule, puissante et intense, la vie populaire, et qui s'étend de la place de la Cathédrale et du Terreiro de Jésus aux Portes du Carme et à Santo Antônio, englobant le Pilori, le Tabuao, Maciel du Haut et Maciel du Bas, São Miguel, la rampe du Savetier avec le Marché de Yansan (ou de Santa Barbara, au choix et au goût de chacun). Dans la taille du bois, la gravure des miracles, les soupirs du davier, la vente des potions, la lanterne magique, maître Lídio Corró gagne son bel argent, à la sueur de son front. Mais dans cette même salle on discute et l'on décide d'une foule de choses. Ici naissent les idées, elles se développent en projets et se réalisent dans les rues, les fêtes, les terreiros. On y débat de problèmes capitaux, la succession des mères et des pères-de-saint, les cantiques de fondation, la qualité magique des feuilles, les formules des offrandes et des maléfices. Ici s'organisent les pastorales des Rois, les afoshés de carnaval, les écoles de capoeira, se préparent les fêtes, les commémorations et se prennent les mesures nécessaires pour garantir le succès du lavage de l'église de Bonfim et du présent à la Mère de l'Eau. La Boutique aux Miracles est une espèce de sénat qui réunit les notables de la pauvreté, une assemblée nombreuse et essentielle. Là se rencontrent et dialoguent iyalorishás, *babalaôs*, érudits, santonniers, chanteurs, danseurs, maîtres de capoeira, des maîtres de l'art et de tous les métiers, chacun avec ses mérites.

C'est à dater de ce temps, — il avait vingt et quelques années — que Pedro Archanjo prit la manie de noter des histoires, des événements, des anecdotes, des faits, des noms, des dates, des détails insignifiants, tout ce qui avait trait à la vie populaire. Pourquoi ? Allez savoir. Pedro Archanjo était plein de marottes, de savoir, et certainement ce n'était pas par hasard qu'on l'avait choisi, si jeune encore, pour une haute dignité dans la maison de Shangô : promu et consacré Ojuobá, préféré entre tant de candidats, des vieillards respectables et sagaces. Le titre lui échut avec ses droits et ses devoirs ; il n'avait pas trente ans quand le saint le choisit et le proclama : il ne pouvait y avoir de meilleur choix — Shangô sait les pourquoi.

Une version circule parmi le peuple des terreiros, court dans les rues de la ville : ç'aurait été l'orishá lui-même qui aurait ordonné à Archanjo de tout voir, de tout savoir, de tout écrire. Pour ça il l'avait fait Ojuobá, les yeux de Shangô.

A trente-deux ans, en 1900 exactement, Pedro Archanjo fut nommé appariteur à la Faculté de médecine et prit ses fonctions au terreiro. Tout de suite populaire parmi les étudiants, il leur apprenait bientôt des rudiments de leurs disciplines. Le poste avait été obtenu grâce à l'intervention de Majé Bassan, toute-puissante par ses relations et ses amitiés, redoutée jusque par les leaders du gouvernement. Fréquemment, en entendant citer le nom d'un gros bonnet de la politique, du commerce, d'un personnage important, même de prêtres de l'église catholique, *mãe* Bassan murmure : « Il est des miens. » Entre tous, jeunes ou vieux, pauvres ou riches, Pedro Archanjo est le préféré, le coryphée.

10

Kirsi répète au milieu des bergères, elle est la nouvelle étoile du berger, la vraie, la véritable. Irène, la précédente, avait renoncé pour aller vivre avec un horloger, dans le Recôncavo. Si elle ne s'y était pas décidée, la ville de Santo Amaro de la Purification aurait fini sans calendrier, sans heure et sans minutes pour les moulins de canne et les alambics : quand l'horloger, de passage à Bahia, vit Irène à la Pastorale, il en devint fou.

Les bergères vont et viennent au pas du *lundu*, attentives aux ordres de Lídio Corró, le maître de ballet. En tête avance Kirsi, et elle reçoit le regard, le sourire approbateur d'Archanjo. Un peu en arrière Dedé le reçoit aussi dans son sein palpitant ; la petite Dedé, si jeunette et pucelle, qui veut déjà entrer dans la danse :

> *Fais rentrer l'ânesse à l'abri*
> *Que le serein la mouillera*
> *La selle est de velours rubis*
> *Et le manteau de taffetas.*

Ceux qui assistèrent aux répétitions purent voir, capable et éclatante, Kirsi en étoile du berger, mais le peuple de la ville ne parvint pas à l'avoir au défilé, le temps manqua. Un autre bateau vint et l'emporta : elle était restée presque six mois; on la disait suédoise, seuls quelques-uns la surent finlandaise mais tous l'aimèrent. Accueillie sans questions, elle avait été des leurs.

Quand le cargo jeta l'ancre dans le port, elle dit à Archanjo dans son peu de portugais aux intonations de marin : il est temps que je m'en aille, j'emporte dans mon ventre notre enfant. Tout ce qui est bon a sa durée exacte, doit se terminer au moment voulu si l'on veut que ce soit pour toujours. J'emporte avec moi le soleil, ta musique et ton sang, tu seras là où je serai et en tous les instants. Merci, Oju.

Manuel de Praxedes l'accompagna dans la barcasse et le navire marchand leva l'ancre au milieu de la nuit. Pedro Archanjo dans l'ombre des étoiles, son visage de pierre. Le navire siffla en passant la barre, aux portes de l'océan, je ne te dirai pas adieu. Un enfant couleur de bronze, un métis de Bahia, courra dans la neige.

Aux franges de la mer, joueuse, Dedé chante les refrains de la Pastorale.

> *Holà fillette au panier*
> *Donne-moi un coup à boire*
> *Cipriana ne donne pas*
> *C'est notre perte assurée.*

Là-bas, au-delà des îles, en direction des brumes et des étoiles livides, vogue un voilier gris vers le Nord glacé, il emporte l'étoile du berger. Dedé veut l'égayer, ramener le rire sur sa bouche de silence, sur son visage de pierre. Dedé sera la nouvelle étoile, sans sa fausse chevelure de comète, sans le halo lumineux, mais avec une chaleur de tropique, un abandon et ce parfum de lavandin. Dedé, la fillette à la cruche, à la cruche profonde.

« Il n'y a pas au monde de gens meilleurs que vous, de peuple plus civilisé que le peuple mulâtre de Bahia », avait dit la Suédoise en quittant la Boutique aux Miracles, s'adressant à Lídio, Budiao et Aussá. Elle était venue de loin, avait vécu avec eux, elle le disait parce qu'elle le savait, d'un savoir sans restrictions et sans doutes, de science parfaite. Pourquoi alors, le docteur Nilo Argolo — professeur de médecine légale à la Faculté et conseiller scientifique de l'Ordre, avec un renom de savant et une fabuleuse bibliothèque — avait-il écrit sur les métis de Bahia ces pages terribles, ces paroles cuisantes ?

Le titre du maigre tiré à part, communication présentée à un congrès scientifique et transcrite dans une revue médicale, en révélait déjà le contenu : « La dégénérescence psychique et mentale des peuples métis — l'exemple de Bahia. » Mon Dieu, où le professeur avait-il été chercher des affirmations aussi catégoriques ? « Facteur essentiel de notre sous-développement, de notre infériorité, les métis constituent une sous-race incapable. » Quant aux Noirs, de l'avis du professeur Argolo, ils n'avaient pas encore atteint la condition d'hommes : « En quelle partie du monde les nègres avaient-ils pu former un État avec un minimum de civilisation ? » avait-il demandé à ses collègues du congrès.

Par l'un de ces après-midi de clair soleil et de douce brise, Archanjo traversait le Terreiro de Jésus de son pas légèrement chaloupé. Il avait été porter un message du secrétaire de la Faculté au prieur des franciscains, un frère hollandais, chauve et barbu, affable : il dégustait une tasse de café avec un plaisir évident, il servit le souriant huissier :

« Je vous connais..., dit-il avec son accent rocailleux.

— Je passe presque toutes mes journées sur cette place, à l'École.

— Ce n'est pas ici, le frère rit d'un rire franc et malicieux. Vous savez où ? Au candomblé. Mais j'étais en civil, caché dans un coin, et vous, dans un fauteuil réservé, à côté de la mère-de-saint.

— Vous, Padre, au candomblé?

— Parfois j'y vais, ne le dites à personne. Dona Majé est mon amie. Elle m'a dit que vous étiez très compétent dans les choses macumba. Un de ces jours, si vous voulez bien me faire ce plaisir, j'aimerais bavarder avec vous... » Archanjo sentit la paix du monde dans le cloître aux arbres feuillus, fleurs et azulejos; la paix du monde dans le chaleureux franciscain.

« Quand vous voudrez, je suis à votre disposition, Padre. »

Il traversait le terreiro, allant vers la Faculté : un prêtre, un frère du couvent, assistant au candomblé, une surprise, une nouveauté digne d'être notée; il se vit entouré par un groupe d'étudiants.

Les relations de Pedro Archanjo avec les étudiants en médecine étaient très bonnes. Serviable, dévoué, jovial, l'appariteur du secrétariat ne manquait jamais d'aider les jeunes gens dans leurs problèmes avec l'administration; il avait accès aux livres, aux carnets, aux notes. Un monde de petits services, une camaraderie de longues conversations. Débutants ou docteurs en herbe allaient le voir à la Boutique aux Miracles ou à l'École de capoeira de maître Budiao, deux ou trois avaient assisté à des fêtes au candomblé.

Avec eux, comme avec ses supérieurs et les professeurs, Archanjo était attentif et aimable, jamais humble, cérémonieux ou adulateur — ainsi est le peuple de Bahia. L'homme le plus pauvre de la ville est l'égal du plus puissant magnat dans son orgueil d'homme; et il est, certainement, plus civilisé.

La sympathie des adolescents pour le modeste fonctionnaire était devenue solide et reconnaissante quand Pedro Archanjo, par une déposition décisive, sauva un étudiant, menacé d'être expulsé de sixième année à la suite d'une histoire compliquée et confuse qui mettait en jeu l'honneur domestique d'un professeur agrégé. Dans l'enquête, le témoignage d'Archanjo, de service au secrétariat, avait innocenté le garçon contre lequel s'était levé le courroux du maître outragé. Les étudiants s'étaient ligués pour défendre leur camarade mais ils étaient pessimistes quant au résultat. Bien qu'admis depuis peu aux fonctions d'appariteur, Archanjo ne s'était pas laissé circonvenir ni intimider. Il gagna l'estime des jeunes gens et l'inimitié du professeur qui, d'ailleurs, abandonna son enseignement en cours d'année.

A la hauteur de la fontaine, au centre de la place, il fut entouré par un groupe d'étudiants et l'un d'eux, un gaillard de quatrième année qui aimait les fêtes et les canulars et qui appréciait les talents d'Archanjo à la guitare et à la viole — lui-même n'était pas un mauvais guitariste — lui tendit une brochure : « Que pensez-vous de ça, maître Pedro ? » Les autres riaient, manifestement disposés à taquiner le mulâtre élégant et bon prince.

Archanjo jeta un regard sur les pages, ses yeux se rétrécirent et brillèrent. Pour le docteur Nilo Argolo la malédiction du Brésil c'était cette négritude, l'infâme métissage.

« Le professeur vous règle votre compte, il ne vous épargne pas, commenta en plaisantant l'étudiant. Voleur et assassin, on ne fait pas pire. Vous êtes à la frontière de l'irrationnel et du rationnel. Et les mulâtres sont pires que les nègres, regardez. Le Monstre en finit avec vous et avec votre race, maître Pedro. »

Pedro Archanjo revient de très loin, il se reprend :

« Avec moi seulement, mon bon ? — il observa les cheveux du garçon, les lèvres, la bouche, le nez. Il en finit avec nous tous, avec tous les métis, mon bon. Avec moi, avec toi..., et parcourant les autres des yeux... dans ce groupe personne n'y échappe, pas un n'y coupe. »

Des rires brefs, sans conviction, deux ou trois aux éclats. L'étudiant avoua avec bonne humeur :

« Avec vous, on n'a jamais le dernier mot ; vous avez déjà démystifié nos arbres généalogiques. »

Un gandin se détacha du groupe, l'air supérieur et impertinent :

« Le mien, non — le nigaud arborait quatre noms et deux particules de noblesse. Dans ma famille, le sang est pur. Il ne s'est pas souillé avec les nègres, grâce à Dieu. »

Archanjo a déjà digéré sa fureur et maintenant il s'amuse ; il se sent fort d'une connaissance absolue, et sait que la thèse du docteur Nilo — un crétin, un puits de merde — n'est qu'erreur et calomnie, présomption et ignorance. Il regarda le gamin :

« Tu en es sûr, mon bon ? Quand tu es né, ta bisaïeule était déjà morte. Tu sais comment elle s'appelait ? Marcia Iabací, son nom de nation. Ton bisaïeul, un homme droit, l'a épousée.

— Nègre insolent, je vais te casser la figure.

— Allons, mon bon, ne te retiens pas, vas-y.

— Attention, Armando, il connaît la capoeira », l'avertit un camarade.

Mais les autres se gaussaient de sa fatuité :

« Voyons un peu, Armando, ce courage, ce sang bleu !

— Je ne vais pas demander raison à un appariteur. » Le gentilhomme se retira de l'arène et la discussion mourut.

L'étudiant de quatrième persifla :

« Ce blanc-bec fait le malin, maître Pedro, parce que son grand-père était ministre de l'Empire. Un idiot. »

Un garçon à lunettes et chapeau haut-de-forme intervint dans le débat :

« Ma grand-mère était mulâtresse, c'est la meilleure personne que j'aie connue. »

Archanjo reprit sa route :

« Vous pouvez me prêter cette brochure ?

— Gardez-la. »

Jamais plus aucun étudiant n'attaqua Archanjo sur ce sujet. Même quand l'ombre de Gobineau plana sur le Terreiro de Jésus et que l'aryanisme fut de mode, la doctrine officielle de la Faculté. Quand le scandale éclata, vingt ans après, les générations avaient changé mais les étudiants soutinrent l'appariteur contre les professeurs.

Dans la Pastorale de l'Étoile du Berger, Blancs, Noirs et mulâtres dansaient, indifférents aux théories des professeurs. Kirsi ou Dedé, l'une comme l'autre peut être l'étoile de la pastorale, le peuple applaudira avec le même enthousiasme, il n'y a pas de première ni de seconde, encore moins de supérieure et d'inférieure.

Le navire s'est perdu dans l'océan et dans la nuit. Dedé tait son chant et s'étend ostensiblement sur le sable, prête et apte. Pedro Archanjo écoute le vent de la mer, la rumeur des vagues et l'absence. « Il n'y a pas au monde de gens meilleurs. » Dans la froide Suomi jouera un enfant fait de soleil et de neige, couleur de bronze, dans la main droite un *pashorô*, le roi de Scandinavie.

*Où Fausto Pena, incorrigible arriviste,
reçoit un chèque (petit),
une leçon et une proposition*

Je le constate et je l'affirme avec tristesse : l'envie et la présomption envahissent les milieux de notre meilleure intelligentsia : il m'est impossible de sceller cette mélancolique vérité car j'en ai ressenti les conséquences dans ma propre chair. De l'envie sournoise et vile, de la présomption grotesque et naïve, je suis la victime privilégiée. Parce que j'ai eu l'honneur d'être choisi et engagé (verbalement) par le grand Levenson pour faire des recherches sur la vie de Pedro Archanjo, mes confrères me piétinent, ils disent pis que pendre de moi et d'Ana Mercedes, ils me couvrent de boue, je suffoque sous la fange et la calomnie.

J'ai parlé des intrigues politiques, des tentatives infâmes de me faire passer pour valet culturel de l'impérialisme nord-américain, de me mettre en conflit avec la gauche (ce qui, d'ailleurs, actuellement, ne laisse pas d'avoir ses avantages), m'interdisant l'accès à une sphère vitale pour qui désire — et je le désire — se faire un nom et faire carrière, ce pour quoi il faut soutiens et parrains. J'ai tiré au clair, en son temps, la misérable cabale, et si je ne réitère pas ici mes inébranlables convictions, c'est que, en fin de compte, je suis un chercheur et pas un exalté ou un aventurier en veine de provocations et d'arrestations. Je préfère me battre avec les armes invincibles de la poésie, de ma poésie, hermétique mais radicalissime.

Les canailles ne se bornèrent pas aux milieux de la gauche, ils allèrent plus loin et me fermèrent les portes des journaux. Je suis un collaborateur ancien et bénévole du *Jornal da Cidade* (qui oserait réclamer au docteur Zèzinho un salaire pour des poèmes publiés dans son journal ? Nous devons nous estimer heureux, moi et les autres poètes, qu'il n'ait pas encore pensé à nous faire payer l'espace que nous occupons et notre mutuelle publicité), infailliblement chaque dimanche je suis présent dans ce cher *Jornal da Cidade,* dans ces pages où la culture trouve abri et promotion : nous lui devons la magnifique campagne pour les festivités du centenaire de la naissance de Pedro Archanjo. Dans le supplément littéraire du triomphal organe de la presse, nous assurons, Zino Batel et moi, la « Colonne de la Jeune Poésie » — en réalité le travail me revient, nous nous partageons les éloges et les poétesses.

Réussissant cette activité routinière de poète et de critique, de collaborateur du *Jornal da Cidade,* à mon actuelle et signalée position de sociologue pour mes « recherches sur les coutumes, d'une répercussion internationale » (la phrase est de Silvinho qui, dans sa cordiale rubrique, m'offre, irisées, des « opales graphiques et archangéliques »), je me dirigeai vers la rédaction du combatif quotidien dès que j'appris sa pieuse entreprise.

Dites-moi, honnêtement et sans fard : qui mieux placé que moi pour y collaborer, sinon la diriger, moi, l'assistant immédiat, une espèce de chargé de pouvoir du génie de Columbia University qui m'a choisi, moi et personne d'autre, pour enquêter sur l'immortel Bahianais ? Je n'ai pas seulement été engagé, mais aussi payé. PAYÉ — permettez-moi d'écrire ce mot sacré, ce mot saint en majuscules, de le brandir sous le nez famélique de cette bande d'envieux et de prétentieux : qui d'entre eux a déjà été payé largement et comptant pour un travail sérieux, payé par un génie transcontinental et en dollars ? Ils vivent des aumônes du gouvernement et de l'université, ils font beaucoup de bruit mais à l'heure du bifteck, ce sont de doux agneaux. Qui de mieux indiqué — dites-moi — par tous ses titres, pour gérer, contre une petite rétribution et une publicité raisonnable, cette méritoire campagne du méritoire *Jornal da Cidade ?* En fin de compte, Pedro Archanjo, c'est mon terrain d'études, ma propriété.

Eh bien, croyez-moi si vous voulez : je fus reçu avec hostilité et entre moi et le docteur Zèzinho se dressèrent des obstacles de tout ordre. Je crus même ne pas pouvoir le voir, telles furent mes tentatives vaines et les refus cyniques. Les maîtres de la promotion — un puissant trio de fripons — m'écoutèrent en vitesse, ou plutôt l'un d'eux m'entendit et m'expédia avec des promesses vagues : « pour l'instant nous n'avons besoin de rien, mais au cours de la campagne il peut se présenter une occasion pour vous, une interview ou un reportage ». C'est que moi, prudent, ne parlai pas de responsabilité, je me proposai seulement pour collaborer avec eux.

Je revins, on ne m'a pas aussi facilement. J'apportai quelques documents à leur montrer et j'obtins que le comité se réunisse au complet. Ils m'offrirent une somme dérisoire de mes papiers — et ils ne me donnaient pas la moindre chance d'associer mon nom à la bruyante promotion.

Je décidai de faire face et de les doubler en m'adressant aux autres journaux et Ana Mercedes tenta d'intervenir en ma faveur dans son *Díaro da Manha.* Inutiles efforts : les magnats de la presse sont unis pour monopoliser l'opinion publique, ils ne se combattent pas.

Comme il ne me restait pas d'autre possibilité, je retournai au *Jornal da Cidade,* prêt à accepter la proposition indigne, mais unique, et à vendre pour une bouchée de pain la crème de mes documents. Avec l'énergie du désespoir je frappai à la porte du docteur Zèzinho et le grand patron m'écouta paternellement. Mais, quand je lui sortis mes notes, il s'en fallut de peu qu'il ne succombe à une crise d'hystérie. « C'est exactement ce que je ne veux pas : ce manque de respect envers un grand homme, envers un esprit supérieur. Ce dénigrement, cette réduction de l'image d'Archanjo. Je ne l'admets pas! Si nous vous achetons ces paquets de ragots et de médisances, c'est précisément pour nous en débarrasser, pour qu'ils ne soient pas utilisés et qu'ils ne souillent pas la mémoire d'Archanjo. Mon cher Fausto, pensez aux enfants des écoles. »

Je pensai aux enfants des écoles, je vendis mon silence pour presque rien. Le docteur Zèzinho, encore nerveux, ajouta : « Polygame, quelle infamie ! Il n'était même pas marié! Mon cher poète, apprenez cette leçon : un grand homme doit être d'une parfaite intégrité morale et si, par hasard, il a transigé et failli, c'est à nous de lui restituer sa perfection. Les grands hommes sont le patrimoine de la Patrie, des exemples pour les jeunes générations : nous devons les garder sur le piédestal du génie et de la vertu. »

Avec le chèque et la leçon, je remerciai et me retirai, je partis à la recherche d'Ana Mercedes et de whisky, chères consolations.

Ainsi je ne pus m'associer à la gloire journalistique de Pedro Archanjo. J'ai néanmoins été mentionné par de généreux chroniqueurs : Silvinho et Renot, July et Matilde. J'ai aussi été contacté par de sympathiques jeunes gens de l'École de théâtre, militants du groupe d'avant-garde intitulé « A bas le texte et la rampe » — le nom dit tout. Ils me proposent un projet de pièce sur Pedro Archanjo, ou plutôt de spectacle, ils n'aiment pas le mot pièce. Je vais étudier la chose et, s'ils me laissent participer à la direction, peut-être m'embarquerai-je dans l'aventure.

*Comment la société de consommation
promut les commémorations
du centenaire de Pedro Archanjo,
capitalisant sa gloire,
lui donnant sens et importance*

1

Le titre de secrétaire général de la Commission exécutive qui promouvait les commémorations du centenaire de Pedro Archanjo fut décerné au professeur Calazans, un choix judicieux.

Historien, le nom de Calazans dépasse depuis longtemps les frontières de l'État de Bahia et s'étend sur toute l'aire fédérale; ses travaux sur les Canudos et Antônio Conselheiro, réellement sérieux et originaux, lui ont valu les applaudissements des vieillards de l'Institut historique national et, sauf erreur, un prix de l'Académie brésilienne (si l'information est fausse et qu'on ne lui ait pas donné la palme, c'est une lacune à combler; il est temps encore pour les immortels de corriger une aussi criante injustice). Professeur de deux Facultés et de diverses chaires, docte et bonhomme, il va de cours en cours le jour durant, avec bonne humeur et un vaste assortiment d'anecdotes historiques, luttant pour vivre. Avec tant d'occupations il trouve encore le temps et le goût pour cumuler des places et des titres; quelques-unes pompeux, tous pesants et tous gracieux — sans l'ombre d'une rémunération; secrétaire de l'Académie bahianaise, trésorier de l'Institut d'histoire et de géographie de Bahia, président du Centre d'études folkloriques et de la Maison du Sergipe, sans compter la copropriété de l'immeuble où il habite, dont il est le syndic depuis toujours.

Tant d'activités bien menées, tant d'obligations exécutées en temps voulu, plus l'étude, la recherche, l'élaboration d'articles et d'essais — et le professeur toujours alerte, tranquille, bon vivant —, cette course contre la montre, cette bousculade ne paraîtront extraordinaires et absurdes qu'à ceux qui ignorent les origines du professeur Calazans, le mythique État du Sergipe. Pour un homme du Sergipe, né en plein latifundium féodal, dans une pauvreté sans bornes, sans aucun recours, sans marché du travail, sans emploi, pour un homme du Sergipe qui a survécu à la mortalité infantile, aux épidémies, à la malaria, à la variole, à toutes les limitations et à toutes les difficultés, pour ce héros rien n'est difficile et le temps se multiplie. Avec le professeur Calazans pour centraliser les tâches, le succès des commémorations était assuré.

D'ailleurs, la Grande Commission d'Honneur (G.C.H. comme sigle, Voiture Pilote comme surnom) était déjà une anticipation de la magnificence des festivités. Placée sous la présidence de Son Excellence monsieur le gouverneur de l'État, elle comptait le cardinal primat, les commandants militaires, le magnifique recteur, le préfet de la capitale, les présidents des institutions culturelles et les directeurs des banques bahianaises, le gérant de la Banque du Brésil, le directeur général du Centre industriel d'Aratú, le président de la Chambre de commerce, les directeurs des quotidiens, le délégué à l'Éducation et à la Culture et le major Damiao de Souza.

A l'exception de ces noms dont la présence s'imposait, car sans leur patronage ou leur sympathie toute manifestation aurait été vouée à l'échec ou interdite, tous les autres membres de la G.C.H. y figuraient dans un but spécifique et déterminé. C'est ce qu'expliqua le docteur Zèzinho Pinto quand, assisté du secrétaire et du gérant du *Jornal da Cidade*, il réunit dans son cabinet la petite Commission exécutive, « petite précisément pour être rapide et efficace ».

Elle n'était pas si petite. Outre le docteur Zèzinho, son président naturel, et son secrétaire général Calazans, elle était composée des présidents de l'Institut d'histoire et de géographie et de l'Académie des belles-lettres, des doyens de la Faculté de médecine et de la Faculté de philosophie, de la secrétaire du Centre d'études folkloriques, du superintendant au Tourisme et du gérant pour Bahia de la Doping Promotion et Publicité S.A.

Tous étaient présents à la première réunion, l'ambiance était animée et un garçon — le gardien de nuit — apporta des verres de whisky, déjà servis, de la glace, du soda, du guaraná et de l'eau à discrétion.

« National... », susurra, en goûtant le whisky, le lugubre Ferreirinha, secrétaire de rédaction.

Après avoir salué les « éminentes personnalités qui honorent de leur présence la rédaction du *Jornal da Cidade* », le docteur Zèzinho exposa dans un speech rapide (mais brillant) les lignes maîtresses de l'opération et fit allusion, en des termes flatteurs, aux autres membres de la Grande Commission d'Honneur, du gouvernement au Major. En même temps il suggéra ce qu'on devrait demander à chacun. Ainsi, il conviendrait que le dynamique préfet de la capitale donne le nom de Pedro Archanjo à l'une des nouvelles rues de la ville, tandis que le délégué à l'Éducation et à la Culture le donnerait à une école où la mémoire d'Archanjo se perpétuerait, « révéré par les enfants qui seront les hommes de demain, le brillant avenir du Brésil ». Du magnifique recteur on obtiendrait l'indispensable aide intellectuelle et matérielle de l'Université pour l'organisation de toute la campagne et, en particulier, du séminaire prévu ; du superintendant au Tourisme les voyages et l'accueil des invités du Sud et du Nord du pays. Des directeurs des journaux, « des amis et non des concurrents », il attendait des informations fournies, un appui inconditionnel non seulement par la voie de la presse écrite mais aussi par les stations de radio et de T.V. qu'ils contrôlaient également. Quant aux autres : banquiers, industriels, commerçants, ils restaient à la charge des efficaces et dynamiques membres de la Doping S.A. Avait-il oublié de citer un nom, par hasard ? Ah ! oui, celui du major Damiao de Souza, paladin des causes populaires, allégorique figure de notre cité ; ayant été l'ami personnel d'Archanjo, il était l'authentique représentant du peuple dans la Grande Commission d'Honneur : « nous ne pouvons oublier qu'Archanjo vient du peuple, des classes humbles et laborieuses, d'où il s'est élevé jusqu'aux sommets de la science et des lettres » (applaudissements).

Entre le whisky et le café (un whisky infâme, des meilleur marché, « Archanjo méritait quelque chose de mieux, au moins une cachaça honnête », se dit Magalhaes Neto, un noble vieillard, président de l'Institut, en échangeant son verre pour une tasse de café), la Commission exécutive ébaucha le programme des commémorations, le résumant en trois articles fondamentaux, sans préjudice de tout autre point qu'on aurait omis d'aborder :

a) Une série de quatre suppléments spéciaux du *Jornal da Cidade*, publiés les quatre dimanches qui précéderaient le 18 décembre, sur Pedro Archanjo et son œuvre exclusivement ; avec la collaboration des noms les plus représentatifs non seulement de Bahia mais de tout le Brésil. La publicité elle-même, rappela le directeur de la Doping, servirait à la glorification du nom d'Archanjo. On établit une liste de collaborateurs, des gens de poids. Furent déclarés responsables des suppléments le président de l'Institut, celui de l'Académie, la secrétaire du Centre d'études folkloriques et le professeur Calazans (sans lui pas de supplément, pas la moitié d'un).

b) Un séminaire de travail, placé sous l'égide de Pedro Archanjo, qui se tiendrait à la Faculté de philosophie sur le thème : « La démocratie raciale brésilienne et l'apartheid — affirmation et négation de l'humanisme. » L'idée du séminaire venait du professeur Ramos, de Rio de Janeiro, dans une lettre au docteur Zèzinho : « Pedro Archanjo est un maître et un exemple de la grandeur de la solution que propose le Brésil au problème des races : la fusion, le mélange, le métissage, la miscigénation — et pour honorer sa mémoire, depuis tant d'années confinée dans l'oubli, rien de plus indiqué qu'un colloque de savants qui confirmerait une fois de plus la thèse brésilienne et dénoncerait les crimes de l'apartheid, du racisme, de la haine entre les hommes. » L'organisation du séminaire serait à la charge des doyens de la Faculté de médecine et de la Faculté de philosophie, du superintendant au Tourisme et, naturellement, du vaillant *Sergipano*.

c) Une séance solennelle de clôture des commémorations qui aurait lieu le soir du 18 décembre, au salon Noble de l'Institut d'histoire et de géographie — local indiqué entre tous, enceinte austère, majestueuse et petite : « car — dit, prudent et précis, le docteur Zèzinho — mieux vaut une salle réduite et bondée qu'un immense salon plein de chaises vides ». Le superintendant au Tourisme, un optimiste, avait proposé le spacieux salon Noble de la Faculté de médecine, pourquoi pas celui du Rectorat, encore plus grand ? Mais y aurait-il dans la ville tant de téméraires qui se bousculeraient pour entendre, outre le professeur Ramos, de Rio, les représentants de la Faculté de médecine, de l'Académie des belles-lettres, du Centre d'études folkloriques, de la Faculté de philosophie et enfin de l'Institut d'histoire — cinq discours certainement pleins d'une austère beauté et d'une science scrupuleuse, d'emphatiques chefs-d'œuvre, ah ! emphatiques, longs et assommants. Le docteur Zèzinho, qui avait l'expérience de la vie et des hommes, ne partageait pas cet optimisme, à son avis le superintendant au Tourisme était un peu léger. L'organisation de l'acte solennellissime serait exclusivement à la charge de Calazans. Si lui ne remplissait pas le salon Noble de l'Institut, avec ses deux cents fauteuils confortables, personne d'autre ne le remplirait.

On ne rédigea pas d'acte des travaux, ce n'était pas nécessaire. En revanche, le docteur Zèzinho demanda une copie dactylographiée des trois articles, avec tous les détails — noms, thèmes, orateurs, thèses et le reste, point par point, car il voulait encore les étudier « avant qu'on ne les divulgue ». En souriant de son fascinant sourire — c'était comme s'il félicitait son interlocuteur, lui offrait de l'argent — il ajouta : « Nous publierons tout cela peu à peu — chaque jour une nouvelle. Ainsi nous ménagerons suspense et intérêt. »

« Il va demander le *nihil obstat* », murmura le lugubre Ferreirinha au jovial Goldman, le gérant du journal, le roi du non : « Non, il n'y a pas d'argent en caisse. »

— Au S.N.I. ou au chef de la police ?

— Aux deux, probablement. »

Des photographes immortalisèrent la cordiale et profitable réunion pour la première page de l'édition du lendemain et pour la postérité. Les caméras de la T.V. la filmèrent pour le bulletin d'information du soir, une fleur que spontanément faisait le docteur Brito, « concurrent jamais, un cordial ami », une fois de plus le docteur Zèzinho Pinto avait raison.

La date de la prochaine réunion ayant été arrêtée, ils eurent tous droit en se séparant à une poignée de main de l'invincible manager. « Est-ce que chez lui il offre le même whisky infâme à ses invités ? se demandait, encore impressionné, maître Magalhaes. Certainement pas. Il doit avoir un stock de scotch. Enfin, avec ces millionnaires, il faut s'attendre à tout, on ne sait jamais. »

2

Le visage plein, affichant l'énergie et l'efficacité, une cordialité qui s'exprime en jurons et en rires, des moustaches fournies et un début de calvitie, des signes d'une obésité prématurée et une chemise trempée de sueur, Gastao Simas, directeur pour Bahia de la Doping Promotion et Publicité S.A., s'adresse à ses collaborateurs, une équipe homogène de cinq garçons capables, combatifs, cinq as, et leur communique les résultats de la réunion de la Commission exécutive responsable des commémorations du centenaire de Pedro Archanjo. Maintenant, il leur reste à eux, à ces cerveaux royalement payés, à mettre sur pied l'autre face de la promotion, la seule qui compte vraiment : la face commerciale, la publicité dont dépend le fric, le chiffre d'affaires. Gastao Simas distille ce mot clef : chiffre d'affaires — on a l'impression qu'il déguste un nectar ou du caviar, une gorgée de vin d'un cru rare :

« Des huit pages de chaque supplément spécial, la valeur de cinq est réservée à la publicité. Le quatrième et dernier supplément aura douze pages, et nous en aurons sept à sept et demie, nous pourrons arriver à huit si c'est nécessaire. De plus, mes très chers, nous ne devons pas nous borner aux suppléments spéciaux. Le champ est libre, il faut faire travailler votre imagination, créer, être artiste ! Au travail, mes enfants, sans perdre une minute. Je veux des résultats concrets, dans un délai minimal. *Efficacité* et qualité, c'est notre devise, ne l'oubliez pas. »

Cela dit, il retourne dans son bureau, s'enfonce dans son fauteuil. Gastao Simas était un homme de valeur, efficace ; travailleur, intelligent, imaginatif. Quand il faisait son autocritique, il se voyait pourtant obligé de constater qu'il n'était pas né pour ce métier, ce n'était pas le moyen d'existence capable de le passionner. Il l'exerçait par nécessité et par amour-propre : ça lui assurait de fortes rémunérations et le prestige social. Pour son goût, il serait resté au journal où il avait commencé, gagnant un salaire avilissant mais sans avoir à revêtir ce masque de surhomme qui allait si mal à son visage jovial, bon vivant : pour lui, le plaisir de la vie, c'était une partie de dominos à la porte du Marché Modèle, un petit verre et une fête, un bavardage sans histoires. « Je suis trop bahianais pour cette profession », avait-il confessé certain jour à l'un de ses commis, le jeune Arno, un sympathique carioque et un enragé de la publicité. Que faire ? Allons, quelle question, mon bon Gastao : faire contre mauvaise fortune bon cœur, la direction de la Doping, ça veut dire beaucoup d'argent et une position enviable. Esclave de son bureau, Gastao Simas regarde le paysage du golfe, le fort de la mer, l'île verte et les barques qui passent, tranquilles. Le bureau respire richesse et pouvoir — des meubles de jacaranda, une tapisserie de Genaro : un oiseau audacieux, un insecte cruel de Mário Cravo, en bois et en fer, et la blonde secrétaire. Profession pour profession, art pour art, celle-ci est encore la plus rentable, l'art essentiel de notre temps.

Nous savons tous, et le pire des idiots ne songerait pas à le contester, que l'art de la publicité est, de tous, le plus éminent et le plus auguste : aucun qu'on lui puisse comparer, ni la poésie, ni la peinture, ni l'art romanesque, ni la musique, ni le théâtre, ni même le cinéma. Quant à la radio et à la télévision, on peut dire qu'elles font partie intrinsèque de la publicité, sans existence autonome.

Aucun peintre ne possède la technique créatrice des dessinateurs de publicité : dans les agences les Picasso pullulent. Il n'est pas d'écrivain capable d'égaler ceux qui rédigent les annonces ; pas de style, en prose ou en vers, qui rivalise avec les ressources d'imagination, le réalisme et le surréalisme, la répercussion de ces textes sortis des agences où des douzaines d'Hemingway créent la nouvelle littérature. A quoi sert de cacher la vérité alors qu'elle s'impose à la lumière du jour, fulgurante et vitale ?

De la publicité dépendent inclusivement les Picasso et les Hemingway, nombre d'entre eux sont fabriqués dans les bureaux de publicité qui les propulsent et les popularisent en un clin d'œil. Pendant des mois, ou plus, le nom du peintre ou de l'écrivain sera applaudi et admiré par les masses bêlantes. Ensuite il disparaît, en fin de compte personne n'est Dieu pour tirer du néant des écrivains et des peintres et les maintenir interminablement à la pointe de l'actualité ! Mais l'heureux élu aura eu son heure, sa chance, d'autant plus grande qu'il peut payer plus. Le reste, c'est son problème, il s'agit de s'organiser : il suffit de jeter un coup d'œil sur la foire aux vanités pour s'apercevoir de l'incroyable affluence de ces fumistes, de ces faiseurs, nés dans les couveuses des agences et qui, bien lancés, avec leur manque de talent, leur nullité, brillent et prospèrent gentiment sans avoir à se tuer dans deux facultés et différents cours — un marathon pour les rustres et les idiots, type Calazans, sans le moindre talent pour l'arrivisme indispensable, pour la stratégie, expression essentielle de notre époque, de notre admirable, bienheureuse, jamais assez vantée société de consommation.

Arno, ce génie de gamin, importé de Rio, plume trempée dans le whisky écossais authentique, fut le premier à éblouir Gastao avec le résultat de deux ou trois jours de travail intense, de réflexion profonde, d'imagination débridée. Il posa sur la table du grand patron la feuille de papier où était écrite en gros caractères cette trouvaille géniale :

Traductions en anglais, en russe et en chinois
PEDRO ARCHANJO EST SOURCE DE DEVISES
pour la prospérité du Brésil
aussi est source de devises
LA COOPÉRATIVE EXPORTATRICE DE CACAO.

« Fantastique ! applaudit Gastao. Tu es un champion. »

D'autres résultats, également grandioses, suivirent, mais il faut reconnaître la priorité d'Arno, jeune prince de la publicité, un talent fou, salaire équivalent à celui de la moitié de la congrégation d'une Faculté.

Il vaut la peine de rappeler, pour l'édification des lecteurs, quelques-uns des textes les mieux venus :

« Fêtez le centenaire d'Archanjo avec une bière Polar. »

« S'il vivait encore, Pedro Archanjo écrirait avec une machine électrique Zolimpicus. »

« L'année du Centenaire d'Archanjo, le Centre industriel construit la nouvelle Bahia. »

« En 1868 naquirent deux géants de Bahia : Pedro Archanjo et l'Archote Assurance Ltd. »

Non content de son triomphe initial, Arno créa une autre merveille — sa transcription est plus éloquente que tout adjectif :

> *Archange ange étoilé*
> *étoile étoile étoile*
> *depuis quatre générations*
> **L'ÉTOILE DU SAVETIER**
> *botte les anges et les archanges*
> *en quatre douces prestations.*

Il alla lui-même, souriant et content de sa trouvaille, la porter au client, le propriétaire d'un commerce de chaussures, qui le reçut avec une mauvaise humeur manifeste — il faisait un régime pour maigrir et il n'y a pas pire pour le caractère. L'homme, un quinquagénaire, sourcils broussailleux et bague de docteur, toisa l'élégance du jouvenceau, sa suffisance flegmatique, hocha la tête avec désespoir et dit :

« Je suis un vieux bonhomme, besogneux, vous, vous êtes jeune, beau, élégant, vous sentez le whisky et l'acarajé, vous connaissez la musique, mais laissez-moi vous dire : votre publicité, c'est de la merde ! »

Il dit ça d'un tel ton, avec tant de violence, qu'Arno, au lieu de s'en offenser, éclata de rire. Le client expliqua :

« Mon beau, il y a trois Étoiles du savetier, pas seulement une comme votre slogan le laisse entendre. Et vous ne donnez même pas l'adresse. Vous parlez à peine de chaussures — je vends des chaussures, moi, je vous le dis pour votre gouverne, je crois que vous l'ignoriez. Entre nous, je fais mieux et meilleur marché que les autres. »

La discussion en resta là, ce qui déçut les employés qui espéraient voir un jour leur patron en venir aux mains; au contraire, ensemble ils retravaillèrent le texte puis ils sortirent tous deux, vers la fin de l'après-midi, à l'heure où la brise vient de la mer et monte dans les ruelles. « Vous aimez les antiquités ? » demanda le commerçant. « Je suis plutôt moderniste », avoua Arno, mais il se laissa conduire chez les antiquaires, dans des rues étroites et des impasses — pour la première fois il entra chez un brocanteur. Il vit de vieilles lampes, des objets d'argent, des bagues, des bijoux insolites, des bancs et des sofas, des ananas de cristal, des gravures de Londres et d'Amsterdam, un oratoire peint à la main et un saint en bois, ancien. Arno eut brusquement la révélation de la beauté.

Le lendemain, au bureau, en soumettant le texte remanié à l'approbation de Gastao Simas, Arno Melo lui dit :

« Mon vieux, c'est vous qui avez raison : à Bahia il n'y a pas l'atmosphère pour ce boulot, ça ne colle pas. Si j'avais le courage, je laisserais tomber cette merde, j'irais traîner dans les rues. Dites-moi, Gastao : vous avez déjà vu la façade de l'église du Tiers-Ordre ?

— Parbleu, petit ! Je suis né ici.

— Eh bien, moi, je suis à Bahia depuis un an, je suis passé plus de mille fois devant et jamais je ne m'étais arrêté pour regarder et voir. Je suis une bête, *seu* Gastao, un crétin, un misérable, un fils-de-putain d'agence de publicité. »

Gastao Simas soupira : dans ces conditions, rien à faire.

3

La participation à la seconde réunion de la Commission exécutive fut beaucoup plus réduite; il en est toujours ainsi : une seconde réunion n'a pas droit aux photographes ni aux articles en première page — deux lignes, tout au plus, dans une page intérieure.

Les présidents de l'Académie et de l'Institut se firent représenter par le professeur Calazans, membre du conseil des deux institutions. Les doyens de la Faculté de médecine et de la Faculté de philosophie et le superintendant au Tourisme s'excusèrent aussi, alléguant des engagements antérieurs, en même temps qu'ils donnaient leur accord et leur soutien à toute mesure ou décision qui serait prise.

De la Faculté de philosophie vint le professeur Azevêdo, à titre personnel, attiré par le projet de séminaire dont l'idée l'enthousiasmait. Le professeur Ramos lui avait écrit de Rio, lui demandant son aide dans l'organisation du symposium « qui peut devenir un grand événement de la culture brésilienne — le premier débat systématique, sur des bases réellement scientifiques, qui traite du problème racial, un problème plus actuel et plus brûlant que jamais, un détonateur de toutes parts et spécialement aux États-Unis où le Pouvoir noir est un facteur nouveau et sérieux; plus grave encore en Afrique du Sud où paraît s'être implanté l'héritage du nazisme ». Le professeur Azevêdo avait en préparation une thèse documentée sur la contribution d'Archanjo à la solution brésilienne du problème, sujet du colloque qui, ainsi que l'avait proposé le professeur Ramos, pouvait porter en épigraphe une phrase de maître Pedro dans ses *Notes sur le métissage dans les familles bahianaises :* « Si le Brésil a contribué par quelque chose de valide à l'enrichissement de la culture universelle, c'est par la miscigénation — elle marque notre présence à la pointe de l'humanisme, elle est notre apport le plus grand à l'humanité. »

La secrétaire du Centre d'études folkloriques était présente : elle luttait courageusement pour se faire sa place au soleil parmi tant d'ethnologues, d'anthropologues, de sociologues, tous diplômés, la majorité bénéficiant de bourses d'études dans des universités étrangères et autres organismes, aidés par des équipes, des bataillons d'étudiants et d'assistants — elle, autodidacte et artisane, isolée, elle ne pouvait pas perdre cette occasion. Edelweiss Vieira, une fille solide et décidée, était une des rares personnes qui connût à Bahia l'œuvre d'Archanjo. A part elle et le professeur Azevêdo, seul le secrétaire général Calazans : « quand j'accepte une responsabilité, c'est pour la mener à bien ».

Le gérant de la Doping S.A. était venu, lui aussi, armé d'une serviette, de papiers, d'organigrammes, de slogans ; à peine arrivé, il s'était enfermé avec le gérant du journal dans le bureau du directeur. Le docteur Zèzinho fit demander à Calazans et à ses collègues qu'« ils veuillent bien attendre un instant ». Ils papotèrent dans la salle de rédaction.

Le lugubre Ferreirinha, entraînant le secrétaire général de la Commission dans l'embrasure d'une fenêtre, lui confia ses craintes : les choses n'allaient pas bien, « le patron fait une tête d'enterrement ». Connaissant la réputation d'alarmiste du secrétaire de rédaction, Calazans n'y attacha pas d'importance. Les temps étaient aux rumeurs incontrôlées, aux prévisions pessimistes, à la mélancolie et à l'inquiétude. Mais quand, finalement, la porte du bureau s'ouvrit, livrant passage à Gastao Simas et au gérant du journal, Calazans remarqua des signes de préoccupation sur le visage en apparence ouvert et cordial du docteur Zèzinho. « Je vous en prie, dit-il, entrez et pardonnez-moi de vous avoir fait attendre. »

Encore debout, Calazans l'informa :

« Maître Neto n'a pas pu venir et le sénateur est à Brasília — le président de l'Académie avait été élu sénateur de la République. Je suis autorisé à le représenter. Le recteur de la Faculté de médecine et le superintendant...

— Ils m'ont téléphoné pour expliquer leur absence, interrompit le magnat. C'est sans importance, c'est même mieux. En petit comité nous pourrons parler plus tranquillement, mettre de l'ordre dans nos idées et résoudre les problèmes de notre grande promotion. Asseyons-nous, mes amis. »

Le professeur Azevêdo prit la parole sur un ton quasi oratoire :

« Laissez-moi vous féliciter, docteur Pinto, pour l'initiative de ces commémorations, dignes des plus grands éloges. Le séminaire sur la miscigénation et l'apartheid est particulièrement remarquable, un important événement, d'une extrême actualité ; ce sera la plus sérieuse réalisation scientifique du Brésil dans ces dernières années. Nous applaudissons tous, et nous vous applaudissons le premier. »

Le docteur Zèzinho reçut ces compliments de l'air modeste de quelqu'un qui a rempli son devoir envers la Patrie et la Culture sans mesurer les sacrifices :

« Je vous remercie, mon cher professeur. Vos paroles me vont au cœur. Mais, puisque vous parlez du séminaire, je voudrais faire quelques brèves remarques à ce sujet : j'ai revu la question et je suis parvenu à certaines conclusions que je souhaiterais soumettre au bon sens et au patriotisme de ces messieurs. Je tiens tout d'abord à exprimer mon admiration pour le professeur Ramos, pour son œuvre magistrale. La meilleure preuve, c'est que c'est moi qui me suis adressé à lui, sollicitant sa collaboration pour les hommages à Pedro Archanjo. Le conclave qu'il nous propose de réunir, pourtant, bien qu'il présente un intérêt scientifique certain, ne me paraît pas indiqué dans la conjoncture actuelle. »

Le professeur Azevêdo eut un frisson dans le dos : chaque fois qu'il avait entendu prononcer ces mots fatidiques, *conjoncture actuelle*, quelque chose de fâcheux s'était produit. Les dernières années n'avaient été ni douces ni faciles pour le professeur Azevêdo et ses collègues de l'Université. C'est pourquoi il intervint avant d'entendre le reste, le pire certainement :

« Le moment est au contraire tout indiqué, docteur Pinto : quand les luttes raciales atteignent presque des proportions de guerre civile aux États-Unis, quand les nouveaux pays d'Afrique commencent à jouer un rôle important dans la politique mondiale, quand...

— Précisément, mon cher professeur et ami, ces mêmes arguments qui, pour vous, montrent l'opportunité du séminaire, en font, à mon sens, un danger, un sérieux danger.

— Un danger ? maintenant Calazans s'interpose. Je ne vois pas où.

— Un danger et un grand. Ce séminaire, d'une thématique explosive — métissage et apartheid — constitue un périlleux foyer d'agitation, il peut provoquer un incendie aux proportions imprévisibles, mes chers amis. Pensez aux jeunes gens de l'Université, aux enfants des lycées. Je ne nie pas qu'ils aient raison dans certaines de leurs protestations et notre journal l'a dit, courageusement. Mais convenons que le moindre prétexte est bon pour les agitateurs infiltrés dans le milieu estudiantin, pour les professionnels du désordre et de la pagaille. »

« Tout est perdu », comprit le professeur Azevêdo, mais il lutta encore : l'idée de Ramos méritait un dernier effort :

« Pour l'amour de Dieu, docteur Pinto : les étudiants, y compris ceux de gauche, vont soutenir en masse le symposium, vont le justifier, j'ai parlé moi-même avec un certain nombre d'entre eux, ils sont tous favorables, tous intéressés. Il s'agit d'une réunion purement scientifique.

— Vous voyez, professeur, c'est vous-même qui me donnez raison, qui m'apportez de nouveaux arguments. Le danger, c'est précisément l'appui des étudiants. Le sujet est de la pure dynamite, une bombe. Rien de plus facile que de transformer ce séminaire de caractère scientifique en marche de protestation, en manifestation de rue, de soutien aux Noirs nord-américains, contre les États-Unis ; si nous le réalisions, ça pourrait se terminer par l'incendie du consulat américain. Vous avez dit vous-même, professeur, qu'il s'agit d'un symposium de gauche.

— Je n'ai pas dit ça. La science n'est ni de gauche ni de droite, elle est la science. J'ai dit que les étudiants...

— C'est la même chose : vous avez dit que les étudiants de gauche, la masse des étudiants appuie l'idée. Là est le danger, professeur.

— Mais dans ce cas, il n'est plus possible... » — encore une fois Calazans venait au secours de son collègue.

Visiblement contrarié, le docteur Zèzinho résolut de liquider la question :

« Pardon, professeur Calazans, si je vous interromps : nous perdons tous notre temps. Même si vous me convainquiez, et peut-être ne serait-il pas si difficile de le faire..., il y eut un silence, il était réellement gêné. Même ainsi le séminaire ne pourrait avoir lieu. De plus en plus à contrecœur il poursuivit : J'ai été... hum... on m'a fait comprendre... j'ai eu l'occasion de discuter de ce problème sous tous ses aspects.

— On vous a fait comprendre ? Qui ? demanda la secrétaire du Centre folklorique, totalement étrangère aux subtilités de la politique.

— Qui de droit, ma bonne amie. Professeur Azevêdo, je crois que maintenant vous me comprenez et admettez ma position. D'ailleurs, je voudrais vous demander de l'expliquer au professeur Ramos, je ne voudrais pas qu'il le prenne en mauvaise part. »

Il regarda par la fenêtre, dans le bistrot d'en face des rédacteurs du journal avalaient du café au lait avec des tartines de beurre :

« Certaines choses nous échappent, nous ne sommes pas au fait des détails qui rendent indésirable, à un moment déterminé, ce qui, en apparence, est une bonne idée. Je vais vous révéler quelque chose, quelque chose de très confidentiel : la diplomatie brésilienne prépare à l'heure actuelle un accord de grande envergure avec l'Afrique du Sud. Nous avons le plus grand intérêt à élargir nos relations avec ce puissant pays, d'un extraordinaire indice de croissance. Même une alliance politique contre le communisme n'est pas hors de question, en fin de compte à l'O.N.U. nous sommes déjà alliés, nous défendons les mêmes points de vue. Une ligne aérienne, directe, reliant Rio à Johannesburg va être établie dans les prochains jours. Vous vous rendez compte ? Comment alors réunir en ce moment les savants brésiliens pour qu'ils condamnent l'apartheid, c'est-à-dire l'Afrique du Sud ? Je ne parlerai même pas des États-Unis, de nos obligations envers la grande nation américaine. Quand précisément augmentent leurs difficultés avec les Noirs, nous irions aussi leur taper dessus ? Du racisme au Vietnam il n'y a qu'un pas. Un petit pas de rien. Ce sont des arguments sérieux, mes amis, et si grand que soit mon désir de défendre notre idée, je n'ai pas pu discuter.

— Vous voulez dire qu'on a interdit le séminaire ? » revint à la charge la secrétaire du Folklore sans mâcher ses mots, avec cette fâcheuse manière des gens simples de parler droit et sans détours.

Le docteur Zèzinho, un peu remis, leva les bras :

— Personne n'a rien interdit, dona Edelweiss, pour l'amour de Dieu. Nous sommes en démocratie, personne n'interdit rien au Brésil, je vous en prie ! C'est nous qui, maintenant, ici, en examinant la question à partir de nouvelles données, décidons — nous, la Commission exécutive — de suspendre le séminaire. Nous ne manquerons pas pour autant de commémorer le centenaire de Pedro Archanjo. Les numéros spéciaux sont en marche, Gastao m'a apporté des nouvelles réconfortantes, les perspectives sont bonnes. La séance solennelle donnera le ton scientifique et oratoire indispensable. De plus, rien ne nous empêche de penser à autre chose pourvu que ça n'ait pas le caractère subversif du symposium. »

Dans le silence caractéristique de la conjoncture actuelle, le docteur Zèzinho ressuscita de l'humiliation causée par le désagréable sujet :

« Je vous demande, messieurs, de penser par exemple au grand concours que l'on pourrait organiser pour les élèves des écoles secondaires, une rédaction sur un thème patriotique, actuel. Ce serait le "Prix Pedro Archanjo", un prix de taille, enviable : un voyage en avion et un séjour d'une semaine au Portugal pour le gagnant et un accompagnateur. Que vous en semble ? Pensez-y, mes amis, et mille fois merci. »

Pas même de whisky national.

4

La Société des médecins écrivains (qui avait son siège à Bahia et des filiales dans différentes villes des autres États) lança un manifeste de soutien aux festivités — bien qu'il n'ait pas reçu l'anneau de docteur, Pedro Archanjo était profondément lié à la caste médicale par le cordon ombilical de la Faculté de médecine de Bahia « qu'il avait servie avec une remarquable efficacité et un touchant dévouement ».

Le président de la laborieuse organisation, un sympathique radiologue doté d'une clinique enviable, biographe de médecins éminents, s'inscrivit comme orateur — le sixième ! — pour l'acte solennel de clôture ; il se mit en quête de données plus précises et plus intimes sur Pedro Archanjo qui lui permettraient de mêler une note humaine à l'aridité du discours scientifique. D'information en information, il arriva au major Damiao de Souza qui, depuis de nombreuses années, donnait ses audiences nocturnes au bar Bizarria, dans un coin louche du Pilori.

Le bar Bizarria, l'un des derniers à offrir des tables et des chaises à ses clients, à leur permettre le plaisir de la conversation, avait occupé auparavant le meilleur emplacement de la place de la Cathédrale — il appartenait à un aimable Portugais venu de Pontevedra il y a plus d'un demi-siècle. A cet endroit rêvé ses fils inaugurèrent le self-service « Mangez-Debout », une nouveauté d'un fulgurant succès : pour un prix modique les clients ont droit à un plat unique, tout servi, à une boisson de leur choix, ils posent assiette et bouteille sur une espèce de tablette qui entoure la salle et, en dix minutes, ils s'acquittent de l'obligation de déjeuner, temps pendant lequel ils ne gagnent pas d'argent, du temps perdu. Le Galicien primitif, ami de sa clientèle et du bon vin (il ne dédaignait pas la cachaça si elle était de qualité), abandonna ce lieu rentable à ses enfants progressistes et voraces, mais il ne renonça pas à son bar avec ses tables et ses chaises, aux conversations animées sans obsession de l'heure : il déménagea dans un quartier de putes, toujours environné d'impénitents ivrognes, ses clients et ses amis. Immémorial client, avec sa chaise attitrée dès la tombée de la nuit, le Major était là pour l'apéritif du soir.

L'élégant radiologue, tant soit peu formel, se sentit troublé et gêné dans cette ambiance insolite ; c'était comme s'il avait reculé dans le temps et était parvenu dans une ville proscrite : les pierres noires du sol, la lumière sourde, les murs séculaires de la salle, les ombres, un parfum d'Orient. Il n'était pas le seul à venir trouver ce soir-là le Major, pour quêter des souvenirs d'Archanjo : il rencontra au Bizarria le fameux Gastao Simas et un blanc-bec de son agence de publicité. Ils vidaient des verres d'un violent breuvage, autrefois fameux, dit Pinte-de-Bouc, et le gandin (il sut plus tard qu'il se nommait Arno Melo) mangeait des acarajés, « il n'y a pas de meilleur amuse-gueule ». Une Bahianaise était installée avec son plateau et son fourneau à la porte du bar depuis plus de vingt ans ; elle l'avait suivi depuis la place de la Cathédrale. Pour le président des médecins écrivains, ce fut une expérience neuve et excitante : son monde se résumait à l'hôpital avec les étudiants de la Faculté, à son cabinet de la rue Chili, à sa maison à Graça, aux réunions littéraires et scientifiques, aux dîners et aux réceptions. Le dimanche il se permettait un bain de mer et une *feijoada*.

« Radiologue ? lut le Major sur la carte du médecin : excellent. Avec les vacances du docteur Natal et le voyage du docteur Humberto, j'en manque. Asseyez-vous, nous sommes ici chez nous. Que prenez-vous ? La même chose que nous ? Je vous le recommande. Pour ouvrir l'appétit, rien de mieux — il s'adressa à l'Espagnol : Paco, apporte-nous d'autres verres, et viens faire la connaissance du docteur Benito qui nous honore aujourd'hui de sa présence. »

Par pure et simple politesse le docteur Benito accepta et goûta du bout des lèvres l'impossible mixture, ah, fantastique ! Arno et Simas l'avaient devancé, ils en étaient à leur quatrième ou cinquième verre, suivant les traces d'Archanjo. Le Major, imperturbable, tirait sur son cigare puant :

On raconte qu'une certaine fois une iaba, connaissant la réputation de coureur d'Archanjo, décida de lui donner une leçon, de faire de lui sa chose, et qu'elle se transforma pour ça en la plus aguichante mulâtresse de Bahia...

« Une iaba ? Qu'est-ce que c'est ? » Arno s'instruisait.

« Une démone qui cache sa queue. »

Ils dînèrent sur place, au bar, du poisson frit à l'huile jaune, bière glacée et copieuse pour noyer l'huile de palme ; ils s'en léchaient les doigts. Par deux fois, au milieu du repas, le Major proposa une tournée de cachaça pour « corser la bière ».

Plus tard, ils allèrent voir, tout près, le premier étage où avait fonctionné le *château* d'Ester, aujourd'hui celui de Rute Pot-de-Miel où l'on boit encore un vieux cognac du temps d'Archanjo. Au milieu de la nuit Gastao Simas chanta « Pluie d'étoiles » pour un parterre chaleureux et romantique et Arno Melo fit un discours d'une idéologie assez confuse, mais violent, contre la société de consommation et le capitalisme en général.

A deux heures du matin le docteur Benito, dans un suprême effort de volonté, réussit à s'arracher de là. Il monta dans un taxi, abandonnant sa voiture stationnée au terreiro : il n'avait jamais bu autant de toute sa vie, même quand il était étudiant, jamais il ne s'était trouvé pris dans tant d'absurdité et d'incohérence.

« Pardon, chérie, j'ai été entraîné dans un monde fou, et tout ce que je sais d'Archanjo, c'est qu'il a vécu quelque temps en concubinage avec le diable.

— Avec le diable ? » — sa femme lui préparait de l'Alkaseltzer.

Le lendemain, en arrivant à son cabinet, il trouva les trois premiers clients du Major, chacun avec un billet : « le major Damiao de Souza recommande l'indigent porteur de cette carte à votre bienveillance, il vous demande de lui faire la charité d'une radiographie que Dieu vous paiera avec les intérêts ».

Deux radios des poumons, une des reins, les trois premières ; infini est le flot des miséreux.

Parmi les contributions les plus enthousiastes au centenaire de Pedro Archanjo, il faut souligner celle de la Faculté de médecine de Bahia. Un porte-parole de la traditionnelle École, dans une interview au *Jornal da Cidade* tout de suite après le lancement de la campagne, dans la phase initiale des déclarations de soutien, affirma : « Pedro Archanjo est un enfant de la Faculté de médecine, son œuvre fait partie de notre patrimoine sacré, ce patrimoine sans égal qui vit le jour sur ce séculaire Largo du Terreiro de Jésus, dans l'antique collège de jésuites, et qui s'est affirmé avec les brillants maîtres de notre Faculté, qui se dresse sur les fondations du premier établissement d'enseignement du Brésil. Si l'œuvre de Pedro Archanjo, aujourd'hui reconnue jusqu'à l'étranger, put être réalisée, c'est que son auteur, membre de l'administration de la Faculté, s'imprégna de l'esprit de notre bienheureuse institution, elle qui, bien que vouée aux sciences médicales, ne manqua en aucun moment de cultiver les sciences sœurs et tout particulièrement les belles-lettres. Dans notre chère Faculté s'est élevée la voix des plus grands orateurs du Brésil ; s'y sont révélés des hommes de lettres admirables par l'élégance de leur style et par la pureté de leur langue — sciences et lettres, médecine et rhétorique se sont donné la main dans les patios et les amphithéâtres. Pedro Archanjo a forgé son esprit dans cette atmosphère de haute spiritualité, dans la doctrine de la vénérable École il a affiné sa plume. C'est avec un juste orgueil que nous affirmons à l'occasion de ce glorieux anniversaire : l'œuvre de Pedro Archanjo est un produit de la Faculté de médecine de Bahia. »

En quoi, malgré tout, il avait un peu raison.

*Où l'on parle de livres, thèses et théories,
de professeurs et de trouvères,
de la reine de Saba et de la iaba,
et, parmi tant d'inconnues,
où l'on pose une devinette
et l'on exprime une opinion osée*

1

On raconte, amour, qu'une certaine fois une iaba se trouvant de passage à Bahia fut fâchée et indignée de l'incontinence, de la colossale débauche, de l'excessive suffisance de maître Pedro Archanjo, nanti de tant de femmes, mâle de tant de femelles, pâtre d'un docile et fidèle troupeau, tel un sultan entouré de son harem car ses concubines se connaissaient et se rendaient visite et on les voyait ensemble s'occuper des enfants des unes et des autres, tous de lui, et elles s'appelaient commère et cousine, tout ça dans les rires, insouciantes, dans les bavardages et les plaisanteries, quand elles n'étaient pas réunies autour du fourneau à préparer des gâteaux pour le tyran.

Pedro Archanjo s'occupait de toutes, chacune à son tour, toutes il les satisfaisait comme s'il n'avait eu d'autre emploi que le lit et le libertinage, d'autre délassement que d'user de son sceptre et de l'imposer, doux office. Un lord, un pacha, un présomptueux de sa force et de sa puissance, il menait une vie de bâton de chaise. Heureux de la vie, tranquille, sans s'en faire, sans souffrir mille morts d'aucune femme, le martyre, la peur de la perdre ou de ne pas l'avoir, car les effrontées, les dévergondées vivaient pendues à lui, pâmées et l'adulant; elles ne songeaient pas à l'abandonner, à le rendre jaloux ou à lui mettre les cornes — pas question, même pour plaisanter. Pépère, Pedro Archanjo, beau parleur et grand coureur.

Une telle situation paraissant intolérable à la iaba, une humiliation pour la gent féminine tout entière, elle décida de châtier sévèrement maître Archanjo, en lui donnant une dure et amère leçon qui lui apprenne le mal de l'amour dans les supplications et l'attente, les prières et les refus, le mépris et l'abandon, la trahison et la honte, la douleur d'aimer et de ne pas être entendu. Cette douleur d'aimer, jamais ne l'avait soufferte le pistachier, séducteur aux couches innombrables, moelleux matelas de barbe de maïs ou châlit de bois, sable de la plage ou bosquets, à la première lueur du jour ou à la tombée de la nuit. Maintenant il allait souffrir, apprendre dans sa chair — jura la iaba devant le scandale et la nonchalance de l'individu : tu seras exposé au monde et à tout Bahia la houlette flétrie, le cœur en lambeaux et la tête garnie de cornes, exposé aux risées et aux quolibets, déchu, fini, la fable de tous.

Pour ce faire la iaba devint la négresse la plus belle qu'on ait jamais vue sur les terres d'Afrique, de Cuba et du Brésil, dont aient jamais parlé les romans, récits, contes ou légendes : une fabuleuse négresse, une Noire éblouissante. Un parfum de rose épanouie pour masquer l'odeur de soufre, des sandales couvertes pour cacher les pieds fourchus. Quant à la queue, elle se fondit en croupe, parfaite et insoumise, indépendante du reste du corps, ondulant pour son propre compte. Pour donner une pâle idée de la beauté de la Noire il suffit de dire que, dans son parcours entre les abîmes et la Boutique aux Miracles, à son passage six mulâtres, douze Noirs, douze Blancs se damnèrent et une procession se dispersa quand elle la traversa. On vit le curé arracher sa soutane et renier sa foi; et saint Onufre sur son brancard se tourna vers elle et lui sourit.

Dans ses jupons amidonnés la iaba riait, satisfaite : l'arrogant paierait son orgueil d'étalon, de mâle imbattable. Comme début de conversation, rapidement elle rendrait piteux son bâton magique tant vanté, et ensuite flasque et mort, sans profit pour le bon usage, une dépouille de musée. Ci-gît le membre de Pedro Archanjo, il était célèbre et une iaba vint à bout de son renom et de sa verdeur.

De sa victoire dans ce pari, la diablesse était certaine et assurée : il est de notoriété publique que les iabas peuvent se transformer en femmes d'une rare beauté, d'une attirance irrésistible, en amantes ardentissimes, savantes en caresses ; il est aussi bien connu qu'elles ne parviennent jamais à s'ouvrir au plaisir — elles ne l'atteignent jamais, toujours insatisfaites, en demandant plus, dans une ardeur croissante. Avant qu'elles aient gagné et franchi les portes du délice et du paradis, le membre vaincu de leur partenaire se réduit à une vulgaire baudruche. Il n'y eut jamais, que l'on sache, de bâton magique capable de rompre ces défenses de désir vain et de damnation, et de conduire la rebelle et maudite iaba au temps et au terme des hosannas et des alléluias.

Mais le châtiment ne se réduirait pas à l'impuissance, au fiasco dans le doux et violent office, pire peut-être serait le cœur brisé et blessé. Car la iaba pensait faire de lui sa chose, un misérable suppliant, un malheureux esclave, trahi et désespéré. De ces deux hontes, quelle serait la plus horrible, la plus humiliante ?

La perfide allait dans la rue, satisfaite, avec son plan tracé : après lui avoir fait goûter mille fois le goût de l'amusette et du ravissement, quand elle le verrait solidement pris au piège et vaincu, elle lui fausserait compagnie, indifférente, sans un adieu. Pour le voir — pour que tous le voient — à genoux à ses pieds, implorant ; léchant la poussière du chemin, baisant ses pas, avili, tout entier, au-dehors un déchet, au-dedans humble cocu quêtant la grâce d'un regard, d'un sourire, d'un geste, le petit doigt, le talon, ah! par pitié le bout du sein, fruit noir et charnu.

De la déception au mépris, la iaba l'enfoncerait plus bas encore et l'anéantirait : dans le déshonneur — s'offrant aux autres en de galantes promesses, sous son nez elle putinerait avec les voisins. Pour que tous le voient perdre la tête, grinçant des dents; pour qu'on le voie hors de lui, le couteau brandi, le rasoir ouvert : reviens ou je te tue, malheureuse; si tu donnes à un autre ta fleur agreste, tu mourras de ma main et je mourrai aussi.

Ainsi, à genoux, exposé dans la ville, en plein jour, à la vue de tous, dans les supplications et les lamentations, cornu sans pudeur, dépourvu du dernier reste de décence, d'orgueil, ver de terre rampant dans la boue, dans la honte, dans la mort, dans la douleur d'aimer. Viens! et traîne après toi tous tes amants, tous tes mâles, mets-moi les cornes que tu veux, couverte d'excréments et de fiel je te désire et je te supplie, viens! et, reconnaissant, je te prendrai.

Les iabas ne jouissent pas, nous le savons déjà; mais elles n'aiment pas non plus et ne souffrent pas car, comme il est prouvé, les iabas n'ont pas de cœur — vide est leur poitrine, creuse et sans remède. C'est pourquoi, insensible et maudite, elle venait riant en chemin, suivie de sa croupe en révolution, et les hommes se damnaient rien que de la voir. Pauvre Archanjo.

Il se trouve pourtant, amour, que Pedro Archanjo, ostensiblement à la porte de la Boutique aux Miracles, l'attendit à peine la nuit fut-elle éclairée par l'étoile du berger et que la lune se leva sur Itaparica et vint se pencher sur la mer, une mer d'huile, vert sombre. Il avait commandé la lune, les étoiles, cette mer silencieuse et une chanson :

> *Merci ma demoiselle*
> *Pour votre courtoisie;*
> *J'ai vu que vous êtes belle*
> *Et pleine de bizarrerie.*

Il s'appuyait sur sa crosse comme si c'eut été un bâton de oba, tant elle avait grandi dans l'impatiente attente; rien que par son odeur de mâle, il dépucelait des vierges, des lieues à la ronde, et les engrossait.

Tu demanderas, amour : quelle nouveauté est-ce là, comment Archanjo connut-il les malins, les souterrains desseins de la iaba ? — résous-moi vite cette devinette. C'est très simple : Pedro Archanjo n'était-il pas le fils préféré d'Eshu, maître des chemins et des carrefours ? Il était aussi les yeux de Shangô — son regard va loin et pénètre tout.

C'est Eshu qui l'avisa de la malfaisance et des funestes projets de la perverse fille du Chien, poitrine vide. Il l'avisa et lui dit quoi faire :

« Prends d'abord un bain de feuilles, mais pas n'importe lesquelles; adresse-toi à Ossain et demande-lui, elle seule pénètre le secret des plantes. Ensuite prépare une infusion de fleurs de pitanga mêlée de sel, de miel et de piment et baignes-y le "père-du-monde" ainsi que les calebasses, les deux jumelles — ça te fera mal, peu importe, sois un homme, supporte; tu verras bientôt le résultat : ce sera le plus grand sceptre du monde, par son volume, son ampleur et sa longueur, le plus volumineux, le plus beau, le plus excitant. Il n'y aura nul sortilège de femme capable d'affaiblir sa structure, encore moins de le laisser vacillant et débile. »

Pour compléter l'enchantement il lui remit un *kelê*, un collier pour assujettir son cou, et un *xaorô* pour enchaîner sa cheville. « Quand elle sera endormie mets-lui le kelê et le xaorô, et elle sera prisonnière par la tête et par les pieds, captive pour toujours. Le reste, Shangô va te le dire. »

Shangô lui ordonna une offrande de douze coqs blancs et douze coqs noirs, ainsi que douze pintades tachetées et une colombe blanche, immaculée, à la tendre poitrine et au roucoulement suave. A la fin du sacrifice, par un charme magique, du cœur de la colombe — sang et amour — Shangô fit une perle qui était blanche et qui était rouge, et la remit à

Archanjo en lui disant de sa voix d'éclair et de tonnerre : « Ojuobá, écoute et retiens ce maître mot : quand la iaba sera prise par la tête et par les pieds, endormie et abandonnée, enfile-lui cette perle dans le subilatorio, et attends sans crainte le résultat ; quoi qu'il arrive, ne fuis pas, ne renonce pas, attends. » Archanjo toucha le sol de son front et dit : ashé.

Ensuite, il alla prendre le bain de feuilles, choisies une à une par Ossain. Dans le miel et l'infusion de pitanga, dans le sel et le piment brûlant il prépara son arme et la vit grandir en un phénoménal bâton de pèlerin. Dans sa poche il cacha le kelê, le xaorô et le cœur de la colombe, la perle rouge et blanche de Shangô. A la porte de la Boutique aux Miracles il attendit qu'elle arrive.

A peine surgit-elle au coin de la rue qu'ils commencèrent, il n'y eut ni préambules ni politesses ; sitôt la iaba apparue, le bâton magique alla à sa rencontre et souleva ses jupons amidonnés, s'imposant sur-le-champ, à la mesure exacte de l'écrin feu pour feu, miel pour miel, sel pour sel, piment pour piment, embrasement. Raconter cette bataille, cet affrontement de deux compétences, cet assaut de jument et d'étalon, le miaulement de la chatte en folie, le hurlement du loup, le ronflement du sanglier sauvage, le sanglot de la pucelle à son heure de femme, le roucoulement de la colombe, le tumulte des flots, le raconter, amour, qui le pourrait ?

Ils roulèrent dans la ruelle, pénétrés, ils allèrent s'arrêter sur le sable du port et ils franchirent la nuit. La marée grossit et les emporta ; au fond de la mer ils poursuivirent leur folle cavalcade, leur accouplement dément.

La iaba n'avait pas compté sur une telle résistance ; à chaque extase d'Archanjo l'hérétique pensait, pleine d'espoir et de rage : « maintenant le gaillard va se fatiguer, se ratatiner ». Bien au contraire, au lieu de faiblir, le fer grandissait, ardeur et caresses.

Elle n'aurait pas non plus imaginé contentement pareil, poinçon de miel, piment de sel, délice des délices, une rareté de cirque, une merveille. Ah ! gémit la iaba au désespoir, si au moins je pouvais... Elle ne pouvait pas.

Trois jours et trois nuits dura le grand tournoi, l'orgie suprême, sans interruption : dix mille coups en un seul, et la iaba se raidit tant dans sa fureur sans bornes que, soudain, se produisit le sortilège et en jouissance elle s'ouvrit comme le ciel éclate en pluie. Irrigué le désert, vaincue l'aridité, défaite la malédiction, hosanna et alléluia !

Elle s'endormit alors, convertie en femelle, mais femme pas encore, ah non !

Dans la chambre d'Archanjo, ombres et senteurs mêlées, dormait retournée la iaba : une perdition, une splendeur de Noire, un miracle. Quand son souffle chanta, Archanjo lui mit le kelê au cou et le xaorô à la cheville et ainsi la tint prise. Puis, avec une délicatesse de Bahianais, il glissa dans le céleste *fiofó* le cœur de l'oiseau, la perle enchantée de Shangô.

Au même instant elle lâcha un cri et un poum ! les deux terribles, sinistres, terrifiants, l'air fut du soufre pur, une mortelle fumée. La lueur d'un éclair sur la mer, le sourd écho du tonnerre, les vents déchaînés et la tempête d'une extrémité à l'autre de l'univers. Un immense champignon monta dans le ciel et voila le soleil.

Mais bientôt tout se calma dans la jubilation et l'apaisement ; l'arc-en-ciel déploya ses couleurs : Oshumaré inaugurant la fête et la paix. A la puanteur du soufre succéda un parfum de roses épanouies, et la iaba n'était plus iaba, elle était la Noire Dorotéia. Dans sa poitrine avait grandi, par les artifices de Shangô, le plus tendre des cœurs, le plus soumis et le plus aimant. La Noire Dorotéia pour toujours, avec sa rose de feu, sa croupe insoumise, son cœur de colombe.

Résolu le problème, déchiffrée l'énigme, trouvée la

solution des inconnues, l'histoire est finie, amour, que conter de plus ? Dorotéia fit son saint, farouche fille de Yansan ; elle se rasa la tête dans une barque d'initiées et finit *dagã*, dansant pour Eshu à l'ouverture des obligations. Quelques mauvaises langues, au courant de l'aventure, jurent sentir un lointain relent de soufre quand Dorotéia ouvre la danse au terreiro. Cette odeur du temps où, étant iaba, elle voulut faire démériter maître Pedro Archanjo.

Difficile de faire démériter le métis. D'autres le tentèrent, dans les parages du Tabuao où est sise la Boutique aux Miracles, et au Terreiro de Jésus où s'élève la Faculté, mais personne n'y parvint. Si ce n'est Rosa — si quelqu'un apprit à Archanjo la douleur d'aimer et le vainquit, ce fut Rosa de Oshalá et personne d'autre. Ni la iaba de charbon et de damnation, pas plus que les professeurs en frac et omniscients.

2

L'apprenti tente de cacher son sommeil aux deux hommes penchés sur la machine. Il doit assister à l'impression des premières pages ; il avait vécu dans l'enthousiasme des mois d'affilée, autant qu'Archanjo, autant que Lídio le plus véhément des deux — quelqu'un de non informé jurerait que Lídio Corró est l'auteur de *La Vie populaire à Bahia*, le premier livre d'Archanjo.

Les derniers ivrognes sont déjà couchés, l'ultime guitare a tu sa sérénade. Le chant des coqs retentit dans la ruelle, d'ici peu la ville commencera à vivre. L'apprenti avait entendu la lecture des chapitres, il avait aidé à la composition et à la révision des premiers blocs de typo. Il cherche à dissimuler ses bâillements, ses yeux brûlent, ses paupières sont lourdes, mais Lídio s'en rendit compte et lui ordonne :

« Va dormir.

— Pas encore, maître Lídio : je n'ai pas sommeil.

— Tu t'écroules, tu ne tiens plus debout. Va dormir.

— Mon parrain, s'il vous plaît — la voix de l'adolescent était plus qu'une prière, elle avait une chaleur, une détermination. Demandez à maître Lídio qu'il me laisse rester jusqu'à la fin. Je n'ai plus sommeil. »

Ils n'avaient que la nuit pour imprimer le livre, le matin il leur fallait les caractères, comptés et usés, et la presse pour les commandes courantes : brochures de trouvères, prospectus de bazars, boutiques, magasins. A la fin du mois Corró devait payer une prestation à Estevao, un argent sacré. Une bataille contre le temps et contre la petite machine à main : rhumatisante, râleuse, capricieuse. Lídio Corró l'appelait « ma tante », et lui demandait sa bénédiction et sa coopération, sa bonne volonté. Cette nuit, elle avait fait des siennes, ils avaient passé leur temps à la réparer.

L'apprenti s'appelait Tadeu et avait du goût pour le métier. Quand Estevao das Dores s'était finalement décidé à se retirer et à vendre sa presse, Lídio avait pris le gamin Damiao comme aide. Pas pour longtemps, car le galopin ne trouva ni attrait ni intérêt à l'encre et aux caractères. Il lui fallait l'animation, la liberté des rues. Il se plaça au Palais comme garçon de courses, transportant des actes, des procédures, des réquisitoires, des plaidoiries, courant de juges en avocats, d'avoués en greffiers ; au début de sa carrière Damiao était la malignité même, un vrai malandrin. Les apprentis se succédèrent, tous éphémères dans l'atelier de peu de moyens et beaucoup de travail. Aucun à la hauteur de la tâche, Tadeu fut le premier à donner satisfaction à maître Lídio.

Il salue d'un cri l'assentiment du maître, il se mouille le visage pour chasser le sommeil. Il avait suivi le travail d'Archanjo jour par jour, page par page, et il ne sait lui-même combien il fut utile à celui qu'il appelle parrain : le courage qu'il lui donna dans cette entreprise nouvelle et difficile, dans cet art de la précision et des nuances, des affirmations et des subtilités, de la vérité couchée sur le papier, sans le travail des mots et de leur sens.

Pedro Archanjo avait écrit pour eux : pour l'ami de toute la vie, le compère, l'associé, son frère jumeau, et pour le gamin aux yeux ardents, frêle, vif, studieux, pour le fils de Dorotéia. Enfin, il en était venu à bout et Lídio avait obtenu le papier à crédit.

L'idée était venue de ce garçon du Tororó, Valdeloïr, mais diverses stimulations et difficultés arrivèrent presque en même temps, amenant Pedro Archanjo à prendre la plume. Il avait toujours aimé lire tous les livres qui lui tombaient sous la main, noter ce qui se rapportait aux habitudes et aux coutumes du peuple de Bahia, mais sans manifester l'intention d'écrire. Plus d'une fois, pourtant, il avait pensé que se trouvait dans ses notes la réponse aux thèses de certains professeurs de la Faculté, des thèses très à la mode — il les entendait répéter dans les salles de cours, dans les couloirs et les patios.

Ce fut une nuit de beuverie intense : un groupe nombreux et attentif écoutait Archanjo raconter des anecdotes, toutes plus savoureuses et suggestives, tandis que Lídio Corró et Tadeu attachaient des paquets d'une brochure dans laquelle Joao Caldas, « poète du peuple et son serviteur », narrait en vers de sept syllabes et rimes pauvres l'histoire de la femme du sacristain qui, ayant cédé au curé, s'était transformée en mule-sans-tête et, la nuit, hantait les routes et la forêt, crachant du feu par le cou, terrifiant le voisinage. La couverture gravée par Lídio, à la fois économe et riche d'expression, représentait la mule-sans-tête, terreur des chemins, qui effrayait les populations tandis que la tête, décapitée mais non morte, baisait la bouche sacrilège du curé. Une rigolade, au dire de Manuel de Praxedes.

« Quelqu'un qui pourrait écrire des tapées d'histoires et les donner à imprimer à maître Lídio, c'est maître Pedro qui sait tant de choses, tant d'histoires vraies, et qui est un as pour raconter », observa Valdeloïr, danseur d'afoshé, étoile de *gafieira*, *capoeiriste* et avide lecteur de ballades et de contes.

Ils bavardaient dans une espèce de hangar construit par Lídio dans la cour, couvert de zinc, les murs en bois. La salle étant occupée par la presse, la conversation et les spectacles s'étaient transportés là.

Lídio se multipliait au travail : composant et imprimant, peignant des miracles, gravant des couvertures pour les brochures, extrayant une dent de temps à autre. Il avait encore des dettes envers Estevao, de lourdes mensualités pendant deux ans. Il fallut construire le hangar car les spectacles arrondissaient les recettes et Archanjo n'aurait pas accepté l'idée de ne plus déclamer Castro Alves, Casimiro de Abreu, Gonçalves Dias, les sonnets d'amour et les poèmes contre l'esclavage ; de ne plus entrer dans la ronde du samba, de ne plus se régaler des pas et des figures de Lídio et de Valdeloïr, de la voix chaude de Risoleta, de la danse de Rosa de Oshalá. Même si ç'avait été gratuit, sans faire payer, Archanjo n'aurait pas renoncé au spectacle : « Aujourd'hui, on joue », continuait à annoncer la pancarte à la porte de la Boutique aux Miracles, le jeudi.

La pluie tombait depuis une semaine, presque continuelle, mois de tempêtes et de vent du sud. Un vent comme des aiguilles acérées, piquant et humide, un sifflement funèbre : deux barques de pêche naufragées, et des sept morts trois n'avaient jamais réapparu, ils naviguaient pour l'éternité à la recherche des côtes d'Aioká, au bout du monde. Les autres corps s'étaient échoués sur la plage, après des jours, déjà sans yeux et couverts de petits crabes, un cauchemar. Trempés, tremblant de froid, les amis arrivaient demandant un coup à boire. C'est dans ces occasions, de disgrâces et de tristesses, que se mesure le réconfort de la cachaça. Cette nuit-là, après la suggestion de Valdeloïr, Manuel de Praxedes prit la parole, proposa une variante :

« Maître Archanjo en sait beaucoup, il a un vrai magasin d'igrecs dans la tête et dans ses bouts de papier. Mais ce qu'il sait, c'est pas des choses à gaspiller dans des vers à deux sous, c'est du solide, des trucs qu'y en a pas beaucoup qui les connaissent. Ça vaudrait la peine qu'il raconte tout ça à un professeur de la Faculté, à un de ces fortiches pour écrire, là il y en a des malins, et il mettrait ça noir sur blanc pour en faire profiter les autres. Je parie que ça en épaterait plus d'un. »

Maître Pedro Archanjo regarda Manuel de Praxedes, le bon géant, il le regarda avec des yeux calmes, méditatifs, en se rappelant une foule de choses survenues ces derniers temps, ici au Tabuao, dans le voisinage et au Terreiro de Jésus. Un sourire joyeux revint peu à peu sur son visage, chassant cette gravité inhabituelle, et il s'épanouit tout à fait quand ses yeux, allant de l'un à l'autre des assistants, rencontrèrent ceux de Terência, sa commère, la mère de Damiao, si belle :

« Pourquoi aller chercher un professeur, mon bon ? J'écrirai moi-même. Ou bien tu penses, Manuel, que parce que je suis pauvre je ne suis capable de rien faire qui vaille ? Que je ne peux aligner que des vers boiteux ? Eh bien, je vais te montrer, mon bon, mon camarade. J'écrirai moi-même.

— C'est pas que je doute de toi, ami Pedro ; vas-y. C'est qu'avec un professeur, on était sûr de la vérité des enseignements, ces lettrés savent tous les comment et les pourquoi. »

Qui déforme et fausse plus que ces lettrés ? Qui a plus besoin d'apprendre que ces faux savants, ces ratés ? Ça, Manuel de Praxedes ne s'en rend pas compte, il faut travailler à la Faculté pour entendre et comprendre. Dans l'esprit de certains professeurs, Manuel, mulâtre et criminel sont synonymes. Mets ça en miettes, ami Pedro. Je ne sais pas ce que c'est, synonyme, mais, de toute façon, c'est des menteries de bourrique.

L'apprenti Tadeu n'y tint plus, il se mit à rire et à applaudir :

« Mon parrain va leur apprendre, si quelqu'un en doute il a bien tort. »

Il va vraiment écrire ou oubliera-t-il dans la succession des fêtes et des femmes, dans les répétitions des Pastorales, à l'École de Budiao, dans les obligations du terreiro, la promesse faite un soir de longue cachaça et de tempête ? Il en aurait été ainsi probablement si Archanjo n'avait reçu, quelques jours plus tard, un message urgent de Majé Bassan qui désirait lui parler.

Au sanctuaire, assise dans son fauteuil, trône pauvre mais non moins redoutable pour autant, Majé Bassan lui remit la clochette et chanta un cantique pour son saint. Ensuite, agitant distraitement les cauris mais sans les interroger, comme si le jeu n'était pas nécessaire, elle parla :

« J'ai appris que tu dis vouloir écrire un livre. Mais je sais que tu ne le fais pas, tu ne le fais qu'en paroles, tu te contentes d'y penser. Tu passes ta vie à parloter à droite et à gauche, un bout de causette par-ci, un bout de causette par-là, tu notes tout, et pour quoi ? Tu vas rester toute ta vie commis des docteurs ? Rien que ça ? Ton emploi, c'est ton gagne-pain pour ne pas mourir de faim. Mais tu ne dois pas t'en contenter et te taire. Ce n'est pas pour ça que tu es Ojuobá. »

Alors Pedro Archanjo prit sa plume et écrivit.

Lídio lui fut d'une aide fondamentale : dans le choix des documents, par des intuitions toujours justes, auditeur discret et subtil. Sans lui pour précipiter le rythme du travail, trouvant de l'argent pour l'encre d'imprimerie, obtenant du papier à crédit, le stimulant dans les difficiles commencements, peut-être Archanjo aurait-il largué son travail en cours de route ou aurait-il beaucoup tardé à le terminer, encore prisonnier de ses intentions et des circonstances, et très préoccupé de ne pas commettre de fautes de grammaire. Parfois il lui en coûtait de manquer un bal de faubourg, une ribaude dominicale ou un corps inédit de femme. La discipline vint de Lídio, l'enthousiasme de l'apprenti et le savoir de maître Pedro Archanjo qui ainsi accomplit en temps voulu le vœu de Majé Bassan.

Quand il avait commencé le livre, l'image pesante de certains professeurs et l'écho des théories racistes étaient présents à son esprit et influaient sur les phrases et sur les mots, les conditionnant et limitant leur force et leur liberté. A mesure, pourtant, que pages et chapitres apparurent, Pedro Archanjo oublia professeurs et théorie, il ne se préoccupa plus de les démentir dans une polémique théorique à laquelle il n'était pas préparé, il ne pensa plus qu'à narrer le mode de vie bahianais, les misères et les merveilles de cette pauvreté et de cette confiance quotidiennes; à montrer la détermination du peuple de Bahia, persécuté et maltraité, à tout surmonter et à survivre, conservant et développant ses biens — la danse, le chant, la musique, le fer, le bois — biens de la culture et de la liberté reçus en héritage dans les maisons d'esclaves et les villages de nègres marron.

Il écrivit alors avec un plaisir indescriptible, presque sensuel, cherchant du temps, consacrant au travail chaque instant de liberté. Il avait oublié le sec et brusque professeur Nilo Argolo, son regard hostile, ainsi que le disert docteur Fontes, urbain et même jovial, mais peut-être encore plus agressif pour exposer les thèses discriminatoires; professeurs et disciples, érudits et charlatans ne le troublaient plus. L'amour des siens guida la main d'Archanjo; la colère ajouta seulement à son texte une note de passion et de poésie. Par là même ce qui sortit de sa plume fut un document irréfutable.

Dans la nuit sans sommeil de l'officine, sous les bras qui peinent, grince lentement la presse sur le papier et sur les caractères. Sommeil et fatigue abandonnent l'apprenti Tadeu quand il voit le papier couvert de lettres imprimées, les premières pages, l'encre fraîche et son odeur. Les deux compères soulèvent la feuille et Pedro Archanjo lit — il lit ou il sait de mémoire ? — la phrase initiale, son cri de guerre, son mot d'ordre, le résumé de son savoir, sa vérité : « Métis est le visage du peuple brésilien, métisse est sa culture. »

Lídio Corró, un sentimental, sent un coup au cœur, il risque d'en mourir un de ces jours, d'émotion. Pedro Archanjo reste grave un moment ; lointain, sérieux, presque solennel. Brusquement il se transforme et rit, son rire fort, clair et bon, son infini et libre éclat de rire : il pense à la tête du professeur Argolo, à celle du docteur Fontes, deux lumières, deux gros savants qui, de la vie, ne savent rien. « Métis sont notre visage et votre visage ; métisse est notre culture, mais la vôtre est importée, c'est de la merde en poudre. » Qu'ils crèvent donc d'apoplexie ! Son éclat de rire réveilla l'aurore et illumina la terre de Bahia.

3

Des mois avant, une nuit, quand la fête battait son plein au terreiro et que les orishás dansaient par l'intermédiaire de leurs enfants au rythme des tambours et des battements de mains de l'assistance, Dorotéia apparut tenant un jeune garçon par la main, un gamin dans les quatorze ans. Yansan voulut la chevaucher dès la porte du baracon mais elle s'excusa et vint s'agenouiller devant Majé Bassan en lui demandant sa bénédiction pour elle et pour son fils. Ensuite, elle le conduisit à Ojuobá et lui ordonna :

« Demande-lui sa bénédiction. »

Archanjo le vit, maigre et fort, la peau bistre, le visage fin, ouvert et franc, les cheveux lisses et noirs, brillants, les yeux vifs, les mains aux longs doigts, la bouche sensuelle, beau et séducteur. Assis à côté d'Archanjo, José Aussá, oran d'Oshossi, les compara tous deux dans un sourire fugitif.

« C'est qui ? » voulut savoir l'enfant.

Dorotéia sourit aussi, comme Aussá, un demi-sourire énigmatique :

« C'est ton parrain.

— Votre bénédiction, mon parrain.

— Assieds-toi là, à côté de moi, mon petit camarade. »

Avant de s'abandonner à Yansan qui, impatiente, la réclamait, Dorotéia parla de sa voix douce et autoritaire :

« Il dit qu'il veut étudier, il ne parle que de ça. Jusqu'à maintenant il n'a été bon à rien ni pour être le menuisier, ni le maçon, il passe son temps à faire du calcul, il sait plus d'arithmétique que beaucoup de livres et de professeurs. A moi, ça me sert à quoi ? Il ne me donne que de la dépense et je ne peux rien faire. Forcer le destin qu'il tient du sang qui n'est pas le mien ? Vouloir le mettre dans un chemin qui n'est pas le sien ? Ça, je ne peux pas, je suis une mère, pas une marâtre. Je suis mère et père, c'est beaucoup pour moi qui vis de ce que je vends dans la rue, de mon réchaud au charbon de bois et de mes cassolettes. Je suis venue te l'amener et te le confier, Ojuobá. Fais-en quelque chose. »

Elle prit la main de son fils et la baisa. Elle baisa ensuite celle d'Archanjo et, tous deux réunis, elle les contempla un long instant. Puis elle reçut Yansan, poussant son cri qui fait trembler les morts. Recevant l'*eruexim* et l'*alfanje* — la queue de cheval et le sabre —, les insignes du saint, elle commença sa danse. Les deux hommes la saluèrent en même temps : « *Eparrei !* »

Dans l'atelier et dans les livres, dans le savoir d'Archanjo, Tadeu trouva ce qu'il cherchait. Maître Pedro se reconnaissait dans son filleul la même avidité, la même curiosité, la même ardeur. Seulement chez l'adolescent, il y avait un objectif défini, un chemin tracé : il n'étudiait pas au hasard, au gré des circonstances, pour le désir gratuit d'apprendre. Il le faisait dans un but précis, parce qu'il voulait être quelqu'un dans la vie. D'où lui était venue cette ambition? De qui l'avait-il héritée, de quel lointain aïeul? Son obstination venait de sa mère, l'incontrôlable force de ce diable de femme.

« Parrain, je vais passer les examens préparatoires, déclara-t-il à Archanjo un dimanche en refusant sa proposition d'aller se promener. J'ai beaucoup à étudier. Mais si vous voulez m'aider en portugais et en géographie, je réussirai. En arithmétique, c'est inutile, et j'ai quelqu'un qui m'apprend l'histoire du Brésil, un ami.

— Tu prétends passer quatre préparatoires à la fois? Et cette année?

— Si vous m'aidez, oui.

— On va s'y mettre tout de suite, mon bon. »

La promenade était à Ribeira, Budiao les avait précédés, emmenant le panier et les filles. L'une d'elles, du nom de Durvalina, quelle allure! Pedro Archanjo lui avait promis des chansons avec guitare et viole, et un rapt au meilleur de la fête, une traversée en barque vers Plataforma. Pardon, Durvalina, ne te fâche pas, ce sera pour une autre occasion.

4

Les poètes populaires, surtout les clients de l'atelier de Lídio Corró, ne perdirent pas cette occasion et glosèrent sur le différend entre les professeurs et maître Archanjo, un sujet de première :

Il se fit un grand tumulte
Au Terreiro de Jésus.

Six ou sept brochures, au moins, furent publiées au fil des ans, commentant les événements. Toutes en faveur d'Archanjo. Son premier livre mérita les vers et les applaudissements de Florisvaldo Matos, improvisateur chaleureusement écouté dans les fêtes, anniversaires, baptêmes ou mariages :

> *Aux lecteurs je présente*
> *Un traité nec plus ultra*
> *Sur la vie de Bahia*
> *Maître Archanjo est l'auteur*
> *Et sa plume est de valeur*
> *Et son encre violente.*

Quand la police envahit le candomblé de Procópio, Pedro Archanjo fut le héros de trois brochures de strophes à sa louange, toutes avidement disputées par les lecteurs, le peuple pauvre des marchés et des impasses, des ateliers et des boutiques. Cardozinho Bemtevi, le « chanteur romantique », abandonna les thèmes d'amour, son fort, pour écrire *La Rencontre du commissaire Pedrito avec Pedro Archanjo au terreiro de Procópio,* un titre long et alléchant. Sur la couverture de la plaquette de Lucindo Formiga, *Pedrito Gordo mis en déroute par maître Archanjo,* on voit le commissaire Pedrito reculer avec effroi : un pas en arrière, la cravache à terre et devant lui, menaçant, sans armes, Pedro Archanjo. Le plus grand succès revint pourtant à Durval Pimenta pour son sensationnel *Pedro Archanjo affronte le fauve de la police,* une épopée.

Se rapportant au débat proprement dit, les grandes réussites appartinrent à Joao Caldas et à Caetano Gil. Le premier, ce poète émérite aux huit enfants qui, avec le temps, furent quatorze et se multiplièrent en petits-enfants à la douzaine, ce poète donc, régala son public avec ce chef-d'œuvre intitulé *L'Appariteur qui donna une leçon au professeur :*

> *N'ayant pas d'autres arguments*
> *Ils dirent de Pedro Archanjo*
> *Qu'il était un suppôt de Satan.*

A la fin de la polémique, après la publication des *Notes,* apparut dans la lice le jeune Caetano Gil, bousculant les règles en vigueur, vaillant et rebelle chanteur, composant vers et musique sur sa guitare, des sambas et des complaintes qui chantaient l'amour, la vie et l'espérance :

> *Maître Archanjo a osé dire*
> *Que les mulâtres savent lire*
> *Oh! quelle étrange prétention*
> *Cria alors un professeur*
> *A-t-on vu un nègre lettré?*
> *A-t-on vu un Noir docteur?*
> *Écoutez donc ça brigadier*
> *Oh! quelle étrange prétention.*
>
> *Hâtez-vous m'sieur le Brigadier*
> *Écoutez donc ce flibustier*
> *Oh! quelle étrange prétention*
> *Cria alors un professeur*
> *Mettez-moi ce Noir en prison*
> *Maître Archanjo a osé dire*
> *Que les mulâtres savent lire*
> *Oh! quelle étrange prétention.*

5

En 1904, le professeur Nilo Argolo, professeur titulaire de médecine légale à la Faculté de médecine de Bahia, présenta à un congrès scientifique réuni à Rio de Janeiro et publia dans une revue médicale et en tirés à part la communication : *La Dégénérescence psychique et mentale des peuples métis — l'exemple de Bahia.* En 1928 Pedro Archanjo écrivit les *Notes sur le métissage dans les familles bahianaises,* un petit volume dont seulement cent quarante-deux exemplaires réussirent à être imprimés, desquels cinquante furent envoyés par Lídio Corró à des bibliothèques, des universités, des écoles brésiliennes et étrangères, à des savants, à des professeurs, à des lettrés. Durant ces quatre lustres se poursuivit une polémique, dans le cadre de la Faculté, autour du problème racial à travers le monde et au Brésil ; y furent impliqués thèses, théories, auteurs, chaires et autorités — de la science et de la police. Livres, mémoires, articles, brochures furent écrits et publiés et le thème eut des répercussions dans la presse, sous la forme essentiellement de violentes campagnes contre certains aspects de la vie de la cité, de sa situation religieuse et culturelle.

Les livres d'Archanjo, les trois premiers surtout, sont directement liés à ce débat, aussi peut-on avancer cette affirmation catégorique : il y eut, en ce premier quart de siècle, dans la bonne ville de Bahia, une lutte d'idées et de principes entre certains professeurs de la Faculté — ceux de médecine légale et de psychiatrie — et les maîtres de cette université vivante du Pilori ; chez ces derniers la plupart ne se rendirent compte des faits — et encore en nombre restreint — que lorsque la police fut appelée pour intervenir et intervint.

Au début du siècle la Faculté de médecine était un terrain propice pour recevoir et couver les théories racistes car elle avait, peu à peu, cessé d'être le prestigieux centre d'études médicales qu'avait fondé Dom Joao VI, source du savoir scientifique du Brésil, la première maison des docteurs de la matière et de la vie, pour se transformer en un repaire de sous-littérature, la plus dogmatique et la plus étroite, la plus rhétorique, vide et académique, la plus rétrograde. Dans la grande École se déployèrent alors les bannières du préjugé et de la haine.

Triste époque des médecins-hommes de lettres, plus préoccupés de règles de grammaire que des lois de la science, plus forts dans l'agencement des pronoms que dans le maniement du bistouri et des microbes. Au lieu de lutter contre les maladies, ils luttaient contre les gallicismes, et au lieu de rechercher les causes des épidémies et de les combattre, ils créaient des néologismes : andropodothèques pour remplacer galoches. Prose rigide, puriste, classique; science fausse, grossière, réactionnaire.

Il est permis d'affirmer que c'est Archanjo, par ses livres presque anonymes, par sa lutte contre la pseudo-science officielle, qui mit fin à cette phase mélancolique de la glorieuse École. Le débat autour de la question raciale arracha la Faculté à la rhétorique à bon marché et à la théorie suspecte, il la ramena à l'intérêt scientifique, à la spéculation honnête et originale, au traitement de la matière.

La polémique prit de curieux aspects.

D'abord, parce qu'à son sujet les registres et archives manquent, les informations de quelque espèce font défaut, bien qu'elle ait donné lieu à des actes de violence, à des manifestations d'étudiants. Seuls les fichiers de la police conservent encore le signalement de Pedro Archanjo, établi en 1928 : « agitateur notoire, il s'est rebellé contre les nobles professeurs. Jamais ils n'admirent la discussion, encore moins la polémique avec un appariteur de l'École. A aucun moment, en aucun article, essai, étude, mémoire, thèse, les émérites professeurs ne firent allusion aux œuvres de Pedro Archanjo pour les citer, les discuter ou les réfuter. De son côté, ce n'est que dans les *Notes* qu'Archanjo se rapporta directement et clairement aux livres et aux brochures des professeurs Nilo Argolo et Oswaldo Fontes (et à quelques articles du professeur Fraga, un jeune assistant qui venait d'Allemagne, le seul de toute la congrégation à contester les affirmations des grandes éminences). Dans ses livres antérieurs Archanjo n'avait pas cité les deux théoriciens bahianais du racisme, pas plus que leurs articles ou leurs opuscules, il ne leur avait pas répondu, préférant contester les affirmations et les théories aryennes par cette masse irréfutable de faits, par cette défense ardente, cette apologie passionnée du métissage.

Deuxièmement, parce que cette polémique, qui retentit dans toute la Faculté, dans son corps enseignant, parmi les étudiants et même à la police, ne parvint pas à atteindre ou à émouvoir l'opinion publique. Les intellectuels des différents secteurs l'ignorèrent, elle se réduisit aux limites de l'École : on trouve seulement une allusion dans une épigramme de Lulu Parola, un journaliste de grand prestige à cette époque. Il tenait une rubrique quotidienne, en vers, dans un journal du soir où il commentait les événements avec esprit et humour. Un exemplaire des *Notes* lui était tombé entre les mains et il ironisa avec une plaisante malice sur la prétention au sang bleu et la suffisance des « mulâtres obscurs » (obscurs parce que leur condition de métis était cachée), vantant les « mulâtres clairs » (d'un clair, avoué et orgueilleux métissage). Archanjo eut ainsi la poésie pour lui : la poésie populaire, les couplets de colportage, et celle du barde en vogue, dans les gazettes et dans les salons.

Quant au peuple, il sut peu de chose de l'affaire. Il commença seulement à s'émouvoir quand on arrêta Ojuobá, bien qu'on eût l'habitude des exactions de la police. Parmi les désordres, les imbroglios, les esclandres, les scandales dans lesquels se mit Archanjo, c'est peut-être celui qui eut le moins de retentissement, celui qui contribua le moins à sa légende.

Simultanément au débat sur la miscigénation, Archanjo se vit compromis dans la bataille entre le commissaire Pedrito Gordo et les candomblés. Aujourd'hui encore on raconte dans les maisons de saint, sur les marchés et dans les foires, sur les quais du port, aux coins des rues et dans les impasses de la ville, différentes versions, toutes héroïques, de la rencontre de Pedrito et d'Archanjo, quand l'atrabilaire autorisé envahit le Terreiro de Pracópio. On répète sa riposte au commissaire Tranche-Montagnes devant lequel tout le monde s'aplatissait. Toutefois la persécution envers les candomblés était le naturel corrolaire de l'endoctrinement raciste entrepris par la Faculté et repris par certains journaux. Pedrito Gorgo mettait la théorie en pratique, produit direct de Nilo Argolo et d'Oswaldo Fontes, sa logique conséquence.

On peut dire pourtant de cette polémique, si reléguée dans l'oubli, qu'elle fut fondamentale et décisive : elle enterra le racisme dans la honte de l'antiscience, synonyme de charlatanisme, de réactionnarisme, arme de classes et de castes agonisantes face à l'indomptable marche du progrès. S'il n'en termina pas avec les racistes — il y aura toujours des imbéciles et des salauds dans tous les temps et dans toutes les sociétés — Pedro Archanjo les marqua par le fer et par le feu, les montrant publiquement du doigt, « voilà, mes bons, les ennemis du Brésil », et il proclama la grandeur du métissage. Oh! quelle étrange prétention!

6

« Non, cher collègue, je ne dirais pas totalement dépourvue d'intérêt, observa le professeur Nilo Argolo. Attendre une œuvre plus substantielle de la part d'un appariteur, d'un Noir métissé, serait insensé. Laissons à part l'insolente défense de la miscigénation, une aberration. Certes, c'est aux métis de la faire, et non pas à vous ou à moi, nous Blancs qui avons accès aux sources de la science. Laissons de côté les aspects ridicules, les conclusions, et ne retenons que l'abondance des informations curieuses sur les coutumes. J'avoue devoir confesser ne pas avoir eu connaissance auparavant de certaines pratiques qu'expose le drôle.

— S'il en est ainsi, peut-être me déciderai-je à le lire, mais j'avoue ne pas être très tenté, et mon temps est très rempli. Le voici; moi, je vais à mon cours », dit le professeur Oswaldo Fontes disparaissant par la porte de la salle. Collègue, ami, disciple, laquais intellectuel du professeur Argolo, il le redoutait un peu. Nilo Argolo de Araújo n'était pas seulement un théoricien, il était un prophète et un leader.

Ils parlaient du livre de Pedro Archanjo et le professeur Argolo avait étonné son confrère en lui demandant :

« Indiquez-moi ce nègre si vous le voyez. Je ne prête pas attention à la physionomie des employés, je connais seulement ceux qui me servent directement. En fait d'appariteurs, je ne connais que ceux de ma chaire ; les autres me paraissent se ressembler tous, ils sentent tous mauvais. Chez moi, dona Augusta, mon épouse, oblige le personnel à se laver chaque jour. »

En entendant le nom de l'excellentissime dona Augusta Cavalcanti dos Mendes Argolo de Araújo, « dona Augusta, mon épouse », le professeur Fontes salua d'une inclination de tête la noble et terrible épouse de l'illustre professeur. Dame à l'ancienne mode, fille de comtes de l'Empire, se gargarisant de sa noblesse, la tête haute, la férule toujours à la main, dona Augusta ne se faisait pas redouter seulement par sa domesticité : d'arrogants politiciens tremblaient devant elle. Raciste convaincu, considérant les mulâtres comme une sous-race méprisable et les nègres comme des singes doués de la parole (pas moins !), malgré ça, le professeur Fontes eut pitié des domestiques de la famille Argolo : individuellement chacun des deux conjoints était une dure épreuve pour un mortel, imaginez les deux réunis !

Pedro Archanjo suivait le corridor en direction de la porte d'entrée, heureux de cette journée baignée de soleil, il se balançait légèrement en marchant, au rythme d'un samba qu'il sifflait tout bas par respect, en raison de la dignité du lieu. La voix impérieuse l'arrêta à la porte, quand déjà son sifflement s'affirmait car, sur la place, le bruit et le chant étaient libres :

« Un mot, appariteur. »

Abandonnant à contrecœur sa mélodie, Archanjo se retourna et reconnut le professeur. Grand, droit, tout en noir, la voix et les manières implacables, le professeur Nilo Argolo, professeur titulaire de Médecine légale, gloire de la Faculté, paraissait un fanatique inquisiteur du Moyen Age. Une lueur aiguë et fauve dans ses yeux étroits révélait le mystique et le sectaire :

« Approchez. »

Archanjo s'approcha lentement de son pas chaloupé de joueur de capoeira. Pourquoi le professeur l'avait-il arrêté ? Aurait-il lu le livre ?

Prodigue, Lídio Corró avait envoyé des exemplaires à divers professeurs. Encre et papier coûtaient cher et, pour amortir les frais, chaque exemplaire était vendu avec une petite marge de bénéfice dans les librairies ou de la main à la main. Mais maître Corró se fâcha quand Archanjo lui rappela leur coût et critiqua sa prodigalité. « Ces perroquets en faux col, compère, ces grandes gueules doivent voir de quoi est capable un mulâtre bahianais. » Écrit par son compère Pedro Archanjo, un fichu bougre, composé et imprimé sur sa presse, *La Vie populaire à Bahia* lui paraissait le livre le plus important du monde. En le publiant avec tant de sacrifices il n'ambitionnait pas de gagner de l'argent. Il voulait, ça oui, le fourrer sous le nez de ces « enculeurs de mouches, une bande de cons » qui considéraient les Noirs et les mulâtres comme des êtres inférieurs, l'intermédiaire entre l'homme et l'animal. A l'insu de Pedro Archanjo il en avait envoyé des exemplaires à la bibliothèque de l'État, à des écrivains et à des journalistes du Sud, à l'étranger — il suffisait qu'il ait les adresses :

« Compère, tu sais où j'ai envoyé notre livre ? Aux États-Unis, à l'Université de Columbia, à New York. J'ai trouvé l'adresse dans une revue » — auparavant il l'avait envoyé à la Sorbonne et à l'Université de Coimbra.

Pour les professeurs Nilo Argolo et Oswaldo Fontes, Archanjo avait déposé lui-même les exemplaires au secrétariat de la Faculté. Maintenant, dans le corridor, il se demandait si le « monstre » avait lu l'inesthétique volume, de mauvaise qualité graphique. Il aurait aimé qu'il l'ait fait car les travaux du professeur avaient contribué à le décider à l'écrire : ils avaient attisé sa rage.

« Monstre ! » disaient les étudiants en parlant du professeur Argolo, faisant allusion en même temps à sa réputation bien connue d'érudit : « C'est un monstre, il lit et parle sept langues », et à sa malveillance, à sa terrible sécheresse de cœur : ennemi du rire, de la gaieté, de la liberté, aux examens rigoureux et sans pitié, heureux de refuser un candidat : « le monstre se délecte quand il met un zéro ». Le silence qui régnait dans ses cours faisait envie à la plupart des assistants, incapables d'obtenir une telle discipline des étudiants. Charismatique, il n'admettait pas d'être interrompu, encore moins d'être contredit dans ses affirmations de visionnaire, d'illuminé en transes.

De jeunes professeurs, contaminés par l'anarchie à la mode en Europe, discutaient des cours avec les étudiants, écoutaient leur opinion, acceptaient les contradictions. « Une intolérable licence », pour le professeur Argolo de Araújo. Son amphithéâtre ne se transformerait pas en « taverne d'hérétiques et de chahuteurs, en bordel de minus ». Lorsque, « dévoyé par les mauvais exemples des autres cours », un certain Ju, un brillant sujet — distinctions dans toutes les disciplines —, l'accusa d'idées rétrogrades, il exigea une enquête et la suspension de l'audacieux qui avait interrompu son cours en ces termes :

« Professeur Nilo Argolo, vous êtes Savonarole en personne venu de l'Inquisition à la Faculté de médecine de Bahia. »

Ne parvenant pas à le refuser à la fin de l'année — à cause des deux autres membres du jury —, il lui interdit l'unanimité des félicitations en lui mettant un « passable ». Mais l'exclamation du jeune homme, révolté par les idées discriminatoires du professeur, entra dans le répertoire des histoires que se répétaient les étudiants et que recueillait la ville. Sans mériter une chronique aussi vaste et aussi hilarante que le professeur Montenegro, cible de facéties sans fin sur sa manie des pronoms exacts, des verbes au subjonctif, sur sa terminologie archaïque et ses comiques néologismes, le grave professeur titulaire de la chaire de Médecine légale avait donné lieu à un abondant fonds de bonnes histoires, critiques piquantes ou acides, parfois de bas étage, envers la rigidité monarchique de ses méthodes et de ses préjugés.

Une anecdote — véridique, signalons-le — raconte que, étant ami de longue date du docteur Marcos Andrade, juge de première instance de la capitale, avec lequel il entretenait de cordiales relations depuis plus de dix ans, le professeur vint à lui rendre visite un certain soir, conformément à une habitude mensuelle bien établie. Après le dîner, dans l'intimité familiale, le magistrat s'était mis à son aise, à savoir : conservant son pantalon rayé, son gilet, son col dur et son plastron, il avait ôté sa redingote en raison de la chaleur intense de la nuit moite, suffocante.

Informé par la domestique de la présence de son illustre ami qui l'attendait au salon, le magistrat se précipita pour le retrouver et, dans sa hâte de le saluer et de goûter si savante conversation, il oublia de revêtir sa redingote. En le voyant ainsi négligé, dans cet indécent costume, dans une tenue presque d'alcôve, le professeur Argolo se leva :

« Jusqu'à ce jour, je pensais que Votre Seigneurie avait quelque considération pour moi. Je vois que je me suis trompé », et, sans un mot de plus, il gagna la porte. Refusant les explications et les excuses du Méritissime, il lui retira pour toujours son salut et son amitié.

Grossière, triviale et sans doute fausse, l'histoire racontée en vers et parmi les rires au Terreiro de

Jésus, maligne vengeance de l'étudiant Mundinho Carvalho, recalé par le Monstre :

> *Je vais chanter en vers blancs*
> *Pour éviter des rimes en noir*
> *L'aventure dont j'eus vent :*
> *Nilo Argolo le docteur*
> *Notre très noble professeur*
> *Qui a des préjugés d'couleur*
> *A fait raser la toison*
> *De la comtesse dona Augusta*
> *Si belle mais hélas si noire.*

En s'approchant, Pedro Archanjo remarqua que Nilo Argolo gardait les bras derrière le dos pour éviter d'avoir à lui serrer la main. Une rougeur lui monta au visage.

Avec l'impertinence de quelqu'un qui examine un animal ou une chose, le professeur étudia attentivement la physionomie et l'aspect de l'employé ; sur son visage hostile se refléta une surprise non dissimulée en constatant l'élégance et la propreté des vêtements du mulâtre, sa parfaite correction. De certains métis le professeur pensait et disait même à l'occasion : « Celui-ci aurait mérité d'être blanc ; ce qui le gâche, c'est le sang africain. »

« C'est vous qui avez écrit une brochure intitulée *La Vie*...

— ... *populaire à Bahia*... » Archanjo avait dominé l'humiliation première et acceptait le dialogue. « J'ai déposé un exemplaire pour vous au secrétariat, monsieur.

— Dites "monsieur le professeur", corrigea âprement l'illustre enseignant. Monsieur le professeur, pas monsieur tout court. J'y ai droit et je l'exige. Compris ?

— Oui, monsieur le professeur — la voix distante et blanche, l'unique désir d'Archanjo était de s'en aller.

— Dites-moi : les diverses notations sur les coutumes, les fêtes traditionnelles, les cérémonies fétichistes que vous appelez obligations, sont réellement exactes ?

— Oui, monsieur le professeur.

— Sur les *cucumbis*, par exemple. Elles sont véridiques ?

— Oui, monsieur le professeur.

— Vous ne les avez pas inventées ?

— Non, monsieur le professeur.

— J'ai lu votre brochure et, en tenant compte de qui l'a écrite — à nouveau il l'examina de ses yeux fauves et hostiles —, je ne lui dénie pas un certain mérite, limité à quelques observations, bien entendu. Elle manque de sérieux scientifique et les conclusions sur le métissage sont des insanités délirantes et dangereuses. Mais, néanmoins, c'est une nomenclature de faits dignes d'attention. Ça vaut d'être lu. »

Dans un nouvel effort Pedro Archanjo franchit la muraille qui le séparait du professeur, il renoua le dialogue :

« Vous ne pensez pas, monsieur le professeur, que ces faits parlent en faveur de mes conclusions ? »

Avare de sourires qui apparaissaient rarement sur ses lèvres minces, le professeur Argolo ne savait rire que lorsque l'y poussaient la sottise, l'imbécillité des individus :

« Vous me faites rire. Votre petit recueil ne contient pas une seule citation de thèse, de mémoire ou de livre ; il ne s'appuie sur aucune sommité brésilienne ou étrangère, comment prétendez-vous lui donner une valeur scientifique ? Sur quoi vous basez-vous pour défendre le métissage et le présenter comme la solution idéale au problème des races au Brésil ? Pour oser qualifier de mulâtre notre culture latine ? Une affirmation monstrueuse, perverse.

— Je me base sur les faits, monsieur le professeur.

— Sottises. Que signifient les faits, que valent-ils si nous ne les examinons pas à la lumière de la philosophie, à la lumière de la science ? Vous est-il déjà arrivé de lire quelque chose sur cette question ? — il continuait à rire insolemment. Je vous recommande Gobineau. Un diplomate et un savant français : il a vécu au Brésil et c'est une autorité définitive sur le problème des races. Ses travaux sont à la bibliothèque de l'École.

— Je n'ai lu que quelques travaux de vous, monsieur le professeur, et ceux du professeur Fontes.

— Et ils ne vous ont pas convaincu ? Vous confondez le batuque et le samba, des sons horribles, avec la musique ; d'abominables pantins, sculptés sans aucun respect des lois de l'esthétique, sont les exemples d'art que vous proposez ; les rites africains ont, à vos yeux, une valeur culturelle. Malheur à ce pays si nous assimilons pareille barbarie, si nous ne réagissons pas contre cette invasion d'horreurs. Vous entendez ? Tout ça, toute cette fange qui vient d'Afrique, qui nous souille, nous la balaierons de la vie et de la culture de la Patrie, même s'il faut pour cela employer la violence.

— On l'a déjà employée, monsieur le professeur.

— Peut-être pas comme il faut et pas suffisamment — sa voix, habituellement sèche, prit un timbre plus dur ; dans ses yeux hostiles, impitoyables, brilla la lueur jaune du fanatisme. Il s'agit d'un chancre, il faut l'extirper. La chirurgie paraît une forme cruelle de la médecine mais, en réalité, elle est bénéfique et indispensable.

— Qui sait, en nous tuant tous... un à un, monsieur le professeur... »

Osait-il ironiser, le misérable ? La gloire de la Faculté fixa l'appariteur d'un regard suspicieux et menaçant, mais il le vit impassible, correct, aucun signe d'irrespect. Tranquillisé, son regard devint rêveur et, avec un sourire presque jovial, il réfléchit sur la petite phrase d'Archanjo :

« Les éliminer tous, un monde fait d'Aryens ? »

Monde parfait ! Grandiose, irréalisable rêve ! Où y aurait-il ce téméraire génie capable de risquer cette idée et de la mettre en pratique ? Qui sait, un jour, un dieu invincible de la guerre accomplirait cette mission suprême ? Visionnaire, le professeur Argolo scruta l'avenir et pressentit le héros à la tête des cohortes aryennes. Fulgurante image, instant glorieux, une seconde à peine : il revint à la misérable réalité :

« Je ne crois pas nécessaire d'en venir là. Il suffit que l'on promulgue des lois prohibant la miscigénation, codifiant les mariages : Blanc avec Blanche, Noir avec Noire et mulâtresse, et la prison pour qui ne respecte pas la loi.

— Il sera difficile de faire le partage, la classification, monsieur le professeur. »

A nouveau le professeur chercha un accent de persiflage dans la voix paisible de l'appariteur. Ah ! s'il le découvrait !

« Difficile, pourquoi ? Je ne vois pas la difficulté. Il décida de considérer la conversation comme terminée, il commanda : Allez à vos occupations, je n'ai plus de temps à perdre. De toute façon, au milieu des excentricités il y a quelque chose de valable dans votre livre, mon garçon. » S'il ne parvenait pas à être aimable, il se faisait au moins condescendant : il tendit le bout des doigts au métis.

Ce fut le tour alors de Pedro Archanjo d'ignorer la main osseuse, se bornant à un signe de tête identique au salut dont l'avait gratifié le professeur Nilo Argolo de Araújo au début de leur conversation, peut-être un peu, un brin plus petit. « Canaille ! » grommela, livide, le professeur.

7

Pensif, sur le chemin du Tabuao, Pedro Archanjo coupa l'impasse pleine de gamins et de remuements : les motifs de préoccupations et de soucis ne lui manquaient pas. A la Faculté, le sermon malveillant. Tout près, à la Miséricorde, Dorotéia, la tête à l'envers, rongée de tourment. Le Malin exigeait qu'elle abandonne les terres de Bahia, sa liberté et son fils, pour le suivre. Depuis longtemps déjà aucun lien ne l'attachait plus à Archanjo et si, de temps à autre, au hasard d'une rencontre, il lui faisait une bonne manière, c'était en passant, un souvenir de la tempête et de l'accalmie. Mais il y avait Tadeu. Pour Archanjo, le sel de la vie. A la Boutique aux Miracles les difficultés d'argent s'étaient accrues avec la publication du livre et Lídio Corró ne s'était jamais trouvé dans un si grand embarras.

Cigarette de maïs, canne armée, rhumatisant, Estevao das Dores était immanquablement à l'atelier chaque début de mois, à partir du jour prévu pour le paiement : assis sur le pas de la porte des après-midi entiers et bavardant paisiblement. Parfois il posait la canne contre le mur quand il voyait Lídio et Tadeu affairés, il se levait, les mains sur les reins pour « soutenir ses vieux os », et il se dirigeait vers les tiroirs de caractères. Grincheux et perclus, mais un maître dans son art ; dans ses doigts tachés de nicotine le travail allait bon train et même la presse vétuste paraissait moins capricieuse, moins lente. Bien qu'il ne dit pas un mot de la dette et du retard (« je suis chez moi sans rien à faire, il n'y a rien de plus fatigant que de ne pas avoir d'occupation... alors je suis venu tailler une bavette avec vous »), Lídio se sentait mal à l'aise :

« J'ai une grosse somme dehors, à toucher. Le premier sou qui entre, c'est pour vous, *seu* Estevao.

— Ne parlons pas de ça, je ne suis pas venu me faire payer... Mais laissez-moi vous dire, maître Corró, vous faites trop crédit, prenez garde. »

C'était vrai : les poètes imprimaient leurs brochures à crédit, payant peu à peu, au fur et à mesure de la vente, Lídio s'était quasiment transformé en banquier de la littérature de colportage. Mais, pour l'amour de Dieu, pouvait-il refuser de faire crédit à l'ami Joao Caldas, père de huit enfants, vivant de son inspiration ? Ou à Isidro Pororoca, aveugle des deux yeux, un as pour décrire la nature ?

« Le secret de la typographie, c'est un service rapide, bien fait et comptant. Je vous donne le conseil gratis... »

A peine payé, l'argent compté et recompté, Estevao disparaissait avec ses conseils, ses cigarettes mal roulées, son rhumatisme, sa canne qui éblouissait l'apprenti : s'il pouvait en avoir une pareille, avec sa lame cachée dans le jonc, une arme terrible.

« Je m'attends toujours à ce qu'il ouvre sa canne et m'embroche. » Lídio gardait sa bonne humeur au milieu des difficultés.

Tant de tracas avaient multiplié les représentations : certaines semaines, ils étaient arrivés à donner trois séances avec l'aide de Budiao et de ses élèves, de Valdeloïr, Aussá et d'un marin, Mané Lima, débarqué d'un navire de la Lloyd pour coups et blessures. Imbattable au *maxixe* ou au *lundum*, il avait appris dans les ports où il était passé le tango argentin, le paso doble, des danses de gauchos et il se présentait comme « artiste international ». Il se produisait avec la grosse Fernanda, énorme et légère comme une plume dans les bras du marin, un couple à succès. De la Boutique aux Miracles, ils passèrent aux cabarets, le clou de la pension Monte-Carlo, de la pension Elegante, du Tabaris beaucoup plus tard. A part quelques rapides tournées à Aracajú, Maceió et Recife, Mané Lima, le « Marin Valseur », ne quitta plus Bahia.

Quelqu'un qui ne manifestait pas son ancien enthousiasme pour ces représentations répétées, c'était Pedro Archanjo : son temps s'était réduit pour la lecture et l'étude. Ses études et celles de Tadeu.

« Pourquoi vous lisez tant, maître Pedro, vous qui en savez déjà tant ?

— Ah! mon bon, je lis pour comprendre ce que je vois et ce qu'on me dit. »

Les femmes se rendaient compte du subtil changement, apparemment imperceptible : assidu, fidèle et tendre amant, allant de l'une à l'autre, régulier et efficace, ce n'était pourtant plus le garçon insouciant d'autrefois, sans autre essentiel passe-temps. Sa vie s'était résumée jusqu'alors aux pastorales, rondes de samba, afoshés et capoeira, aux obligations du candomblé, aux plaisirs de la conversation, écouter des choses et en raconter, et surtout au doux office du lit et des femmes, se répandant avec une gratuite diligence. Maintenant, elle n'était plus vaine et gratuite, la curiosité qui le menait aux candomblés, afoshés, pastorales, écoles de capoeira, aux maisons des vieux grands-pères, à de longs entretiens avec des femmes d'âge canonique. Un changement presque imperceptible mais d'importance comme si soudain, à la quarantaine, Archanjo eût acquis une pleine conscience du monde et de la vie.

Quand il passa devant la maison de Sabina dos Anjos, le gamin vint en courant lui demander : « La bénédiction, mon parrain. » Archanjo le souleva dans ses bras. Il avait hérité de la beauté de sa mère, de Sabina, reine de la danse, corps de sombre violence, d'une mûre plénitude, reine de Saba. Saba, je suis le roi Salomon et je suis venu te visiter dans le royaume de ton alcôve. Il lui récitait des psaumes de la Bible, elle sentait le nard, baume des cœurs inquiets.

« Donne-moi un petit sou, parrain » — pareil à Sabina, porté sur l'argent. Il tire une pièce de sa poche, le visage du gamin s'épanouit : de qui ce rire, libre et déluré ?

Sabina paraît à la porte, elle appelle son fils. Archanjo le prend par la main, la fille sourit de cette présence inespérée :

« Toi ici ? Je pensais que tu ne viendrais pas aujourd'hui. »

Sa voix est une brise, un souffle, un soupir.

« Je passais. J'ai beaucoup à faire.

— Depuis quand as-tu à faire, Pedro ?

— Je n'en sais rien moi-même, Saba. Je traîne le poids d'une obligation trop grande.

— Une obligation de saint ? Une offrande ? Ou le travail à la Faculté ?

— Ni l'un ni l'autre. Une obligation envers moi-même.

— Tu dis des choses que je ne comprends pas. »

Elle est adossée à la porte, le corps vibrant, les seins offerts, la bouche triste, dans la tentation de l'après-midi. Archanjo sent cet appel dans chaque fibre de son corps et il contemple la belle, se rapproche de son haleine. Il sort de sa poche une enveloppe avec de beaux timbres, elle vient du bout du monde, du pôle Nord où tout est glace, où la nuit se prolonge, éternelle.

« Kirsi vit dans les glaces?

— Dans une ville appelée Helsinki, en Finlande.

— Je sais, Kirsi est suédoise, et si gentille. Elle a envoyé une lettre? »

Il retire de l'enveloppe la photo du petit : il n'y a pas de lettre, seulement quelques phrases en français, quelques mots en portugais. Sabina prend la photographie, une merveille d'enfant! Délicat et fin, les cheveux crépus, les yeux de Kirsi, une splendide et troublante beauté. Sabina regarde la photo puis regarde son fils dans la rue, qui court :

« Il est beau aussi..., duquel parle-t-elle? Ils sont différents et ils se ressemblent, c'est drôle. Pourquoi ne fais-tu que des fils, Pedro? »

Archanjo sourit, tout près de la bouche triste de Sabina, à la porte.

« Entre, viens, sa voix lourde, chaude.

— J'ai beaucoup à faire.

— Depuis quand n'as-tu plus le temps de faire un enfant? » Elle passe son bras autour de son cou. « Je viens de prendre un bain, je suis encore humide. »

Dans le parfum de sa nuque, dans sa chair pleine, là se perdit le chemin de Pedro Archanjo — à quelle heure sera-t-il à la Boutique aux Miracles où Lídio et Tadeu l'attendent? Sabina dos Anjos, de tous les anges le plus beau, reine de Saba, dans l'empire de sa couche. Chacune à son tour, et l'imprévu. Il y eut un temps où il était entièrement libre, n'ayant comme office que l'amour vagabond. Maintenant, non.

8

« Dites-moi, mon ami, combien ça va coûter. Je suis plus que pauvre, je suis ruinée, vous savez ce que ça signifie ? Pendant longtemps j'ai été un panier percé, j'ai jeté l'argent par les fenêtres, maintenant je suis fauchée. Faites-moi un prix, camarade, n'abusez pas d'une pauvre vieille. »

Lídio n'est pas bon marché : personne ne l'égale dans l'art des miracles, il satisfait le client et le saint, jamais il n'a reçu de réclamation, il est le favori de Notre-Seigneur de Bonfim. Les commandes pleuvent et, certains mois, la peinture des ex-voto rend plus que la typographie. Il a déjà reçu des clients de Recife et de Rio et un Anglais lui a commandé quatre pièces à la fois.

« Quel est le saint miraculeux et qu'a-t-il fait ?

— Mettez les saints que vous voulez, les maladies qui vous plaisent. »

Aussi fou, l'étranger, que l'extravagante dame qui est devant Lídio, le menaçant de son ombrelle ; les cheveux blancs comme du coton, la peau ridée, des bajoues, sa maigreur, elle porte son âge sur sa figure, soixante ans bien sonnés certainement. Soixante ou trente ? Pétulante, bavarde, avenante : une énergie de fer et l'histoire de son chat libertin, sa fichue atteinte de gale :

« Je suis une vieille ruinée mais je ne me plains pas. »

Un jour elle avait été la richissime princesse du Recôncavo dans toute sa splendeur. Maîtresse de plantations de canne, de moulins à sucre, d'esclaves, de sobrados dans les villes de Santo Amaro, de Cachoeira et de Salvador. Les jouvenceaux de la Cour soupiraient pour elle et un officier blessa à mort le fiancé de la belle, un bachelier en droit. Puis, briguant ses faveurs, banquiers et barons se ruinèrent. Elle avait eu une vie mouvementée, beaucoup d'amours, elle avait couru le monde ; titres, charges et fortunes à ses pieds. Jamais elle ne se donna pour de l'argent et ceux qui, pour l'avoir, gaspillèrent follement bijoux, palais et équipages, ne l'obtinrent que lorsqu'ils parvinrent à allumer dans sa poitrine la flamme du désir ou à lui inspirer au moins une brève inclination ; amoureuse insatiable, elle avait le caprice facile et le cœur inconstant.

Avec l'arrivée des rides, des cheveux blancs et des fausses dents, sa fortune se dissipa en cadeaux princiers qu'elle donnait aux gigolos avec la même nonchalance qu'elle les avait reçus jeune femme. Le festin de la vie se mit à lui coûter absurdement cher et, sans hésiter, elle avait payé le prix exigé : ça en valait la peine. Réduite enfin à ses os maigres, au physique et dans ses finances, elle revint à Bahia, avec son matou et le souvenir de sa folle débauche, trop courte. Pourquoi si courte, pourquoi est-ce que ça n'avait pas duré plus ?

Elle était venue discuter d'un miracle : prix, temps, conditions. Le félin, — il s'appelait Argolo de Araújo — avait pris dans les gouttières et dans la fréquentation des chattes une abominable crise de gale. En quelques jours il avait perdu son poil, ce velours bleu-noir où la petite vieille plonge les doigts en se remémorant ses amours. Elle avait même consulté des médecins, « dans ce pays il n'y a pas de vétérinaire » ; elle avait dépensé beaucoup d'argent dans les pharmacies en pommades et en potions, tout inutilement. La guérison est due à saint François d'Assise dont elle était dévote — entre deux baisers, à Venise, un poète lui avait appris à aimer le mendiant de Dieu ; il lui récitait au lit le sermon aux oiseaux et, en disparaissant, il lui emporta son sac, *poverello !*

Étourdi de tant de discours et de rire, maître Lídio donne le prix du travail — la petite vieille ressemble plutôt à une comédienne de théâtre. Elle est là à chicaner, à discuter, sans cérémonies, elle possède un indéfinissable charme. A certains moments son âge disparaît, sa jeunesse revient et sa séduction ; la fière princesse du Recôncavo paraît une gentille demi-mondaine à la retraite, familière, merveilleuse.

La discussion se prolongea car la grand-mère s'était assise pour mieux marchander, et c'est alors qu'elle découvrit l'affiche du Moulin-Rouge, au mur, elle eut un choc :

« *Mon Dieu! c'est le Moulin* [1] *!* »

Volubile et libre, la voilà partie à raconter ce qu'elle a vécu, le monde qu'elle a hanté, les merveilles qu'elle a vues et eues ; à se remémorer musiques, pièces de théâtre, expositions, promenades, fêtes, fromages, vins et amants. S'abandonnant au plaisir des souvenirs, une joie d'autant plus grande qu'il ne lui en restait pas d'autre et, qu'étant pauvre et vieille, un jour elle avait été opulente et folle. Dans l'enthousiasme des détails, elle mêle français et portugais dans sa narration ponctuée d'exclamations en espagnol, anglais et italien.

Pedro Archanjo arriva du royaume de Saba au moment précis où la vétuste bourlingueuse partait dans son voyage de circumnavigation, et il s'était embarqué avec elle, dans un éclat de rire séduit. Ils jetèrent l'ancre à Montmartre, firent escale dans des cabarets, des théâtres, des restaurants, des galeries de Paris et de ses alentours, c'est-à-dire le reste du monde. Car, vous savez, les amis, il y a Paris et le reste : le reste, oh! là, là! *c'est la banlieue* [2].

Heureuse de raconter : ses petits-neveux n'avaient pas la patience de l'écouter lors de leurs rares et rapides visites dans son antre, une baraque voisine du couvent de Lapa où elle végétait avec son chat et une servante idiote. Vieille originale, son nom complet était senhora Isabel Tereza Gonçalves Martins de Araújo e Pinho, comtesse en titre de Agua Brusca. Pour les intimes, Zabel.

Archanjo lui demande si elle connaît Helsinki. Non, à Helsinki elle n'est jamais allée. A Petrograd, si, et à Stockholm, Oslo et Copenhague. Pourquoi l'ami parle-t-il de la Finlande avec cette familiarité ?

---

1. En français dans le texte.
2. En français dans le texte.

Il a été là-bas, comme marin ? Mais il n'a pas l'air d'un homme de la mer, il a plutôt l'allure d'un professeur ou d'un bachelier.

Archanjo rit de son rire cordial. Ni bachelier ni professeur, — qui je suis, *madame ?* — pas davantage marin ; un simple employé de la Faculté et un maniaque des livres, un curieux. Ses liens avec la Finlande, ah ! c'était l'amour. Il sort la photo et la comtesse admire longuement le visage de l'enfant : perfection et séduction. D'une écriture instruite Kirsi avait écrit des mots en portugais, courts et définitifs, qui abolissaient la distance de la mer et du temps : *amor, saudade, Bahia.* Une phrase entière en français ; Isabel Tereza la traduit, inutile car Archanjo la sait par cœur : notre fils grandit, beau et fort, il s'appelle Oju comme son père, Oju Kekkonen, il commande aux garçons et séduit les filles, un petit sorcier.

« Vous vous appelez Oju ?

— Mon nom de chrétien, c'est Pedro Archanjo ; mais en nagô, je suis Ojuobá.

— J'aimerais voir une macumba. Je n'y ai jamais assisté.

— Quand vous voudrez je me ferai un plaisir de vous accompagner.

— Sûrement pas, ne soyez pas menteur. Qui souhaite la compagnie d'une vieille femme gâteuse ? — elle rit malicieusement, observe le mulâtre beau et fort, l'amant de la Finlandaise. L'enfant est votre portrait.

— Il ressemble aussi à Kirsi. Il va être le roi de Scandinavie. Archanjo éclate de rire et la princesse du Recôncavo, Zabel pour les intimes, l'imite, ravie.

— Demandez à *seu* Lídio de faire un rabais sur le prix, je ne peux pas payer si cher, mais je reconnais que ça vaut plus. » Elle était aussi délicate que Corró et qu'Archanjo, qu'un homme du peuple, du peuple de Bahia.

Lídio se mit à l'unisson :

« Faites le prix vous-même.

— Je ne veux pas de ça non plus.
— Alors, ne vous inquiétez pas. Je fais le miracle et quand il sera prêt, vous paierez ce que vous voudrez.
— Pas ce que je voudrai, ce que je pourrai. »
Tadeu entre avec ses livres et ses cahiers. Zabel le compare à Archanjo et sourit discrètement. L'apprenti s'était transformé en un adolescent robuste et distingué; quand il souriait, un séducteur.
« Mon filleul, Tadeu Canhoto.
— Canhoto ? C'est son nom ou un surnom ?
— C'est le nom que sa mère lui a donné quand il est né. »
Tadeu était allé dans l'arrière de la maison.
« Étudiant ?
— Il travaille ici, il aide mon compère Lídio à l'atelier et il étudie. L'année dernière il a réussi quatre préparatoires, il a obtenu un 8, un 9 et un Très Bien, l'orgueil fait vibrer la voix d'Archanjo. Il va en préparer quatre autres cette année et l'an prochain, il termine. Il veut entrer à la Faculté.
— Il veut étudier quoi ?
— Il veut être ingénieur. Nous allons voir si c'est possible. Pour un pauvre, ce n'est pas facile d'étudier à la Faculté, *madame*. La dépense est grosse. »
Tadeu revient dans la salle, il ouvre des livres sur la table mais il remarque la photo :
« Je peux voir ? Qui est-ce, parrain ?
— Un parent à moi... lointain — si lointain, de l'autre côté du monde.
— C'est le plus bel enfant que je connaisse. » Il prend ses cahiers, il doit étudier.
La comtesse de Agua Brusca, la senhora Isabel Tereza Gonçalves Martins de Araújo e Pinho, est de plus en plus la familière Zabel. Elle explique des verbes français à Tadeu, lui apprend l'argot. Elle déguste une liqueur-maison — de la liqueur de cacao, fabrication de Rosa de Oshalá, un nectar sublime ! — comme si elle goûtait au meilleur des champagnes. Quand elle partit, elle laissa des regrets.

« Le mieux, *seu* Lídio, dit-elle en prenant congé, c'est que vous passiez chez moi pour faire la connaissance d'Argolo de Araújo, ainsi vous pourrez le peindre fidèlement, c'est le plus beau chat de Bahia. Et le plus mauvais caractère.

— Volontiers, *madame*. Demain je passerai.

— Argolo de Araújo, c'est le nom du chat? Ça, c'est drôle... Le nom du professeur, constate Archanjo.

— Vous parlez de Nilo d'Avila Argolo de Araújo? Je ne connais que trop cette peste. Nous sommes cousins par les Araújo, j'ai été fiancée à son oncle Ernesto; cela dit, quand il me croise il fait celui qui ne me voit pas. Il ne se prend pas pour rien, il se vante de son nom, mais pas devant moi. Je connais les dessous de la famille dans tous les détails, les vilenies, les escroqueries, *oh! mon cher, quelle famille!* Un jour je vous raconterai si ça vous intéresse. »

Que puis-je souhaiter de plus, *madame*, aujourd'hui est un jour béni, mercredi, jour de Shangô, et je suis Ojuobá, les yeux grands ouverts pour tout voir et pour tout savoir, des pauvres de préférence, mais aussi des riches quand c'est nécessaire.

« Emmenez-moi assister à une macumba et je vous raconterai l'histoire de la noblesse de Bahia. »

Tadeu vient l'aider à descendre les deux marches de l'entrée.

« Les vieilles comme moi ne sont bonnes à rien et pourtant je n'ai pas envie de mourir, de sa main soignée elle toucha le menton du garçon. C'est pour un beau garçon comme toi, très brun, que ma grand-mère Virginia Martins perdit la tête et fortifia le sang de la famille. »

Elle ouvre sa merveilleuse ombrelle, assure son pas dans la ruelle escarpée du Tabuao, son pas *belle époque*: elle marche dans les rues de Paris, elle suit le boulevard des Capucines.

Au milieu de tant de confusion une chose est certaine : la présence de Zabel à la fête d'Ogun où se produisit l'enchantement. D'un narrateur à l'autre les récits divergent. Tous virent le phénomène, de leurs yeux que la terre un jour mangera, mais chacun le comprit à sa manière. Les plus affirmatifs sont, bien sûr, ceux qui n'étaient pas présents, ils savent tout mieux que personne, ce sont les principaux témoins.

Absents et présents, tous sont d'accord sur un détail :

« Demandez un peu si je mens à la richarde de Lapa, la dame couverte de bijoux, une personne d'âge. Elle était là et elle a vu. »

Une grande dame certainement. Richarde sans doute, dans le passé. Mais les bijoux étaient faux. Imitations et copies, nombreuses et multicolores : sautoirs, perles, chaînes ; parée d'autant de colliers et de bracelets que la mère-de-saint. D'un geste bien à elle, en la quittant (pour revenir maintes fois), la comtesse de Agua Brusca retira un collier de son cou et l'offrit à Majé Bassan :

« Ça ne vaut rien, mais prenez-le, s'il vous plaît. »

Très fière dans le fauteuil réservé aux invités de marque, Zabel suivit les cérémonies avec un intérêt extrême. Elle se levait pour mieux voir, avec des gestes nerveux, la main sur la poitrine, des exclamations en français, *nom de Dieu!, zut alors!* : à l'heure de la descente des orishás au son de l'*adarrum*, à l'entrechoquement des épées d'Ogun en lutte, à la danse d'Oshumarê, serpent au ventre collé à la terre, mi-homme mi-femme, mâle et femelle à la fois.

« Qu'est-il arrivé à cette fille si belle qui est venue vous parler et ensuite a dansé avec tant d'entrain ? Elle était immobile à la porte et elle a disparu. Pourquoi ne danse-t-elle plus ? Qu'est-elle devenue ? » Si Pedro Archanjo possédait la clef du mystère, il ne la donna pas à la bavarde.

« Je n'ai rien remarqué, *madame*.

— Ne vous moquez pas de moi. J'ai vu un homme près d'elle, derrière le feu, blanc et hautain, nerveux, impatient. Allons, dites-moi.

— Elle a disparu », et il n'ajouta rien.

Si l'on fouille la chronique et si l'on croit ce qu'on raconte, Dorotéia fut vue dans la ronde des initiées, tournoyant dans le baracon, rivalisant avec Rosa de Oshalá par la perfection de ses pas et par sa beauté. Il y avait aussi Stela dé Oshossi, Paula de Euá, et d'autres de grande allure.

Oshossi descendit avec son chasse-mouches fait d'une queue de cheval et monta Stela. Euá s'unit au corps de Paula, vent des lagunes, eau des fontaines. En transe, Rosa devint Osholufan, Oshalá le Vieux. Trois Omolus, deux Oshumarês, deux Yemanjás, une Ossain et un Shangô. Six Oguns vinrent à la fois — c'était le 13 juin, jour de sa fête, à Bahia Ogun est Santo Antonio — et le peuple les salua debout, joyeusement : Ogunyê !

Quand, dans un long sifflement, sifflet de train, sirène de navire, Yansan lui donna le signal, Dorotéia se pressa et vint baiser la main d'Archanjo :

« Pourquoi n'as-tu pas amené mon garçon ?

— Il étudiait, il a beaucoup à étudier.

— Je m'en vais, Pedro. Je pars aujourd'hui. Ce soir.

— On est venu te chercher ? C'est le moment ?

— C'est le moment et je pars avec lui. Ne raconte rien à Tadeu, mens-lui, dis-lui que je suis morte, c'est mieux ainsi : on souffre une bonne fois et c'est fini. »

Elle s'agenouilla, ploya la tête contre terre. Archanjo toucha sa chevelure crépue et releva la Noire Dorotéia. Elle était déjà vacillante et Yansan la posséda dans un cri qui réveilla les morts. On dit que du fond du terreiro les *éguns* répondirent, des gémissements horrifiants.

Dans le baracon, bien peu remarquèrent la scène qui précéda l'arrivée de Yansan. Zabel, elle, l'avait suivie du commencement à la fin, car tout ça était d'une excitante nouveauté pour elle. Les anciennes conduisirent les esprits dans les petites chambres où ils changèrent de vêtements, ensuite ils danseraient les cantiques rituels. Qui dansa le mieux, ce fut Yansan au milieu des six Oguns. C'était un adieu mais personne ne le savait.

Dans l'intervalle du changement de costume, dans une autre salle, on servit la nourriture d'Ogun, royal banquet. Zabel goûta à chaque plat, elle adorait la cuisine à l'huile de palme, malheureusement ça lui faisait mal au foie. Quand les fusées commencèrent à monter, annonçant le retour des orishás, la vieille dame sortit, presque en courant, elle ne voulait pas perdre le moindre détail de la macumba.

La majestueuse procession des enchantés avança, en tête l'un des six Oguns, celui d'Epifânia. Les tambours retentirent, le peuple se leva, frappant dans ses mains, une lueur éclaira le ciel, des fusées, des bombes et des pétards — le mois de juin à Bahia, c'est le mois du maïs et des feux d'artifice. Dans les détonations et les éclairs des fusées, un à un les orishás rentrèrent dans le baracon, avec leurs attributs, leurs armes et leurs fers. Mãe Majé Bassan entonna les chants, Oshossi donna le signal de la danse.

Où était Yansan? Pourquoi n'était-elle pas revenue dans le baracon? D'elle on entendit l'écho d'un bruit dans le lointain. Un sifflement de train? Non, la sirène d'un navire. Sur le pas de la porte tous virent Dorotéia pour la dernière fois. Elle n'arborait pas le costume de Yansan bien que beaucoup l'affirment et le jurent sur leurs yeux; pas plus que la jupe amidonnée et la blouse de dentelles, la tenue de Bahiane. D'une élégance de grande dame elle portait une tenue d'apparat, robe à traîne et de la meilleure étoffe, jabot à volants. La poitrine haletante, les yeux de braise.

Tous mentionnent l'homme placé derrière Dorotéia et sont d'accord sur ses petites cornes de diable. Pour le reste, désaccords et discussions. Quelques-uns virent la queue comme une canne, la pointe recourbée accrochée à son bras ; d'autres parlent de pieds fourchus, la majorité le décrit couleur de charbon. Selon le témoignage d'Evandro Café, un vieux et respectable grand-père, le Malin était rouge, d'un vermeil vif, fulgurant. Les yeux curieux et attentifs de Zabel le virent blanc et blond, sur le front deux boucles de cheveux, un fichu bonhomme ! La comtesse et l'ex-esclave se valaient en âge et en expérience, les deux méritent foi.

Tout se passa dans l'embrasement des feux d'artifice, à la lumière des fusées, lumière et feu qui aveuglaient. Dans cet incendie, dans l'éclat de cette aurore, dans les flammes, dans le tonnerre et dans l'éclair, d'un tour de passe-passe Dorotéia se défit dans l'air. Elle était à la porte et au même instant elle n'y était plus : la porte vide, rien qu'une odeur de soufre, l'éclair et la détonation. Une bombe, une fusée ? Ceux qui l'entendirent savent que non.

Jamais plus on ne revit Dorotéia. Ni l'esprit malin. On perçut un bruit : pour Zabel, un galop de sabots de chevaux, des amants en fuite vers des terres lointaines ; pour Evandro Café, un bruit de pieds fourchus qui couraient, c'était le Chien avec sa iaba. De toutes les façons c'en fut fini de Dorotéia.

Pendant des jours resta vide à la Miséricorde l'emplacement où les clients d'abará, d'acarajé, de *cocada* et de *pé-de-moleque* trouvèrent, des années durant, la Noire Dorotéia avec son collier de Yansan et une perle rouge et blanche, de Shangô. Puis s'y installa Miquelina, claire et paisible, son plateau bien garni et ses yeux bleu-vert.

A la Boutique aux miracles, penché sur ses livres, un adolescent pleure sa mère morte pour lui. Pour d'autres enchantée, retournée à ses origines. A chacun son destin. Si Archanjo avait la clef de l'énigme, il ne dit rien.

Où Fausto Pena
raconte son expérience
théâtrale et autres tristesses

Mon expérience théâtrale fut funeste. Ne croyez pas que j'exagère. Funeste, tragique, fatale. Plus je l'examine, plus je trouve un bilan négatif : déception, désenchantement, douleur. Douleur de cocu, véritable.

Je ne dépassai pas, pourtant, les coulisses de la dramaturgie, je n'atteignis pas la scène, je ne connus pas l'émotion des feux de la rampe et du parterre, des applaudissements et des critiques. Pendant des jours, dans un enthousiasme fébrile, je rêvai de tout ça et beaucoup plus. Mon nom sur les affiches, placardé sur le théâtre Castro Alves, écrit au néon sur les théâtres de Rio et de São Paulo à côté de celui d'Ana Mercedes, éblouissante jeune première, unique et souveraine, qui détrônait les étoiles consacrées. Salles combles, public en délire, critique enthousiaste, cachet élevé et droits payés comptant : le début de la triomphale carrière d'un jeune auteur.

La vérité est tout autre : zéro pour l'argent, le succès bruyant, mon nom dans la presse, sur les affiches lumineuses. Mon nom à la police, m'apprend-on, comme suspect. Dépensés mes derniers centimes, perdu l'unique bien que je possédais.

J'appris quelque chose sans doute, et je ne garde pas rancune à mes compagnons d'aventure; même avec Ildásio Taveira, je ne me suis pas fâché. J'avoue entre nous que je ne peux pas le sentir et que j'attends une occasion pour lui rendre la monnaie de sa pièce : il y a le temps pour tout, je ne suis pas pressé. Dans l'immédiat, il m'est impossible de rompre avec ce Judas : l'Institut national du livre lui a commandé une *Anthologie de la jeune poésie bahianaise* dans laquelle il m'a promis de faire figurer des poèmes de ma plume, plusieurs, il ne m'a pas dit combien. Si je ne le salue plus je risque d'être exclu du recueil, mis en marge de la littérature. Je lui conserve le meilleur de mes sourires, je loue ses vers avec platitude et conviction. Pour une place au soleil des lettres, on fait contre mauvaise fortune bon cœur.

Nous étions quatre, les coauteurs du spectacle. Mes trois coéquipiers affichent tous une grande classe intellectuelle : géniaux et d'avant-garde. Le plus connu des quatre, poèmes publiés à Rio, à São Paulo et même à Lisbonne, Ildásio Taveira, favoris épais et chemises tapageuses, faisait ses débuts dans le théâtre. Les deux autres étaient étudiants en droit. Le compositeur Toninho Lins était en troisième année, il avait un samba enregistré et divers inédits qui attendaient d'être consacrés dans un festival. Estácio Maia, obstinément en première année, avait différentes caractéristiques : la cachaça agressive et radicale, une sagesse charismatique et un oncle général. Dans ses confidences d'ivrogne, dans le secret des petits cénacles, il reniait cette parenté, disait pis que pendre de son oncle.

Intellectuel très avancé, d'une illimitée suffisance, plein de frustrations, instable et imprévisible, il jouait sans cesse un rôle : tantôt terroriste implacable, tantôt mystique demandant pardon de ses fautes, mauvais acteur, piètre galant. Quand elle le voyait s'approcher, Ana Mercedes identifiait immédiatement le déguisement du jour : « aujourd'hui il fait le guérillero ». La veille, il était un héros de Dostoïevski, Raskolnikov dans une version à bon marché. Curieux individu.

Avant toute chose, nous sollicitions un contrat du

théâtre Castro Alves, et nous laissons agir Estácio Maia, dans ce cas le neveu de son oncle. Ensuite commencent les discussions interminables sur la pièce, dans les cris, les insultes, les menaces physiques et force cachaça.

Les divergences visaient le contenu du spectacle et le personnage de Pedro Archanjo. Estácio Maia, qui se déclarait partisan irréductible du *Black Power*, transformait Pedro Archanjo en membre des *Black Panthers*, lui faisait déclamer sur scène les discours et les mots d'ordre de Carmichael, plaidant pour la séparation des races, la haine irrémédiable. Une espèce de professeur Nilo Argolo à l'envers. Noirs d'un côté, Blancs de l'autre, interdit tout mélange et compromis, lutte à mort. Je ne parvins jamais à savoir où le violent leader de la négritude nationale plaçait les mulâtres.

Je ne sais plus si j'ai dit que ce Maia était un garçon blanc, aux cheveux blonds et aux yeux bleus, peu porté sur les Noires et les mulâtresses. Dans ce cas particulier je lui dois de la gratitude : sans compter les huit tapettes notoires, dix-neuf hommes étaient mêlés au spectacle, entre le directeur, les acteurs, les électriciens, les machinistes, les décorateurs, etc., et des dix-neuf il fut le seul à ne pas tourner autour d'Ana Mercedes.

Ildásio n'acceptait pas ses théories, ni Toninho Lins. Ce dernier, un gars sérieux, prestigieux dans les milieux étudiants, voulait surtout montrer le Pedro Archanjo gréviste, dressé contre les patrons, les trusts et la police ; il faisait de la lutte des classes le centre du spectacle. « Le problème racial, camarades, est la conséquence du problème de classes » — expliquait-il, citant ses auteurs, calme, sans s'exalter. « Au Brésil, camarades, Noirs et mulâtres sont l'objet de la discrimination en temps que prolétaires : un Blanc pauvre est un sale nègre, un mulâtre riche est un Blanc pur. » « La lutte des classes et le folklore », c'était sa formule pour un spectacle à la fois militant et populaire. Il composait sur des thèmes folkloriques et, de tout ce qui se fit pour le spectacle projeté, il ne reste que la belle mélodie de Toninho Lins sur l'enterrement de Pedro Archanjo. Il la présenta plus tard au Festival universitaire de Rio et gagna le deuxième prix. Il méritait le premier de l'avis du public.

Quant à Ildásio, je dois avouer que sa position me paraît la plus proche du véritable Archanjo, si tant est qu'il existe une vérité « archanjienne » (pour employer un mot à la mode), tant d'Archanjos ont surgi dans ces commémorations de son centenaire. On peut le voir, jusque sur les murs de la ville, faisant de la réclame pour le Coca-Côco : « De mon temps, il ne manquait aux coutumes de Bahia que le Coca-Côco. »

Ildásio Taveira, d'accord avec Toninho Lins sur la primauté du problème des classes, accordait à Estácio Maia qu'il existait au Brésil des préjugés de couleur et des racistes en quantité, et il proposait un Archanjo sans sectarisme, conscient de sa force et de la force du peuple, défendant la solution brésilienne du problème, la miscigénation, le mélange, les métis, les mulâtres et, avant tout et surtout, Ana Mercedes, à laquelle il réitérait ses propositions dans les coins sombres du théâtre, l'infâme.

Nous discutions dans les bistrots et dans les boîtes, dans les petits matins du « Pipi des Anges ». Ildásio avait choisi avec mon aide des phrases des livres d'Archanjo comme base des dialogues. Estácio Maia ne les acceptait pas : « Ce type est un réac. » Il mettait dans la bouche de Pedro Archanjo des phrases terribles, de ténébreuses menaces de destruction de la race blanche et de l'Occident en général : « Nous, les nègres, nous liquiderons les Russes et les Américains, tous des Blancs assassins. » Toninho Lins et moi intervenions, redoutant de voir la discussion se terminer en corps à corps, telle était l'exaltation des partis. Hors de lui, Ildásio traita le blond Maia de « Punaise de Carmichael », ce fut une histoire de tous les diables.

Ils s'insultaient, faisaient la paix, dans des embrassements et des serments d'éternelle amitié, reprenaient le débat, injures et verres de gnole. Pendant des mois on but des bars entiers.

Quant à moi, je me battis pour concilier les points de vue, les déclarations, les dialogues, les dogmes, les schismes, les factions, les idéologies et les pouvoirs. Ce que je voulais, c'était la pièce, mon nom sur l'affiche, le mien et celui d'Ana Mercedes, accolés, l'auteur et la diva, oh! le glorieux soir de la première! Ana Mercedes serait Rosa de Oshalá, là-dessus il n'y eut pas de discussion, tous étaient d'accord. Dans cette perspective peu m'importait le destin théâtral posthume de Pedro Archanjo : leader ouvrier en grève, *Black Panther* raciste refusant la miscigénation, prêchant la guerre sainte contre les Blancs, mulâtre bahianais créateur de civilisation, je m'en fichais. Je voulais la pièce à l'affiche.

Au prix d'une infinie patience je parvins à ce qu'un texte, anarchique et contradictoire, soit mis sur pied et envoyé à la censure. D'ailleurs, de l'avis — valable et d'avant-garde — d'Alvaro Orlando, le metteur en scène pressenti pour monter le spectacle, au théâtre le texte est une chose secondaire, pratiquement inutile. Cela étant, les contradictions n'avaient aucune importance. Estácio Maia obtint des promesses de subvention et proposa à l'Université de réserver aux étudiants la séance inaugurale. Dans ces cas-là, Estácio Maia jouait le neveu.

Nous décidâmes d'attendre la décision de la censure pour commencer les répétitions — cela, précisément une semaine d'intense agitation estudiantine. Ayant surpris la présence de provocateurs à la Faculté de droit, les étudiants s'étaient mis en grève et avaient aussitôt été soutenus par les autres secteurs de l'Université. La première manifestation se déroula dans l'ordre, mais la seconde fut dispersée par les gaz et les balles de la police. Arrestations en masse, étudiants blessés, le couvent des bénédictins envahi, les commerçants fermés, des violences brutales, une fin du monde.

Toninho Lins fut arrêté dans la rue Chili, il portait une pancarte et s'en servit pour se battre contre les flics. Il eut une semaine de prison et se comporta bien, un homme ! Estácio Maia disparut de la circulation à l'heure du danger ; manifestations, bagarres, prison, ne l'attiraient pas : c'était un théoricien. Son nom, pourtant, figura dans la liste des agitateurs publiée dans les journaux. Il disparut pour de bon, ficha le camp. Nous apprîmes par la suite qu'il avait obtenu le transfert de ses inscriptions universitaires à Aracajú. Il hante le Sergipe, un peu ramolli, il est retombé dans le mysticisme.

La censure interdit la pièce et, à ce qu'on m'a dit, elle a envoyé le nom des auteurs à la police pour qu'ils soient fichés. Où me suis-je fourré ! Pour ne pas perdre le contrat avec le théâtre, Ildásio écrivit en un temps record une pièce pour enfants et proposa à Ana Mercedes le rôle du Papillon scintillant. Je m'y opposai avec fermeté et des jurons. Pour la consoler de cette occasion perdue je l'emmenai en voyage à Rio et à São Paulo, consacrant à cette tardive lune de miel les derniers dollars du grand Levenson.

Ils fondirent un à un dans les boutiques de Copacabana et de la rue Augusta, dans les restaurants et dans les boîtes, dans la fréquentation des gens de lettres, précieuses et très chères amitiés. L'arrivisme, sur le marché, coûte les yeux de la tête : la simple mention du nom d'un poète de province dans la rubrique des Lettres coûte un déjeuner au musée d'Art moderne ou des tournées de scotch dans les bars d'Opanema.

Je repartis de zéro et mon sacrifice ne me servit à rien. Ana Mercedes, habillée des modèles de Lais, devint difficile et rare. Un dimanche, j'ouvre le supplément littéraire du *Diário da Manha* et je tombe sur deux poèmes de sa signature : elle ne les avait pas soumis à ma révision. Je les lus, j'ai des notions de poésie, à la première strophe je reconnus la manière d'Ildásio Taveira. Je passai la main sur mon front, il était brûlant de fièvre et de cornes.

Je souffris et je souffre encore, je rêve d'elle la nuit, je mords le traversin, le lit garde intact son parfum de romarin. Je ne montrai pas, pourtant, la douleur de cocu qui me ronge les tripes quand, à l'improviste, je me heurtai à eux deux dans la rue, bras dessus bras dessous. Ildásio me parla de l'anthologie, il me demanda d'urgence les poèmes, il allait les envoyer à l'Institut. La putain me traita avec distance et indifférence.

Ce jour-là, même la cachaça ne me réconforta pas : à la fin de la nuit, lucide et veule, je commis un sonnet d'adieu à Ana Mercedes. Pour certaines douleurs, il n'y a que le suicide ou le sonnet. Classique.

*Où Pedro Archanjo est un prix
et le thème d'un prix avec des poètes,
des publicistes, des institutrices
et le Coquin Crocodile*

1

« Non ! c'est trop, de grâce. » Le professeur Calazans était à deux doigts de perdre sa bonhomie habituelle et d'exploser : Fernando Pessoa, non, ça non !

Ils se trouvaient dans le bureau de Gastao Simas, à la Doping Promotion et Publicité, pour choisir le thème du prix Pedro Archanjo. Quand, les commémorations du centenaire terminées, déception et fureur se furent transformées en un répertoire d'anecdotes risibles, le professeur observa que c'était un signe des temps d'avoir discuté de la plus grande réalisation de l'année dans une agence de publicité. Il valait la peine de l'entendre décrire les réunions, une comédie.

« Fernando Pessoa est un thème passionnant et, d'une certaine façon, Pedro Archanjo était un poète — plaida Almir Hipólito, émigré de la poésie vers la publicité, posant sur le robuste homme du Serpige ses yeux romantiques, noyés de cernes. Vous n'avez pas lu l'article d'Apio Correia, "Pedro Archanjo, poète de la science" ? Le *Diário da Manha* l'a reproduit. Génial.

— Et alors ? Qu'a-t-il trouvé de commun, votre génie, entre Archanjo et Pessoa ? — Le professeur Calazans critiquait l'abusif emploi de l'adjectif "génial". Il l'entendait à chaque instant, dans la bouche de sa fille et de ses amies à propos de tout et, spécialement de leurs amoureux — Pedro Archanjo aimait bien un petit verre de cachaça, nous n'allons pas pour autant créer le prix Crevette ou le prix Crocodile, en proposant aux concurrents de disserter sur l'excellence de ces bestioles.

— Ça, c'est une idée! plaisanta Gastao Simas. Professeur, si vous vouliez collaborer avec nous, vous seriez un champion de la publicité. Vous avez des idées colossales. L'Espagnol de la Crocodile est bien capable d'acheter celle-ci.

— Ça ne vous suffit pas l'indigne slogan du Coca-Côco? Pedro Archanjo au service des limonadiers. C'est un comble! »

Selon dona Lúcia, l'épouse du secrétaire général, son mari perdait son calme au maximum deux fois l'an. En 1968, avec les commémorations du centenaire de Pedro Archanjo, il finit par le perdre au moins deux fois par jour : criant, exaspéré, discutant des sottises. Des sottises seulement? Aussi des insanités, et des pires. Utiliser le nom d'Archanjo pour des réclames lui paraissait une horrible profanation, mais il y avait mieux. Se servir de son œuvre, en la défigurant, pour exalter certains aspects du colonialisme, comme l'avait fait un essayiste connu et bien payé, ça, oui, c'était le comble de l'indécence.

L'envie ne lui manquait pas d'envoyer tout au diable. S'il ne le faisait pas, c'était par une fidélité obstinée à ses engagements et puis, sans lui, qui aurait défendu la mémoire de Pedro Archanjo, qui aurait empêché qu'on réduise son œuvre à une récollection du folklore, en la privant de ce qui, en elle, était le plus fécond et le plus vivant? Sa description des usages et des coutumes était importante, plus importante encore sa polémique contre le racisme, sa proclamation de la démocratie raciale.

Calazans s'était pris d'affection pour cet homme pauvre, sans ressources, d'une instruction limitée, autodidacte, qui, surmontant tous les obstacles, était devenu un savant, avait entrepris et mené à bien une œuvre originale, profonde et généreuse. Son exemple enseignerait aux jeunes l'intégrité et le courage dans les conditions les plus hostiles. Par amour pour Pedro Archanjo, le professeur conservait sa charge, au poste de combat.

« C'est drôle..., confia-t-il au professeur Azevêdo, collègue et ami, tant de bruit, tant d'agitation, tant d'histoires autour des commémorations d'Archanjo et, pourtant, on déforme sa personnalité et son œuvre. On lui élève un monument, c'est vrai, mais l'homme qu'on honore n'est pas le nôtre, c'en est un autre, transformé et amoindri.

— Sans doute, approuva le professeur Azevêdo. Pendant des années on ignore l'homme et ses livres. Puis apparaît Levenson et l'on se voit obligé à retirer Archanjo de ce confortable oubli. On l'époussette, on le met dans un moule qui arrange tout le monde, on l'habille de neuf, on tente de l'élever socialement pour pouvoir mieux l'utiliser. Mais, Calazans, tout cela est secondaire; l'œuvre d'Archanjo résiste à toute déformation. Tout ce tintamarre, d'ailleurs, a son utilité : il popularise le nom du maître du Tabuao.

— Parfois je me désespère, je perds la tête.

— Il n'y a pas de raison. Tout n'est pas que guignolade. Il y a des gens intègres là-dedans. Quelques garçons remarquables font des recherches sur l'œuvre d'Archanjo, travaillent dessus, établissent de nouvelles coordonnées de notre évolution. Le livre du professeur Ramos est un monument, c'est le véritable monument à Archanjo. Il est né de notre séminaire interdit.

— Vous avez raison. Rien que le prix pour les étudiants nous paie de nos peines. »

C'était précisément le choix du thème pour le prix Pedro Archanjo qui avait amené le professeur à perdre encore une fois son calme dans le bureau de Gastao Simas :

« Fernando Pessoa, de grâce, c'en est trop ! Si nous

devons choisir un poète, alors pourquoi pas Castro Alves qui fut abolitionniste et qui est brésilien ? »

Almir Hipólito leva les bras au ciel, exquis et charmant dans ses protestations enflammées :

« Oh ! je vous en prie, ne faites pas de comparaison pareille ! Quand on parle de poésie, ne citez pas Castro Alves, un versificateur médiocre, ne le comparez pas à mon Fernando, le plus grand poète de langue portugaise de tous les temps. » Castro Alves, coureur de jupons, lui donnait la nausée.

Le professeur Calazans ravala quelques jurons, il se contint :

« Le plus grand ? Pauvre Camoens ! Mais, en admettant qu'il le fût, il ne ferait pas l'affaire pour notre prix.

— Il aurait une certaine utilité, observa Goldman, gérant du *Jornal da Cidade*. Nous pourrions faire banquer la colonie portugaise.

— Pedro Archanjo est la clef..., dit Arno, silencieux jusque-là, la clef du coffre. »

Gastao Simas intervint :

« Le professeur Calazans a raison. L'idée d'Hipólito est brillante mais nous devons la conserver pour une autre campagne qui intéresse la colonie lusitanienne. Les commémorations de Cabral ou le centenaire de Gago Coutinho : "De Camoens à Fernando Pessoa, de Cabral à Gago." Hein ? il se rengorgea un instant. Mais ça, nous en parlerons une autre fois. Maintenant nous devons décider une bonne fois de notre fichu Prix. Nous devrions déjà l'avoir lancé, nous ne pouvons pas perdre une minute de plus. Cher professeur, faites une proposition concrète. »

Tirant de sa poche une liasse de papiers, le professeur Calazans les éparpilla sur la table, il réussit à trouver le règlement du prix Pedro Archanjo qu'il avait établi avec Edelweiss Vieira, du Centre folklorique. Arno Melo s'apitoya en voyant ce fouillis :
« Il n'a même pas de serviette, de mallette 007, le pauvre, comment peut-il travailler ? Des notes sur des bouts de papier qui déforment les poches de sa

veste, forme typique du sous-développement. Achetez une 007, professeur, et vous acquerrez une nouvelle personnalité, forte et audacieuse, promotionnelle, qui vous aidera à développer vos idées, à imposer votre opinion. »

Heureux de la vie, le professeur n'avait pas besoin de serviette de cuir, de mallette 007, pour imposer son opinion : ou vous approuvez le Prix tel qu'il est sur ce papier, thème, règlement, jury, ou vous le faites seuls, messieurs, vous vous servez d'Archanjo comme clef ou comme passe-partout.

2

Gastao Simas avait conquis la direction de l'agence bahianaise de la Doping S.A. grâce, avant tout, à sa capacité de conciliation, à son art d'arrondir les angles, de ramener sourires et accord là où les autres n'obtenaient que des têtes revêches et des discussions. « Pour la pommade, il est génial », résumait Arno, son admirateur. Quand un client, las des bévues des garçons, furieux des erreurs répétées dans les annonces, se disposait à arrêter les frais, alors Gastao Simas se distinguait, faisait preuve d'une inestimable bonne volonté.

Il calma le professeur, « ce sera comme vous le déciderez », et, finalement, ils établirent le plan complet du Prix. La proposition initiale de l'excellent docteur Zèzinho fut modifiée sur deux ou trois points. On élargit l'éventail des concurrents : outre les classes des lycées, aussi les universités. Au lieu d'une simple rédaction, un travail d'un minimum de dix pages dactylographiées sur un aspect quelconque du folklore bahianais, au choix du candidat : capoeira, candomblé, pêche aux *xareu*, samba de roda, afoshés, pastorales, la procession des navigateurs, les présents à Yemanjá, les abc de Lucas da

Feira, le capoeiriste Besouro, le peintre Carybé, Notre-Seigneur de Bonfim et le lavage de son église, la fête de la Conception de la Plage et celle de Santa Barbara. On maintint comme premier prix un voyage à l'étranger. Non plus au Portugal, mais aux États-Unis, car une compagnie d'aviation nord-américaine avait offert les billets. Le voyage au Portugal, Gastao Simas le réserva pour une autre campagne, réunissant Pedro Alvares Cabral et Gago Coutinho, qu'il étudiait déjà avec le patronage de la télévision, de la compagnie d'aviation et de l'agence de tourisme portugaises.

On créa de nouveaux prix : un voyage à Rio de Janeiro, des appareils de T.V., des magnétophones, des radios, les sept volumes de l'*Encyclopédie pour la jeunesse* et quelques dictionnaires. Le professeur Calazans se sentit récompensé, en partie du moins, de tant de peines et de tant d'inepties entendues. Dans une interview il affirma que « le prix Pedro Archanjo stimulerait chez les jeunes gens l'esprit de recherche, le goût pour le folklore et l'intérêt pour les sources de la culture brésilienne ».

Le professeur avait terminé la lecture de l'interview imprimée en première page de la gazette et il souriait avec satisfaction quand le téléphone sonna : Gastao Simas sollicitait la faveur de sa présence aux bureaux de la Doping pour quelques minutes d'entretien. Qu'il vienne le plus tôt possible ; il avait de bonnes nouvelles.

Abrégeant ce court instant de repos, l'homme du Sergipe obtempéra. Gastao Simas et son état-major rayonnaient de joie : la jubilation de ceux qui voient confirmée leur compétence.

« Très cher professeur ! Laissez-moi vous appeler : très cher collaborateur de la Doping ! L'idée initiale est de vous.

— Quelle idée ? » demanda Calazans sur ses gardes : ces spécialistes, audacieux et sans scrupules en matière de promotion, publicité et facturation, l'inquiétaient toujours.

« Vous vous rappelez notre réunion de mercredi dernier, où nous avons décidé des derniers détails du prix Pedro Archanjo ?
— Naturellement.
— Vous vous rappelez une allusion que vous avez faite à des marques de cachaça ?
— Gastao, vous n'allez pas me dire que vous allez mêler Archanjo à une publicité de cachaça ? C'est déjà assez du Coca-Côco, cette indignité !
— Nous n'allons pas discuter à nouveau de ce détail, mon cher maître. Quant à une réclame de cachaça, soyez sans crainte, les patrons de la Crocodile n'ont pas accepté l'idée, justement parce qu'elle avait déjà servi pour le Coca-Côco. En revanche, ils sont prêts à patronner un prix destiné aux élèves des écoles primaires, des écoles publiques seulement, auxquels, jusqu'à maintenant dans cette promotion, nous n'avons rien offert. Que vous en semble ?
— Comment se passe ce fameux prix ?
— C'est très simple : chaque enfant écrira quelques lignes sur Pedro Archanjo, les institutrices sélectionneront les meilleurs, parmi lesquels une commission de pédagogues et d'écrivains choisira les cinq vainqueurs du prix Eau-de-Vie Crocodile.
— Le prix Eau-de-vie Crocodile, ça alors !
— Vous savez en quoi il consistera, professeur ? Des bourses d'études, dans un bon collège, valables pour tout le cycle secondaire des cinq gagnants. La Crocodile offre les bourses. »

Calazans se radoucit : cinq enfants pauvres auraient la possibilité de faire des études secondaires.

« En fin de compte, la cachaça se comporte mieux que le coca. Elle exploite le nom d'Archanjo, mais au moins elle offre quelque chose. Je ne vois pourtant pas où j'interviens dans cette affaire ?
— Par un petit texte que nous fournirons aux institutrices pour qu'elles puissent raconter aux enfants quelque chose sur Archanjo. Une demi-page, une au maximum, une brève notice biographique sur notre

héros qu'elles étudieront, donnant ensuite à leurs élèves une idée de ce que fut Archanjo. Eux l'interpréteront, chacun à sa manière. N'est-ce pas merveilleux ? C'est ce texte que nous voulons vous demander, ou plutôt vous commander.

— Ce n'est pas facile.

— Nous le savons, professeur. C'est pourquoi nous avons recours à vous. D'ailleurs, l'idée initiale vient de vous, quand vous avez cité des marques de cachaça. A propos de cachaça, acceptez-vous un verre de whisky ? C'est un scotch authentique, pas celui de notre illustre docteur Zèzinho.

— Ce n'est pas facile, répéta Calazans. Nous sommes en période d'examen, comment vais-je trouver le temps ?

— Une demi-page, professeur, quelque chose de succinct, juste l'essentiel. Je tiens à préciser qu'il s'agit d'une commande : l'agence paiera le texte. »

Le professeur haussa le ton, grave, presque offensé :

« Ça jamais ! Je ne me suis pas mêlé à cette histoire pour gagner de l'argent, mais pour servir la mémoire de Pedro Archanjo. Ne me parlez pas d'argent. »

Arno Melo hocha la tête : celui-là ne savait pas y faire, un cas désespéré. Pourquoi diable, alors, le trouvait-il si sympathique ? Gastao Simas s'excusait :

« Personne ne parle plus d'argent, professeur. Pardonnez-moi. Je peux faire prendre le texte demain matin ?

— Impossible, Gastao. Aujourd'hui je dois corriger des examens, demain de huit heures à midi je serai à la Faculté. Où vais-je trouver le temps pour rédiger un texte ?

— Au moins quelques notes, professeur, quelques données. Nous le rédigerons ici.

— Des données, des notes ? Bon, ça peut se faire. Envoyez un coursier chez moi, demain. Je laisserai le papier à Lúcia. »

La blonde secrétaire apporta des verres avec de la glace. Si muette et si lente, mais pourquoi gâter en paroles cette bouche tout sourires et promesses, fatiguer en de vils travaux ce corps fait pour être contemplé et s'en régaler?

3

DONNÉES FOURNIES À L'AGENCE DOPING S.A. PAR LE PROFESSEUR CALAZANS

Nom
   Pedro Archanjo.

Date et lieu de naissance
   18 décembre 1868, dans la ville de Salvador, État de Bahia.

Parents
   Fils d'Antônio Archanjo et de Noemia X, plus connue sous le nom de Noca de Logunedê. On sait seulement de son père qu'il fut recruté pour la guerre du Paraguay où il mourut pendant la traversée du Chaco, laissant sa compagne enceinte de Pedro, leur premier et unique enfant.

Études
   Après avoir appris seul à lire, il fréquenta l'École des arts et métiers où il acquit des notions de diverses disciplines et de l'art de la typographie. Il se distingua en portugais et, très tôt, s'adonna à la lecture. Plus âgé, il approfondit l'étude de l'anthropologie, de l'ethnologie et de la sociologie. Dans ce but, il apprit le français, l'anglais et l'espagnol.
   Ses connaissances de la vie et des coutumes du peuple étaient pratiquement illimitées.

Livres

Il publia quatre livres : *La Vie populaire à Bahia* (1907) ; *Les Influences africaines dans les coutumes de Bahia* (1918) ; *Notes sur le métissage dans les familles bahianaises* (1928) ; *La Cuisine bahianaise : origines et préceptes* (1930), des livres considérés aujourd'hui comme fondamentaux pour l'étude du folklore, la connaissance de la vie brésilienne à la fin du siècle passé et au début du siècle actuel, et surtout pour la compréhension du problème des races au Brésil. Ardent défenseur de la miscigénation, de la fusion des races, Pedro Archanjo fut, de l'avis du savant nord-américain (prix Nobel) James D. Levenson, « un des créateurs de l'ethnologie moderne ». Ses œuvres complètes viennent d'être rééditées, en deux volumes, par les Éditions Martins, de São Paulo, dans la Collection « Maîtres du Brésil », annotées et commentées par le professeur Artur Ramos de la Faculté des lettres de l'Université du Brésil. Les trois premiers livres ont été réunis en un seul tome sous le titre général de *Brésil, pays métis* (titre donné par le professeur Ramos), tandis que le livre sur l'art culinaire constitue un tome à part. Reléguée dans l'oubli durant de nombreuses années, l'œuvre de Pedro Archanjo est internationalement connue et admirée. Elle a été publiée en anglais, aux États-Unis, et figure dans la remarquable *Encyclopédie sur la vie des peuples sous-développés*, éditée sous les auspices de Columbia University (New York). En cette année 1968, à l'occasion des commémorations du centenaire de sa naissance, on a beaucoup écrit sur Pedro Archanjo. Nous signalerons les travaux du professeur Ramos et la Préface, de Levenson, à la traduction nord-américaine de ses livres : « Pedro Archanjo, un créateur de science ».

Autres données

Mulâtre, pauvre, autodidacte. Encore adolescent, il s'engagea comme matelot sur un cargo. Il vécut quelques années à Rio de Janeiro. De retour à Bahia il exerça le métier de typographe et de maître d'école avant d'être employé à la Faculté de médecine, emploi qu'il vint à perdre, après l'avoir exercé durant plus de trente ans, en raison de la répercussion d'un de ses livres. Musicien amateur, il jouait de la guitare et de la viole. Il participa intensément à la vie populaire. Étant resté célibataire, on lui attribua de nombreuses amours, y compris une belle Scandinave, Suédoise ou Finlandaise, on ne sait pas exactement.

Date de sa mort
Il mourut en 1943, à soixante-quinze ans. Une grande foule populaire suivit son enterrement auquel étaient présents le professeur Azevêdo et le poète Hélio Simoes.

Par l'exemple de sa vie Pedro Archanjo nous montre comment un homme né très pauvre, orphelin de père, dans une ambiance peu propice à la lecture, exerçant d'humbles métiers, peut surmonter toutes les difficultés et s'élever aux cimes du savoir, égalant et même dépassant les plus illustres sommités de son époque.

4

TEXTE RÉDIGÉ PAR LES AS
DE LA DOPING S.A.
ET REMIS AUX INSTITUTRICES
DES ÉCOLES PRIMAIRES
DE LA VILLE DE SALVADOR

L'immortel écrivain Pedro Archanjo, gloire de Bahia et du Brésil, dont nous célébrons cette année le centenaire sous le patronage du *Jornal da Cidade* et de l'Eau-de-vie Crocodile, naquit à Salvador, le

18 décembre 1868, fils orphelin du héros de la guerre du Paraguay. Répondant à l'appel de la Patrie, son père, Antônio Archanjo, dit adieu à son épouse enceinte et alla mourir dans le lointain Chaco, dans une lutte inégale contre un traître ennemi.

Héritier des glorieuses traditions paternelles, Pedro Archanjo lutta dès son plus jeune âge pour s'élever au-dessus du milieu limité et médiocre où il était né. Il entreprit des études de littérature et de musique, se distinguant bientôt parmi ses camarades par son irrésistible vocation pour les lettres. Il domina rapidement différentes langues, dont l'anglais, le français et l'espagnol.

Dans sa jeunesse, poussé par le désir d'aventure, il s'embarqua comme marin et parcourut le monde. A Stockholm il connut une belle Scandinave qui fut le grand amour de sa vie.

De retour à Bahia il entra à la Faculté de médecine et là, durant près de trente ans, il trouva l'ambiance propice aux études et aux travaux qui lui valurent son renom de savant et d'écrivain.

Auteur de divers livres dans lesquels il fait le recensement du folklore et des coutumes bahianaises et l'analyse des problèmes raciaux, traduit en plusieurs langues, il devint mondialement connu, surtout aux États-Unis où ses œuvres furent adoptées par l'Université de Columbia, à New York, sur l'indication du célèbre professeur James D. Levenson, détenteur du prix Nobel, qui s'avoue disciple d'Archanjo.

Il mourut à Salvador, en 1943, à soixante-quinze ans, entouré du respect et de l'admiration des érudits. Autorités, professeurs de Faculté, écrivains et poètes suivirent son enterrement.

Orgueil de Bahia et du Brésil, dont il rehaussa le nom à l'étranger, Pedro Archanjo nous enseigne, par son exemple, comment un homme né dans la pauvreté, dans un milieu hostile à la culture, peut s'élever au pinacle du savoir et occuper une place de choix dans la société.

En fêtant le centenaire de ce digne paladin de la science et des lettres, tous les Bahianais se réunissent pour honorer sa mémoire glorieuse, répondant à l'appel du *Jornal da Cidade* qui, une fois de plus, réalise une campagne mémorable et patriotique.

L'Eau-de-vie Crocodile ne pouvait rester étrangère à cette grande célébration, car elle fait partie du folklore bahianais à l'étude duquel notre génial concitoyen voua son existence. N'est-ce pas de cette fameuse eau-de-vie qu'est né le personnage du Coquin Crocodile qui fait les délices des enfants dans les annonces de la radio et de la télévision, véritable création du folklore moderne avec ses couplets et son indicatif ?

Le Coquin Crocodile a organisé un grand concours dans les écoles primaires de Salvador : nos chères institutrices vont raconter à leurs élèves l'histoire de Pedro Archanjo et chaque enfant, du premier au cinquième degré, écrira ses impressions pour obtenir une des cinq bourses d'études pour tout le cours secondaire. Ces bourses seront valables dans n'importe quel lycée de notre capitale, et ces prix sont offerts par l'Eau-de-vie Crocodile.

Avec les enfants des écoles publiques de Salvador, le Coquin Crocodile crie : « Vive l'immortel Pedro Archanjo ! »

5

EXPOSÉ DE L'INSTITUTRICE DIDA QUEIROZ AUX ÉLÈVES DU TROISIÈME DEGRÉ (GROUPE DU MATIN) DE L'« ÉCOLE PUBLIQUE JOURNALISTE GIOVANNI GUIMARAES » SITUÉE AU RIO VERMELHO.

Pedro Archanjo est une gloire de Bahia, du Brésil et du monde. Il est né il y a cent ans et c'est pour ça que le *Jornal da Cidade* et l'Eau-de-vie Crocodile fêtent son centenaire ; ils font un concours pour les étudiants et distribueront des prix magnifiques : des voyages aux États-Unis et à Rio de Janeiro, des appareils de télévision et de radio, des livres et d'autres choses. Pour les élèves des écoles primaires ils ont réservé cinq bourses d'études pour le cours secondaire complet dans un des établissements d'enseignement de notre capitale. Avec les prix ruineux que coûtent ces collèges, il s'agit d'un fameux prix.

Le père de Pedro Archanjo fut général à la guerre du Paraguay et il mourut en se battant contre le tyran Solano Lopez qui avait attaqué notre Patrie. Le petit Pedro resta orphelin et pauvre, mais il ne se découragea pas. Comme il ne pouvait pas fréquenter l'école, il s'embarqua sur un cargo et réussit à apprendre des langues, il devint un polyglotte, c'est-à-dire quelqu'un qui sait parler d'autres langues que le portugais. Il prépara des examens pour entrer à la Faculté de médecine où, après avoir obtenu son diplôme, il fut professeur pendant plus de trente ans.

Il écrivit beaucoup de livres sur le folklore — ça veut dire des livres qui racontent des histoires d'animaux et de gens, mais ce ne sont pas des livres pour les enfants. Ce sont des livres sérieux, très importants que les savants et les professeurs étudient.

Il voyagea beaucoup, il visita l'Europe et les États-Unis, je pense que voyager, ce doit être la plus belle chose du monde. En Europe il connut une jolie Scandinave avec qui il se maria et vécut heureux toute sa vie.

Aux États-Unis il donna des leçons à l'Université de Columbia, à New York qui est la plus grande ville du monde, et il faisait ses classes en anglais. Parmi ses élèves, il y eut le savant nord-américain Levenson qui, comme il avait appris beaucoup de choses avec lui, reçut ensuite le prix Nobel, un prix très, très important : ceux qui reçoivent ce prix entrent directement dans l'Histoire.

Il mourut très vieux, en 1943, et son enterrement fut un grand événement. Il y avait au premier rang le gouverneur, le préfet et les professeurs de la Faculté.

L'exemple de Pedro Archanjo nous apprend comment un enfant pauvre, s'il a des dispositions et s'il travaille bien, peut faire partie de la haute société, enseigner à l'Université, gagner beaucoup d'argent et devenir une gloire du Brésil. Pour ça il faut avoir beaucoup de volonté et être très sage avec sa maîtresse. Maintenant vous allez écrire ce que vous pensez de Pedro Archanjo, mais avant nous allons crier avec le Coquin Crocodile qui offre les bourses : « Vive l'immortel Pedro Archanjo ! »

6

RÉDACTION DE RAI — NEUF ANS —
ÉLÈVE DE TROISIÈME DEGRÉ
DE LADITE ÉCOLE
« JOURNALISTE GIOVANNI GUIMARAES »

Pedro Archanjo était un orphelin très pauvre qui s'enfuit comme marin avec une étrangère, comme mon oncle Zuca, alors il est allé aux États-Unis parce que là-bas c'est plein d'argent mais il s'est dit je suis brésilien et il est revenu à Bahia raconter des histoires de bêtes et de gens et il était si savant qu'il ne donnait pas de leçons aux enfants, rien qu'aux médecins et aux professeurs et quand il est mort il est devenu une gloire du Brésil et il a gagné un prix du journal, c'était une bourse pleine de bouteilles de cachaça. Vive Pedro Archanjo et le Coquin Crocodile !

*De la bataille civile
de Pedro Archanjo Ojuobá
et comment le peuple occupa la place*

1

« Nestor Souza parle un français parfait, impeccable », affirma le professeur Aristides de Castro, faisant allusion au doyen de la Faculté de droit, juriste éminent, membre d'Instituts internationaux. Il répéta ce nom dans un élan d'admiration :
« Nestor Souza, un cerveau ! »
Le professeur Fonsêca, titulaire de la chaire d'Anatomie intervint :
« Il n'y a aucun doute, la prononciation de Nestor est excellente. Je me demande pourtant s'il peut rivaliser avec Zinho de Carvalho dans l'usage de la langue. Pour Zinho le Français n'a pas de secrets. Il sait par cœur des pages et des pages du *Génie du christianisme* de Chateaubriand, des poèmes de Victor Hugo, des scènes entières du *Cyrano de Bergerac*, de Rostand — il dit Hugô et Cyranô, fier de sa propre prononciation. Vous l'avez déjà entendu déclamer ?
— Oui, et je partage votre admiration. Je ne sais pourtant si Zinho serait capable d'improviser un discours en français comme Nestor Souza ! Vous rappelez-vous le banquet en l'honneur de maître Daix, l'avocat de Paris qui nous rendit visite l'an dernier ? Nestor lui fit un speech en français, improvisé.

Magistral! En l'entendant, j'étais fier d'être bahianais.

— Improvisé? Pas le moins du monde — ricana le maigre agrégé Isaias Luna, mauvaise langue notoire, populaire parmi les étudiants pour sa malignité d'esprit et sa générosité aux examens — à ce que je sais, il apprend ses cours par cœur et il les répète devant la glace.

— Ne dites pas une chose pareille, ne répétez pas des infamies engendrées par l'envie.

— C'est ce qu'on dit, c'est la voix du peuple. *Vox populi, vox dei!*

— Zinho... » le professeur Fonsêca ramenait son poulain dans la lice.

Les parlotes au secrétariat, dans l'intervalle entre les cours, réunissaient les enseignants de la Faculté de médecine, tous plus distingués et plus hautains, plus jaloux de leurs privilèges. En savourant le café brûlant apporté par les appariteurs, ils se reposaient de leurs cours et de leurs étudiants dans un bavardage à bâtons rompus sur des sujets scientifiques ou la vie de leur prochain. Parfois des rires discrets, une anecdote racontée à voix basse. « La meilleure chose de la Faculté, c'est le papotage au secrétariat », affirmait le professeur Aristides Caires, un vicieux, responsable du thème débattu ce matin-là : la maîtrise de la langue française.

Une langue dont l'usage était obligatoire pour qui voulait mériter la réputation d'intellectuel, un instrument indispensable à l'enseignement supérieur. A l'époque, il n'existait pas de traductions en portugais des traités et des livres de base nécessaires à l'étude des programmes des Facultés. La bibliographie de la grande majorité des professeurs était exclusivement française ; quelques-uns connaissaient aussi l'anglais, un très petit nombre l'allemand. Parler sans fautes et avec une bonne prononciation était devenu un motif de vanité, un facteur de prestige.

Dans la discussion, d'autres autorités vinrent sur le tapis : le professeur Bernard, de l'École polytechnique, de père français, formé à Grenoble ; le journaliste Henrique Damásio et ses successifs voyages en Europe : cours complet dans les cabarets de Paris, « celui-ci, non, je vous en prie, il parle un français de boudoir » ; le peintre Florêncio Valença, douze ans de bohème au Quartier latin ; le padre Cabral, du collège des jésuites, « celui-ci non plus ne compte pas, nous parlons de Brésiliens et il est portugais ». Qui, d'eux tous, avait la meilleure prononciation ? Lequel était le plus parisien, le plus chic, le plus raffiné dans les *r* et dans les *s* ?

« Vous citez beaucoup de monde, chers collègues, et vous oubliez qu'ici, dans notre Faculté, nous possédons quatre ou cinq lumières en la matière. »

Il y eut un soulagement général : cette étrange omission des éminences de la maison commençait à causer une gêne. Dans la Bahia d'alors, il n'y avait pas de titre plus prestigieux que celui de professeur à la Faculté de médecine. Ça ne signifiait pas seulement une chaire à vie, un bon traitement, l'importance et la considération. Ça assurait aussi une clinique florissante, un cabinet plein de clients riches. Bien des gens venaient de l'intérieur, attirés par les placards dans les gazettes : « Docteur Un Tel, professeur à la Faculté de médecine de Bahia, stages dans les hôpitaux de Paris. » Formule magique, le titre prestigieux ouvrait les portes les plus variées : des lettres, de la politique, des grands domaines. Les professeurs devenaient membres des Académies, se faisaient élire députés de l'État ou député fédéral, achetaient des propriétés et des têtes de bétail, des latifundios.

Un concours pour une chaire vacante était un événement d'un retentissement national : des médecins de Rio et de São Paulo se pressaient pour disputer aux Bahianais le poste et ses avantages. La « société » au grand complet assistait aux débats, aux soutenances de thèse, aux cours prononcés par les candidats, suivait questions et réponses avec attention, commentait les mots d'esprit et les pointes. Des partis se formaient, l'opinion était divisée, les résultats donnaient lieu à des polémiques et des protestations, il y avait déjà eu des cas de menaces de mort et de violences physiques. Cela étant, comment oublier dans la liste des maîtres du bon français, les grands de la Faculté de médecine ? Une absurdité, presque un scandale.

Et rendu pire encore par la présence, silencieuse mais attentive, du professeur Nilo Argolo, un polyglotte qui dominait tant d'idiomes, « le monstre aux sept langues ». Et non seulement il parlait et il discourait : il rédigeait des communications et des thèses en français. Récemment encore, il avait envoyé à un congrès, à Bruxelles, un important travail, *La Paranoïa chez les nègres et les métis* :

« Entièrement rédigé en français, ligne par ligne, mot par mot ! » souligna le professeur Oswaldo Fontes, revendiquant la première place pour son maître et ami.

Buvant à petites gorgées son café, l'éminent professeur Silva Virajá, une solide présence dans le monde de la science médicale — il faisait des recherches sur les schistosomes —, suivit avec amusement les mutations du visage de son collègue Nilo d'Avila Argolo de Araújo, avant et après les affirmations d'Aires et de Fontes : grave, fermé, inquiet, subitement satisfait, puis aussitôt voilé de fausse modestie, toujours hautain. Virajá était indulgent envers la sottise humaine, mais la présomption l'agaçait.

Après le chœur d'approbations, l'acclamation unanime, le professeur Argolo concéda, magnanime :

« Le professeur Nestor Gomes excelle, lui aussi, dans la langue de Corneille. » Quant aux autres noms cités, il ne les considérait pas comme des rivaux.

Alors maître Silva Vrajá, devant cette arrogance affichée, posa sa tasse et dit :

« Je connais toutes les personnes citées et je les ai toutes entendues parler français. Néanmoins j'ose dire qu'il n'y a personne dans cette ville qui manie mieux la langue française, avec une absolue correction et sans aucun accent, qu'un de mes appariteurs, Pedro Archanjo. »

Le professeur Nilo Argolo se dressa, le visage en feu, comme s'il avait reçu une paire de gifles de son collègue. Si l'auteur de cette affirmation eût été un autre, le professeur de Médecine légale aurait certainement réagi avec violence en se voyant comparé à un appariteur, mulâtre qui plus est. Mais à la Faculté de médecine et dans tout Bahia, il n'y avait personne qui ose élever la voix devant le professeur Silva Virajá.

« Feriez-vous, par hasard, allusion à ce mélanoderme qui publia il y a quelques années une maigre brochure sur les coutumes ?

— C'est à lui que je fais allusion, professeur. Il est mon auxiliaire depuis près de dix ans. Je l'ai requis après avoir lu sa maigre brochure, comme vous l'appelez. Maigre en pages mais grosse en observations et en idées. Il va publier maintenant un nouveau livre, moins maigre et encore plus riche : un travail d'un réel intérêt ethnologique. Il m'a donné des chapitres à lire et je les ai lus avec admiration :

— Cet... cet... appariteur sait le français ?

— Et comment ! C'est un plaisir de l'entendre. Son anglais également est admirable. Il connaît bien l'espagnol et l'italien et, si j'avais le temps de le lui apprendre, il finirait par parler l'allemand mieux que moi. D'ailleurs, quelqu'un qui partage cette opinion, c'est votre cousine et mon amie, la comtesse Isabel Tereza, dont le français, soit dit en passant, est exquis. »

La mention de son incommode parente accentua la rougeur du professeur offensé :

« Votre bonté, professeur Virajá, est connue de tous, elle vous porte à surestimer vos inférieurs. Le Noir a sans doute appris quelques phrases de français par cœur et vous, avec votre générosité, vous lui donnez la palme des langues. »

Le rire du savant était un rire spontané, d'enfant :

« Merci pour le compliment, je ne le mérite pas, je n'ai pas tant de bonté. C'est vrai que, s'il s'agit de juger les hommes, je préfère les surestimer, car sous-estimer est en général signe que l'on apprécie les autres à sa propre mesure. Mais, dans le cas présent, je n'exagère pas, professeur.

— Un simple appariteur, je me refuse à le croire. »

La fatuité agaçait maître Silva Virajá mais la morgue dans les rapports avec les pauvres parvenait à l'irriter. « Méfiez-vous et éloignez-vous des individus qui adulent les puissants et piétinent les humbles — recommandait-il aux jeunes gens — ils sont d'un naturel vil, faux et mesquin, ils manquent de grandeur.

« Cet appariteur est un homme de science, il pourrait en remontrer à beaucoup de professeurs. »

En un clin d'œil, le professeur titulaire de Médecine légale abandonna la salle, suivi du professeur Oswaldo Fontes. Maître Silva Virajá riait, un enfant ravi d'un bon tour, un éclair de malice dans les yeux, une note d'étonnement dans la voix :

« Le talent ne dépend pas de la pigmentation, des titres, de la condition sociale, tout ça ce sont des sottises. Mon Dieu, comment est-il possible qu'il existe encore des gens qui ignorent cette vérité ? »

Il se lève et hausse les épaules, se délivre de Nilo d'Avila Argolo de Araújo, un sac de préjugés, un monstre de vanité, si plein de soi et si vide. Il se dirige vers le premier étage où le nègre Evaristo l'attend avec la matière première apportée de la morgue. Ah ! pauvre Nilo ! Quand apprendras-tu que seule la science compte et demeure ? Peu importe la langue dans laquelle elle s'exprime et les titres de celui qui l'expérimente et la crée. Au laboratoire les étudiants entourent maître Silva Virajá, les lamelles de verre sous les microscopes.

2

Durant plus d'une décennie, de 1907 à 1918, dans les onze années qui s'écoulèrent entre la publication de *La Vie populaire à Bahia* et celle des *Influences africaines dans les coutumes de Bahia*, son second livre, Pedro Archanjo étudia. Avec ordre, méthode, volonté et obstination. Il avait besoin de savoir et il sut : il lut ce qui existait sur le problème des races. Il dévora traités, livres, thèses, communications scientifiques, articles, il parcourut des collections de revues et de journaux, rat de bibliothèques et d'archives.

Il ne cessa pas de vivre avec intensité et passion, de fouiller la vie quotidienne de la ville et du peuple. Seulement il apprit aussi dans les livres et, à partir de recherches sur un thème central, il inventoria les multiples chemins de la connaissance et devint compétent. Tout ce qu'il entreprit durant ces années eut objectif, intention et conséquence.

Maître Lídio Corró le harcelait. Il s'indignait quand il lisait dans les journaux les provocations et les menaces en gros caractères : « Jusqu'à quand permettrons-nous que Bahia soit une immense et dégradante maison d'esclaves ? »

« On dirait, mon compère, que tu as cassé ton porte-plume, fermé ton encrier. Où est l'autre livre ? Tu en parles beaucoup mais je ne te vois pas écrire.

— Mon bon, ne me bouscule pas, je ne suis pas encore préparé. »

Pour le stimuler Lídio lisait à haute voix les articles et les faits divers des journaux : candomblés envahis, pères-de-saints arrêtés, fêtes interdites, présents à Yemanjá confisqués, danseurs de capoeira rossés du plat des couteaux à la Centrale de police.

« On nous tape dessus à bras raccourcis. Pas besoin de lire toutes ces bibliothèques pour s'en rendre compte — il montrait les opuscules, les revues médicales, les livres accumulés sur la table — il suffit d'ouvrir les gazettes : on ne voit que des protestations contre le samba, la capoeira, le candomblé, de sales nouvelles. Si on ne se révolte pas, ils nous auront.

— Tu as raison, mon bon, ils veulent en finir avec nous.

— Et toi qui en sais tant, qu'est-ce que tu fais?

— Tout ça, camarade, c'est dû à ces professeurs et à leurs théories. Il faut combattre les causes, mon bon. Écrire des lettres aux journaux, protester, c'est utile mais ça ne résout rien.

— Bien, d'accord. Pourquoi, alors, n'écris-tu pas le livre?

— Je m'y prépare. Écoute, compère : j'étais plus ignorant qu'un manche de pioche. Comprends ça, mon bon. Je pensais que j'en savais beaucoup et je ne savais rien.

— Tu ne savais rien? Ben moi, je pense qu'il vaut mieux ce savoir d'ici, du Tabuao, de la Boutique aux Miracles, que celui de ta Faculté, compère Pedro.

— Ce n'est pas ma Faculté, et je ne nie pas la valeur de la sagesse populaire, mon bon. Mais j'ai appris que ce savoir, à lui seul, n'est pas suffisant. Je vais t'expliquer, camarade. »

Entouré de livres, de cahiers et devoirs, Tadeu ne perdait pas un mot de son parrain, « Mon bon compère, déclarait Archanjo à Lídio, je dois une grande reconnaissance à ce professeur Argolo qui veut châtrer les nègres et les mulâtres, à celui même qui excite la police contre les candomblés, au Monstre Argolo de Araújo. Pour m'humilier — et il m'a humilié — il m'a fait découvrir un jour toute l'étendue de mon ignorance. D'abord j'étais en colère, dégoûté de tout. Ensuite j'ai pensé : c'est vrai, il a raison, je suis un analphabète. Je voyais les choses, mon bon, mais je ne les connaissais pas, je savais tout mais je ne savais pas savoir.

— Toi, compère, tu dis des choses pires qu'un professeur de la Faculté de médecine. "Je ne savais pas savoir", ça a l'air d'une charade ou d'une devinette.

— Un enfant mange un fruit, il sait bien le goût

qu'il a, mais il ne sait pas pourquoi il a ce goût. Je sais les choses, je dois apprendre leur pourquoi et je l'apprends. J'ai à apprendre, camarade, je te le garantis. »

Tout en se préparant, il écrivait des lettres à la rédaction des journaux, des protestations contre la malveillante campagne et les violences croissantes de la police. Si quelqu'un se donnait la peine de lire ces lettres — le petit nombre qui en fut publié, quelques-unes sous sa signature, d'autres signées « Un lecteur indigné », « Un descendant de Zumbi », « Un Malais », « Un mulâtre brésilien », il pourrait facilement suivre l'évolution d'Archanjo au cours de ces années. Dans ses « Lettres à la rédaction », maître Archanjo assouplit sa plume, apprit à manier une langue claire et précise, sans perdre cette touche de poésie présente dans tout ce qu'il écrivit.

Il soutint seul une polémique inégale avec la quasi-totalité de la presse bahianaise de l'époque. Avant de l'envoyer il lisait son billet aux amis, à la Boutique aux Miracles. Enthousiasmé, Manuel de Praxedes se proposait « pour aller casser la gueule de ces caguemerde ». Budiao hochait la tête à chaque argument, en signe d'approbation, Valdeloïr applaudissait, Lídio Corró souriait, Tadeu était le porteur. Des dizaines et des dizaines de « Lettres à la rédaction » : quelques-unes eurent droit à une place dans les journaux, dans leur intégralité ou coupées, la majorité fut jetée au panier, deux méritèrent un traitement spécial.

La première, longue, presque un essai, avait été envoyée à l'un des journaux les plus constants et les plus virulents dans ses attaques contre les candomblés. Dans un exposé serein et extrêmement documenté, il analysait le problème des religions animistes au Brésil et exigeait que leur soient assurés « la liberté, le respect et les privilèges accordés aux religions catholique et protestante, car les cultes afro-brésiliens sont la foi, la croyance, l'aliment spirituel de milliers de citoyens aussi respectables que qui que ce soit ».

Quelques jours plus tard, la gazette répondait en première page, par un article sur trois colonnes, d'un ton déchaîné et furibond : « PRÉTENTION MONSTRUEUSE. » Sans transcrire ni réfuter les arguments d'Archanjo, elle s'y rapportait seulement pour rendre compte « aux autorités, au clergé et à la société de la monstrueuse prétention des fétichistes qui exigent, EXIGENT ! dans une lettre à la rédaction, que leurs indignes pratiques de sorcellerie aient droit au même respect, jouissent des mêmes privilèges que l'Église sacrée du Christ et que les sectes protestantes, dont nous refusons les hérésies, sans nier pourtant l'origine chrétienne, des calvinistes et des luthériens ». A la fin de sa diatribe la rédaction réaffirmait à la société bahianaise son intention de ne pas relâcher « son combat sans trêve contre l'abominable idolâtrie, le barbare grondement des macumbas qui blesse les sentiments et les oreilles des Bahianais ».

La seconde fut utilisée par une nouvelle gazette, de tendances libérales, en quête de lecteurs et de popularité. Archanjo l'avait rédigée pour répondre à une acide catilinaire du professeur Oswaldo Fontes dans les pages d'un organe conservateur sous le titre d'« Un cri d'alerte ». Le professeur de psychiatrie attirait l'attention de l'élite et des pouvoirs publics sur un fait qui, à ses yeux, représentait une menace gravissime pour l'avenir du pays : les Facultés d'enseignement supérieur de l'État commençaient à souffrir, dans leur corps enseignant, de la funeste invasion des métis. « Chaque jour un plus grand nombre d'individus de couleur occupent des places qui devraient être réservées exclusivement aux fils des familles traditionnelles et de sang pur. » Une mesure drastique s'imposait : « l'interdiction pure et simple des inscriptions à ces éléments délétères ». Il citait l'exemple de la marine de guerre où nègres et métis ne pouvaient aspirer au grade d'officier et il faisait l'éloge de l'Itamarati qui, d'une manière voilée mais ferme, « empêche que s'étende la dégradante souillure à ses cadres diplomatiques raffinés ».

Pedro Archanjo riposta dans une lettre signée « Un mulâtre brésilien, très honoré de l'être ». Argumentation serrée, citations d'anthropologues de poids qui affirmaient la capacité intellectuelle des nègres et des mulâtres, énumération de métis illustres, « y compris des ambassadeurs du Brésil dans des cours étrangères » et un rude portrait du professeur Fontes.

« Le professeur Fontes exige des docteurs un sang pur. Mais un pur-sang, c'est un cheval de course. En voyant ledit professeur traverser le Terreiro de Jésus en direction de l'École, les étudiants expliquent que, quand il obtint le titre de professeur de Psychiatrie grâce au prestige et aux manœuvres du maître de Médecine légale, le docteur Fontes fit se répéter le célèbre événement historique : Caligula donnant à son cheval *Incitatus* un siège au Sénat romain ; le professeur Argolo de Araújo donna à Oswaldo Fontes une chaire à la Faculté de médecine. C'est là peut-être l'explication du fait que le professeur exige le sang pur à la Faculté. Un pur-sang, c'est un cheval de course, pur et noble. Celui du professeur était-il pur et noble ? »

Quelle ne fut pas la surprise d'Archanjo en voyant toute la première partie de sa lettre transformée en un article de fond du nouvel organe : arguments, citations, phrases, périodes, paragraphes transcrits intégralement. Pour la partie se rapportant au professeur Fontes, le rédacteur en fit peu de cas, il réduisit les calembours sur la pureté de sang et l'histoire du cheval à un petit commentaire : « l'illustre professeur, dont nous ne mettons pas en doute la culture, est la cible des plaisanteries des étudiants en raison des points de vue anachroniques qu'il défend ». Aucune allusion au « Mulâtre brésilien, très honoré de l'être ». Tout l'honneur revint au journal, l'article fit du bruit.

Ce jour-là, Archanjo eut le plaisir de voir les pages de la gazette placardées par les étudiants au mur du hall de la Faculté. Le professeur Oswaldo Fontes envoya un appariteur les arracher et les détruire. Il était fou furieux, il perdit son flegme, son urbanité, l'air débonnaire dont toujours il avait affronté les garçons et leurs facéties.

3

A l'exemple du professeur Silva Virajá, Pedro Archanjo apprit à analyser minutieusement les opinions, les formules et les individus, comme s'il les regardait au microscope pour les connaître dans leurs moindres détails, par le menu, à l'endroit et à l'envers. De Gobineau il sut par cœur la vie et l'œuvre, la thèse monstrueuse, chaque minute de son ambassade au Brésil : seule une connaissance totale, un savoir sans faille put convertir la haine aveugle en mépris et dégoût.

Ainsi, suivant jour par jour les traces de l'ambassadeur de France à la Cour impériale, il découvrit *monsieur* Joseph Arthur, *comte* de Gobineau, dans les jardins du palais de São Cristovão, dissertant sur les terres et les sciences avec Sa Majesté Pedro II, à l'instant précis où Noca de Logunedê sentait les premières douleurs de l'enfantement et envoyait un gamin chercher Rita Délivre-Misère, praticienne aux talents recherchés.

En 1868, quand naquit Pedro Archanjo, Gobineau avait cinquante-deux ans et avait publié quinze ans auparavant l'*Essai sur l'inégalité des races humaines*. Il discourait avec le monarque sous les arbres du parc tandis que Noca, dans les contractions et les gémissements, franchissait en pensée forêts, fleuves et montagnes, pour atteindre les paysages désolés du Paraguay où on avait emmené son homme, l'arrachant à son office de maçon pour celui de tuer et de mourir dans une guerre interminable, sans espoir de retour. Il avait tant désiré l'enfant et il n'était pas là pour le voir naître.

Noca n'avait pas encore appris la mort du caporal Antônio Archanjo dans la traversée du Chaco, Maître maçon de qualité, il élevait les murs d'une école quand la patrouille le recruta. Volontaire par la force, sous la menace, on ne lui avait pas même donné la permission de rentrer chez lui, de dire au revoir aux siens. Bien qu'il défilât, triste, dans le bataillon des « Zouaves bahianais », maçon déchu sans fil à plomb ni truelle, elle le trouva fier et beau dans son uniforme de soldat, chargé des instruments de son nouvel office, les armes et la mort.

Quinze ou vingt jours avant elle l'avait informé de sa grossesse et son amant en avait été fou de joie. Il parla aussitôt de mariage et ne sut plus que faire pour lui être agréable : tant que tu seras enceinte tu ne travailleras pas, je ne le permettrai pas. Lavant et amidonnant, Noca travailla jusqu'à l'heure de l'accouchement. L'enfant va naître, Antônio, il me déchire en dedans, où est Rita qui n'arrive pas ? Où est mon Antônio, pourquoi ne vient-il pas ? Ah ! Antônio, *meu bem*, lâche tout, armes et épaulettes, viens vite, maintenant nous sommes deux à t'attendre, dans la misère et la solitude.

Emmené d'autorité à la guerre, se voyant sans moyens de revenir, avec intelligence et vaillance le soldat Antônio mit à exécution les ordres de tuer et reçut le grade de caporal. « Il était toujours choisi pour les missions de reconnaissance, pour les patrouilles dans le corps où il servait », lut Pedro Archanjo de son père dans les annales de la guerre, quand il compara les sangs — leucoderme, mélanoderme, faioderme — versés pour la Patrie : qui avait le plus donné de vies et de morts ?

Plus qu'un cadavre pourri, pâture des urubus, le caporal Antônio Archanjo ne verrait jamais ce fils qui, pour bien commencer sa vie, naquit seul, sans l'aide d'une sage-femme pour le mettre au monde. A cette même heure, sous la fraîcheur des arbres, *mon-*

sieur le comte de Gobineau et Sa Majesté Impériale, le théoricien du racisme et l'implacable sonnetiste, devisaient, spirituels et *raffinés* — conservons le mot français.

Quand Rita Délivre-Misère apparut chez Noca de Logunedê, le nouveau-né essayait la force de ses poumons. Les mains sur les hanches, la quinquagénaire, petite et forte, rit aux éclats : ça, c'est un Eshu, que Dieu me garde et me protège, seuls les gens du Chien naissent sans attendre l'accoucheuse. Il va faire parler de lui et donner du fil à retordre.

4

Du maçon transformé en caporal, Pedro Archanjo hérita l'intelligence et la vaillance citées dans les bulletins de la guerre. De Noca, la douceur des traits et l'obstination. Obstinée, elle éleva son fils, lui donna toit, nourriture et école sans le secours de quiconque, sans l'aide d'un homme car elle ne voulut plus personne, à aucun n'accorda amour ou aventure bien qu'ils soient nombreux à guetter sa porte, avec des supplications et des offres. Dans la compagnie de sa mère, vivant une vie précaire et dure, l'enfant apprit à ne pas se décourager, à ne pas céder, à aller de l'avant.

Dans cette décennie féconde et laborieuse, bien des fois Archanjo l'évoqua : elle avait disparu encore jeune quand, engraissées par la misère, les pousses de la variole noire plantées dans les rues et les ruelles de la ville avaient fleuri en mort. Une excellente récolte, la maudite fit une cueillette replète et même dans les maisons riches alla glaner des défunts. Dans la première fournée partit Noca de Logunedê, il n'y eut pas d'Omolu qui vaille. La force de Noca se défit en plaies, sa grâce pourrit dans l'impasse où le pus faisait des flaques. Quand il se sentait faiblir, Archanjo pensait à sa mère : du matin au soir dans un travail harassant, enfermée dans ses regrets, inflexible dans sa décision de garder le deuil et de gagner la subsistance de son fils à la force de ses bras fragiles.

Le reste il l'apprit seul, bien que jamais il n'ait été solitaire, il ne manqua pas de l'appui de l'amitié. Le souvenir de Noca, la présence de Tadeu, l'impatience de Lídio, la vigilance de Majé Bassan, l'aide du professeur Silva Virajá, les encouragements de frère Tióteo, le frère du couvent de São Francisco, l'assistance de la si bonne Zabel, amie inégalable.

Durant ces années, Tadeu fut élève, compagnon d'études et professeur. Encore aujourd'hui persiste à Polytechnique le souvenir de l'étudiant Tadeu Canhoto : son épreuve en vers décasyllabiques, célèbre ; sa vocation pour les mathématiques qui fit de lui l'étudiant préféré du professeur Bernard ; son ascendant inné qui le mit à la tête de ses camarades durant ces cinq années de faculté, dans les manifestations pro-alliés pendant la première grande guerre, dans les soirées enthousiastes ou houleuses du théâtre São Joao et du Politeama.

Archanjo dut à Zabel la maîtrise des langues. Dans la fréquentation de la grande dame il transforma le français, l'anglais, l'espagnol et l'italien, qu'il avait étudiés seul, en des idiomes vivants, proches, familiers.

« Maître Pedro, vous êtes né pour apprendre des langues. Je n'ai jamais vu une telle facilité » — le félicitait, satisfaite, l'ex-princesse du Recôncavo.

Jamais elle ne dut corriger deux fois une erreur de grammaire ou de prononciation d'Archanjo : attentif, il n'y retombait pas. Assise dans le fauteuil à bascule, la vieille femme fermait à demi les yeux tandis que maître Pedro lisait à haute voix des vers de Baudelaire, de Verlaine, de Rimbaud, les poètes de Zabel : les volumes richement reliés rappelaient le temps de sa grandeur, les rimes ramenaient passions et amants. Zabel soupirait, bercée par la voix régulière d'Archanjo qui soignait sa prononciation :

« Laissez-moi vous raconter, maître Pedro, c'est une belle histoire... »

L'aristocrate appauvrie, la parente suspecte avait trouvé une famille dans les deux compères et le garçon, elle ne resta pas complètement seule quand le chat Argolo de Araújo mourut de vieillesse et fut enterré dans le jardin.

Le professeur Silva Virajá conseilla à Pedro Archanjo l'étude de l'allemand et le frère Timóteo, le prieur de São Francisco, l'ami de Majé Bassan, s'était proposé pour lui donner des leçons. Bien des fois, à sa demande, le frère lui traduisait des passages d'un livre, des articles entiers, finissant par s'intéresser lui aussi au problème des races au Brésil, bien qu'il fût spécialiste du syncrétisme religieux. Beaucoup de temps, peu de loisir, il y avait des matières urgentes, l'apprentissage de l'allemand ne prospéra pas.

Il dut beaucoup au professeur Silva Virajá qui, ayant lu *La Vie populaire à Bahia*, demanda l'appariteur pour sa chaire, le retirant du secrétariat où le travail ne lui laissait pas de répit. Bien secondé par le nègre Evaristo, son auxiliaire de toujours, dévoué, le savant accorda à Archanjo du temps pour les bibliothèques, celle de l'École, celle de l'État, pour les Archives municipales, pour les livres et les documents. Mais il ne lui donna pas seulement du temps : il orienta ses lectures, lui recommandant des auteurs, le mettant au courant des nouveautés en matière d'anthropologie et d'ethnologie. Le frère Timóteo, lui aussi, lui prêta de nombreux livres, certains inconnus à Bahia, même des professeurs spécialistes de ces sujets. Par l'intermédiaire du frère il connut Franz Boas et peut-être fut-il le premier Brésilien à l'étudier.

Que dire de Lídio Corró ? Compère, plus frère qu'un frère, son jumeau, combien de fois se serra-t-il la ceinture pour lui prêter — pourquoi cet euphémisme absurde ? — pour lui donner l'argent nécessaire à ses commandes de livres, qu'il faisait venir de

Rio et même d'Europe ? Les nouveaux tiroirs de caractères, la presse qui exigeait une révision complète et chère, tout ça pourquoi ? Tout ça dans l'attente des nouveaux livres de Pedro Archanjo.

« Mon compère, tu veux tout savoir, ça ne te suffit pas ce que tu sais ? Ce n'est pas assez pour le livre ? »

Pedro Archanjo riait de l'impatience de son compère :

« Ce que je sais est encore peu, plus je lis plus il me semble que j'ai à lire et à étudier. »

Durant cette longue décennie, Pedro Archanjo lut sur l'anthropologie, l'ethnologie et la sociologie tout ce qu'il trouva à Bahia et ce qu'il fit venir du dehors, réunissant l'argent, le sien et celui des autres. Un jour, Majé Bassan ouvrit le coffre de Shangô et compléta la somme nécessaire à l'achat de *Reise in Brasilien*, de Spix et Martius, un exemplaire découvert par un libraire nouvellement établi place de la Cathédrale, l'Italien Bonfanti.

Longue et aride serait la relation, même incomplète, des auteurs et des livres qu'étudia maître Archanjo, mais il vaut la peine de relever quelques détails de son itinéraire, de le suivre de l'indignation au rire.

Au début, il devait serrer les dents pour poursuivre la lecture des racistes avoués et, pire encore, des honteux. Il serrait les poings : thèses et affirmations sonnaient comme des insultes, c'étaient des gifles, des coups de fouet. Plus d'une fois il sentit ses yeux le brûler, un goût de larmes d'humiliation au long des pages de Gobineau, de Madison Grant, d'Otto Amnon, de Houston Chamberlain. Mais, quand il lut les chefs de l'école anthropologique italienne de criminologie, Lombroso, Ferri, Garofalo, il le fit en riant aux éclats, car le temps avait passé et l'accumulation de ses connaissances avait donné à Archanjo sérénité et assurance — il put constater la sottise là où auparavant il ressentait insultes et agression.

Il lut des amis et des ennemis, des Français, des Anglais, des Allemands, des Italiens, le Nord-Américain Boas, il découvrit le rire du monde dans Voltaire dont il se délecta. Il lut des Brésiliens et des Bahianais : d'Alberto Torres à Evaristo de Morais, de Manuel Bernardo Calmon du Pin et Joao Batista de Sá Oliveira à Aurelino Leal. Non seulement ces noms cités ici, mais bien d'autres encore, sans compte ni mesure.

Il n'abandonna pas dans le plaisir des livres le plaisir de la vie, dans l'étude des auteurs l'étude des hommes. Il trouva du temps pour la lecture, la recherche, la joie, la fête et l'amour, pour toutes les sources de son savoir. Il fut en même temps Pedro Archanjo et Ojuobá. Il ne se partagea pas en deux, avec un temps précis pour l'un et pour l'autre, le savant et l'homme. Il refusa de gravir la petite échelle du succès et de s'élever d'un degré au-dessus de la terre où il était né, terre des ruelles, des boutiques, des officines, des terreiros, du peuple. Il ne voulut pas monter, il voulut aller de l'avant et il alla. Il fut maître Archanjo Ojuobá, un seul et entier.

Jusqu'au dernier jour de sa vie, il s'instruisit avec le peuple et prit des notes dans ses calepins. Peu avant de mourir il avait décidé, avec l'étudiant Oliva, employé dans une imprimerie, de la publication d'un livre et, en s'écroulant au Pilori, il répétait une phrase qu'il avait entendue peu avant de la bouche d'un forgeron : « Même Dieu ne peut pas en finir avec le peuple. » Il avait perdu, pourtant, presque tous ses livres, la précieuse collection ; réunie peu à peu, au prix d'un immense effort et de l'aide de tant d'hommes rudes et pauvres, travailleurs et buveurs. La majorité des volumes fut détruite lors du sac de l'atelier, d'autres disparurent çà et là, dans les déménagements et les avatars de la vie, vendus à Bonfanti aux heures désespérées. Il en garda quelques-uns, ceux qui avaient été fondamentaux dans son apprentissage. Même quand il ne les lisait plus, il aimait les avoir à sa portée, parcourir les pages, s'arrêter sur un passage, répéter de mémoire une phrase, une expression, un mot. Parmi les livres qu'il conserva dans la caisse de bois blanc, dans la mansarde sous les combles du *château* d'Ester, se trouvaient une vieille édition de l'essai de Gobineau et le premier opuscule du professeur Nilo Argolo de Araújo. Pedro Archanjo était parti de la haine vers le savoir.

En 1918, il fit l'acquisition d'une paire de lunettes, sur prescription médicale, et publia son second livre. A part sa vue fatiguée, jamais il ne s'était senti aussi bien, si plein de courage et de confiance et, n'eût été l'absence de Tadeu, si parfaitement heureux. Les premiers volumes des *Influences africaines dans les coutumes de Bahia* furent prêts à la veille des festivités de ses cinquante ans, une semaine intense et bruyante, la cachaça coulait à flots, le samba résonnait dans les *gonzas;* les pastorales qu'on répétait, les afoshés de retour; décorée et en fête l'école de capoeira de maître Budiao, les orishás présents sur les terreiros avec les tambours et la danse, Rosália épanouie en un sourire, effeuillée sur le châlit de la mansarde.

5

Le miracle, c'est ça, amour : les grands-mères dansant à la Boutique aux Miracles le soir de la remise des diplômes de Tadeu. De fausses grands-mères toutes deux, des grands-mères par pur amour, *mãe* Majé Bassan et la comtesse Isabel Tereza Gonçalves Martins de Araújo e Pinho, Zabel pour les intimes.

Assis dans le fauteuil réservé aux personnes d'âge, sous le tableau du miracle raté, Tadeu est le centre des attentions et des hommages. Il arbore un pantalon rayé et une veste moirée, un col cassé, des chaussures vernies, une bague bleue, de saphir, la bague des ingénieurs. L'émotion sur son visage heureux, l'envie d'embrasser tout le monde en même temps, les larmes et le sourire mêlés sur sa face de cuivre, dans son regard irrésistible, des cheveux souples, noirs d'ébène, romantique estampe d'irrédentiste, l'ingénieur Tadeu Canhoto. C'est le soir de la grande fête : elle a commencé au salon Noble de l'École polytechnique où il a reçu la bague et le parchemin de docteur, elle se poursuivra par le bal de la promotion dans les salons de la Croix-Rouge, le club des richards. Entre la solennité et le bal, à la Boutique aux Miracles, dans la chaleur de l'amitié, les grands-mères ont dansé.

A chacun de ceux qui étaient là, réunis, le jeune homme devait de la gratitude. Au passage des ans, d'une manière ou d'une autre, tous avaient contribué à l'éclat de cette soirée. Sans compter le costume, la bague, les souliers vernis, le tableau de la promotion, l'historique portrait, payé des deniers qu'ils avaient collectés entre eux. Docteur dans le sacrifice, dans l'épargne, dans l'aide. Là-dessus, pas un mot, ce n'était pas un sujet de conversation, mais, en regardant les visages marqués, en serrant les mains calleuses, Tadeu sait combien a coûté ce cheminement de dix années, le grand prix de cette heure de joie. Ça en valait la peine et ils vont commémorer avec les tambours et les violes.

D'abord, les tambours. Pedro Archanjo au *rum*, Lídio Corró au *rumpi*, Valdeloïr au *lé*. Leurs mains s'agitent dans la batuque et la voix antique de Majé Bassan se rénove dans le cantique de reconnaissance aux orishás.

Et se forme la ronde des femmes, les vieilles tantes, les dames d'une dense beauté épanouie par l'expérience, et les nouvelles initiées qui découvrent la vie. La plus belle, sans équivalent, sans comparaison, était Rosa de Oshalá, le temps n'avait fait qu'ajouter du charme à sa splendeur. Les hommes joignirent leurs voix au cantique rituel.

Majé Bassan se dresse et tous se mettent debout. Pour la saluer ils tendent la paume de leurs mains à la hauteur de leur poitrine. Fille préférée de Yemanjá, maîtresse des eaux, en son honneur tous répètent la salutation destinée à la mère des enchantés. *Odoia Iyá olo oyon oruba!* Salve, Mère aux humides seins!

Déployant ses jupons, souriant, lentement elle traverse la salle parmi les acclamations : *odoia odoia Iyá!* Elle s'incline devant Tadeu pour lui offrir la fête. Les tambours retentissent, Majé Bassan commence sa danse et son chant d'hommage. La voix en action de grâce, les pieds infatigables.

Elle est la Mère, *Iyá*, l'antique, l'originelle, la première; elle arrive d'Aioká, survolant les tempêtes, les vents déchaînés, les temps plats, les naufrages, les marins morts, — ses fiancés —, pour fêter son fils bien-aimé, le benjamin, le petit-fils, l'arrière-petit-fils, l'arrière-arrière-petit-fils, le descendant revenant de la bataille, triomphant. Salve, Tadeu Canhoto, victorieux des menaces, des obstacles, des entraves, des maladies, possesseur du parchemin de docteur. *Odoia!*

Vieille femme sans âge, douce et redoutable *mãe* Majé Bassan, si précise dans sa maîtrise du pas élégant et difficile, si rapide et si légère, si jeune dans la danse, une récente iaô. Une danse des commencements du monde : la peur, l'inconnu, le danger, le combat, le triomphe, l'intimité des dieux. Une danse d'enchantement et de courage, l'homme contre les forces inconnues, lutte et victoire. Ainsi dansa *mãe* Majé Bassan pour Tadeu, à la Boutique aux Miracles. Fausse grand-mère dansant pour son petit-fils, docteur, ingénieur diplômé.

Si solennelle et simple, si majestueuse et si familière, entre les paumes des mains tendues, elle s'arrêta face à Tadeu et lui ouvrit les bras. Dans ses immenses seins elle abrita les pensées du garçon, l'émotion, l'ardeur, le doute, l'ambition, l'orgueil, l'amertume, l'amour, le bon et le mauvais, les élans du jeune cœur, le destin de Tadeu : tout a sa place dans l'immensité des seins maternels, ils sont ainsi, énormes, pour contenir la joie et la douleur du monde. La vieille femme et le jeune homme s'étreignirent, celle qui avait persévéré dans le mystère primitif et celui qui partait dans la barque de la connaissance, liberté conquise.

Ensuite, ils vinrent tous et, un à un, ils dansèrent, hommes et femmes se remplaçant. Lídio Corró sentit son cœur battre au contact de la poitrine de Tadeu : je mourrai dans un moment pareil, de joie. Tiá Terência lui avait donné gratuitement café et pain, déjeuner et dîner des années d'affilée. Damiao s'était formé avant lui à l'école de la vie, avocat des portes de prison et des commissariats. Rosenda Batista dos Reis, ta bénédiction, ma tante magicienne, à tes soins, à tes herbes et à tes tisanes je dois d'être ici aujourd'hui, la bague au doigt, délivré de la fièvre. Avec maître Budiao il avait appris dans la capoeira à être modeste et calme, à mépriser l'insolent et le présomptueux. Le baiser tremblant de la petite Dé, yeux en amandes et sein palpitant : pourquoi ne me prends-tu pas aujourd'hui comme une gorgée de liqueur, ne m'effeuilles-tu pas, fleur de ta fête ? Manuel de Praxedes, géant des barcasses, lui avait enseigné la mer et les navires. Rosa de Oshalá, la mystérieuse tante, était la maîtresse de maison à la Boutique aux Miracles, et elle n'y était qu'une hôtesse passagère, en visite rapide, la tante principale.

Eux vinrent et vinrent les autres, le rythme de Valdeloïr et son invention, le chant d'Aussá, le rire de Mané Lima, chacun dansa un pas et recueillit sur sa poitrine la joie du docteur, hier un gamin résolu et impatient.

Le dernier fut Pedro Archanjo et, à nouveau, tous se mirent debout pour saluer Ojuobá, les paumes des mains tournées vers lui. Face énigmatique, ouverte en un doux sourire, fermée sur ses pensées, dans le cœur des images et des souvenirs, Dorotéia dans sa nuit dernière, l'enfant penché sur ses livres, Ojuobá, les yeux de Shangô, suit l'ardeur et l'exaltation sur le visage de Tadeu. Il revoit les boucles blondes, la fille si nerveuse, passionnée.

Qui possède la clef de l'énigme ? Dans sa danse passe une vie entière, et à un certain instant, retentit dans la salle le cri de Yansan. Chaque question a une réponse certaine et beaucoup de fausses. Pedro Archanjo retient Tadeu contre son cœur, ce sera pour peu de temps.

Il ne manque plus personne, c'est au tour de Tadeu de remercier, de ravaler ses larmes, de danser pour les orishás qui l'ont gardé en leur protection et pour les amis qui l'ont mené jusqu'à cette heure : ses pères et ses frères, ses tantes et ses cousines, la nombreuse famille.

A cette heure précise sortit de l'ombre, descendit peut-être de l'affiche du Moulin-Rouge la comtesse d'Agua Brusca, la grand-mère Zabel, elle vint au centre de la ronde danser pour Tadeu. Non pas les danses rituelles, ce n'étaient pas les siennes.

Relevant le bas de sa jupe, exhibant ses chaussures, ses jupons, ses pantalons festonnés, elle dansa dans la Boutique aux Miracles le french-cancan parisien et elle était, la vieille femme sans âge, aussi jeune que Dé, fillette à peine pubère. Le tableau de Lautrec se fait réalité, des mulâtresses françaises envahissent le Tabuao : les femmes dans la ronde imitent aussitôt le pas folâtre, la danse des étrangères, s'essayent au rythme inusité. Debout, les hommes tendent la paume de leurs mains et saluent la comtesse Isabel Tereza avec les gestes, les marques de respect et les mots yoroubas réservés aux mères-de-saint, ils crient *Ora Yeyêo !* car bientôt on reconnaît à sa grâce et à sa coquetterie que Zabel est fille d'Oshum, la séductrice.

Ainsi dansa Zabel le cancan de Paris à la Boutique aux Miracles, en hommage à son petit-fils. Ensuite elle l'embrassa sur les deux joues.

Le miracle, c'est ça, amour, les grands-mères qui dansent, deux fausses grands-mères et le petit-fils docteur, qui dansent chacune sa danse.

6

« Les voici... », annonça Valdeloïr.

Aussá, Mané et Budiao apportèrent les fusées, le cigare allumé du maître de capoeira servit de braise. La flèche fendit le ciel, se défit en lumière sur le petit cortège. En groupe compact, une demi-douzaine d'hommes habillés de frais, en costume des dimanches, descendait la ruelle dans une marche lente, au rythme du pas *belle époque* de la comtesse Isabel Tereza. La vieille dame donnait le bras à Tadeu, tous deux en tête, la blanche grand-mère, l'obscur petit-fils.

Avec des fusées, des serpentins, des bouquets d'étoiles, des gerbes de couleurs, des pluies d'argent, des amis assemblés à la porte de la Boutique aux Miracles illuminèrent le chemin de l'ingénieur Tadeu Canhoto, diplômé depuis peu dans le salon Noble de l'École polytechnique. Il semblait faire jour clair, c'était la nuit des miracles.

Appuyée sur sa canne, *mãe* Majé Bassan se détache de l'attroupement et marche en direction du cortège. On veut la soutenir, elle ne le permet pas.

Deux ans auparavant, après l'avoir examinée, les médecins lui avaient interdit tout effort. *Mãe* Majé Bassan, prenez du repos, avaient-ils dit. Vous n'avez plus l'âge ni la santé pour la charge de mère-de-saint, remettez à une autre plus jeune la clochette et le rasoir. Ne sortez plus de chez vous, même dans le voisinage, renoncez aux cantiques, un pas de danse, un seul, peut signifier la mort, le cœur dilaté menace d'éclater à chaque instant, il est trop usé. Restez en paix, assise dans votre fauteuil, à bavarder tranquillement, si vous voulez vivre. Ne vous fatiguez pas, ne vous fâchez pas. Elle dit que oui, bien sûr, docteur, c'est évident, voyons! vous ordonnez, moi j'obéis, c'est normal. Les docteurs tournèrent les talons, Majé Bassan reprit ses obligations, le rasoir, les cauris, la clochette, la barque des initiées, la ronde des filles-de-saint, le rituel et les sacrifices.

Elle utilisait pourtant l'interdiction de sortir de chez elle pour refuser quantité d'invitations, il y avait longtemps qu'elle ne mettait plus les pieds hors des limites du terreiro. Quand elle annonça sa décision d'aller chanter et ouvrir la danse à la fête de Tadeu, les filles-de-saint tentèrent de l'en empêcher : et l'avis des médecins, le cœur enflé ? J'irai de toute façon, je chanterai et je danserai et rien n'arrivera. Elle était là, l'autre grand-mère, et seule, appuyée sur sa canne, elle marcha vers le jeune homme.

Tadeu lui offre son bras libre et ainsi, entre les deux vieilles, il atteint la porte de l'atelier. Les fusées et les serpentins éclatent.

Porteurs d'une invitation, quelques rares privilégiés avaient assisté à la cérémonie de remise des diplômes. Ils participèrent à la séance, écoutèrent les discours, réagissant chacun à sa manière. Pedro Archanjo, en costume neuf, bien mis, superbe, une joie sereine. Lídio Corró avait crié bravo quand les orateurs, le professeur et le nouvel ingénieur avaient condamné les préjugés et l'immobilisme. Il ne quittait pas Tadeu des yeux, très ému de voir parmi les jeunes docteurs l'enfant qui avait grandi à la Boutique aux Miracles et dont il avait pratiquement financé les études. Damiao de Souza, en costume blanc, avocat débutant : si ç'avait été lui qui parlait, il aurait soulevé l'auditoire ! Manuel de Praxedes, engoncé dans un costume de cérémonie trop petit pour sa stature de géant, plus petit encore pour l'exaltation qui le possédait. De femme, seule Zabel, d'une élégance rococo, démodée, vieilles étoffes de Paris, gants, bijoux et parfums, regard malicieux. Les professeurs, les richards, les autorités venaient lui baiser la main :

« Vous avez quelqu'un de votre famille dans la promotion, comtesse ?

— Celui-là, regardez, le plus beau de tous, ce grand gaillard.

— Lequel ? Ce... brun... ? ils s'étonnaient. C'est votre parent ?

— Un parent très proche. C'est mon petit-fils. » Et elle riait, si malicieuse et amusée qu'autour d'elle la fête commença avant l'heure.

A l'étonnement de beaucoup et au scandale de quelques-uns, au moment de recevoir le parchemin de docteur, Tadeu traversa la salle au bras de Zabel (« espèce de rien du tout, sans pudeur, sans honneur », marmonna dona Augusta dos Mendes Argolo de Araújo) et, faute d'une mère ou d'une fiancée, ce fut la vieille comtesse qui lui mit la bague au doigt, le saphir d'ingénieur.

Pedro Archanjo, encore serein malgré sa croissante émotion, avait suivi la marche de Tadeu et vit quand, d'un geste furtif, il ramassa l'œillet et le mit à sa boutonnière. Il observa comme il relevait la tête et souriait, triomphant. La fleur était tombée par hasard des mains de la jeune fille ou, volontairement, elle l'avait lancée au passage du jeune homme? Des boucles blondes, les plus grands yeux de Bahia, une peau d'opaline, si blanche, presque bleue. Pedro Archanjo l'examine, curieux. Se levant de sa chaise, elle applaudit de ses mains aux longs doigts fins, nerveuse, le visage tendu, la bouche décidée. Enfin docteur, Tadeu sourit, debout à côté de Zabel, quand le directeur de la Faculté lui remet le diplôme, le parchemin convoité, et que le gouverneur de l'État lui serre la main. Ses yeux cherchent la jeune fille, regard ardent, ensuite ils se tournent vers le groupe de la Boutique aux Miracles.

Mon Dieu! mon garçon, encore si enfant! Pedro Archanjo applaudit, pensif, sa joie n'est plus sereine, elle est mêlée de pressentiments. De toute façon, Tadeu, tu as mon entière approbation. Quoi qu'il en soit, quoi qu'il advienne, quoi qu'il en coûte, ne te récuse pas. Nous sommes de bonne souche, notre sang mêlé est bon pour la lutte, nous ne reculons jamais et nous ne cédons pas sur notre droit, nous vivons pour l'exercer.

A la tribune, peu après, le paranymphe, le professeur Tarquinio, souhaite aux nouveaux ingénieurs le succès dans leur carrière et dans la vie. Il y a un Brésil à éduquer et à construire, en le délivrant du retard et des préjugés, de la routine et de la politicaille. Il y a un monde blessé par la guerre à refaire. Une tâche grandiose et noble qui incombe aux jeunes, avant tout aux ingénieurs : nous vivons au siècle des machines, de l'industrie, de la technique, de la science.

Le jeune ingénieur Astério Gomes, parlant au nom de ses camarades, répondit à ce généreux appel. Oui, nous construirons sur les ruines de la guerre un monde neuf et nous arracherons le Brésil au marasme où il végète. Un monde de progrès et de liberté, délivré des infirmités, des préjugés, des oppressions et des injustices. Un Brésil sillonné de routes, avec des usines et des machines, un Brésil éveillé, en marche. Un monde avec des chances pour tous, sous le signe de la technique. Les travailleurs, dans la mystérieuse Russie, sapent les bastions de la tyrannie.

Sous les applaudissements, on entendit dans le salon de Polytechnique le mot socialisme et le nom étranger de Vladimir Ilitch Lénine prononcé par le riche étudiant, fils de grands propriétaires. La Révolution d'Octobre venait de diviser le monde et le temps, le passé et le futur, mais peu se rendaient compte du changement et ils n'avaient pas encore peur : Lénine était un vague et lointain leader et le socialisme un vocable sans conséquences. L'orateur lui-même n'avait pas idée de l'importance de sa mention.

Un instant, Pedro Archanjo les vit côte à côte, Tadeu et la jeune fille, quand elle courut vers son frère après le discours et l'embrassa. Ses camarades vinrent aussi féliciter l'orateur de la promotion. Côte à côte, la claire et diaphane beauté de la fille et l'obscure et virile prestance du garçon.

A la Boutique aux Miracles, après la danse rituelle, les tambours se turent et l'on ouvrit les bouteilles. Sur la table où ils assemblaient les caractères pour composer les pages, il y avait une quantité de nourriture, savoureuse et variée : les sauces, les fritures, les *xinxins*, les abarás, les acarejés, le vatapá, le caruru, l'efó aux herbes. Beaucoup de mains amies et compétentes avaient mêlé la noix de coco et l'huile de palme, avaient mesuré le sel, le poivre, le piment, le gingembre. A l'aube, dans divers terreiros de nations variées, les boucs, les agneaux, les coqs, les tortues, les pintades avaient été sacrifiés. Majé Bassan avait jeté les cauris, trois fois ils avaient répondu : travail, voyages et peines d'amour.

Les fusées explosaient dans le ciel, répandaient la nouvelle : dans la ruelle du Tabuao vit un docteur sacré et consacré, le premier à se former dans une Faculté. Sur le mur de l'atelier, entre le dessin du miracle et l'affiche de Toulouse-Lautrec, Lídio Corró a accroché le tableau de la promotion : Tadeu, en noir, parmi ses camarades. Jamais ne s'étaient réunis tant de gens à la fois à la Boutique aux Miracles.

Son verre de cachaça à la main, Damiao de Souza se lève, toussote, demande le silence, il va porter un toast. Attendez ! ordonne la comtesse. Pour Zabel, un toast qui se respecte, dans une fête digne, exige du champagne, ou plutôt, du champagne français, le seul qui vaille d'être bu à la santé d'un ami véritable. Le professeur Silva Virajá lui en avait envoyé trois bouteilles des meilleures avec ses vœux de bon Noël, Zabel en a réservé une pour la fête de Tadeu.

Bien élevée, Majé Bassan trempe les lèvres dans le vin de la grande dame. Lídio et Archanjo en font autant ; Zabel n'était pas parvenue à les gagner aux vins fins, les deux compères étaient restés fidèles à la cachaça et à la bière. Après les tropes de son discours enflammé, un torrent impétueux, Damiao de Souza vide son verre d'un trait, fichu breuvage ! Qui but pratiquement la bouteille entière, ce fut la donatrice. Tadeu et Damiao s'étreignirent, ils avaient grandi ensemble sur la plage et dans la ruelle, ils se séparent maintenant, à chacun son destin.

Yeux d'Ojuobá, Pedro Archanjo les reconnaît et les

suit : les chemins sont différents. Damiao, un livre ouvert, sans secrets, il n'a pas conquis de titre de docteur à la Faculté, qui lui a donné titre et patentes, c'est le peuple. Où que le mène son sort il restera égal, toujours le même, planté là, inamovible. Tadeu a commencé à gravir l'échelle dès la Faculté, à la tête de ses camarades. Il avait décidé de monter tous les degrés, disposé à obtenir une place au sommet. « Je dois devenir quelqu'un, parrain », avait-il dit le matin de ce jour, une flamme d'ambition. Pour combien de temps l'auraient-ils encore à la Boutique aux Miracles ?

Lídio Corró prend la flûte, tend la guitare à Pedro Archanjo, la ronde du samba se forme. Où peuvent être Kirsi et Dorotéia, Risoleta et Dedé ? Sabina dos Anjos est partie pour Rio de Janeiro, son fils est marin. Ivone s'est mariée à un maître batelier, elle vit à Muritiba. Inutilement les nouvelles dévorent des yeux le jeune Tadeu habillé en docteur.

Les réjouissances franchirent la nuit, mais très tôt le maître de la fête, le motif de la réunion, la cible des hommages, le docteur Tadeu Canhoto, ingénieur civil, en mécanique, en géographie, en architecture, en astronomie, ingénieur des ponts et des canaux, des chemins de fer et des routes, polytechnicien, demanda l'autorisation de se retirer. Dans les salons de la Croix-Rouge, le club de l'élite, le paranymphe, l'illustre et riche professeur Tarquinio, offre le bal de la promotion aux nouveaux ingénieurs.

« Je dois partir, parrain. Le bal a commencé depuis longtemps.

— Il est encore tôt. Pourquoi ne restes-tu pas un peu plus ? Tous ici t'aiment et sont venus pour te voir — Archanjo ne voulait pas le dire et il le dit, pourquoi le fit-il ?

— Je sais, j'aimerais beaucoup rester, mais... »

Zabel frappe de son éventail le bras d'Archanjo :

« Laissez cet enfant s'en aller, ne soyez pas rabat-joie. »

Diable de vieille intraitable, jusqu'où connaissait-elle le secret de Tadeu ? Ne serait-elle pas, par hasard, aussi parente de ces Gomes, des collets montés bouffis de prétention ?

« Vous, maître Pedro, vous êtes un dévergondé, un libertin. Vous ne connaissez rien de l'amour, vous ne connaissez que les femmes — l'ex-princesse du Recôncavo, l'ex-reine du cancan soupire — comme moi, je connais les hommes, ai-je connu l'amour ? »

Elle resta un instant silencieuse, regardant Tadeu qui franchissait la porte :

« Il s'appelait Ernesto Argolo de Araújo, mon cousin, j'étais très jeune et très folle et j'en ai trop voulu, tant et tant que je l'ai conduit à la mort, de la main d'un bretteur, uniquement pour le rendre jaloux et voir jusqu'où allait son amour. »

Tadeu disparut dans l'obscurité, ses pas résonnent dans la ruelle, ses souliers vernis. Personne ne pourra le retenir dans sa marche. Je ne tenterai pas, Zabel, pourquoi ? Il va monter les degrés de l'échelle, un à un, et il est pressé. Adieu, Tadeu Canhoto, c'était une fête de départ.

7

Le juge Santos Cruz, dont le savoir et le sens de l'humour étaient aussi vantés que son intelligence et son intégrité, était réellement irrité : le greffier venait de l'informer dans le cabinet où il attendait l'heure de la séance du tribunal, qu'une nouvelle fois était absent l'avocat commis d'office. Il avait gribouillé un billet d'excuses, en vitesse.

« Malade... Grippe... Il doit être ivre dans un bar quelconque. Il ne fait rien d'autre. Il n'est pas possible que cette farce continue. Combien de fois ce pauvre malheureux est-il venu et reparti à la Préventive ? On ne lui permet même pas de se reposer en prison... »

Le greffier, immobile devant la table, attendait les ordres. Le Méritissime demanda :

« Quels avocats sont là, dans les couloirs ?

— Quand je suis passé, je n'en ai vu aucun. Si, j'ai vu le docteur Artur Sampaio, mais il sortait.

— Des étudiants ?

— Seulement Costinha, celui de quatrième année...

— Non, il ne fait pas l'affaire, il vaut mieux pour l'accusé ne pas avoir de défense. Costinha ferait condamner même la Très Sainte Vierge s'il était son avocat ! Vais-je être contraint de repousser encore une fois le jugement ? C'est intolérable ! »

Voici que, à cet instant précis, pénètre dans le cabinet du juge le jeune Damiao de Souza dans son costume blanc, col cassé, le personnage le plus connu du tribunal, une espèce d'homme à tout faire des juges, des avocats, des greffiers, des huissiers. Deux ou trois fois il s'était employé au service d'un avocat mais toujours pour peu de temps, il préférait les besognes sûres et variées du palais de justice. Et, dans les couloirs et les antichambres, aux séances du tribunal, à la porte des prisons, dans les commissariats, il apprit tout ce qui concernait les crimes et les criminels, les procès et les procédures, les demandes et les requêtes. Tout jeune, à dix-neuf ans, il était le salut des jeunes avocats qui sentaient encore la Faculté, gorgés de théorie, ignorants de toute pratique. Damiao ne tenait pas tête aux demandes.

En le voyant souriant, une feuille de papier à la main : « Docteur Santos Cruz, pourriez-vous vous occuper de cette pétition du docteur Marino ? », le juge se rappela une conversation avec le garçon quand, un jour, il l'avait reçu chez lui, une nuit de la Saint-Jean :

« Laisse la pétition, je verrai ça après. Dis-moi une chose, Damiao, quel âge as-tu ?

— Je viens d'avoir dix-neuf ans, docteur.

— Tu es toujours décidé à solliciter une carte de plaideur ?

— Si le Seigneur de Bonfim m'aide. Aussi certain que un et un font deux.

— Tu te sens capable de monter à la barre du tribunal et de défendre un accusé ?

— Si j'en suis capable ? Docteur, sans vouloir vous manquer de respect, je vais vous dire une chose : je peux le faire mieux que tous ces étudiants en droit qui envoient les pauvres en prison. Je dirai même plus : mieux que beaucoup d'avocats.

— Tu connais le dossier du crime qui doit être jugé à la séance d'aujourd'hui ? Tu sais quelque chose de l'affaire ?

— A dire vrai, je ne connais rien du dossier, j'ai entendu parler du crime. Mais, si c'est pour défendre l'homme, signez l'acte qui me désigne, docteur, donnez-moi une demi-heure pour jeter un coup d'œil aux pièces et parler avec l'accusé et je vous jure que je le fais libérer. Si vous voulez en avoir la preuve, essayez. »

Le juge se tourna vers le greffier d'un mouvement brusque.

« Texeira, mettez en règle la désignation de Damiao pour défendre l'accusé, commis d'office, en remplacement de l'autre défenseur. Remettez-lui les pièces et réunissez le jury dans une heure, exactement. Pendant ce temps je vais régler d'autres affaires, ici. Trouvez-moi du café chaud. Si tu t'en sors bien, Damiao, tu peux compter sur ta carte de plaideur. »

Zé-la-Godasse avait commis un crime crapuleux et le premier jury l'avait condamné à trente ans de prison pour assassinat de sang-froid. Le Conseil de Sentence ne lui avait pas reconnu de circonstances atténuantes, ni n'avait tenu compte de ses bons antécédents.

Portant la valise d'un colporteur syrien, descendant et remontant les rues contre quelques sous qui lui suffisaient à peine pour nourrir Caçula, sa compagne depuis bien des années, Zé-la-Godasse, le dimanche, prenait invariablement sa cuite hebdomadaire et rentrait chez lui en se cognant aux murs. Le lundi il retrouvait sa valise, suivait son Ibrahim de client en client, silencieux, tranquille, incapable de discuter, de protester, sous la pluie ou sous le soleil de plomb.

Un dimanche, dans un bistrot quelconque, il fit la connaissance d'un certain Afonso la Crasse et, ensemble, ils vidèrent une bouteille de blanche. Ils allèrent boire la seconde chez Zé en compagnie de Caçula. Au début très cordial, Afonso la Crasse se révéla querelleur et grossier et, quand Zé s'en rendit compte, ils étaient engagés dans une discussion émaillée de « cornard », « lavette » et « fils de putain ». Au commissariat, quand on lui demanda le motif de la bagarre, Zé-la-Godasse ne sut que répondre. Le sujet de la discussion s'était perdu dans la cachaça : il s'était vu le couteau à la main, un vieux couteau de cuisine bien aiguisé. Devant lui, brandissant une hache, Afonso la Crasse qui le menaçait : « Je vais te couper en deux, corniaud! » La Crasse tomba d'un côté, frappé par le couteau, mort sur le coup, Zé-la-Godasse tomba de l'autre, inconscient de sa cachaça et de son crime. Quand il revint à lui, il était un assassin pris en flagrant délit et, au commissariat, comme début de conversation, on lui appliqua une rossée, et une bonne.

Au premier jugement — Zé était depuis plus d'un an en prison —, le procureur avait parlé de perversion congénitale, il avait étalé son Lombroso. Observez, messieurs les Jurés, la tête de l'accusé : un typique crâne d'assassin. Sans parler de sa couleur sombre : les théories les plus modernes, que défend l'illustre professeur de Médecine légale de notre chère Faculté, le docteur Nilo Argolo, une autorité incontestée, signalent le haut pourcentage de criminalité chez les métis. Ici, au banc des accusés, nous avons une nouvelle preuve du bien-fondé de cette thèse.

Il avait décrit la victime, Afonso de la Conception, un pauvre travailleur, estimé dans le voisinage, incapable de faire du mal à une mouche. Ils étaient entrés chez l'accusé pour bavarder, il avait été la victime de la fureur assassine du monstre ici présent. Observez sa face, pas un signe de remords. Il demanda la peine maximale.

Zé-la-Godasse n'avait pas d'argent pour un avocat, en prison il faisait des peignes en corne, des coupe-papier, il recevait quelques centimes, ça payait juste ses cigarettes. Caçula avait trouvé du travail chez des nièces du défunt major Pestana — elle était née dans sa fazenda. Pour elle le Major était le symbole de la bonté et de la générosité : « tant que le Major était en vie, j'ai manqué de rien, on faisait pas plus bon que lui! » Zé-la-Godasse aussi devait avoir son bon côté car Caçula ne l'abandonna pas, le dimanche elle allait le voir en prison, elle lui donnait courage et espérance : « quand on va te juger, tu seras libre si Dieu le veut. » Et l'argent pour le docteur avocat? « Le juge m'a dit qu'il va t'en mettre un, tu peux garder l'esprit en paix ».

L'avocat commis d'office, le docteur Alberto Alves, se rongeait les ongles dans la salle du tribunal; il n'avait pas lu le dossier, même pas, et il avait laissé son épouse, la coquette Odete, à minauder et rire avec Felix Bordalo, une canaille. A cette heure, ils devaient en être aux baisers, et lui sans pouvoir rien faire pour éviter les cornes, retenu ici, obligé à défendre le criminel assis au banc des accusés. Il suffisait de regarder le gars, les mesures de son crâne, pour donner entière raison au procureur : en liberté, cette brute était un danger pour la société. Est-ce qu'Odete? Mais bien sûr, ce n'était pas la première fois, avant il y avait eu l'histoire avec ce Dilton. Les serments de fidélité d'Odete ne valaient pas mieux que ceux d'innocence de son client, du criminel tête basse : récidivistes par nature, l'un et l'autre. Vie de merde!

Une plaidoirie au-dessous de tout, vide de tout argument. Le docteur Alves ne nia rien, ne contesta rien, il demanda seulement au tribunal sa clémence dans l'application de la justice... Il a plutôt l'air d'être au service de l'accusation, pensa le juge, le docteur Lobato, au moment de prononcer la sentence, trente ans de prison : les jurés exigeaient la peine maximale.

« L'avocat de la défense ne fait pas appel ? demanda-t-il, indigné, devant l'indifférence de l'autre. Je crois qu'elle devrait le faire.

— Si je fais appel ? Naturellement — sans l'apostrophe du juge, Alberto Alves n'y aurait pas pensé — j'en appelle à la clémence du tribunal. »

Maintenant, Zé-la-Godasse revenait pour le second jugement, trois fois remis en raison de l'absence de l'avocat commis d'office. A la barre de la défense, Damiao de Souza.

Le procureur avait changé et, comme le docteur Alberto Alves la première fois, à la tribune de l'accusation le bachelier Augusto Leivas pensait à une femme, mais pas en tant que cocu, en heureux amant. Marilia s'était enfin rendue et le procureur voyait le monde en rose. Il ne distingua pas dans la couleur de Zé-la-Godasse la fatale prédestination au crime ni ne mesura avec Lombroso son crâne d'assassin. Il joua son rôle l'air distrait, perdu dans les charmes de Marilia : adorable d'impudeur, assise nue dans le lit.

Préoccupé d'avoir désigné le défenseur commis d'office sous le coup d'une impulsion, le juge respira devant le faible réquisitoire de l'accusation et tint pour assurée la réduction de la peine à dix-huit ou douze ans, peut-être six, quelle que soit la défense du jeune Damiao.

Il advint pourtant que la première de Damiao de Souza à la barre devint le plus grand événement de la saison, commenté au Palais pendant longtemps, cité dans les journaux. Cité dans les journaux, Damiao le serait désormais, la vie entière.

Manuel de Praxedes passait devant le palais de justice, il vit l'attroupement, demanda le pourquoi de tant de gens et il sut qu'à l'intérieur un nouvel avocat faisait ses premières armes, encore un gamin mais quel colosse à la barre ! Manuel de Praxedes entra pour voir, Damiao atteignait le moment culminant. A la fin, le bon géant ne se tint plus : il applaudit, demanda un bis à grands cris, il fut expulsé de l'enceinte.

D'ailleurs, plus d'une fois le juge se vit obligé à agiter la sonnette, à exiger le silence, à menacer l'assistance de faire évacuer la salle, mais il le fit en souriant. Il y avait longtemps qu'on n'avait pas vu au tribunal une assistance si agitée et si émue.

La plaidoirie de Damiao fut une épopée, elle tint du roman d'amour, de la tragédie grecque, du feuilleton à bon marché, de la Bible et il cita à point nommé une sentence très commentée du « Méritissime Juge, noble maître du Droit, le docteur Santos Cruz ». En résumé, le bon Zé-la-Godasse se vit poussé au crime pour sauver l'honneur de son foyer et sa propre vie, l'un et l'autre menacés par le vil traître Afonso la Crasse. Une victime du destin, l'accusé ici présent : époux très aimant, homme travailleur par excellence, sous le soleil ardent avec la valise du colporteur il gagnait à la sueur de son front — de son front seul, non, messieurs les jurés, de son corps tout entier, car la valise du Turc pesait des tonnes ! — il gagnait la vie de son épouse adorée. Un jour, ce citoyen généreux et probe ouvrit toutes grandes les portes de son amitié et de sa confiance à une vipère : Afonso la Crasse — le nom dit tout, messieurs les jurés ! Hyène féroce, alcoolique invétéré, violent et libertin, il prétendit voler à Zé-la-Godasse l'amour de son épouse, souiller l'honneur de son foyer. Imaginez, messieurs, cette tragédie grecque ! En rentrant chez lui, fatigué du labeur — bien que ç'ait été dimanche il avait été travailler — Zé-la-Godasse découvre la scène dantesque : Caçula qui luttait contre l'infâme et lui, armé d'un couteau de cuisine, tentant de la posséder par la force car la sainte créature avait repoussé, indignée, ses honteuses propositions. Zé-la-Godasse court au secours de son épouse. La lutte s'engagea et, pour défendre son honneur et sa propre vie, Zé-la-Godasse, pacifique travailleur, écrasa le serpent immonde.

Damiao écarta les bras et demanda : « Messieurs les jurés, vous êtes des époux et des pères, des hommes d'honneur, répondez : lequel de vous resterait impassible si, rentrant chez lui, il voyait son épouse lutter avec une canaille ? Lequel ? Aucun. J'en ai la certitude. »

Il montra Caçula dans l'assistance : « Voilà, messieurs les jurés, la plus grande victime ! » Ladite victime avait la larme facile et, avant de partir de chez elle, elle avait avalé deux gorgées de cachaça pour pouvoir entendre en silence les insultes à son homme. La première fois, ç'avait été une horreur. « Voyez, messieurs les jurés, la pauvre et sainte épouse baignée de larmes, c'est elle qui crie justice pour son mari. Moi, je réclame seulement, au vu des pièces du dossier, l'acquittement de mon client. »

Il y eut le bis proposé par Manuel de Praxedes. Offensé dans son amour-propre, voyant en danger son renom conquis à grand-peine, le procureur demanda des pièces au greffier et répliqua. A coups de lois, d'auteurs, de citations, de preuves et de pièces, il mena sérieusement l'accusation, il ne pouvait pas être débouté par un gamin qui n'était pas même étudiant en droit, un coursier des huissiers, un laquais des greffiers, un rien du tout. Il tenta de mettre les points sur les *i*, de démentir l'absurde fable, c'était trop tard. Dans sa réplique, Damiao fit du corps des jurés ce qu'il voulut, le pharmacien Filomeno Jacob sanglotait bruyamment. Dans l'assistance, « une mer de larmes » comme le constata le reporter d'*A Tarde*.

A l'unanimité le jury acquitta l'accusé. Il revint au juge Santos Cruz de prononcer la sentence et de faire mettre en liberté Zé-la-Godasse. « Il s'en fallut de peu que moi aussi, je pleure, de ma vie je n'ai vu une chose pareille, dit le Méritissime au procureur en panique. Je vais lui obtenir une carte de défenseur, il ne manquera jamais plus d'avocat pour les pauvres. »

Ainsi Damiao conquit-il ses diplômes. Des diplômes sans bague de docteur, sans parchemin, sans tableau, sans photographie, sans bal, sans paranymphe, sans camarades, lui seul et unique. Quand la séance fut levée, la pauvre Caçula qui, malgré tout, aimait son homme et avait perdu l'espoir de le voir en liberté, s'approcha du garçon imberbe et le remercia :

« Dieu vous le rende, *seu* Major! »

Pourquoi Major? Elle seule le savait, des choses du passé; le major Damiao de Souza à jamais.

8

En reconnaissant la voix du garçon de la mansarde, « je peux entrer, parrain? » Pedro Archanjo dissimula les épreuves typographiques sous des livres :

« C'est toi, Tadeu? Entre. »

Dehors il pleuvait, une pluie fine et persistante, tristonne :

« Toi ici? Que se passe-t-il? »

Aussitôt après son diplôme, Tadeu avait obtenu un emploi dans la construction des chemins de fer Jaguaquara-Jequié, au titre d'ingénieur auxiliaire. Petit salaire, conditions de travail précaires. Le jeune homme préférait pourtant cette expérience concrète dans l'intérieur de l'État plutôt que de rester moisir dans un bureau, à tourner en rond dans la capitale, candidat à une sinécure, au fonctionnariat. Je n'ai pas travaillé pour ça.

« J'ai à vous parler, parrain. »

Du lit venait la respiration de Rosalia. Archanjo abandonna sa chaise et alla couvrir l'opulente nudité de la fille. Elle s'était endormie en souriant, dans la chaleur des douces paroles de tendresse, si bonnes à entendre et tant désirées. Il y avait plus de dix ans, elle avait à peine dix-sept ans, le nonchalant Roberto, le fils du colonel Loureiro, lui avait pris le menton et lui avait dit : « Petite, tu es à point pour le lit. » Après le fils, ce fut le tour du père. Le colonel lui donna une robe et quelque monnaie, Rosalia fit le métier à Alagoinhas, à la pension d'Adri Vaseline. Elle vint à Bahia avec un commis-voyageur et Pedro Archanjo la rencontra au Terreiro de Jésus qui achetait des mangues. Alors, seulement, Rosalia sut avec certitude qu'elle était un être humain et non une chose, un objet, une simple pute.

« J'ai à vous parler, parrain, répéta Tadeu. Je voudrais votre conseil.

— Nous allons sortir. » Archanjo sentit un poids sur son cœur. Le jeu fait le matin de la remise des diplômes lui revint à la mémoire : travail, voyages, peines d'amour, avaient dit les cauris.

Ils montèrent la ruelle d'un pas lent, ils virent, au passage, Lídio Corró à la Boutique aux Miracles entouré de caractères, avec l'apprenti. Tadeu parlait, Archanjo écoutait, la tête basse. Un conseil ? Pourquoi un conseil puisqu'il avait déjà tout décidé, qu'il avait même réservé sa place sur le bateau ?

« Je ne te donnerai pas de conseil et tu n'es pas venu me demander mon avis. Mais je pense que tu agis bien. Tu vas me manquer beaucoup, il répéta : tu vas me manquer terriblement. Mais je ne peux pas te retenir ici. »

Tadeu avait décidé de quitter son emploi à la construction du chemin de fer et de partir pour Rio de Janeiro où il entrerait dans l'équipe d'ingénieurs qui, sous la direction de Paulo de Frontin, transformait la capitale du pays en une ville moderne. Il devait cette proposition au professeur Bernard, un ami de Frontin. Dans un voyage à Rio, il avait parlé du talent de son jeune protégé, travailleur, ambitieux et capable, une acquisition de valeur pour le bureau d'études du grand ingénieur. « Envoyez-moi le garçon, j'ai besoin de gens jeunes et décidés. »

« C'est ma chance, parrain. A Rio les possibilités sont vastes. Ici, je n'ai pas d'autre issue que finir fonctionnaire au service des Ponts et Chaussées. Je n'ai pas travaillé pour être bureaucrate, enfermé, gagnant un petit salaire, dans l'attente d'un avancement. Dans le Sud, je peux faire carrière, surtout en travaillant avec qui je vais travailler. Peu de gens ont cette chance. Le professeur Bernard s'est montré un véritable ami. »

C'est tout, Tadeu? tu n'as rien d'autre à dire, d'autre question à aborder? Maître Archanjo savait que le principal n'avait pas encore été dit. Tadeu cherchait les mots et la manière de le dire.

« Parle, mon fils. »

Presque toujours Archanjo appelait Tadeu par son prénom, parfois par son nom complet : Tadeu Canhoto. Presque jamais il ne lui disait « mon bon » ou « camarade », ses formules habituelles pour s'adresser aux gens. En de rares, de très rares occasions, il disait « mon fils ».

« Parrain, j'aime la sœur d'un de mes camarades. Vous le connaissez, c'est Astério, une fois je vous l'ai présenté, c'était l'orateur de la promotion, vous vous rappelez? Maintenant il est aux États-Unis, il va y rester deux ans, il se spécialise dans une Université. Sa famille est très riche.

— Des boucles blondes, une peau transparente d'opaline, de grands yeux.

— Vous la connaissez, parrain?

— Et cette famille de Blancs riches, que dit-elle de ces amours?

— Personne n'en sait rien, parrain, seulement elle et moi, et vous maintenant. C'est-à-dire que...

— Zabel...

— Elle vous a parlé?

— Sois tranquille, elle ne m'a rien dit. Elle est parente de Zabel?

— Parente, non. Des relations? C'est-à-dire : la grand-mère de Lu — elle s'appelle Luiza mais on l'appelle Lu — était l'amie de Zabel quand elles étaient jeunes, et parfois elle va la voir pour parler du passé. C'est ainsi que Lu connaît et fréquente Zabel. Mais dans sa famille personne ne sait rien, et je ne veux pas qu'on le sache. Du moins pas pour l'instant.

— Et pourquoi ne veux-tu pas ? Tu crains que ses parents ne consentent pas ?

— Parce que je suis mulâtre ? Dans la famille de Lu il y a de tout, je ne sais pas ce qui va se passer quand ils sauront. Jusqu'à maintenant ils m'ont toujours bien traité. Comment ils me traiteront après, je n'en ai aucune idée. Sa mère a des prétentions à la noblesse, la grand-mère, l'amie de Zabel, elle, n'en parlons pas. Parfois, c'en est comique, quand dona Emília, la mère, en réprimandant une domestique la traite de "négresse crasse". Elle me regarde, très gênée, pour un peu elle me ferait des excuses. Mais, parrain, ce n'est pas pour ça que je garde le secret. Vous m'avez appris à être fier de ma couleur. Ce que je ne veux pas, c'est apparaître dans cette maison de gens riches pour demander les mains vides leur fille en mariage. Si on me disait non parce que je suis mulâtre, je pourrais leur tenir tête. Mais s'ils pouvaient me dire non parce que je ne suis pas capable de nourrir une famille, quel droit aurais-je de protester ? Aucun, vous ne croyez pas ?

— Tu as raison.

— Je vais à Rio, je vais travailler, parrain. Je ne suis pas un âne et je pourrai devenir quelqu'un dans mon métier. Je vais entrer dans la meilleure équipe d'ingénieurs du pays. Je pense qu'en deux ou trois ans, au maximum, j'aurai une situation solide. Je pourrai, alors, revenir et frapper à la porte de la maison de Lu, en ayant quelque chose à offrir. Ce sera aussi le moment où Astério reviendra des États-Unis, il peut être un allié important pour moi, un appui décisif. Vous vous rappelez que j'allais souvent étudier chez lui ? Il m'a dit lui-même que sans l'aide que je lui ai apportée, il n'aurait pas été reçu. C'est mon ami.

— La jeune fille a quel âge ?

— Elle va avoir dix-huit ans. Quand j'ai connu Astério, en première année de la Faculté, il m'a mené chez lui, Lu avait douze ans, rendez-vous compte. Nous nous aimons depuis très longtemps mais ce n'est que l'an passé que nous nous sommes déclarés et nous nous sommes promis l'un à l'autre.

— Promis ?

— Oui, parrain ! Un jour Lu et moi allons nous marier. C'est certain ! dit-il entre ses dents, presque féroce.

— Pourquoi penses-tu qu'elle va t'attendre ?

— Parce qu'elle m'aime et qu'elle est d'une race obstinée. Quand ils veulent une chose, ils la veulent vraiment. Lu tient de son père, il ne revient jamais en arrière. Vous savez à qui le colonel Gomes ressemble ? A vous. En bien des choses vous êtes différents, mais en d'autres vous êtes pareils. Un jour vous le connaîtrez.

— Tu te sens décidé et préparé à ce qui peut arriver ? Ça risque d'être difficile, peut-être terrible, Tadeu Canhoto.

— N'est-ce pas vous qui m'avez formé, vous et mon oncle Lídio ?

— Quand penses-tu partir ?

— Aujourd'hui. Le bateau part cet après-midi, j'ai pris mon billet. »

A la fin de l'après-midi, Pedro Archanjo et Lídio Corró accompagnèrent Tadeu au quai d'embarquement. Le garçon avait déjeuné chez les Gomes, il avait été faire ses adieux. Ensuite, il avait couru à droite et à gauche embrasser ses amis. Majé Bassan lui donna un collier de perles préparé et une petite sacoche, talisman retiré du sanctuaire de Shangô. Zabel, rhumatisante, presque infirme, songea malgré tout à l'accompagner au quai. Tadeu n'y consentit pas : restez au lit à lire vos poètes. Zabel fit une grimace, triste fin de vie pour celle qui avait été la reine de Paris. Manuel de Praxedes et Mané Lima apparurent au dernier moment, ils venaient d'être avertis. Faisant presser les voyageurs, le navire siffla pour la seconde fois.

Le départ était un événement, les distances énormes, difficiles à franchir, Rio de Janeiro était très loin. Archanjo ne résiste pas, il ouvre le coffre du secret :

« J'ai failli ne pas te le dire, je voulais te faire une surprise. Le livre est presque fini d'imprimer, il en manque très peu. »

Sur le visage préoccupé du garçon apparaît cette joie de l'apprenti qu'il était dix ans auparavant, les ombres disparaissent. Ah! parrain, quelle nouvelle! Envoyez-le-moi dès qu'il paraît, envoyez-moi plusieurs exemplaires, je vais les répandre à Rio.

Le troisième sifflement, le maître d'hôtel avec la clochette : les visiteurs à terre, les passagers à bord, le navire va lever l'ancre. C'était l'heure des embrassements et des larmes, des mouchoirs qui s'agitent en signe d'adieu. Les quatre amis descendent sur le quai, ils forment un petit groupe au milieu des grues. Soudain, ils voient Tadeu qui redescend la passerelle en courant. Anxieuse, la fille aux boucles blondes cherche à reconnaître quelqu'un sur le pont, mais comment le distinguer alors que ses grands yeux sont aveuglés par les larmes et qu'il y a tant de gens autour? Tadeu! gémit-elle avec désespoir, sa voix se perd dans la rumeur des adieux. Le voici à côté d'elle, haletant. Durant une seconde infinie et brève, au milieu des curieux, il se regardent, muets, il lui baise la main, recule vers la barque. Tadeu! crie-t-elle, pathétique et insensée, et elle lui tend les bras et les lèvres. Tadeu s'arrache au baiser, gagne la passerelle, adieu.

A l'embouchure de la barre le navire lance, dans un nuage de fumée, un ultime sifflement. Le mouchoir dans un dernier adieu, adieu amour, ne m'oublie pas. Lentement le quai s'est dépeuplé, dans les ombres du crépuscule seuls Archanjo et Lu.

« Pedro Archanjo ? la jeune fille lui tendit sa main fine, des veines bleues, des doigts longs. Je m'appelle Lu, je suis la fiancée de Tadeu.

— La fiancée ? sourit Archanjo.
— En secret. Vous le savez, il me l'a dit.
— Vous êtes si jeune.
— Maman m'offre un fiancé chaque jour, elle dit que je suis en âge de me marier. (C'était un faisceau de nerfs, une flamme incontrôlée et son rire ressemblait à une eau courant sur un lit de pierres, clair et limpide.) Quand je lui présenterai mon fiancé, Maman va avoir une crise, la plus grande de sa vie. (Ouvrant encore plus ses grands yeux, elle regarda Archanjo bien en face.) Ne pensez pas que j'ignore combien ce va être difficile. Je le sais mieux que personne, je connais ma famille, mais ça m'est égal. N'ayez pas peur.
— De ces choses, je n'ai jamais eu peur.
— Je veux dire : n'ayez pas peur pour moi. »
Ce fut à Archanjo de la regarder dans les yeux :
« Ni pour vous ni pour lui, pour aucun des deux, il sourit de tout son visage. Je n'aurai pas peur, mon petit.
— Je pars demain pour la fazenda, à mon retour je peux venir vous voir ?
— Autant que vous voudrez. Il suffit de le dire à Zabel.
— Vous savez même ça ? On m'a dit que vous étiez sorcier, balalaô, n'est-ce pas ? Tadeu me parle tant de vous, il me raconte des merveilles. Adieu, ne m'en veuillez pas. »
Elle s'approcha et l'embrassa sur la joue, le crépuscule brillait en ors et en cuivres à l'horizon. Ma petite fille, ça va être la fin du monde, prépare-toi. Elle était toute nerfs, un brasier en flammes.

En passant place de la Cathédrale, devant les vitrines de la Librairie espagnole de don León Esteban, et de la librairie Dante Alighieri, nom pompeux de l'échoppe de Giuseppe Bonfanti, Pedro Archanjo regarde du coin de l'œil les exemplaires des *Influences africaines dans les coutumes de Bahia* parmi les nouveautés brésiliennes et les livres étrangers qu'importe don León. Un volume de près de deux cents pages, les lettres du titre d'une superbe couleur bleue au centre de la couverture et, en haut, le nom de l'auteur, dans un caractère qui imite l'écriture à la main, une « belle italique » au dire de maître Corró. Sa vanité cède la place à la réflexion, méditatif, maître Archanjo traverse la place : le livre lui avait coûté dix années d'efforts et de discipline ; pour l'écrire il s'est transformé, il n'est plus le même.

Prodigue, don León avait acheté ferme cinq exemplaires, il en avait mis deux dans la vitrine, « pour eux, le plus important, c'est de voir le livre en devanture », il en avait envoyé un en Espagne, un cadeau à un ami qui s'adonnait à des études d'anthropologie. A titre de curiosité, non pour sa valeur scientifique sans aucun doute inexistante, le livre d'un appariteur mordu par le microbe de la science. Une folie bien plus commune que l'on ne pense ; les poètes et les philosophes pullulent dans la ville de Bahia et don León possède une vaste expérience de ce type d'auteurs. Il en vient quotidiennement à la librairie, égarés, belliqueux, pas rasés, des manuscrits sous le bras, sonnets et poèmes, nouvelles et romans, traités philosophiques sur l'existence de Dieu et la destinée humaine.

De loin en loin un de ces génies trouve argent et moyens, imprime l'« œuvre immortelle », vient droit chez don León lui vendre des exemplaires. Parmi les porteurs du bacille de la littérature et les victimes du virus de la science, don León préférait les poètes, en général paisibles et rêveurs, tandis que les philosophes s'exaltaient facilement, prêts à sauver le monde et l'humanité avec des théories originales et irréfutables. Archanjo, un esprit faible qui côtoyait les docteurs, avait donné dans l'anthropologie mais il avait une allure de poète, un des plus sympathiques de l'étrange faune, un pauvre diable qui méritait un meilleur sort.

Informé, cultivé, discret et agréable, don León recommandait des lectures aux lettrés et aux étudiants. Il avait mis à la mode Blasco Ibañez, Vargas Vila, l'Argentin Ingenieros, l'Uruguayen José Enrique Rodó. Ingenieros et Rodó pour les professeurs, Vargas Vila très populaire parmi les étudiants, Blasco Ibañez pour les illustrissimes familles : variée était la clientèle de don León, éclectique le goût du libraire.

Juges, magistrats, professeurs de diverses Facultés, journalistes de haut vol, les figures les plus importantes de la vie intellectuelle fréquentaient la librairie et ses trésors : don León recevait des catalogues d'Argentine, des États-Unis, de toute l'Europe. Il servait d'intermédiaire pour importer des ouvrages inexistants au Brésil, il prenait des commandes. Aussi Pedro Archanjo avait-il utilisé ses bons offices pour faire venir des livres de France, d'Angleterre, d'Italie, d'Argentine. Il s'était trouvé plus d'une fois que la commande arrive en même temps qu'une de ses si fréquentes difficultés d'argent; l'Espagnol faisait crédit : « Prenez les livres, vous paierez quand ça vous sera plus commode. » « Soyez sans crainte, don León, avant samedi je paierai. » Don León appréciait chez le mulâtre la correction de ses paiements et de sa tenue, la propreté de quelqu'un qui sort de son bain; son éducation qui le distinguait de la majorité des philosophes, en général des rustres penseurs, agités, sales, mal vêtus et mauvais payeurs.

D'une agréable conversation, présence sympathique, il n'en était pas moins fou avec sa manie de scientiste, gaspillant de l'argent, des sommes! en ouvrages étrangers, inconnus pour certains, même des professeurs de médecine — pensa don León quand Pedro Archanjo apparut avec le livre. « Muy bien, mis felicitaciones. » Dans un excès de générosité il acheta cinq exemplaires, en mit deux dans la vitrine mais ne pensa même pas à feuilleter l'inélégante brochure, il n'avait ni loisir ni sens de l'humour pour de tels ramassis d'extravagances.

Contrastant avec l'organisation de la Librairie espagnole — les volumes sur des étagères, classés par sujet, par langue et par auteur, des fauteuils de paille au fond pour les conversations des clients de qualité, l'employé en faux col et cravate — la boutique de Bonfanti était un vrai débarras, des piles de livres par terre, le comptoir obstrué, un espace réduit pour la vaste clientèle d'étudiants bruyants, de pittoresques sous-lettrés, de vieux à la recherche d'une littérature licencieuse. Deux gamins insolents et faméliques servaient entre deux plaisanteries. A la caisse, Bonfanti, arborant depuis sept ans, depuis qu'il s'était établi là, le même costume bleu de casimir graisseux et usé, la voix criarde, achetant et vendant :

« Dix sous si tu veux.

— Mais *seu* Bonfanti, j'ai acheté cette géométrie ici, lundi, et je l'ai payée cinq mil-reis — protestait l'étudiant.

— Tu as acheté un livre neuf, tu vends un livre usagé.

— Usagé ? je ne l'ai même pas ouvert, il n'est pas touché, comme il est sorti d'ici. Donnez-moi au moins deux mil-reis.

— Un livre qui sort de la librairie est un livre usagé. Dix sous, pas un centime de plus. »

Il n'acheta ferme aucun des exemplaires des *Influences* : son amitié pour l'auteur ne le menait pas à de telles extrémités. Il en avait pris vingt en dépôt et en avait réparti cinq dans la petite vitrine, celle des livres neufs. Il réservait la grande pour les livres d'occasion, la base de son commerce. Camarade d'Archanjo, ils échangeaient des recettes de cuisine dans leurs déjeuners dominicaux à la Boutique aux Miracles ou chez Bonfanti, à Itapagipe, sous la présidence de dona Assunta, grosse et bavarde reine de la macaronade. Lorsqu'il s'agissait de nourriture, Bonfanti se transformait en un citoyen aimable et prodigue, manger était son vice.

Cette vanité d'auteur qui boit des yeux son dernier livre dans les vitrines dura peu. Pedro Archanjo fut complètement absorbé par les commémorations de ces cinquante ans : une succession ininterrompue de carurus, « dona Fernanda et *seu* Mané Lima vous font demander de venir au caruru qu'ils donnent dimanche pour *seu* Archanjo », de batu cadas, rondes de samba, rencontres, réunions, gueuletons, beuveries, tous voulaient le célébrer. Maître Archanjo plongea tout entier dans cette mer de cachaça, de bals et de femmes, avec le plus grand enthousiasme. Il semblait vouloir rattraper d'un coup le temps perdu pendant tant d'années, dans l'étude, dans la préparation du livre. Affamé et assoiffé de vie, dans un déversement d'énergie, on le voyait partout, il apparut en des lieux où il n'était pas revenu depuis sa jeunesse, il revit des paysages et refit des itinéraires oubliés. A nouveau vacant et oisif, palabrant dans des éclats de rire, toujours prêt à boire un coup, dans une ronde de femmes, à observer tout, à prendre des notes avec son crayon sur le petit carnet noir. Avec hâte et gloutonnerie, avide.

Le livre ne lui avait pas seulement coûté dix ans de réflexion et de discipline, il paya cher en croyances, points de vue, opinions, préceptes, manières de voir et d'agir ; avant il était un, maintenant il était autre, différent. Quand il s'en rendit compte, il avait fait peau neuve, il avait une nouvelle mesure des valeurs.

« Compère Pedro, tu as l'air d'un monsieur, lui dit Lídio Corró en le voyant partir, un livre à la main, vers la Faculté.

— Quel monsieur, mon bon ? Tu m'as déjà vu propriétaire de quelque chose, camarade ? »

L'opinion de son compère, son jumeau, l'alerta. Lídio Corró redoutait de le voir partir. Pas en voyage vers d'autres terres, pour changer ou se promener. S'en aller, simplement. Les abandonner, eux tous. Peut-être fut-il le seul à percevoir le changement intime, l'homme nouveau qui s'était développé à l'intérieur de l'ancien Pedro Archanjo vaillant et un tantinet irresponsable, libertaire mais inconséquent, audacieux sans doute, mais aux vues limitées. Pour le bon peuple du Tabuao et du Pilori, pour les pastorales et les bals musette, pour le chant et la danse, pour la capoeira et le candomblé, il restait le même maître Pedro, entouré d'estime et de respect : avec lui personne qui se compare, il écrit même des livres, il en sait plus qu'un docteur formé et il est notre égal. Votre bénédiction, mon oncle, disaient les ogans. Votre bénédiction, mon père Ojuobá, de la voix des initiées, votre bénédiction ! Majé Bassan se serait-elle rendu compte du changement ? S'il en fut ainsi, personne n'en sut rien, pas même Archanjo.

A cinquante ans, Pedro Archanjo plongea dans la vie avec l'avidité d'un adolescent. Outre les raisons ci-dessus exposées, ne le faisait-il pas aussi pour masquer l'absence de Tadeu ?

Du livre s'occupa maître Lídio Corró, dévouement et confiance à toute épreuve : pour lui les livres de son compère étaient une espèce de nouvelle Bible. Le graveur de miracles en devinait l'importance parce qu'il connaissait en chair et en os la vérité exprimée dans leurs pages : dans la persécution et la bagarre, dans le mensonge et la vérité, dans le mauvais et dans le bon. Il n'avait pas de mesure pour divulguer et vendre les exemplaires. Il avait envoyé des volumes aux critiques, professeurs, journalistes et gazettes. Aux Facultés du Sud et du Nord, aux Universités étrangères, il avait mis deux paquets au courrier pour que Tadeu les distribue à Rio.

Traitant Pedro Archanjo d'« auteur distingué », dans une note de peu de lignes, le *Diário da Bahia* annonça la publication du livre et *A Tarde* considéra le volume comme « un reliquaire de nos traditions ». Transporté par cette phrase, Lídio avait exhibé le journal à la terre entière. Deux ou trois critiques se prononcèrent prudemment sur la valeur de l'œuvre dans de brèves allusions. Tournés vers la Grèce et vers la France, ultimes Hellènes, spirituels lecteurs d'Anatole France, ils ne se sentaient pas attirés par les « curieuses et primitives coutumes de Bahia », moins encore par les « affirmations osées et discutables sur les races », l'éloge de la miscigénation, un sujet explosif.

Quelques faits significatifs se produisirent pourtant. Avant tout on note quelques ventes dans les librairies — faibles, il est vrai — non seulement à Bahia mais aussi à Rio. Un jeune libraire carioque, en début de carrière, non content de commander, par l'intermédiaire de Tadeu, cinq exemplaires à vue, s'était proposé pour en recevoir cinquante en dépôt et les distribuer dans les librairies de Rio si « l'éditeur lui accordait cinquante pour cent de réduction ». Promu éditeur, au comble de l'enthousiasme, Lídio Corró en envoya aussitôt le double, cent, et accorda au libraire l'exclusivité pour tout le Sud du pays. Combien furent vendus, Lídio ne parvint pas à l'éclaircir faute de remise de comptes. En revanche, le jeune commerçant devint l'ami intime de Tadeu, un nom qui revenait souvent dans ses rares lettres à Archanjo : « Je vois beaucoup Carlos Ribeiro, mon ami libraire qui est un grand divulgateur de votre livre. »

A la Faculté de médecine la publication ne passa pas non plus inaperçue. Sans parler des étudiants amis de Pedro Archanjo auxquels Lídio fourguait des exemplaires à des prix variés, selon les disponibilités du client — il fallait vendre pour payer l'achat du papier — le livre provoqua des débats entre les professeurs, dans la salle du secrétariat. Arlindo, l'autre appariteur de la chaire de Parasitologie, raconta à Archanjo la discussion féroce entre le professeur Argolo et le médisant Isaías Luna. Ils faillirent en venir aux mains.

Feignant l'air désolé, le professeur Luna avait demandé au professeur titulaire de Médecine légale si c'était vrai ce que commentaient les étudiants au terreiro. Des commentaires d'étudiants ? Sur quoi ? Certainement des niaiseries, des inepties. Nilo Argolo n'avait pas le temps pour de telles sottises. Que disaient-ils ?

Ils disaient que l'appariteur Archanjo avait prouvé dans un livre mis en vente ces jours-ci la survivance, dans les terreiros du candomblé de nation gêge, du culte du Serpent, de l'orishá Dangh-gbi ou simplement Dan. Le professeur Argolo, dans un travail antérieur, avait péremptoirement nié toute survivance de ce culte sur les terres de Bahia : ni trace ni mention. Maintenant, avec un manque absolu de respect, le Noir Archanjo osait exhiber l'orishá inexistant, Cobra, Serpent, Dangh-gbi, Dan, avec son autel, ses obligations, ses coutumes et ses emblèmes, son jour de fête et la légion d'initiées, qui dansait au Terreiro de Bongô. Et l'histoire des cucumbis ? Celle-ci, d'après les étudiants, était ancienne, déjà dans son premier livre le métis avait contesté les affirmations d'Argolo et maintenant il fermait le débat avec une telle liste de preuves que...

Quant aux théories sur les races, lui, Isaías Luna, Blanc bahianais, préférait ne pas approfondir la question, il n'y mettrait pas le petit doigt, il n'était pas fou. Mais, à ce qu'on dit, *seu* Argolo, l'appariteur discute à base d'autorités de premier ordre, il fait montre d'une culture...

Apoplectique, le professeur Nilo Argolo perdit la tête et, dans un vil portugais, il apostropha la langue de vipère : « Salaud, saligaud, salopard, amateur de basses luxures ! » Il faisait allusion à la prédilection notoire du professeur Isaías Luna pour les Noires « ardentes et caressantes, incomparables, *seu* Argolo ! »

Quant au sceptique don León, il eut deux surprises en un temps relativement court. La première, peu après qu'il eut exposé dans sa vitrine le livre de cet appariteur qui avait la manie des grandeurs. De retour de la Faculté, le plus illustre de ses clients, le professeur Silva Virajá, entra dans la librairie, comme à son habitude, pour savoir « si l'ami León avait reçu des nouveautés ». En voyant sur une étagère les volumes des *Influences,* il en prit un :

« Don León, vous avez là un livre destiné à devenir un classique de l'anthropologie. Un jour, les maîtres le citeront et sa réputation courra le monde.

— *De que libro habla usted, maestro ?*

— Je parle de ce livre de Pedro Archanjo, appariteur de ma chaire, un savant.

— Un savant? *Usted bromea...* c'est une plaisanterie...

— Écoutez, don León. » Il ouvrit le livre et lut : « Il se formera une culture métisse tellement puissante et inhérente à chaque Brésilien que ce sera la véritable conscience nationale et même les fils de père et de mère émigrants, des Brésiliens de la première génération, grandiront culturellement métissés. »

Quelques semaines plus tard don León reçut de son compatriote qui s'adonnait à l'anthropologie la lettre de consécration. Il le remerciait de l'envoi du livre d'Archanjo : « Une œuvre magnifique, elle ouvre de nouveaux champs aux chercheurs, elle révèle dans un terrain vierge des thèmes passionnants. Quelle ville inspirante doit être cette Bahia : j'ai pu sentir à chaque page sa couleur et son parfum. » Il sollicitait l'envoi du livre publié antérieurement par le même auteur, comme il était indiqué sur la page de garde des *Influences*. De ce premier livre don León n'avait même pas connaissance.

En homme honnête, le libraire s'émut et partit à la recherche d'Archanjo. C'était la fin de l'après-midi, il ne le trouva plus à la Faculté. Il descendit le Pilori pour le découvrir, la lettre à la main, il se perdit dans des impasses et des passages. Une question par-ci, une question par-là, partout il sentit la présence du mulâtre, une espèce de pâtre et de patriarche. Bien différent du pauvre diable, du dingue maniaque de philosophie, comment avait-il pu se tromper ainsi ? Les lumières s'éclairèrent et don León, pour la première fois en bien des années, manqua le tramway de dix-huit heures dix pour les Barris où il résidait.

Quand, enfin, il découvrit la maison d'Aussá, dans le sordide labyrinthe où jamais il ne s'était aventuré auparavant, la nuit et le clair de lune étaient descendus sur le caruru arrosé de cachaça, de bière et d'aluá. Indécis à la porte, humant le plat à l'huile de palme, don León regarda la salle pauvre et vit son collègue Bonfanti, la bouche pleine, les moustaches jaunes de *dendê*. Assis entre Rosália et Rosa de Oshala, le visage tranquille et bon, maître Archanjo mangeait avec ses doigts, ce qui est la meilleure manière de manger.

« Soyez le bienvenu, don León, prenez place. »

Aussá vint avec un verre de bière, une belle Noire apporta une assiette avec du caruru, de la bouillie de maïs et de la moqueca de crabe.

10

Revêtu du costume fait deux ans auparavant pour le diplôme de Tadeu, à l'abri sous la porte du temple, Pedro Archanjo l'attendit durant quelques minutes, contenant son émotion : des pensées et des images d'une vie entière. Finalement, elle surgit des abords de la cathédrale, environnée de regards, de paroles, d'un halo de désir. Presque vingt ans, dix-sept exactement, constate Archanjo, et chacun avait ajouté quelque chose à la beauté de Rosa de Oshalá. Elle avait été un obscur mystère, une violente tentation, une invincible flamme. Maintenant, une femme sans épithètes, Rosa de Oshalá.

Cependant, elle ne traversait pas la place dans ses atours de Bahiane, jupe, blouse et jupons blancs, la couleur sacrée de l'enchanté. Quand, à la porte de la cathédrale, Archanjo lui offrit son bras, elle arborait une robe de dame de la société, coupée et cousue par la couturière la plus chère, des bijoux sans prix, des amulettes d'or et d'argent, et l'élégance innée de qui est née reine. Elle s'était parée comme si elle allait occuper la place qui lui revenait de droit, à côté du père de la mariée, à la gauche du curé.

« Je suis en retard ? Mininha finit juste de se préparer, j'arrive de la maison de ses tantes, elle va partir de là. Ah! Pedro, elle est si belle, ma fille! »

Ils traversèrent la demi-obscurité de l'église à peine éclairée par deux bougies à la flamme vacillante. Les ombres du crépuscule flottaient dans l'air, descendaient sur les fleurs, les lis, les palmes, les chrysanthèmes, les dahlias qui emplissaient la nef de part en part. Un tapis rouge avait été déroulé du maître-autel à la porte et, dessus, au bras de son père, marcherait la mariée avec sa robe à traîne, son voile, son diadème, sa peur, sa joie.

Marchant en silence dans la pénombre, Rosa murmure dans une plainte :

« Pour mon goût ç'aurait dû être l'église de Bonfim, mais dans ce mariage je n'ai pas ouvert la bouche pour donner mon avis. C'était pour le bien de ma fille, je me suis tue. »

Tandis qu'à genoux elle récite le Notre Père, Pedro Archanjo alla à la recherche d'Anísio, sacristain de la cathédrale — une connaissance à lui depuis bien des années au Terreiro de Jésus. Ce n'était pas comme Jonas le sacristain de l'église du Rosaire-des-Noirs, un camarade dans la cachaça et la guitare mais, quand, une semaine auparavant, Archanjo l'avait consulté, il n'avait pas fait de difficultés, pas émis d'objection, seulement un commentaire mélancolique :

« On n'a jamais vu une chose pareille. J'admire qu'elle se soumette. »

Guidés par le sacristain, ils se glissent derrière l'autel, montent les marches et, après le chœur, dans un coin caché, tous deux ils s'asseyent sur un petit banc, de là ils dominent tout l'intérieur de la cathédrale. Avant de les laisser pour aller éclairer les lumières, Anísio, mulâtre clair à la voix nasillarde, ne se contient pas, il revient à sa cruelle constatation :

« Ce que j'admire c'est pas tant que la mère accepte, c'est que la fille y consente. »

Sur les lèvres de Rosa naît un sourire triomphant :

« C'est là que vous vous trompez. Ç'a m'a donné beaucoup de mal pour qu'elle accepte que je ne vienne pas. Elle me voulait tout près, à côté, tout le temps. Elle a même menacé de casser le mariage.

— Alors, pourquoi ?

— Je vous répondrai une chose et ça suffit : grâce à votre bonté, d'ici, de ce trou de rat, je pourrai voir ma fille se marier. Mais, en échange, elle va entrer à l'église au bras de son père, reconnue et inscrite dans les livres, sa fille pareille à ses filles légitimes, celles de sa femme. Dites-moi si vous, vous trouvez cher le prix que j'ai payé, parce que moi, qui suis sa mère, je le trouve bon marché.

— Chacun a ses soucis, dona. Excusez-moi.

— J'ai seulement à vous remercier, vous avez été trop bon de permettre. »

Le sacristain descendit. Un moment, un petit mouchoir de dentelles sur sa bouche, Rosa retint ses sanglots. Lèvres serrées, Pedro Archanjo, regardait devant lui, les ombres grandissaient entre les statues et les autels.

« Toi non plus, tu ne comprends pas ? demanda Rosa quand elle put parler. Tu sais bien que j'ai dû me décider. Un jour, il m'a dit : "Miminha est ma fille la plus chérie et je veux qu'elle soit ma fille et mon héritière tout comme les autres. J'ai avisé tout le monde chez moi, j'ai averti Maria Amélia..." C'est le nom de sa femme... "J'ai tout arrangé chez le notaire, il n'y a qu'une condition..." Je n'ai pas demandé la condition, j'ai seulement voulu savoir : qu'avait dit sa femme ? Il m'a immédiatement répondu : "Elle m'a dit qu'elle n'avait rien contre

Miminha, que Miminha était innocente, ce n'était pas sa faute, qu'elle n'en voulait qu'à toi." Pendant que je riais de la rancœur de la délaissée, il m'a achevée. "La condition pour légitimer Miminha, c'est qu'elle soit élevée par ses tantes, éloignée de ta présence." Jamais plus je ne vais voir ma fille ? "Tu pourras la voir quand tu voudras mais mes sœurs l'élèveront, elle vivra chez elles, elle viendra ici de temps à autre. Tu es d'accord ou tu ne veux pas le bien de ta fille ?" C'est comme ça que j'ai fait cet accord avec lui, c'était oralement mais il l'a respecté honnêtement, pourquoi moi ne l'aurais-je pas respecté aussi ? Ce n'est pas parce que je suis noire que je suis fausse et sans parole. Est-ce que tu comprends ? C'était pour le bien de Miminha ! Tu ne comprends pas, je sais que tu ne comprends pas. Tu aurais voulu que je me batte. Tu penses que je ne le sais pas ? »

En bas, le sacristain commença à allumer les lampes et, dans une splendeur de fleurs et de lumières, la cathédrale accueillit les premiers invités. Pedro Archanjo dit seulement :

« Comment peux-tu savoir ce que je pense ?

— De toi, Pedro, je sais tout, plus que de moi-même, je sais tes pensées. Pour qui ai-je dansé la vie entière ? Dis-moi ! Seulement pour deux : Oshalá, mon père et toi, qui ne m'as pas voulue.

— Tu oublies le père de Miminha et le compère Lídio...

— Pourquoi parles-tu ainsi, en quoi t'ai-je offensé ? Jerônimo m'a tirée du trottoir : quand il m'a emmenée avec lui, j'étais une prostituée qui passait de main en main, je n'avais pas le choix. Il m'a donné un toit et m'a nourrie, il m'a donné les meilleurs vêtements et même la tendresse. Il a été bon avec moi, Pedro. Tout le monde a peur de lui, toutes les femmes, même la véritable. Eh bien, avec moi, il a toujours agi avec droiture : il m'a tirée du trottoir, il m'a donné du confort, jamais il n'a levé la main pour me battre. Il a fait inscrire le nom de Miminha chez le notaire, il a avisé tout le monde : "Elle est ma fille comme les deux autres."

— Sauf qu'elle n'a pas de mère... la voix d'Archanjo vient des ultimes ombres ; la clarté des lampes couvre les paroles amères.

— De quoi lui aurait servi sa mère, une simple concubine, une ancienne fille publique, une négresse de ronde de samba, une danseuse de batuque ? Quand il a emmené Miminha, j'ai dit : "Mon saint, je ne l'abandonne pas, ne compte pas sur moi en temps d'obligation." Ce n'a pas été ainsi toute ma vie ? Dis-moi si ce n'a pas été comme ça ?

— C'est vrai, oui. Aux obligations et à la Boutique aux Miracles, avec Lídio.

— C'est la vérité. Il avait pris ma fille, il l'avait mise chez ses sœurs vieilles filles, il ne la laissait me voir qu'une fois par semaine. C'était pour le bien de Miminha, j'avais consenti mais en me rongeant en dedans : pour lui je ne servais qu'au lit, je n'étais pas bonne pour élever ma fille. Quand on a emmené la petite, je suis devenue comme folle, Pedro, on avait aveuglé ma vue, obscurci mon entendement. J'ai été me perdre au terreiro, chercher consolation. J'ai rencontré Lídio... »

Sa voix, si faible et brisée, n'atteint pas l'église, elle naît et meurt là, dans ce coin obscur, elle arrive à peine aux oreilles d'Archanjo.

« Lídio ! le meilleur homme que je connaisse, à côté de lui, tu es un pauvre diable, Pedro. Mais dans tout ça, il n'y a eu qu'une erreur. Cette nuit-là, au lieu de rencontrer Lídio, j'aurais dû te rencontrer toi. Pour qui ai-je dansé tout ce temps ? Je n'ai dansé, je te le jure, que pour Oshalá et pour toi. Tu sais que c'est la vérité et que si ça n'a pas dépassé la danse, c'est que tu l'as voulu ainsi.

— Si ç'avait été quelqu'un d'autre, mais Lídio... Toi-même as dit le pourquoi. »

Les invités commençaient à arriver et à remplir le temple. Les femmes, dans un déploiement d'élégance pour ce mariage chic, le plus commenté de l'année, se répandaient sur les bancs dans une rumeur de soies et de rires. Les hommes se massaient au fond de la nef, pour bavarder. Quelques personnes — témoins, familiers des jeunes mariés, autorités — occupaient les deux rangées de sièges les plus proches du maître-autel, habituellement destinés au chapitre de la cathédrale. Rosa, de temps à autre, reconnaissait quelqu'un qu'elle montrait :

« Regarde les parents d'Altamiro ! Maintenant ce sont mes parents, Pedro, je suis pleine de parents riches et blancs », elle rit mais son rire était triste.

La mère, une grosse dame au pas lent, le visage bonasse. Le père, un colonel du cacao, maigre, nerveux et blond, il lui manquait sa monture et sa cravache. Il avançait la tête droite, un sourire hautain, la moustache couleur de miel, un étranger.

« Gringo ? demanda Archanjo.

— Lui, non, mais son père l'était, Français je pense, il s'appelle Lavigne. Un homme sans fierté, Pedro. Tout étranger qu'il est, et pourri d'argent, eh bien il est venu me rendre visite et il a dit : "Dona Rosa, votre fille va être la femme de mon fils, ma belle-fille. Ma maison est la vôtre, nous sommes parents." Pour son goût, je serais là, à l'autel. Pour son goût et celui du garçon.

— Du marié ?

— D'Altamiro, oui. De braves gens, Pedro. Mais si je m'étais imposée la famille de Miminha ne serait pas venue, ses tantes ont été un père et une mère pour elle. Je n'ai pas bien fait de ne pas discuter ? D'ici aussi je peux la voir, Pedro. »

De l'église montait un bruit joyeux, une rumeur de fête. Pedro Archanjo reconnu le professeur Nilo Argolo donnant le bras à dona Augusta. Ce fut l'unique moment où il sourit durant toute la cérémonie. Rosa lui serra le bras, de plus en plus tendue :

« Les tantes ! Elles entrent : ça veut dire que Miminha est arrivée. »

Deux vieilles femmes, grandes, raides, les cheveux

gris, allèrent occuper les places contre l'autel, face aux parents du fiancé. Le chœur s'était rempli de gens, quelqu'un essaya le son de l'orgue.

« Voilà Altamiro avec son témoin, la femme du sénateur. »

Pedro Archanjo trouva le garçon sympathique : il ressemblait à son père par son teint et ses cheveux blonds, de sa mère il avait hérité son expression un peu ingénue.

Toute la société de Salvador s'était réunie à la cathédrale, il était venu des gens d'Ilhéus et d'Itabuna : les Lavigne récoltaient des milliers d'arrobes de cacao, et le garçon, comme si tant d'argent ne lui suffisait pas, était avocat. Le père de la fiancée, planteur et exportateur de tabac, explosif, noble, violent, dissolu, avait gagné, perdu, refait des fortunes. La mère — murmuraient sous cape les femmes — était une négresse couverte d'or et de joyaux, sa concubine, une macumbeira qui l'avait séduit il y a plus de vingt ans, qui peut résister aux sortilèges ? On disait que, bien qu'il soit le pire des coureurs, il n'avait vraiment aimé qu'une femme de toute sa vie, cette négresse, la mère de la petite. La petite est belle comme le jour, un bijou...

Le bruit de l'orgue devient musique, la rumeur grandit dans la nef, le chœur entonne la Marche nuptiale. Rosa de Oshalá serre le bras d'Archanjo, la poitrine haletante, les yeux humides.

Miminha, dans les dentelles blanches de sa robe, fille de la plus belle Noire de Bahia et du dernier seigneur extravagant du Recôncavo, marche sur le tapis rouge au bras de son père. Deux fois déjà ce père avait fait un chemin identique, sur le même tapis, parmi les lumières et les fleurs, au son de la musique, conduisant à l'autel ses autres filles. Jamais, pourtant, avec autant d'orgueil il n'a traversé la nef. Ses autres filles lui étaient chères car elles étaient nées de son sang. Celle-ci, bien-aimée plus que toutes les autres, était née de son sang et de l'amour.

Le docteur Jerônimo de Alcântara Pacheco avait possédé bien des femmes, il avait eu des amourettes, des passions violentes, des filles publiques et des femmes mariées, des filles vierges enlevées et séduites, une épouse avec des lettres de noblesse. De l'amour, une seule fois, pour la Noire Rosa. Même quand il ne resta plus que leur fille pour les réunir et que, blessée à mort Rosa se voulut libre, certaines nuits il venait, halluciné, à la recherche du corps inoubliable, il venait comme un fou capable de tuer s'il le fallait pour l'avoir. Rosa ne se refusa jamais et, tant qu'il vécut, elle le considéra comme le maître d'une partie de son être.

Elle mord le mouchoir de dentelles, le déchire de ses dents, étouffe ses sanglots, enfouit sa tête dans la poitrine d'Archanjo : ah! ma fille! Le curé prie, s'anime dans son sermon, parle du talent du marié, de la beauté de la mariée, du prestige des familles qui, en cet instant, s'unissent par les liens indissolubles du sacrement du mariage. Pour Rosa de Oshalá est venu le moment d'un autre engagement.

Peu à peu l'église se vide, Miminha est sortie au bras de son mari, les tantes s'en sont allées, les parents du marié, les témoins, les invités, l'orgueilleux Alcântara. La musique s'est tue, à nouveau le silence. Le sacristain éteint les lumières, d'abord les cierges, ensuite les lampes. Les ombres grandissent, seules deux bougies illuminent la nuit et la solitude des saints.

« Lídio t'a dit?
— Quoi?
— Jamais plus je ne vais revenir à la Boutique aux Miracles, ni pour dormir ni de passage. Jamais plus, Pedro, c'est fini. »

Il devine le motif mais demande :
« Et pourquoi?
— Maintenant, Pedro, je suis la mère d'une femme mariée, de l'épouse du docteur Altamiro, je suis parente des Lavigne. Je veux avoir droit à ma fille, Pedro, avoir droit à fréquenter sa maison, à

côtoyer sa famille. Je veux pouvoir élever mes petits-enfants, Pedro. »

Dans le silence, sa voix résonne, ferme, décidée :

« Une fois, quand Miminha était petite, j'ai permis qu'on l'éloigne de moi. Je suis restée seule au monde, libre de faire toute ce que j'ai fait. Maintenant, c'est fini, il n'y a plus de Rosa de Oshalá. »

Elle prit la main de Pedro Archanjo et la retint entre les siennes.

« Et ton saint ?

— J'ai fait le nécessaire, je l'ai emmené chez moi avec le consentement de *mãe* Majé. Elle s'est levée de son lit pour les cérémonies. Elle regarda l'homme : il était là, tête basse, les yeux perdus dans l'obscurité : Tu ne m'as jamais voulue, Pedro, et je me suis tant offerte. Maintenant il est trop tard. »

Dans l'escalier les pas du sacristain, il vient vers eux, il est temps de partir. Dans les bras l'un de l'autre, un seul baiser, le premier et l'ultime. Il est tard, maître Pedro, maintenant il est tard, il n'y a plus rien à faire. Dans les ombres de l'église disparaît Rosa de Oshalá. Comme elle était venue elle partit. Une vie entière, une seconde à peine.

11

Quand, enfin, Pedro Archanjo arriva, ogans et filles-de-saint coururent à sa rencontre, dans les pleurs et l'affliction :

« Vite, vite, elle vous appelle sans cesse, elle ne fait que dire : Ojuobá, où est Ojuobá ? »

Les yeux de Majé Bassan s'ouvrent au bruit de ses pas :

« C'est toi, mon fils ? »

Sa main, feuille sèche et fragile, montre la chaise, d'un signe. Archanjo s'assied, prend la main et la baise. L'aïeule concentre toute l'énergie qui lui reste dans son corps agonisant et, dans un souffle de voix, commence sa narration. Elle mélange les langues, emploie des mots et des phrases yoroubas. C'est l'ultime leçon, l'enseignement dernier :

« *Umbé oxirê fun ipakô tô Ijenan*, il y eut une fête au Tereiro d'Ijenan. C'était une grande fête, d'Ogun, et il vint une foule de gens pour voir Ogun danser. Ogun Aiaká dansa une danse très belle pour réjouir les yeux de son peuple fatigué de supporter tant de souffrances. Quand il était au meilleur de sa danse, arriva Sarapebé, l'homme du message, et il raconta que les soldats venaient avec leurs armes chargées pour en finir avec la fête d'Ogun et raser le Tereiro d'Ijenan. Ils galopaient sur leurs chevaux, pressés d'être là et de battre. Ogun écouta les paroles de l'homme du message, l'avertissement qu'Oshossi lui envoyait, il alla dans le bois tout près, siffla en appelant deux serpents, chacun plus long et dangereux. Il mit les deux au milieu de la salle, deux nœuds de venin, enroulés, la tête par-dessus, dehors les langues venimeuses, les yeux dardés sur la porte de la rue. Devant la porte, tranquille, Ogun dansait dans l'attente des soldats. Sans tarder ils arrivèrent, ils sautaient de leurs chevaux et sans dire "En garde" tiraient leurs armes faites pour battre et tuer. De la porte, Ogun parla ainsi aux soldats : "Qui vient en paix, qu'il entre au terreiro, qu'il vienne danser à ma fête. Pour les amis mon cœur est un miel de fleurs, mais malheur aux ennemis : pour eux mon cœur est un puits de venin." Il montra les deux serpents enroulés sur leur venin, les soldats eurent peur mais un ordre est un ordre et un ordre de l'armée et de la police est sans pitié, sans appel, irrévocable. Les soldats avancèrent sur Ogun, les armes brandies. *Ogun kapê dan meji, dan pelú oniban*. Ogun appela les serpents et les serpents se dressèrent devant les soldats. Ogun avertit : qui veut se battre aura la bataille, qui veut la guerre aura la guerre, les serpents mordront et tueront, il ne va pas rester un seul soldat vivant. Les serpents avancèrent leurs langues venimeuses, et, criant au secours, les soldats sautèrent sur leurs chevaux et s'enfuirent, vite ils disparurent, car dans sa danse incessante Ogun appelait les deux serpents, *Ogun kapê dan meji, dan pelú oniban.* »

Pedro Archanjo répéta : *Ogun kapê dan meji, dan pelú oniban*, la malédiction immémoriale, la terrible menace aux maux du monde, aux disgrâces sans compte, sortilège et imprécation, le dernier don d'Iyá. Dans la ville, le commissaire Pedrito Gordo avait lâché la meute de la terreur avec carte blanche : envahir les terreiros, détruire les autels, rosser les balalaôs et les pères-de-saint, arrêter les initiées et les iaôs, les *iyakêkêrês* et les iyalorishás. « Je vais nettoyer Bahia de ces immondices ! » Il donna des ordres stricts aux soldats de la police, organisa l'escouade de bandits, partit pour la guerre sainte.

Majé Bassan, la douce et redoutable, la prudente et sage, ferma les yeux. On entendit au loin le cri de Yansan en tête des éguns, Shangô se mit à danser dans le Terreiro, Pedro Archanjo enferma sa douleur dans sa poitrine et dit : « Notre mère est morte. »

12

De la porte, Pedrito voyait la peur sur la face des policiers, quatre membres de l'« escouade de criminels » conspuée dans les journaux de l'opposition, « une meute d'assassins promus agents de police par l'actuel gouvernement de l'État tente de paralyser notre rédaction ».

Costume de casimir bleu, chapeau panama, ongles manucurés, barbe rasée de près, perle à son épingle de cravate, long fume-cigarette, le bachelier en droit Pedrito Gordo avait l'air d'un dandy — un peu mûr et épais, mais encore frivole et inconséquent. Il ôta le bout de sa cigarette, nettoya son fume-cigarette, les misérables avaient peur.

Dans la salle, saisissant son revolver, Enéas Pombo, roi du jeu de la bête et maître de la ville, maintenant dans l'opposition et en disgrâce, répéta :

« Celui qui fait un pas est mort ! »

Les policiers se regardèrent : Candinho le Flambard, Samuel Cobra Corail, Zacarias da Goméia et Mirandolino, le fauve de Lençóis. La longue et sanglante chronique des hauts faits et des excès d'Enéas Pombo pourvoyeur des cimetières — tir infaillible — retenait les policiers.

« Bande de couards ! » dit Pedrito.

Cela dit, il passa entre les quatre hommes, à la main seulement sa canne de jonc, fine et flexible. L'arme brandie, Pombo défia le commissaire :

« N'avancez pas, docteur Pedrito, vous allez recevoir une balle ! »

La canne siffla dans l'air, un sifflement pareil à celui d'une cravache, lame coupante sur la face du joueur de *bicho*, le premier coup, le second, le sang et les marques. Aveugle de douleur, Pombo avait tiré une balle désespérée, au petit bonheur ; le commissaire avait été plus rapide. Gras et courtaud, personne ne l'aurait supposé capable d'une telle agilité. A la vue du sang les policiers remis, à nouveau d'intrépides champions, coururent sur Pombo.

« Mettez-le en taule », ordonna Pedrito.

Samuel Cobra Corail alla au tiroir où se trouvaient les mises et l'argent. Les trois autres escortaient dans les coups le joueur de bicho. Le commissaire les apostropha, le mépris dans la voix :

« Minables, lavettes, vous n'êtes que des poules mouillées. »

Il gagna la rue, l'attroupement des curieux lui ouvrit un passage. Pedrito Gordo fit une œillade à la petite du café d'en face, monta dans son automobile, partit en trombe — on le disait le meilleur volant de Bahia.

Dans l'antichambre de la police, réunis à des compagnons de la même noble engeance — Beato Ferreira, Leite da Mãe, Inocêncio Sete Mortes, Ricardo

Cotó, Zé Alma Grande — les quatre héros de la battue vespérale commentèrent la prise de Pombo et la fin d'un règne. Au Palais, aux enchères le trône vacant. Qui dit mieux ?

Préoccupés, les quatre braves : le docteur Pedrito s'était exprimé clairement, il n'avait pas mâché ses mots. Armé de sa seule canne, il n'avait pas craint le revolver, le tir infaillible, la réputation d'assassin, tandis que sans un geste ils assistaient, des poules mouillées, des lavettes.

« Des poules mouillées ! » cracha Zé Alma Grande avant de se retirer pour répondre à une convocation qu'avait apportée un garde. Se rendre au Palais de toute urgence pour escorter le docteur Pedrito et le gouverneur. « Des lavettes ! »

Ils écoutèrent en silence, tête basse : plutôt Enéas Pombo avec son revolver que Zé Alma Grande désarmé. Zé Alma Grande ne discutait pas les ordres du chef, il ne vacillait pas pour les exécuter. Il n'y avait pas de caboclo, avec revolver et menaces, qui le fasse hésiter à accomplir un ordre de Pedrito. Battre et tuer étaient pour lui des choses simples et normales. Mourir aussi, quand viendrait le jour. Zé Alma Grande, nègre de la taille d'une maison, homme de toute confiance de Pedrito, ne connaissait pas la couleur de la peur.

Encore sous le coup de la phrase du commissaire et du ricanement de leur compagnon, ils se demandaient tous quatre que faire pour reconquérir les bonnes grâces du patron. Pedrito Gordo n'était pas un plaisantin et, quand il perdait confiance en un de ses hommes, il lui réservait un destin rapide et définitif : retraite dans la fosse commune, un bandit ne mérite pas de pitié. Combien en avait-il envoyé au ciel ? Izaltino, Justo de Seabra, Crispim da Bóia, Fulgêncio Bom de Faca, pour citer les plus notoires. Avant, mandant et commandant dans la ville, buvant à l'œil, prenant l'argent des Espagnols, rossant et arrêtant avec ou sans motif, brusquement allongés sur le sol de la morgue, « victimes du devoir » ainsi qu'en informaient les bulletins de la police et les gazettes du gouvernement. Pour une raison ou une autre ils avaient démérité aux yeux du tout-puissant commissaire auxiliaire.

Il fallait monter un coup de toute urgence, faire quelque chose qui restaure leur prestige ruiné par Enéas Pombo et son revolver. Quelque chose de spectaculaire de préférence. Quoi ?

« Et si on allait faire un tour et qu'on fiche en l'air des candomblés ? proposa Candinho le Flambard.

— Tu as mis dans le mille. Le docteur Pedrito va aimer, approuva Mirandolino.

— Aujourd'hui, c'est jour de Shangô, il y a beaucoup de terreiros ouverts » — l'information méritait confiance.

Elle venait de Zacarias da Goméia qui s'y entendait. Le bonhomme attribuait à des sorcelleries de macumba la variole qui lui avait déformé le visage, un maléfice jeté par une fille de la zone. Outre les raisons du commissaire, idéologiques et érudites, Zacarias da Goméia avait, comme on le voit, des motifs particuliers pour se dévouer au combat sans trêve aux candomblés.

Dans le cabinet de Pedrito Gordo, sur une petite étagère, s'alignaient des livres et des opuscules, quelques-uns du temps où il était à la Faculté, d'autres postérieurs à ses études, annotés au crayon rouge, certains récemment publiés. *Les Trois Ecoles pénales : classique, anthropologique et critique*, d'Antônio Moniz Sodré de Aragão, adepte de l'École anthropologique italienne ; *Dégénérés et criminels*, de Manuel Bernardo Calmon du Pin e Almeida ; *Craniométrie comparée des espèces humaines à Bahia du point de vue évolutionniste et médico-légal*, de Joao Batista de Sá Oliveira ; *Germes du crime* d'Aurelino Leal. Dans ces livres et dans les travaux de Nina Rodrigues et d'Oscar Freire, l'étudiant Pedrito Gordo, dans les heures de loisir qu'il ne consacrait pas aux maisons de filles, avait appris que nègres et métis ont une tendance naturelle au crime, aggravée par les pratiques barbares du candomblé, des rondes de samba, de la capoeira, écoles de criminalité qui perfectionnent ceux qui sont déjà nés assassins, voleurs, canailles. Blanc bahianais, hésitant entre le blond et le roux, le commissaire Pedrito Gordo considérait la pratique de telles coutumes comme une monstrueuse provocation envers les familles, un affront à la culture, à la latinité dont s'enorgueillissaient tant les intellectuels, les politiciens, les commerçants, les grands propriétaires, l'élite.

Aux volumes du temps de la Faculté s'ajoutaient des publications nouvelles, des travaux des professeurs Nilo Argolo et Oswaldo Fontes : *La Criminalité nègre, Métissage, dégénérescence et crime, La Dégénérescence psychique et mentale chez les peuples métis des pays tropicaux, Les Races humaines et la responsabilité pénale au Brésil, Anthropologie pathologique — les Métis*. Quand certains démagogues, cherchant à être populaires auprès du vulgaire, de la plèbe, du bas peuple, se mettaient à discuter la répression des coutumes populaires et les méthodes violentes qu'employait la police pour faire taire les tambours, les tambourins, les berimbaus, les agogôs et les *caxixis*, pour empêcher la danse des initiées et de la capoeira, le commissaire Pedrito Gordo invoquait la culture anthropologique et juridique, sur son étagère : « Ce sont les maîtres qui affirment les dangers de la négritude, c'est la science qui proclame la guerre à ces pratiques antisociales, ce n'est pas moi. » D'un geste humble, il complétait : « Je tâche seulement d'extirper le mal par la racine, pour éviter qu'il ne se propage. Le jour où nous en aurons terminé avec toute cette saleté, l'indice de criminalité va énormément diminuer à Salvador et nous pourrons enfin dire que notre terre est civilisée. »

Si les journaux de l'opposition l'accusaient de préjugés de couleur, de fomenter la haine raciale, Pedrito étalait des articles publiés dans ces mêmes gazettes, dans des circonstances antérieures, où l'on réclamait une attitude énergique de la police envers les candomblés et les afoshés, les capoeiras et les fêtes de Yemanjá. Maintenant, dans l'opposition, pour attaquer le gouvernement et la police « les folliculaires sans mémoire font cause commune avec la horde des criminels déclarés ou potentiels ».

Interrogé par la presse gouvernementale sur la campagne de la police, le professeur Nilo Argolo la définit avec justesse et ne lui ménagea pas ses éloges : « Une guerre sainte, une croisade bénie qui rachète les droits à la civilisation de notre terre souillée. » Dans son enthousiasme il compara Pedrito Gordo à Richard Cœur de Lion.

Une guerre sainte : les croisés partirent en cette nuit de Shangô pour exterminer les infidèles. Outre les quatre intrépides de la battue dans l'antre du *bicheiro*, prirent place dans les troupes de la civilisation les nobles chevaliers Leite de Mãe, ainsi nommé pour son habitude de battre sa propre mère et Beato Ferreira, spécialiste en rossées du plat du couteau sur le dos des prisonniers, dignes représentants, eux aussi, de la culture que défendait par le fer et par le feu le commissaire auxiliaire.

Ils partirent tôt, chacun avec son gourdin, trique semant la terreur, moderne lance de ces valeureux croisés, et ils firent bon office. Dans les trois premières maisons de saint qu'ils envahirent, la tâche leur fut facile : petits sanctuaires, terreiros modestes, fête à ses débuts. Ils baissèrent le bâton, les cris de douleur des vieux et des femmes, musique savoureuse, encourageaient les guerriers à poursuivre leur mission civilisatrice. Quand, déjà, ils n'avaient plus sur qui taper, ils s'amusaient à détruire les tambours, les autels, les chambres des saints.

Le bruit de l'expédition commença à précéder les policiers, faisant taire les orchestres, défaisant les rondes des initiées et des iaôs, éteignant les lumières, mettant fin aux obligations et aux fêtes. Tête basse, hommes et femmes se réfugiaient dans leurs maisons tandis que les orishás retournaient à la montagne, à la forêt, à la mer, d'où ils étaient venus pour la danse et le chant des terreiros.

Les croisés se virent soudain sans avoir qui rosser, obligés d'interrompre un si agréable jeu. Contents des victoires gagnées, certains d'avoir récupéré l'estime de leur redoutable chef, ils exigeaient dans les bistrots, outre à boire gratis, des informations précises : où bat-on candomblé ? Allons, vite, les adresses ! Ceux qui se taisent seront rossés, ceux qui parlent peuvent compter sur nous. Ils connurent la grande fête au Terreiro de Sabaji, aux abords de la ville.

Dans le baracon plus de dix enchantés arboraient de riches costumes et prenaient part à la danse. Au centre, Shangô, monté sur un cheval de grande allure, le mulâtre Felipe Mulexê. Il fallait voir cette danse : le renom du Shangô de Mulexê courait le monde.

Ogan de salle, responsable de l'ordre de la fête et du bien-être des invités, Manuel de Praxedes, attentif à tous les détails, les vit arriver dans les jurons et les gros rires et aussitôt il reconnut la horde de criminels. Le visage sinistre, mangé par la variole noire, sans nez, sans sourcils, Zé da Goméia cria de la porte :

« C'est Zacarias de Goméia qui va danser maintenant, la danse du bâton va commencer. »

Titubant sous l'effet de la cachaça, Samuel Cobra Corail voulut pénétrer dans le baracon. Manuel de Praxedes, conscient de ses devoirs, exigea qu'on respecte les saints. « Va te faire foutre ! » répondit Cobra Corail, et il tenta d'avancer. D'une chiquenaude Manuel de Praxedes le jeta sur son collègue varioleux et le bâton changea de maître. Dans les mains du docker une arme terrible, un moulinet. Il se déchaîna.

Réunis au terreiro, hommes pacifiques et joyeux orishás se virent interrompus et menacés. Quelques braves se joignirent à Manuel de Praxedes pour résister. Aujourd'hui circulent des récits de cette bataille : Shangô donnait d'invisibles coups aux flics et le géant Praxedes avait tant grandi qu'il semblait vraiment être Oshossi, son bâton était la lance de São Jorge qui terrassait les bandits. A terre, rompu, Zacarias da Gomélia sortit son revolver, tira le premier coup.

Blessé à l'épaule, ensanglanté, Felipe Mulexê, cheval de Shangô, poursuivit sa danse, impavide. Suivant l'exemple de Zacarias, les autres croisés tirèrent leur revolver. Ce n'est que par les balles qu'ils réussirent à entrer.

Dans la salle enfin déserte ne restaient plus que Shangô, son sang et sa danse, et Manuel de Praxedes qui faisait tournoyer sa matraque. Les policiers se groupèrent et attaquèrent : nous allons emmener ce fils de putain au poste et il verra qui mène la danse. A la tête des six héros, Samuel Cobra Corail, brute vindicative : au commissariat, je vais t'assouplir le cuir, te faire passer le goût de la bagarre et de la macumba, je vais te battre tant, *seu* fils-de-putain, que tu vas rester grand comme ça, transformé en nain, le géant.

D'un saut démesuré — prodige de Shangô à ce que dit le peuple — Manuel de Praxedes sortit par la fenêtre. Avant, d'un coup de poing sur la bouche, il avait soulagé Cobra Corail de trois dents, dont une en or, de prix, l'orgueil du flic.

Shangô disparut dans les buissons, l'épaule en sang, la danse des bâtons. Les bandits se ruèrent derrière les fuyards. Ah! s'ils attrapaient Felipe Mulexê avec son Shangô! Ah! s'ils mettaient la main sur Manuel de Praxedes, quelle merveille! Aucune trace dans les épais taillis, rien que le cri de la chouette.

La destruction des objets rituels ne calma pas la furie, la haine des croisés. C'était trop peu. Ils mirent le feu au baraco, les flammes consumèrent le Terreiro de Sabaji. Pour l'exemple.

Bien des années se prolongea la guerre sainte, la croisade pour la civilisation. Durant l'empire de Pedrito Gordo, dandy et commissaire, bachelier fort de ses lectures et de ses théories, la violence fut quotidienne, sans appel ni secours. Le docteur Pedrito avait promis d'en finir avec la sorcellerie, le samba, la négritude. « Je vais nettoyer la ville de Bahia. »

13

Quelques jours plus tard, en sortant de sa maison de la ruelle des Baronnes, après le déjeuner, Manuel de Praxedes reçut la charge entière du revolver de Samuel Cobra Corail. Un coup de feu après l'autre, six en tout. Il tomba en avant, sans un cri.

Des gens accoururent de toutes parts ; l'assassin informa :

« Pour lui apprendre à faire le dur. Écartez-vous, je veux passer. »

Le peuple ne s'écarta pas. Criant vengeance il entoura le criminel et l'indignation était si grande que le tueur pissait de peur. Il eut peur de mourir, lynché dans la rue. Il lâcha son arme, demanda clémence, se mit à genoux. Les gardes vinrent, firent reculer la populace, emmenèrent le prisonnier. Quelques hommes suivirent la patrouille jusqu'à la centrale de police.

Le criminel et l'arme du crime ayant été remis aux autorités compétentes, les braves gens furent congédiés. Le gérant d'un cinéma de la rampe du Savetier réaffirma encore au commissaire :

« Il a été pris en flagrant délit d'assassinat.

— Comptez sur nous, partez tranquille. »

L'après-midi même, vers dix-huit heures, en compagnie de Zé Alma Grande, Inocêncio Sete Mortes, Mirandolino, Zacarias da Goméia, Ricardo Coto, dans les rires et les menaces, le policier du commissariat auxiliaire, Samuel Cobra Corail, assassin pris en flagrant délit et livré à la police afin d'être mis à la disposition de la justice, passa devant la ruelle des Baronnes où le corps de Manuel de Praxedes était veillé par ses compagnons et ses amis.

Le commissaire Pedrito Gordo avait demandé :
« Qu'est-il arrivé ?

— Un macumbeiro m'a attaqué dans la rue, il a insulté le nom de votre mère, chef, et il a voulu me mettre sa main sur la figure. J'ai tiré, je n'allais pas me laisser battre par un sorcier. »

La guerre c'est la guerre, dit le commissaire auxiliaire. L'escouade des flics monta et descendit la rue, fit halte dans un bistrot, but et ne paya pas. La guerre c'est la guerre et un soldat, dans une guerre sainte, a droit à des privilèges.

14

Percluse de rhumatismes, Zabel éclatait, douleurs et indignation mêlées :

« Tadeu est un être civilisé, ces Gomes sont des brutes, des rustres du Sertão. Pourquoi ce non ? Parce qu'ils sont riches ?

— Parce qu'ils sont blancs.

— Blancs ? Maître Pedro, ne venez pas me parler de Blancs à Bahia, ne me faites pas rire, je ne peux pas, mes douleurs me tenaillent. Combien de fois vous ai-je dit qu'un Blanc pur à Bahia, c'est comme le sucre des moulins, tout impur. C'est comme ça dans le Recôncavo et bien plus dans le Sertão. Ces Gomes ne méritent pas un garçon comme Tadeu. S'il n'y avait pas Lu, un amour de fille qui vient me voir, passe des heures à bavarder... Si ce n'était pas pour elle, je conseillerais à Tadeu de chercher une meilleure famille. Ces Gomes, franchement... Je les connais très bien, la grand-mère, *mon cher*, cette vieille Eufrásia qui maintenant ne sort plus de l'église, a eu le diable au corps... »

Pedro Archanjo ne cachait pas son ressentiment :

« Cette caste est toute pareille. Les uns disent ce qu'ils pensent : les nègres et les mulâtres à la *senzala*.

Les autres se proclament libéraux, égalitaires, allons donc, leur absence de préjugés dure jusqu'au moment où l'on parle de mariage. Plus cordiale et sans prétention que cette famille avec Tadeu, on ne pouvait trouver personne. Quand il était étudiant, Tadeu passait sa vie chez eux. Il y déjeunait, y dînait, il a couché plusieurs fois dans la chambre de son camarade, il était comme un fils de la maison. Mais il a été question de mariage, la chose a changé d'aspect. Zabel, dites-moi franchement : si vous aviez une fille, vous la donneriez en mariage à un Noir, à un mulâtre ? Dites-moi la vérité. »

Surmontant ses douleurs, « je suis dévorée par une meute de chiens, ils me mordillent tout le corps », la vieille femme se redressa dans son fauteuil :

« Pedro Archanjo, je n'admets pas ça ! Si j'avais passé ma vie à Santo Amaro, à Cachoeira ou ici, au milieu des Argolo, des Avila, des Gonçalves, peut-être pourriez-vous me poser cette question. Vous oubliez que j'ai passé la majeure partie de ma vie à Paris ? Si j'avais une fille, maître Pedro, elle épouserait qui elle voudrait, Blanc, Noir, Chinois, Turc colporteur, Juif de synagogue, qui elle voudrait. Et si elle ne voulait pas se marier, elle ne se marierait pas — elle gémissait de douleur, se laissait retomber dans son fauteuil. Écoutez un secret, maître Pedro : au lit, personne comme un vrai Noir, disait déjà ma grand-mère Virgínia Argolo, mariée au colonel Fortunato Araújo, le Noir Araújo. Une femme qui ne mâchait pas ses mots, elle narguait ouvertement les petites baronnes mijaurées des moulins à sucre : "Je n'échangerais pas un cheveu de mon Noir pour deux douzaines de vos Blancs à vous !" » A nouveau indignée la vieille revenait au sujet de leur conversation. Refuser Tadeu, un être civilisé, quelle absurdité !

« Je n'ai pas refusé Tadeu, je l'épouserai si Dieu le veut ! » la voix de Lu répondit dans le corridor.

Des exclamations pathétiques de Zabel ; « *ma chérie, ma pauvre fille, mon petit* », un sourire sur le visage sombre d'Archanjo :

« Vous ici, Lu ?

— Bonjour, Zabel. Votre bénédiction, mon père. »

Mon père : ainsi l'appelait Lu depuis un certain temps. Avec une bande d'amies, folâtres et intriguées, elle avait été au candomblé, guidée par Archanjo, Lídio et frère Timóteo. Elle avait vu les initiées, les iaôs et même des hommes, certains avec des cheveux blancs, baiser la main d'Archanjo : votre bénédiction, mon père. Pourquoi père ? demanda-t-elle à Lídio Corró. A cause du respect que l'on doit et que l'on voue à Ojuobá ; la famille de Pedro Archanjo, c'est tout ce peuple et beaucoup plus. Dès lors elle lui dit « mon père » et lui demanda sa bénédiction, mi-plaisamment, mi-sérieusement.

Sur le quai, le jour du départ de Tadeu, Lu avait comparé les deux visages, celui de son fiancé et celui d'Archanjo. Une telle ressemblance et ils ne sont que parrain et filleul, on les dirait plutôt père et fils, Dieu me garde !

Toujours réticent en ce qui concernait sa famille, sujet qu'il n'aimait guère, Tadeu ne parlait jamais de son père, il n'avait pas connu ce mystérieux Canhoto dont il descendait. Quant à sa mère il se rappelait seulement sa beauté. « Mon père est mort quand j'étais tout petit, je ne me souviens pas de lui ; ma mère était très jolie, quand elle s'est rendu compte de mon désir de faire des études, elle m'a confié à mon parrain Archanjo. Peu après elle est morte, j'en étais encore à mes examens préparatoires. » Sujet clos, point final.

Intriguée, Lu tenta de percer l'énigme des Canhoto. Peu de temps pourtant, car, très vite, elle sentit les réticences de Tadeu, blessé dans sa susceptibilité :

« Chérie, c'est moi ou mes parents que tu vas épouser ? »

Jamais elle ne revint sur ce sujet mais, qui sait, peut-être au début avait-elle dit « mon père » avec une malicieuse ou secrète intention. Archanjo ne se troubla pas, en souriant il accepta l'appellation. Il lui donnait sa bénédiction et, pour répondre sur le même ton de plaisanterie à l'affectueuse et respectueuse expression de la jeune fille, il lui disait « ma fille petite, ashé! », comme si elle avait été une fille-de-saint au terreiro.

Dans la salle, pelotonnée aux pieds de Zabel, Lu explique :

« A la maison, l'atmosphère est plutôt lourde. J'ai profité de ce que mon père est sorti, j'ai couru jusqu'ici pour respirer. Depuis que Tadeu est reparti pour Rio, maman relâche un peu sa surveillance, elle n'a plus aussi peur que je m'enfuie pour l'épouser.

— Si tu le faisais, tu aurais raison.

— Mieux vaut attendre, il n'y a que huit mois. Ça passe vite quand on a déjà attendu trois ans. Le jour où j'aurai vingt et un ans et que je serai majeure, personne ne pourra m'en empêcher. »

De qui venait cette idée d'attendre, de Lu ou de Tadeu? Pedro Archanjo aimerait savoir. Il aimerait, vraiment?

« D'ici là les choses changeront peut-être à la maison. Tadeu pense que c'est possible. Ce serait tout de même mieux de se marier avec le consentement de ma famille, de vivre en harmonie. »

Ces idées si sensées, de qui venaient-elles? De la jeune fille, de l'ingénieur? Ah! Tadeu Canhoto, tu gravis l'échelle, vite et prudemment!

Bien payé, une carrière commencée brillamment, entouré de considération, aimé de ses chefs et de ses camarades, Tadeu avait obtenu ses premières vacances depuis trois ans et il était parti pour Bahia porteur d'une lettre de Paulo de Frontin, pour le colonel Gomes : « Cher monsieur, j'ai appris l'intention du docteur Tadeu Canhoto de solliciter la main de votre fille et je désire vous présenter par avance mes félicitations. Le prétendant travaille avec moi depuis trois ans et c'est l'un des ingénieurs les plus doués et les plus capables parmi tous ceux qui travaillent à transformer la vieille ville de Rio de Janeiro en une grande et moderne capitale. » Il poursuivait en faisant l'éloge du garçon : « morale sans tache, noble caractère, talent fulgurant », toutes les voies du succès lui étaient ouvertes. Il félicitait à nouveau la famille Gomes de ces heureuses accordailles, certain que le colonel et Son Excellentissime épouse ne pouvaient souhaiter de meilleur gendre.

La lettre et les éloges de l'illustre personnage ne servirent de rien. Reçu avec des démonstrations de joie, « regardez qui arrive, Tadeu, cet ingrat ! », l'atmosphère se transforma du tout au tout quand, après avoir demandé au colonel de lui parler en particulier, Tadeu lui remit la lettre de son chef et demanda la main de Lu.

La surprise initiale du fazendeiro fut telle que, non seulement il lut la lettre jusqu'au bout mais qu'il écouta sans l'interrompre les quelques mots complémentaires de l'ingénieur :

« ... demander la main de votre fille Lu. »

Alors seulement le sourire s'effaça sur les lèvres du colonel :

« Tu dis que tu veux épouser Lu ? », la voix du fazendeiro était à peine surprise, une voix neutre, perplexe.

« Exactement, colonel. Nous nous aimons et nous voulons nous marier.

— Tu..., brusquement la transformation fut totale, sa voix prit un accent de colère. Vous voulez dire que Lu est au courant de cette ridicule prétention ?

— Je ne vous aurais pas parlé, colonel, sans qu'elle m'y ait autorisé, et nous ne considérons pas comme ridicule notre, il appuya sur le possessif, prétention. »

Rugissement d'animal blessé, le cri du colonel Gomes transperça la maison :

« Emilia, viens ici, vite ! Amène Lu ! Vite ! »

D'un regard ennemi, il fixa Tadeu comme si jamais il ne l'avait vu. Dona Emília entra en s'essuyant les mains à son tablier ; elle aidait la cuisinière à confectionner un entremets du goût de Tadeu qui, certainement, dînerait avec eux ce soir.

Presque en même temps apparut Lu qui souriait, nerveuse et tendue. C'est à elle que s'adressa le fazendeiro :

« Ma fille, ce monsieur que voici me surprend par une absurde demande, et il ajoute qu'il le fait avec ton consentement. Il ment, n'est-ce pas ?

— Si vous voulez dire que Tadeu est venu demander ma main, tout ce qu'il vous a dit est vrai. J'aime Tadeu et je veux l'épouser. »

Le colonel faisait un effort visible pour se contenir et ne pas se jeter sur sa fille, le bras levé. Une bonne correction, c'est ce qu'elle méritait.

« Retire-toi. Nous parlerons plus tard. »

Lu sourit à Tadeu, l'encourageant, et quitta la salle. En entendant la stupéfiante nouvelle, dona Emília avait poussé une espèce de grognement sourd : « Ah ! Seigneur ! »

« Tu savais quelque chose, Emília ? Tu le savais et tu me l'as caché ?

— J'en savais autant que toi, je ne savais rien. Pour moi c'est une surprise, une immense surprise. Elle n'a jamais rien laissé paraître. »

Le colonel ne lui demanda pas son opinion, soit qu'il s'imaginât la connaître, soit que, pour lui, une épouse est faite pour s'occuper de sa maison et pas pour intervenir dans les problèmes graves. Il s'adressa à Tadeu :

« Vous avez abusé de la confiance que nous avions mise en vous. Parce que vous étiez le camarade de mon fils, nous vous avons reçu chez nous sans tenir compte de votre couleur et de vos origines. On dit que vous êtes intelligent, comment alors ne vous êtes-vous pas rendu compte que nous n'avons pas élevé notre fille pour un nègre ? Maintenant, file, et ne remets jamais les pieds dans cette maison ou tu seras jeté dehors à coups de pied.

— Il est heureux que vous n'ayez pas trouvé autre chose à me reprocher que ma couleur.

— Dehors ! File ! »

D'un pas mesuré, Tadeu se retira tandis que dona

Emília se trouvait mal. Les cris de fureur du colonel allaient mourir sur le trottoir. Lu va affronter les fauves, pensa Tadeu. Elle était forte et elle était préparée. La veille, chez Zabel, ils avaient examiné le problème dans tous ses détails, prévoyant les diverses possibilités, à chacune d'elles cherchant une solution. Tadeu Canhoto aimait les calculs mathématiques, les tracés aux lignes précises, les décisions nées de l'étude et de l'analyse.

Bien qu'il se soit attendu à ce refus, Pedro Archanjo sortit de ses gonds, vitupéra, perdit la tête, chose rare chez lui. « Je ne perds la tête que pour les femmes », avait-il coutume de dire.

« Hypocrites ! Tas d'ignorants ! Blancs de merde ! »
C'est Tadeu qui le contint :

« Voyons, parrain ! Du calme, n'insultez pas mes parents. C'est une famille de fazendeiros riches comme les autres, ils ont les mêmes préjugés. Pour le colonel, marier sa fille à un mulâtre est un malheur, il préférerait qu'elle devienne hystérique et meure vieille fille. Ils n'en sont pas pour autant de mauvaises gens et, au fond, je pense que même ce préjugé est superficiel, il ne résistera pas au temps.

— Et, par-dessus le marché, tu les excuses, tu prends leur défense ? Tadeu Canhoto, maintenant c'est moi qui m'étonne.

— Je ne les défends pas, parrain. Il n'y a, à mon avis, rien de pire que les préjugés de couleurs, rien de meilleur que le mélange des races, j'ai appris ça avec vous, dans vos livres et à votre exemple. Simplement je ne veux pas, pour ça, faire d'eux des monstres, ce sont de braves gens. J'ai la certitude qu'Astério, à qui je n'ai rien dit parce que je voulais lui faire une surprise, va nous soutenir. Dans ses lettres il ne fait que critiquer le racisme nord-américain, "inacceptable pour un Brésilien", écrit-il.

— "Inacceptable pour un Brésilien !" Mais le jour de donner la main de leur fille ou de leur sœur à un mulâtre ou à un Noir, ils agissent exactement comme les racistes nord-américains.

— Parrain, finalement, c'est moi qui m'étonne. Car c'est vous qui m'avez toujours dit que le problème des races et sa solution se posaient de manière différente et même opposée au Brésil et aux États-Unis, qu'ici nous tendions, malgré les obstacles, à la communion des races, au mélange. Alors? Simplement parce que surgit un de ces obstacles, vous changez d'avis?

— La vérité, c'est que je suis en colère, Tadeu, plus en colère que je ne m'y attendais. Et maintenant que penses-tu faire?

— Épouser Lu, bien sûr. »

C'en fut assez pour que la colère de Pedro Archanjo cède la place à la volonté d'agir :

« Je fais les plans du rapt et de la fugue...

— Un rapt, une fugue? Ce n'est pas facile.

— J'ai fait des choses plus difficiles. »

Il se voyait à la tête de la romanesque opération : des capoeiristas gardant la rue, Lu fuyant de chez elle à l'aube, tremblante, enveloppée dans un noir burnous, une barque toutes voiles tendues qui emmènerait les fiancés dans un refuge du Recôncavo, le mariage en cachette, la rage des Gomes. Ce n'était pas par hasard que maître Pedro Archanjo mêlait à ses lectures scientifiques des romans d'Alexandre Dumas : « Un mulâtre, d'ailleurs, fils d'un Français et d'une Noire, une heureuse combinaison! »

« Non, Parrain, ni rapt ni fugue. Lu et moi avons déjà tout décidé. Dans huit mois, Lu aura vingt et un ans, elle sera majeure, maîtresse de sa destinée. Si, d'ici là, nous n'avons pas brisé la résistance des Gomes, et pour ça je pense pouvoir compter sur Astério, le jour même de son anniversaire elle quittera la maison de ses parents pour être mon épouse. C'est mieux ainsi.

— Tu crois?

— Nous le croyons, Lu et moi. Même si elle n'obtient pas d'ici cette date l'autorisation du colonel, le fait d'avoir attendu la majorité de Lu facilitera les choses ensuite. Pour moi aussi c'est préférable. Je pars demain pour Rio, je reviendrai dans huit mois. »

Pedro Archanjo ne dit ni oui ni non, d'ailleurs personne ne lui avait demandé conseil. A la Boutique aux Miracles Lídio Corró éblouissait ses amis en racontant les succès de Tadeu à la capitale : Paulo de Frontin ne décidait rien, aucun détail des grands plans d'urbanisme, sans lui demander son opinion, il l'avait nommé responsable des tâches les plus difficiles. Pratiquement, Tadeu construisait le nouveau Rio de Janeiro.

Chez Zabel, Pedro Archanjo écoute la jeune fille répéter les propres paroles de Tadeu :

« Il se peut que dans les mois qui viennent je convainque mes parents.

— Vous croyez que c'est possible ?

— Si je vous disais que maman est déjà ébranlée ! Hier encore elle me disait que Tadeu était un bon garçon, s'il n'était pas...

— ... noir...

— Figurez-vous que pour parler de Tadeu elle ne dit plus noir : "s'il n'était pas si brun, si bronzé...". »

Pedro Archanjo peut enfin rire, il ne veut pas s'ériger en censeur, que Tadeu et Lu décident comme bon leur semble, de toute façon ils auront son appui. Légaliste et lente, ce n'était pas sa solution ni celle d'Alexandre Dumas père, le mulâtre né du général Napoléon et de la belle Noire de la Martinique (de la Martinique ou de la Guadeloupe ? il ne se rappelait pas) ; si on les avait écoutés, on aurait opté pour le rapt, incontinent, résolument.

Profitant de ce qu'elle avait un auditoire, Zabel se lançait dans des histoires de la famille Argolo de Araújo : « Écoutez, vous autres, Fortunato de Arújo, colonel des guerres de l'Indépendance, héros de Cabrito et de Pirajá, connu comme le Noir Araújo, entra dans la noble famille des Argolo par la porte de l'alcôve de grand-mère Virgínia Gonçalves Argolo, et il en prit la direction et le commandement. C'était un beau mulâtre, moi j'étais sa petite-fille préférée, il me mettait sur le pommeau de sa selle et nous galopions par monts et par vaux, c'est lui qui m'a surnommée la princesse du Recôncavo. Maître Pedro, vous qui êtes si fort pour déchiffrer les énigmes, dites-moi pourquoi l'illustre professeur Nilo d'Avila Argolo de Araújo, ce microbe, *le grand con*, qui se rengorge tant de ses ancêtres nobles, est si chiche de l'honorable nom de Araújo ? Pourquoi ne cite-t-il pas les hauts faits du colonel Fortunato dans les luttes de 23, pourquoi ne raconte-t-il pas que le Noir Araújo fut trois fois blessé en luttant pour l'indépendance du Brésil ? Dans notre distinguée famille il n'y eut pas d'hommes plus capables, nous lui devons les biens que nous possédons encore, y compris ces misérables miettes qui me restent. C'est avec orgueil et avec raison que grand-mère Virgínia disait aux baronnes, comtesses, *yayás* et *toutes les autres garces :* un seul cheveu de mon Noir Fortunato vaut dix fois mieux que *toute cette bande de cocus* que sont vos maris et amants, *les imbéciles.* »

15

Les histoires racontées par Zabel initièrent Pedro Archanjo à la généalogie des grands et, au fil des jours, il en sut autant sur les Avila et les Argolo, les Cavalcanti et les Guimaraes, la bande des lords, que sur les relations de parenté dans les familles du peuple débarquées des navires négriers. Le grand-père de chacun et l'heure exacte où les sangs s'étaient mêlés.

Après les fêtes du cinquantenaire, dans les années qui suivirent, maître Archanjo poursuivit ses études : dans les volumes qu'il lisait dans sa mansarde ou à la Boutique aux Miracles (là il gardait la majorité de ses livres, dans la chambre du fond, celle de Tadeu), dans la vie vécue ardemment. Il s'était conservé jeune, personne ne lui aurait donné cinquante-cinq ans. Il faisait de la capoeira, passait des nuits blanches, bon buveur, fou des femmes. Après Rosália — ou en même temps ? — il s'était mis en ménage avec Quelé, une gamine de dix-sept ans, et elle lui avait donné un enfant. Mâle, comme toujours, de fille, Archanjo n'en eut jamais sinon les *filles-petites* aux terreiros des saints.

Les femmes venaient le chercher à la Boutique aux Miracles où, après la disparition de Rosa de Oshalá, s'étaient terminés les spectacles et les fêtes. Inconsolable, Lídio avait souffert une éternelle jalousie. Il se remit lentement, il ne se guérit jamais. Le graveur de miracles, son amant depuis plus de quinze ans, ne trouva pas de remplaçante capable d'effacer de sa mémoire meurtrie l'image de Rosa.

Dans la chambre à coucher la statue de bois taillée par le santonnier Miguel, un ami de Damiao, elle ressemble un peu à Rosa. Nue, les seins hauts, les hanches vagabondes. Si Lídio, l'unique à l'avoir vue dévêtue, au lit, dans ses bras, si même lui ne peut, avec la peinture à la colle, fixer sur la toile du tableau la vision de cette splendeur, ç'avait été beaucoup d'audace de la part du santonnier de vouloir l'imaginer et la reproduire dans le *jacaranda*. Où est la bouche affamée de baisers, le ventre de feu ? Dans ses nuits sans sommeil Rosa se détache de la toile et du bois et danse dans la chambre.

A la Boutique aux Miracles et dans les rues, dans les *châteaux* et les pensions, les bals et les pastorales, les gafieiras et les neuvaines, riant et chantant avec les filles et les donzelles allaient les deux compères, flûte, viole et guitare, et l'absence de Rosa. Si entouré qu'il fût, Lídio restait insatisfait : qui l'a eue ne peut l'oublier ni la remplacer. Et Pedro Archanjo ? Pour lui, la douleur d'aimer avait commencé bien avant. Tu ne sais pas, compère Lídio, mon bon, le prix de ton amitié.

Bien des choses avaient changé à la Boutique aux Miracles. La typographie occupa la grande salle et l'ancien hangar. L'agitation était trop grande, il ne reste plus de temps à maître Lídio, même pas pour graver des miracles. Quand il accepte une commande il doit l'exécuter le dimanche, la semaine est trop courte pour le travail de l'officine.

La Boutique aux Miracles continuait néanmoins à être le centre de la vie populaire, une assemblée bruyante : conversations, idées, réalisations. Là se cachaient les pères et les mères-de-saint poursuivis, là furent préservées les richesses des sanctuaires, là *pai* Procópio se guérit du fouet qui lui avait déchiré les côtes à la police. A la porte, pourtant, on ne voit plus la pancarte qui annonce les spectacles de déclamation et de danse, de samba et de maxixe. Mané Lima et la grosse Fernanda s'exhibent dans d'autres salles. Quant à la lanterne magique, il y a bien des années qu'elle est hors de circulation. Une seule fois le Tringleur et Zé-le-Poireau sont revenus échanger des coups et se disputer Lili Sucette quand Zabel exigea d'assister à « la farce moralisatrice sur les revers de l'amitié ».

« *Quelle horreur !* Vous êtes des porcs, *de sales cochons!* dit la vieille morte de rire de la grivoiserie et de l'ingénuité du spectacle.

— Nous avons longtemps vécu de ces pantins et de leur indécence, expliqua Archanjo. C'était notre gagne-pain.

— Vous venez vraiment de bien bas, commenta la comtesse.

— Est-ce qu'en haut c'est mieux, par hasard, plus propre ? »

Zabel haussa les épaules : vous avez raison, partout c'est la même saleté, on vend l'amitié pour un nickel.

Ni pour un nickel, ni pour cette monnaie sans prix, l'amour de Rosa de Oshalá, je n'ai vendu mon ami. D'ici je viens et ici je reste. Si j'ai changé en quelque chose, et certainement il en est ainsi, si en moi se sont rompues des valeurs et si d'autres les ont remplacées, si une partie de mon être ancien est mort, je ne nie rien et ne renonce à rien de ce que j'ai été. Pas même à la lanterne magique, vile et grossière. Dans ma poitrine tout s'ajoute et se mélange. Écoutez! Lídio, Tadeu, Zabel, Budiao, Valdeloïr, Damiao de Souza, Major du peuple et mon enfant, écoutez! Je ne désire qu'une chose : vivre, comprendre la vie, aimer les hommes, le peuple entier.

Les années passent, quelques cheveux blancs par-ci, par-là, pas une ride sur le visage lisse. Pedro Archanjo de son pas dansant, bien mis, vêtements soignés, traverse le Pilori vers le Terreiro de Jésus. Au laboratoire de Parasitologie, à la Faculté de médecine, le professeur Silva Virajá a analysé et décrit le schistosome, il est devenu mondialement célèbre. Dans cette salle le savant étudie et contribue à la connaissance de la dysenterie, de la leishmaniose tégumentaire, de la maladie de Chagas, des mycoses, des maladies tropicales. Pedro Archanjo va lui demander encore une faveur : qu'il accepte d'être, en compagnie du professeur Bernard de l'École polytechnique, le témoin de Tadeu.

La date de l'anniversaire de Lu approche, sa majorité. Pendant des mois la jeune fille avait été exilée à la fazenda en compagnie de sa mère. On l'a ramenée, avec l'espoir de la voir s'intéresser à des prétendants convenables. Avec Archanjo, Lídio et Zabel, en de longs conciliabules, Lu a examiné le plan d'action dans tous ses détails.

« Puisqu'ils ne veulent pas céder, il ne reste pas d'autre issue. D'ailleurs, c'est papa qui s'y oppose vraiment. S'il n'y avait que maman je la convaincrais, mais elle pense avec sa tête à lui et lui, le colonel Gomes, ne veut pas en démordre. On sentait dans sa voix combien elle aimait et admirait son père. Il a failli retirer sa mensualité à Astério parce qu'il a pris notre parti. »

Astério avait écrit au fazendeiro pour approuver ce mariage, lui dire du bien de Tadeu « pour qui j'ai une fraternelle estime ». « Qui lui demandait son

avis ? » fulmina le colonel dans une lettre violente :
« Ma fille épousera le gendre de mon goût et de mon choix. »

D'ailleurs il avait déjà choisi, à en juger par les fréquentes invitations à déjeuner et à dîner que recevait le docteur Rui Passarinho. Avocat jouissant d'une belle clientèle, les grandes firmes, connu et prestigieux, le docteur Passarinho, à trente-six ans, n'avait pas eu le temps d'être amoureux, très tôt il s'était enseveli dans son cabinet et dans les débats juridiques : il passait pour un célibataire endurci. A la messe, à São Francisco, il vit la jeune fille avec ses grands yeux et ses boucles blondes ; cette image le poursuivit dans ses rêves. Il la revit deux ou trois fois. Chez lui, il parla de la belle jeune fille à sa mère, une veuve. La petite Gomes ? Jolie, oui, mais pas si jeune, elle a dépassé les vingt ans, elle est près de Sainte-Catherine, mon fils. Bonne famille, de l'argent en pagaille, des terres à l'infini, beaucoup de bétail au pâturage, des rues entières de maisons de rapport à Canela, à Barbalho, à Lapinha — en y réfléchissant bien la petite Gomes était l'idéal pour son fils vieux garçon.

La propre mère du docteur Rui Passarinho parla à dona Emília de l'intérêt de son fils et elles mirent sur pied un dîner. Un dîner, un déjeuner, un autre dîner, un autre déjeuner, le digne homme fut amené par les deux dames, et presque à son insu, aux portes du mariage. Quant à Lu, bien élevée, très aimable, et rien de plus. Pour divertir Zabel elle imitait l'air décontracté de l'avocat qui guettait un signe pour se déclarer et ne savait comment agir, que penser. Le pauvre, il va avoir une surprise !

L'ultime semaine, en attendant Tadeu, ils arrêtèrent les détails, polirent leur plan. Pedro Archanjo avait été voir le professeur Bernard, lui avait transmis l'invitation. Il eut une longue conférence avec frère Timóteo, dans le cloître du couvent, la barbe du frère avait blanchi mais son rire s'était conservé jeune. Par l'intermédiaire de Damiao, du major

Damiao de Souza, Pedro Archanjo fut convié par le juge Santos Cruz à aller le voir chez lui. Ils s'entretinrent longtemps. Il ne restait qu'à parler à Silva Virajá.

Dans les bureaux et les sacristies pour réunir les certificats de naissance et de baptême, d'un ami à un autre pour les invitations et les conversations, dans l'étude des lois, Pedro Archanjo prépare le mariage. Un mariage contre la volonté de la famille mais légal, ah! il n'avait pas la séduction romanesque de l'enlèvement et de la fugue — burnous et petit matin, barque et chevaux au galop, poursuite et lutte. Mais ça valait la peine : un divertissement et une bonne leçon pour les insolents. Pedro Archanjo complote avec Budiao et Valdeloïr, ensemble ils choisissent des hommes de confiance, des lutteurs de capoeira dont le nom fait trembler même les sbires de la police. A toutes fins utiles, on ne sait jamais ce qui peut arriver.

16

Il trouva le professeur Silva Virajá en compagnie d'un homme d'une trentaine d'années, maigre, moustache et bouc roux, visage ouvert, mains nerveuses, yeux perçants.

« Bonjour, Pedro Archanjo, Laissez-moi vous présenter le docteur Fraga Neto qui va tenir ma chaire en mon absence. Il arrive d'Allemagne, moi j'y vais, ainsi est la vie. Il se tourna vers son collègue : c'est Pedro Archanjo, dont nous avons déjà parlé; quelqu'un que j'estime particulièrement. Officiellement il est appariteur à la Faculté, à la disposition de la chaire de Parasitologie, en réalité c'est une compétence en anthropologie, il connaît comme personne les coutumes populaires de Bahia. D'ailleurs, vous avez lu ses livres... »

Pedro Archanjo grommelait modestement : « Le professeur est trop bon, je suis simplement un curieux...

— Je les ai lus et beaucoup aimés. Surtout le dernier. Sur bien des choses nous pensons de la même manière. Nous serons amis, j'en ai la certitude.

— J'en serai heureux et honoré, docteur Fraga. Et vous, professeur, quand partez-vous ?

— D'ici deux mois plus ou moins. D'abord, je vais à São Paulo, ensuite je continue vers l'Allemagne.

— Pour longtemps, professeur ?

— Je pars définitivement, Archanjo. Pas en Allemagne, j'y serai juste le temps nécessaire aux acquisitions du laboratoire que je vais monter et diriger à São Paulo où je vais me fixer. On m'offre des conditions exceptionnelles : je pourrai mener à bien mes travaux. Ici, c'est impossible : le budget ne suffit pas à acheter le matériel le plus élémentaire. Le docteur Fraga a eu la bonté d'accepter mon invitation, abandonnant par pur patriotisme une excellente situation en Allemagne pour venir concourir ici et assurer la continuation de notre travail. Il comptera pour ça sur les collaborateurs de la chaire, sur Arlindo et vous et sur les étudiants.

— Cela, naturellement, si je suis reçu au concours. »

Le savant rit :

« Vous serez reçu, dût-on se battre pour ça, mon cher. »

Le concours d'agrégé de médecine qui ne comportait pas de joute entre les candidats, était, en général, bien moins passionnant et moins imposant que celui de professeur titulaire. Celui du docteur Fraga Neto, cependant, emplit le salon Noble de la Faculté et provoqua de violentes réactions : indignation, applaudissements, huées, injures, tumulte, désordre et bagarre.

Le jeune médecin et chercheur venait d'Europe, précédé d'un grand renom. C'est le professeur Silva Virajá lui-même, avec le poids de son autorité, qui l'avait invité à se présenter au concours et à le remplacer. Fils unique de parents aisés, après son doctorat Fraga Neto était parti pour l'Europe. Il avait passé des mois à Paris et à Londres, s'était fixé en Allemagne. Il faisait des recherches dans le même domaine et la même direction que Silva Virajá, « je suis un simple disciple du grand maître ».

Le concours mit le feu aux poudres, depuis longtemps ne s'était pas présenté de candidat si agressif et si hérétique. Les membres du jury se voyaient aux prises avec des théories et des thèses absolument inattendues. Le seul à ne pas se scandaliser fut le professeur de Parasitologie, Silva Virajá. Il se frottait les mains de satisfaction tandis que le belliqueux candidat faisait table rase des convictions les plus enracinées, des idées reçues, des structures sociales. Bouc roux et arrogant, Fraga Neto, l'index tendu, paraissait un diable turbulent.

Les causes d'une telle émotion ne venaient pas du débat d'ordre médical — la thèse traitait de maladies tropicales — mais, bien, des affirmations d'ordre sociologique et politique, nombreuses et terribles, jetées à la tête du jury et de l'Ordre par le candidat.

Fraga Neto avait commencé par se déclarer matérialiste, pire encore : matérialiste dialectique, disciple de Karl Marx et de Frédéric Engels, « les deux grands philosophes modernes, les génies qui ont ouvert la voie à une ère nouvelle de l'humanité ». S'appuyant sur de tels maîtres, il exigeait pour la complète éradication des maladies tropicales, d'urgentes et profondes transformations de la structure économique, sociale et politique du Brésil. Tant que nous serons un pays semi-féodal, d'économie agraire basée sur le latifundium et la monoculture, nous ne pourrons pas parler sérieusement de combattre les maladies tropicales. La principale maladie, c'est notre arriération, les autres viennent de là. Ce fut la panique parmi les professeurs, dont beaucoup cumulaient leur chaire et les grandes propriétés terriennes.

Le débat gagna une virulence inusitée, on en vint presque aux insultes. Un des membres du jury, le Montenegro des néologismes, était au bord de la crise de nerfs. « C'est dément ! » criait-il pris de panique.

Les étudiants, on l'imagine, unanimes en faveur du candidat, d'une claque turbulente ils applaudissaient ses tirades : « Notre économie archaïque est la principale responsable du schistosome, de la lèpre, de la maladie de Chagas, de la malaria, de la variole, des endémies et des épidémies de notre pauvre Patrie. Sans un radical changement de structures nous ne pouvons penser décemment à l'éradication des infirmités, à des mesures préventives, à un combat systématique et sérieux contre les maux qui éprouvent notre peuple, nous ne pouvons parler de santé publique. Promettre de telles mesures est une ânerie, sinon une farce et une duperie. Tant que nous ne transformerons pas le Brésil, nos travaux, si sérieux et originaux soient-ils, ne seront que des efforts isolés, résultats de la vocation et du talent de quelques savants capables d'immenses sacrifices. Telle est la vérité, si douloureuse qu'elle soit. »

Le moment le plus sensationnel se produisit pendant la soutenance de la thèse. Non content du bruit provoqué par ses idées agressives, Fraga Neto cita, comme une autorité scientifique, un appariteur de la Faculté. Traitant l'employé de « compétent anthropologue à l'ample vision sociologique », il lut une page extraite d'une brochure que ledit Archanjo, un mulâtre prétentieux, avait fait imprimer : « Si terribles sont les conditions de vie du peuple bahianais, si grande est sa misère, si absolue l'absence de toute assistance médicale ou sanitaire, du moindre intérêt de l'État ou des autorités, que vivre dans de telles conditions représente en soi seul une extraordinaire démonstration de force et de vitalité. Cela étant, la préservation des coutumes et des traditions, l'organisation des sociétés, écoles, défilés, ranchos, ternos, afoshés, la création de rythmes dansés et chantés, tout ce qui signifie un enrichissement culturel, prend les dimensions d'un véritable miracle que seul le mélange des races explique et permet. De la miscigénation naît une race de tant de talent et de résistance, si puissante, qu'elle dépasse la misère et le désespoir dans la création quotidienne de la beauté et de la vie. » Des fauteuils réservés aux membres de l'Ordre partit un rugissement : « Je proteste ! » C'était le professeur Nilo Argolo, debout, apoplectique, qui vociférait :

« Cette citation est une insulte à la noble Faculté ! »

Le professeur Argolo ne se borna pas à ces brèves paroles, il en prononça d'autres dans un discours certainement dévastateur et châtié. Malheureusement personne ne l'entendit : les étudiants poussaient des vivats pour Fraga Neto, plusieurs professeurs intervenaient en même temps, interruptions, insultes, huées et sifflets se croisaient, un pandémonium. A la fin du concours, reçu avec mention très honorable — deux ou trois professeurs abaissèrent sa note — Fraga Neto fut porté en triomphe sur les épaules des étudiants.

Quant à l'invitation d'être le témoin de Tadeu à son mariage civil, le professeur Silva Virajá n'hésita pas à l'accepter. Il avait connu l'ingénieur adolescent, au laboratoire de parasitologie quand il attendait son parrain Archanjo, et il savait les difficultés qu'il avait dû vaincre pour poursuivre ses études. A plusieurs reprises il lui avait donné le nécessaire pour le tramway, une glace, le cinéma. Il connaissait également les Gomes : de rudes fazendeiros du sertão, atrabilaires et attardés, intellectuellement bien au-dessous de Tadeu. Mais si le garçon et la jeune fille s'aimaient, le reste n'avait pas la moindre importance. Qu'ils se marient et fassent des enfants.

17

Un scandale immense, pendant des semaines on ne parla pas d'autre chose à Bahia ; seules les commémorations du Centenaire de l'Indépendance, les grandes fêtes du 2 juillet parvinrent à le faire tomber dans l'oubli. Sujet d'âpres discussions, d'échanges d'insultes, il semblait que ce fût la première fois qu'un mulâtre et une Blanche se mariaient. Blanche bahianaise, c'est-à-dire éclaboussée de sang noir, de l'avis éclairé de la comtesse Isabel Tereza, pour les fiancés Zabel. Le fiancé, un mulâtre obscur, « brun très bronzé » — pour employer l'expression conciliante de dona Emília.

De tels mariages devenaient des faits courants. Quand ils pénétraient dans l'église au bras de leurs parents, les fiancés noirs et blancs, blancs et noirs ne soulevaient déjà plus la même émotion, seulement le naturel émoi des unions matrimoniales. Cette fois, pourtant, la fiancée n'était pas conduite par son père, les lumières ne s'éclairaient pas dans la nef et sur les autels, les cérémonies civiles et religieuses étaient célébrées dans une maison amie, devant un nombre réduit d'invités, dans une atmosphère de menace. Marche nuptiale de Tadeu et de Lu, la discussion avait pris feu à Bahia.

Les puissants Gomes, propriétaires d'une bonne fraction de Sertão, des figures en vue de l'élite, avaient considéré cette demande en mariage comme une insulte, ils avaient renvoyé le candidat noir et pauvre d'un non bref et catégorique. Ils lui avaient fermé la porte de leur maison hospitalière et interdit le cœur de leur fille sans tenir compte de la dot du garçon : le talent et la force de volonté, l'épreuve en vers à la Faculté, la solution de difficiles calculs mathématiques, la distinction dans ses examens et sa brillante carrière de Rio, bras droit de Paulo de Frontin.

Bravo pour les Gomes, il était temps qu'un honorable chef de famille mette fin au criminel trafic des sangs, au croissant abâtardissement de la race blanche au Brésil, qu'il dise assez à la négritude — se félicitaient Nilo Argolo, Oswaldo Fontes et leurs belliqueux courtisans, soutenant et applaudissant le colonel.

Geste inutile et triste, la haine entre les races ne peut triompher dans le climat brésilien, aucun mur de préjugés ne résiste à l'élan du peuple — répondaient les Silva Virajá, les Fraga Neto, les Bernard.

Tout ça, plus la beauté de la fiancée, l'intelligence vantée du fiancé, leur amour obstiné et interdit, entourèrent le mariage d'une aura romantique et excitante. Ce fut le centre de la vie de la cité.

Tadeu avait débarqué quelques jours avant, il était resté presque incognito, peu de gens surent sa présence à Bahia. Chez Zabel il rencontra Lu, ensemble ils mirent en place les derniers détails, « avec un accord qui fait plaisir », ainsi que l'annonça à maître Archanjo la vieille femme de plus en plus impotente et bavarde.

Lu informa Tadeu de la cour insistante que lui faisait le docteur Rui Passarinho, hôte permanent, convive habituel du colonel. Attentif et discret, l'avocat agissait avec tact. Il ne s'imposait pas, ne se déclarait pas, il se bornait à des insinuations et à de longs regards. Il confia sa cause à dona Emília qui se répandait en éloges sur le soupirant. Amoureux fou, ma fille, il attend un mot de toi, un geste, un signe d'assentiment pour faire sa demande. Enfin, tu vas avoir vingt et un ans. Toutes tes camarades du Collège de la Mercê sont mariées, sont mères de famille, Maricota a déjà quitté son mari, *cruz credo*, quelle horreur ! Tu ne trouveras pas de meilleur mari que le docteur Passarinho, il plaît à ton père et à moi-même, pense au bonnet de Sainte-Catherine que tu vas coiffer, réfléchis, ne sois pas têtue. Nuit et jour la cantilène à ses oreilles et la question dans les yeux de l'homme de loi.

La veille de la majorité de Lu, le docteur Passarinho arriva après le dîner et, au lieu de rester au salon avec le colonel à parler politique et finances, il demanda à la jeune fille si elle consentirait à l'écouter deux minutes. Ils s'assirent sous le grand manguier dans le jardin de l'hôtel particulier. Au-dessus d'eux, un ciel plein d'étoiles et le clair de lune, en bas les eaux du golfe, le Fort de la Mer, les ombres des navires, une nuit pour des amoureux. Sans expérience des déclarations d'amour, mal à son aise, le bachelier après un silence gênant, vainquit sa timidité :

« Je ne sais si dona Emília, dont j'ai sollicité l'autorisation d'avoir avec vous cette conversation, vous a parlé de quelque chose... Je ne suis plus tout jeune...

— Docteur Rui, Maman m'a parlé. Je me suis sentie très honorée car vous méritez ma sympathie, votre comportement a été parfait. C'est pourquoi je ne vous laisserai pas continuer. Parce que je suis déjà engagée, je suis fiancée, je vais me marier bientôt, très bientôt.

— Un engagement ? Fiancée ? Dona Emília ne m'a rien dit ! réellement surpris, l'avocat put enfin regarder la jeune fille dans ses grands yeux limpides.

— Personne ne vous a rien raconté ? Je ne dis pas Papa ou Maman, ils n'en parlent jamais. Mais, après la demande en mariage, ça a fait beaucoup jaser.

— Je ne sais rien, je vis très isolé, j'ignore les racontars.

— Alors, je vais tout vous dire, c'est la meilleure manière de vous prouver mon estime. Une partie de ce que je vais vous confier est secret.

— Je suis un homme d'honneur, senhorita, et avocat. Je suis le dépositaire de beaucoup de secrets.

— Il y a presque un an, huit mois exactement, j'ai été demandée en mariage par le docteur Tadeu Canhoto, un ingénieur qui a fait ses études dans la même promotion que mon frère Astério. Nous nous aimons depuis notre enfance.

— Tadeu Canhoto, je le connais de nom.

— La demande a été repoussée parce que Tadeu est mulâtre. Mulâtre et pauvre, il vient de rien, il a fait ses études à force de sacrifices. Le refus vient de mes parents, moi j'aime Tadeu et je me considère comme sa fiancée, elle ne le laissa pas l'interrompre : Écoutez le reste ; demain j'aurai vingt et un ans, et demain je quitterai cette maison par cette porte et j'irai me marier. Je pense qu'en vous disant la vérité je réponds à l'honneur que vous m'avez fait en pensant à moi pour être votre femme. Je n'ai pas besoin de vous recommander le secret. »

L'avocat regarda la mer baignée de lune, de quelque part venait un rythme de samba de roda, une chanson de capoeira :

> *Prends l'orange à terre, tico-tico*
> *Mon amour s'en est allé, et moi sans elle*
> *Mon mouchoir est bordé de dentelle*
> *Prends l'orange à terre, tico-tico.*

« Tadeu Canhoto ? N'est-ce pas lui qui, à la Faculté, a fait une épreuve de mathématiques toute en vers décasyllabiques ?
— Lui-même.
— J'ai beaucoup entendu parler de lui, on dit que c'est un garçon de grand talent, l'autre jour encore un ami qui arrivait de Rio me racontait que l'ingénieur Canhoto était le bras droit de Paulo de Frontin — il s'arrêta, écouta la chanson lointaine, mon amour s'en est allé, et moi sans elle — je ne vous dirai pas que je suis content, je pensais avoir l'honneur de demander votre main, de vous avoir un jour pour compagne. Je retourne à mes paperasses, à mes livres et à mes réflexions. J'ai des goûts de vieux garçon, je ne sais pas si j'aurais été un bon mari. Permettez-moi de vous présenter par avance mes félicitations pour votre mariage et pour votre courage. Je ne sais si je puis vous être utile, à vous et au docteur Canhoto.
— Je vous remercie, je n'attendais pas une autre attitude de vous.
— Tout va bien, docteur ? demanda dona Emília

quand l'avocat, aimable et correct, un « gentleman », lui baisa la main en partant.

— Très bien, dona Emília, tout va très bien, — bien que déçu, l'avocat ressentait un certain soulagement, il était né vieux garçon.

— A demain, docteur. Venez dîner avec Lu.

— Je vous remercie, bonsoir. »

Criblée de questions, Lu répondit évasivement, rieuse et nerveuse. Dona Emília informa le colonel de la bonne marche des événements : tout va bien, demain nous aurons du nouveau.

Ils en eurent, et de taille. Au matin, majeure, maîtresse de ses actes, Lu quitta tôt la maison et ne revint pas. Elle avait laissé un billet adressé à ses parents, laconique et dramatique : « Ne m'en veuillez pas, je vais épouser l'homme que j'aime, adieu. » Le colonel Gomes courut au cabinet du docteur Passarinho, décidé à empêcher à toute force ce mariage, à récupérer sa fille, à faire mettre Tadeu en prison.

Toute mesure légale est impossible, expliqua le bachelier. La jeune fille était majeure, responsable de ses volontés ; libre d'épouser qui bon lui semblait. Le prétendant n'était pas du goût des parents ? C'était regrettable, sans doute, mais il n'y avait pas autre chose à faire que la paix avec le fiancé, en oubliant des divergences de peu de gravité, sans aucun doute.

Ça jamais ! Le colonel arpentait la pièce à grands pas. Coquin de nègre ! Un camarade de Faculté d'Astério, le colonel et dona Emília lui avaient ouvert leur maison, ils l'avaient souvent nourri. Il en avait profité pour tourner la tête de la petite, une enfant. Un mulâtre sans père et sans mère, qui avait quasiment fait ses études à coups d'aumônes, un rien du tout, un certain Tadeu Canhoto.

« Excusez-moi, colonel, mais le docteur Tadeu Canhoto n'est pas un rien du tout. Il s'agit d'un grand ingénieur, il jouit d'une réelle considération, c'est un homme de grand avenir. Quant à Lu, ce n'est plus une enfant, elle a vingt et un ans, et, si elle abandonne le foyer paternel pour épouser le docteur Tadeu, c'est qu'elle l'aime vraiment.

— Un métis !

— Pardonnez-moi, colonel, mais hier encore c'est moi qui étais candidat à la main de Lu et je vous ai consultés, dona Emília et vous, sur ma prétention que vous avez bien voulu approuver. Pourtant, colonel, je suis aussi métis, et malgré ça...

— Vous, métis ?

— Ce qui vous impressionne, cher colonel, c'est la couleur et non la race. Ma grand-mère paternelle était mulâtresse, très sombre, colonel. Il se trouve que je suis né blanc mais j'ai un frère médecin à São Paulo qui est un beau garçon très basané, il ressemble à grand-mère Sinhá Dona. Il a d'ailleurs épousé la fille d'un Italien très riche. A Bahia, colonel, il est difficile de dire qui n'est pas né métis.

— Ma famille...

— Colonel, si votre fille aime le docteur Tadeu, oubliez vos préjugés, allez lui donner votre bénédiction.

— Jamais ! Pour moi le jour où elle épousera ce nègre, elle sera morte et enterrée.

— Quand viendront les petits-enfants...

— Docteur, ne me parlez pas de ça, de ce malheur. Je vais empêcher ce mariage, par tous les moyens. Je suis venu vous prendre comme avocat pour faire mettre cette canaille en prison et m'aider à faire enfermer Lu dans un couvent.

— Je vous ai dit qu'il n'y a rien à faire, colonel, la loi...

— Que m'importe la loi ? Vous êtes avocat, vous savez que la loi n'est pas faite pour tous. Ceux qui en ont les moyens passent par-dessus la loi. Vous êtes autorisé à dépenser ce qu'il faudra.

— Impossible, colonel. Non seulement la loi est claire, mais il y a un détail que vous ignorez : depuis hier je suis l'avocat de votre fille Lu, engagé pour défendre ses droits de citoyenne majeure et responsable contre toute manœuvre pour empêcher son mariage. Cela étant... »

Le colonel alla trouver des amis importants, il se répandit en menaces, fit jouer des influences. Des inspecteurs reçurent l'ordre de trouver Tadeu Canhoto et de l'amener à la police. Ils le découvrirent à la Boutique aux Miracles, en compagnie de l'avocat Passarinho qui l'avait cherché dans tout Bahia afin de le mettre au courant des intentions du fazendeiro.

« Vous êtes mon rival ? sourit Tadeu en lui serrant la main.

— Je crois que maintenant je suis votre avocat. J'ai eu du mal à vous découvrir, docteur. »

Ils s'entretenaient quand les policiers arrivèrent. Tadeu refusa de les suivre : « Je n'ai commis aucun crime, je n'ai rien à faire à la police.

— Si vous ne venez pas de votre plein gré, vous viendrez de force. »

L'avocat réussit à contourner la situation en s'offrant à aller lui-même à la centrale de police :

« Je le connais bien, nous étions ensemble à la Faculté, nous entretenons d'excellentes relations. »

Dans le cabinet du chef de la Police, le docteur Rui voulut savoir si l'appareil policier était là pour garantir le respect de la loi ou pour la violer et pour collaborer aux abus et aux illégalités.

« Mon cher, ne vous emportez pas. J'ai reçu plus de dix interventions, le colonel Gomes exige la prison et le fouet. J'ai seulement invité l'indigne individu à comparaître et à apporter des éclaircissements. Finalement, il s'agit de l'enlèvement d'une mineure, fille d'une famille estimée.

— Enlèvement ! Mineure ! Lu a vingt et un ans aujourd'hui, légalement elle est aussi majeure que vous et moi. Elle est partie de chez elle de son propre chef et elle a laissé une lettre. Ces détails étant éclaircis, je vous demanderai si vous savez qui est l'"indigne individu". Si vous l'ignorez, je vais vous le dire. C'est l'ingénieur Tadeu Canhoto, membre de l'équipe du docteur Paulo de Frontin, son homme de confiance. Le professeur Bernard, de l'École polytechnique, a en poche une procuration de Paulo de

Frontin pour le représenter comme témoin au mariage du docteur Tadeu avec la fille du colonel Gomes.

— Que me dites-vous? Je pensais que c'était un séducteur quelconque. »

L'avocat poursuivit son interrogatoire : vous savez où la jeune fille est hébergée? Chez le professeur Silva Virajá. Vous allez la tirer de là? Le chef de la police n'avait pas assez de difficultés avec les exactions du commissaire Pedrito Gordo? Il n'était pas assez critiqué? Il voulait de nouveaux soucis? Lui, Passarinho, avocat de l'ingénieur, l'avait empêché de télégraphier à Paulo de Frontin en lui exposant les menaces de la police.

« Il n'y a pas eu de menaces. Je l'ai fait inviter à comparaître...

— Vous avez envoyé deux bandits avec l'ordre de l'amener. Si je n'avais pas été présent, ils auraient traîné le docteur Tadeu jusqu'ici. Vous imaginez les conséquences? Vous jouez votre charge pour servir les caprices d'un colonel du Sertão. Si Frontin lève le petit doigt il n'y a pas de gouverneur qui vous sauve. Abandonnez ça, mon cher. »

Le chef de la police fit avertir le colonel qu'il regrettait de ne rien pouvoir, l'affaire échappait entièrement à ses attributions, il rappela ses agents. Il aimait son poste, avec la commission du jeu il avait déjà acheté une maison particulière à Graça.

Au désespoir, le colonel menaça de faire un malheur, d'empêcher le mariage par les armes, de « casser la gueule de ce nègre à coups de fouet ». Il ne fit rien, il partit pour sa fazenda quand les bans furent affichés au Tribunal et lus à l'église São Francisco. Les commentaires, les chuchotements, les rires et les questions des commères ne parvenaient pas à ses plantations et ses pâturages. L'affaire s'était répandue, on ne parlait de rien d'autre à Bahia. La grand-mère de Lu, la vieille Eufrásia, la mère de dona Emília, au bord du gâtisme, refusa d'accompagner sa fille et son gendre dans leur exil rural. Elle ne supportait pas la fazenda et rien ne lui plaisait plus que les racontars, plaisir de la vieillesse, le dernier. Je reste seule avec les domestiques et le chauffeur, il faudrait m'attacher pour me faire aller à la fazenda.

Quelques jours plus tard, dans la plus stricte intimité, eut lieu le mariage. Non pas chez Zabel comme ç'avait été prévu antérieurement. Ayant hébergé Lu à la demande d'Archanjo, le couple Silva Virajá offrit son hôtel particulier et le champagne pour la cérémonie. Lu hésita, craignant de peiner la vieille dame. Tadeu, pourtant accepta. « C'est bien préférable, chérie. » Zabel, en compensation, s'habilla en grand style, elle semblait sortie des pages d'une revue de la fin du XIXe siècle. Le frère Timóteo officia, le docteur Santos Cruz légalisa le mariage. Tous deux firent un discours.

Le frère, dans son rude portugais rocailleux, loua la communion de deux cœurs aimants, l'union bénie de races, de sangs et de cultures différentes. Le juge ne fit pas moins. Orateur brillant, sonnetiste publié dans les journaux, en des tirades lyriques il exalta l'amour qui dépasse les différences de race et de classe pour créer un monde de beauté. De l'avis de Zabel en larmes, le discours du juge fut « un hymne à l'amour, un poème, *une merveille* ».

Aux abords de la maison du savant, dans les porches et les recoins, attentifs et prêts, les plus fameux capoeiristas de Bahia. Les deux maîtres, Budiao et Valdeloïr, gardaient la porte de la rue. Malgré le voyage du colonel, Pedro Archanjo avait maintenu les mesures de sécurité. Il ne voulait rien risquer.

En fait de commère, dans ce mariage, une seule : la grand-mère de Lu. Elle mourait d'envie de parler de la folie de sa petite-fille, une enfant obstinée qui abandonnait sa famille pour un obscur va-nu-pieds. Elle était allée chez Zabel, une amie du bon vieux temps, quelle amie !

« Ah ! dona Eufrásia, Madame est au mariage. J'aurais bien aimé y assister ! la domestique se répandait en exclamations.

— Le mariage ? De ma petite-fille ? De Lu ? C'est aujourd'hui ? Où ? »

Chez Silva Virajá ? Vite, chauffeur ! J'arriverai peut-être à temps pour voir quelque chose. Elle arriva quand le frère Timóteo bénissait les mariés, à l'heure du baiser.

Zabel aperçut une silhouette dans l'autre salle : *nom de Dieu*, c'est Eufrásia.

« Mes enfants, *chers amis*, la représentante de la famille est arrivée, *la grand-mère* est venue bénir sa petite-fille. *Entrez*, Eufrásia, *entrez !* »

Elle hésita une fraction de seconde. Puis elle sourit à la senhora Silva Virajá, avança d'un pas et contempla sa petite-fille : si jolie dans sa robe de mariée, un voile et une guirlande sur ses boucles blondes, elle souriait des lèvres et de ses grands yeux, à côté de son mari si distingué dans son frac bien coupé, le visage grave, un beau brun, et comment ! Elle alla à Lu et à Tadeu, que son crétin de gendre aille au diable ! Finalement, ce n'était pas le premier mulâtre qui se glissait dans les lits de la famille. Je suis bien placée pour le savoir, n'est-ce pas, Zabel ?

Derrière les autres invités, Pedro Archanjo et Lídio Corró virent Tadeu tomber dans les bras de sa grand-mère, Eufrásia Maria Leal da Paiva Mendes.

18

La guerre sainte du commissaire auxiliaire Pedrito Gordo se poursuivit pendant des années et, peu à peu, la résistance tenace des mères et des pères-de-saint commença à céder. Dans la chronique de la vie citadine, dans les rondes de samba, dans les chansons de capoeira, le peuple enregistrait les coups de la persécution :

> *Je n'aime pas les candomblés*
> *C'est des fêtes de sorciers*
> *Quand j'en serai fatigué*
> *J'y serai un des premiers.*

Nombre de babalorishás et de iyalorishás emportèrent au loin les vases sacrés et les saints, expulsés du centre et des quartiers voisins vers les campagnes distantes, d'un difficile accès. D'autres prirent les orishás, les instruments de musique, les costumes, les fétiches, les cantiques et la danse, le *baticum* et les rythmes et se transportèrent à Rio de Janeiro — ainsi arriva le samba à celle qui était alors la capitale du pays, avec les caravanes des Bahianais fugitifs. Quelques terreiros de moindre importance ne purent résister à tant de persécutions, ils disparurent définitivement. Certains réduisirent le calendrier des fêtes aux obligations indispensables, réalisées en secret.

Quelques-uns persistèrent dans la lutte à mort : les grandes maisons de tradition antique, avec des dizaines et des dizaines d'initiées. Les jours de fête, quand les tambours battaient pour appeler les saints, le peuple de ces terreiros affrontait les incursions de la police, la prison, les coups :

> *Finissez avec ça*
> *Mon saint*
> *V'là encore Pedrito*
> *Il vient il chante ca ô cabieci*
> *Il vient il chante ca ô cabieci.*

Les hommes de la police, parfois sous le commandement de Pedrito lui-même, infestaient la nuit de Bahia, traquant les candomblés et les baturques, le bâton chantait :

> *Frappe le tambourin*
> *Secoue le caxixi*
> *Fais vite*
> *Pedrito*
> *Vient ici.*

De 1920 à 1926, tant que dura le règne du tout-puissant commissaire auxiliaire, les coutumes d'origine noire sans exception, depuis les marchandes de beignets jusqu'aux orishás, furent l'objet d'une violence continue et croissante. Le commissaire restait décidé à en finir avec les traditions populaires, par la trique et le couteau, par les balles s'il le fallait.

Le samba de roda fut exilé au bout du monde, dans des ruelles et des cabanes perdues. Les écoles de capoeira fermèrent leurs portes, presque toutes. Budiao resta quelque temps caché, Valdeloïr connut de mauvais jours. Avec les joueurs de capoeira la chose était plus délicate, les flics ne les affrontaient pas ouvertement, ils avaient peur. De loin et par derrière, c'était plus sûr. Parfois, au matin, on trouvait le corps d'un capoeirista criblé de balles, tombé dans une embuscade, œuvre de la meute des assassins. Ainsi moururent Neco Dendê, Porco Espinho, Joao Grauçá, Cassiano do Boné.

Parmi les victimes des attentats et des brutalités, dans cette période de fureur débridée, figurait le père-de-saint Procópio Xavier de Souza, babalorishá de l'Ilé Ogunjá, un des grands candomblés de Bahia. Il tint tête à Pedrito qui le poursuivit et le persécuta sans trêve. Constamment arrêté, il avait les côtés marquées des fouets de cuir cru, des zébrures sanglantes. Rien ne l'abattit, il ne se laissa pas défaire. Le peuple chantait dans les rues :

> *Procópio était dans la salle*
> *Attendant qu'son saint arrive*
> *Arriva seu Pedrito*
> *Procópio ôte-toi d'là.*

> *La force des poules c'est leurs ailes*
> *Celle du coq c'est ses ergots*
> *Pour Procópio le candomblé*
> *Pedrito c'est le couteau.*

Procópio ne tut pas les tambours, il ne s'enfuit pas vers les bois ou vers Rio de Janeiro. La ronde des initiées diminua, d'immense elle devint toute petite, les ogans se retirèrent dans l'attente de jours meilleurs. Procópio continua :

« Mon saint, personne ne m'empêchera de le fêter. »

Baigné de sang, les vêtements en lambeaux, face à Pedrito Gordo dans la salle du commissariat auxiliaire, il répète son défi : je suis babalorishá, je fête mon saint, mon père Oshossi.

« Pourquoi ne cesses-tu pas de faire la tête dure, imbécile ? Tu ne vois pas que tes saints ne valent rien ? Tu veux mourir sous les coups ?

— Je dois vénérer mes orishás, les jours de fête je dois les célébrer, c'est mon obligation. Même si vous devez me tuer.

— Écoute, animal sans intelligence : je vais te relâcher mais si tu oses battre à nouveau candomblé, fais bien attention, ce sera la dernière fois, la dernière !

— Je ne mourrai que le jour fixé par Dieu. Oshossi me défend.

— Tu crois ça ? Tes saints ne valent rien, sinon ils m'auraient déjà tué. Je les mets tous en miettes et je suis ici, bien vivant. Où est le sort qui devait me tuer ?

— Je ne travaille que pour le bien, je n'ai jamais fait de sort pour le mal.

— Écoute, maudite bête : les saints d'église font des miracles parce que ce sont des saints. Tes saints à toi ne font que du bruit parce que ce sont des saints de merde. Le jour où je verrai un miracle de ces fils de putains, ce jour-là, je démissionne de ma charge — il rit, toucha du bout de sa canne la poitrine déchirée du nègre.

— Dans quelques jours il y aura six ans que je m'escrime contre les candomblés, je les ai presque tous exterminés, je vais exterminer les autres une bonne fois. En tout ce temps je n'ai jamais vu un miracle d'orishá. Du vent, c'est tout. »

Les flics rirent, le docteur était drôle, le docteur n'avait pas peur. Procópio entendit la menace finale :

« Écoute mon conseil : ferme le terreiro, abandonne les tambours, envoie ton saint au diable et je te donne une place à la police. Une vie de cocagne, demande-leur si ça ne vaut pas la peine. Parce que, si tu bats candomblé une autre fois, ça va être la dernière. Je n'ai l'habitude de tromper personne.
— Mon saint, personne ne va m'empêcher de le fêter.
— Eh bien, vas-y et tu verras. Je t'aurai averti. »
Mauvais exemple qui maintenait vive la résistance, flamme qui illuminait la nuit sinistre et périlleuse. Irréductible, Procópio n'était pas d'un bois qui plie. Pedrito regarda ses hommes un à un, la « meute de brigands, les assassins au service du commissaire auxiliaire ». Six ans à leur tête lui avaient appris la valeur et la loyauté de chaque membre de la célèbre escouade, les chevaliers de la guerre sainte. Un homme véritable, d'absolue confiance, cœur sans peur, bras efficace, chien fidèle et soumis, un seul, Zé Alma Grande.

19

Les grandes fêtes d'antan au Terreiro d'Ilé Ogunjá s'étaient réduites à un petit groupe d'initiées, de vieilles femmes fatalistes, et à quelques ogans. A la fête d'Oshossi même les *alabês* manquèrent. Sans la présence d'Ojuobá le père-de-saint Procópio n'aurait eu personne pour assumer la direction de l'orchestre. Le bruit avait couru que si Procópio osait ouvrir le baracon, le commissaire Pedrito viendrait en personne, et malheur à qui serait présent. Il avait averti lui-même le père-de-saint ; ce sera la dernière fois.
Dans les ruelles et les chemins on donnait déjà Procópio pour défunt. Les flics ne se borneraient pas à arrêter et à rosser, à dévaster les autels. Ils avaient

ordre d'en finir avec le babalorishá. Méprisant conseils et avertissements, Procópio décida d'ouvrir le terreiro à l'occasion de Corpus Christi, jour d'Oshossi, et d'honorer l'orishá. Je ne fêterais pas la fête de mon saint?, dit-il à Pedro Archanjo, à la Boutique aux Miracles. Même s'ils me tuent je dois accomplir mon obligation, c'est pour ça que j'ai reçu le *deká*.

Pedro Archanjo proposa d'organiser une brigade de lutteurs de capoeira pour garder le terreiro et affronter les sbires du commissaire. Dans cette guerre sans quartier la police avait tué beaucoup de braves, à commencer par Manuel de Praxedes, un des premiers. D'autres prirent peur et s'enfuirent, quelques-uns changèrent de vie, abandonnant le berimbau. Il restait encore, pourtant, des camarades intrépides, Pedro Archanjo savait où les trouver. Procópio refusa. Il valait mieux que le commissaire, s'il venait, ne trouve que lui, les initiées et les alabês. Moins il y aurait de monde, mieux ça vaudrait.

Une fête pauvre en affluence mais riche en animation. Les saints descendirent tôt et tous à la fois, dans une grande agitation. Shangô et Yansan, Oshalá et Nanan Burokô, Euá et Roko, Yemanjá des eaux, Oshumarê, immense serpent à terre. Au centre de la salle, Oshossi, roi de Ketu, chasseur de fauves, dans la main droite l'arc et la flèche, dans la gauche le chasse-mouches. *Okê arô!* salua Pedro Archanjo Ojuobá. Procópio, Oshossi dans sa danse, se dirigea vers la porte du terreiro, il lança son cri de défi. Ojuobá et la *iakekerê* entonnaient les cantiques, ordonnaient la danse, tout dans la paix et dans la joie. *Okê arô*, Oshossi!

Le bruit des automobiles marqua l'heure de la mort. Pour certaines besognes le commissaire auxiliaire Pedrito Gordo n'avait une entière confiance qu'en Zé Alma Grande, bouche sans questions, cœur sans vacillement, dans un corps si grand ne tenaient ni la peur ni le remords. Pour faire taire d'un coup et pour toujours un séditieux, personne comme lui.

En règle générale Pedrito n'utilisait pas Zé Alma Grande contre des gens désarmés, pour l'ouvrage facile : les battues contre les candomblés, les rondes de samba, les ranchos et les batuques. Bouledogue, homme de confiance, tueur pour des missions plus risquées. Toujours présent s'il s'agissait d'affronter des dangers véritables, des ennemis endurcis, des assassins invétérés, des adversaires politiques bons tireurs. Ainsi lors de l'arrestation de Zigomar : d'une chiquenaude Zé Alma Grande avait mis le scélérat hors de combat. Quand, au club du Commerce, Américo Monteiro avait tiré sur le commissaire, quasiment à bout portant, qui dévia le revolver ? C'est Zé Alma Grande ; et, s'il n'étrangla pas le journaliste, c'est que Pedrito voulait le corriger lui-même : « Lâche cet homme, Zé, je veux voir si, désarmé, il est aussi vaillant. »

C'était aussi Zé Alma Grande qui gardait la porte du *château* de Vicenza, à Amaralina, les après-midi de loisir du commissaire qui jouait alors les séducteurs des femmes mariées : une douleur de cocu donne parfois du courage, Pedrito en avait la preuve par l'estafilade sur son ventre.

A part ça, les ordres secrets, les travaux de choix, bien payés. On découvrait des cadavres, le crâne fracassé, dans le ruisseau, des marques de doigts sur le cou. Quand Zé Alma Grande levait ses mains immenses, les plus vaillants se recroquevillaient. Guga Maroto était un lion, un dur, un mâle. En sentant les griffes de Zé Alma Grande sur sa gorge, il tomba à genoux, implora pardon.

Pour la première fois, le commissaire auxiliaire emmena Zé Alma Grande dans un coup de main contre un candomblé. Dans l'éventualité d'une improbable résistance il compléta la troupe par Samuel Cobra Corail et Zacarias da Goméia, l'un et l'autre ennemis personnels des terreiros et des orishás. De la porte, impeccable dans son costume de lin anglais, la canne à la main, le chapeau panama, le long fume-cigarette, un dandy, Pedrito s'adressa au père-de-saint :

« Procópio, je t'ai averti ! »

Pedro Archanjo entendit la sentence de mort de la bouche du commissaire. Les policiers s'approchèrent de leur chef, maître Archanjo reconnut Zé de Ogun. Il ne le voyait plus depuis des années, depuis que Majé Bassan avait interdit l'entrée du Terreiro de Shangô au renégat et lui avait retiré le droit au chant et à la danse parce qu'il avait tué une initiée. Quand son saint le possédait sa force décuplait. Un certain soir, à la Conception de la Plage, rendu fou par une fille, il reçut son saint et en termina avec la fête, il mit en déroute une patrouille de soldats. On ne réussit à l'arrêter que le lendemain quand, innocemment, il dormait d'un sommeil de plomb à la rampe du Marché. C'est dans ces circonstances que le commissaire le recruta, le sortant de prison pour son escouade. Les flics l'appelèrent Zé Alma Grande pour sa franchise de langage et son calme pour tuer. Pedro Archanjo Ojuobá reconnut Zé de Ogun : tout pouvait arriver.

« Arrête, Procópio ! Assez ! ordonna le commissaire. Rends-toi et je laisse les autres partir.

— Je suis Oshossi, contre moi personne ne peut rien !

— Je vais en finir tout de suite avec ton saint de merde ! Pedrito Gordo montra Procópio à Zé Alma Grande. Celui-ci. Amène-le-moi mort ou vif. »

Le nègre avança, plus grand qu'une maison, Ojuobá vit avec les yeux de Shangô une seconde d'hésitation dans le pas de l'assassin quand il pénétra dans l'enceinte sacrée du terreiro. Samuel Cobra Corail et Zacarias da Goméia prirent position, prêts à empêcher toute protestation. Procópio poursuivit sa danse, il était Oshossi, le chasseur, maître de la forêt, roi de Ketu.

On raconte qu'à cette heure précise Eshu, revenant des lointains, pénétra dans la salle. Ojuobá dit : *Laroiê, Eshu !* Tout fut très rapide. Quand Zé Alma Grande fit un pas de plus dans la direction d'Oshossi il se trouva face à Pedro Archanjo. Pedro Archanjo,

Ojuobá ou Eshu en personne comme beaucoup le pensent. Sa voix s'éleva, impérative, pour le terrible anathème, l'objurgation fatale !

« *Ogun kapê dan meji, dan pelú oniban !* »

De la taille d'une maison, des yeux d'assassin, le bras comme une grue, les mains de mort, pétrifié, le Noir Zé Alma Grande s'arrêta en entendant le sortilège. Zé de Ogun fit un bond et poussa un hurlement, il jeta au loin ses chaussures, tournoya dans la salle, devint orishá, quand il recevait son saint sa force décuplait. *Ogunhê !* cria-t-il et tous les assistants répondirent : *Ogunhê, meu pai Ogun !*

« *Ogun kapê dan meji, dan pelú oniban !* répéta Archanjo. Ogun appela les deux serpents et ils se dressèrent contre les soldats ! »

Les bras de l'orishá se dressèrent, les mains comme des tenailles étaient deux serpents : Zé Alma Grande, Ogun en furie, fondit sur Pedrito.

« Tu es fou, Zé ? »

Samuel Cobra Corail et Zacarias da Goméia n'eurent pas le choix, ils s'interposèrent entre le Démon et le commissaire. De sa main droite Zé Alma Grande saisit Samuel Cobra Corail, l'assassin de Manuel de Praxedes, le bon géant des chalands et des navires. Il le souleva dans les airs, le fit tournoyer comme si c'était un jouet d'enfant. Ensuite, de toutes ses forces, il le jeta à terre, la tête en bas. La tête s'enfonça dans le cou, les os de l'épine dorsale brisés, fracturée la base du crâne, défunt aux pieds du commissaire. Zacarias da Goméia allait tirer, il n'en eut pas le temps, il reçut un coup de pied dans les couilles, il s'évanouit dans un hurlement, jamais plus il ne fut bon pour la bagarre.

Pedrito Gordo n'avait eu peur que deux fois dans sa vie entière et personne n'en avait jamais rien su.

La première fois il était adolescent, jeune étudiant en droit, gigolo des vieilles putes. Alors qu'il avait tourmenté une pauvre fille, maigrichonne et phtisique, il s'était réveillé au milieu de la nuit quand la malheureuse lui appuyait un rasoir sur la carotide :

elle avait déjà coupé la peau, le sang commençait à apparaître. Pedrito en porte encore la marque. Elle était si ivre, pourtant, que le garçon, après un instant de terreur, put la maîtriser et, avec le même rasoir, lui agrémenta la face. Il n'y eut pas de témoins de la peur du garçon se réveillant et sentant le rasoir sur sa gorge.

La seconde fois, bachelier et homme fait, à la fazenda paternelle, il s'acoquina avec la femme d'un métayer. Un après-midi, à l'heure où le mari travaillait, Pedrito se trouvait sur la sans-vergogne quand il sentit la pointe d'un couteau dans son dos et la voix en colère : « Je vais te tuer, fils de putain. » La peur le ramollit sur la femme. Il fut sauvé par le cri de quelqu'un, dehors, qui appelait le métayer. Grâce à cette minute d'inattention du cornu le commissaire se reprit, saisit le couteau du malheureux et lui donna une rossée. De cette peur non plus personne ne sut rien — peut-être la femme la perçut-elle au rythme du cœur de son amant. Les gens qui accoururent pour voir la bagarre furent témoins du courage de Pedrito corrigeant le métayer.

Cette troisième fois, pourtant, tous y assistèrent et en furent témoins, ce fut une peur publique, une terreur échevelée. Quand Zé Alma Grande, bouledogue, assassin à ses ordres, homme de toute confiance, devint Ogun et fondit sur lui, le commissaire Pedrito eut besoin de tout son orgueil pour lever sa canne dans une ultime tentative pour s'imposer. Ça ne servit à rien. Les morceaux de jonc volèrent en éclats dans les doigts de l'enchanté — têtes de serpents dirigées contre le commandant de la croisade bénie, de la guerre sainte. Pedrito Gordo n'eut d'autre recours que de courir honteusement, en panique, criant au secours, en direction de son automobile rapide qui l'emporterait loin de cet enfer d'orishas déchaînés en miracles. Mais, hélas, des macumbeiros avaient crevé les quatre pneus.

Dans les rues passantes tous virent le commissaire auxiliaire Pedrito Gordo, le fauve de la police, le sinistre chef de la meute de brigands, le tranche-montagnes, l'homme sans pitié, la terreur du peuple, fuyant lâchement, poursuivi par un orishá du candomblé, par le guerrier Ogun, deux serpents en colère. Ce fut la risée de la ville, la fable des journaux de l'opposition, la cible des vers de Lulu Parola, des couplets des chanteurs :

> *Maître Archanjo a mis K.O.*
> *La bravache de Pedrito.*

20

Avec un plaisir non dissimulé le chef de la police accepta la demande de démission de Pedrito Gordo. Déplaisant héritage du gouvernement antérieur, autorité incontrôlable, agissant à son gré sans demander d'ordres ni rendre de comptes, à la tête d'une escouade de bandits, d'assassins féroces, le commissaire auxiliaire était devenu un problème et seule la peur avait empêché le chef de la police de le démettre.

Pendant des mois personne n'aperçut Pedrito dans les rues de Bahia, il était parti en Europe en « voyage d'études ». Quant à Zé Alma Grande, la police fouilla la ville à sa recherche, la meute de brigands accomplissait sa dernière mission. Ils le trouvèrent errant dans la campagne, au-delà des terres de Cabula, et sans pitié ils l'abattirent. Blessé à mort, Zé Alma Grande parvint encore à saisir par le cou Inocêncio Sete Mortes et à l'emmener avec lui au ciel des assassins.

La charge de commissaire auxiliaire s'éteignit — une espèce de double du chef de la police, son substitut éventuel, pratiquement la véritable autorité car il détenait les moyens d'action — cédant la place aux commissaires de carrière. Le premier d'entre eux, le bachelier Fernando Góis, eut à relâcher la guerre sainte, à permettre le rire et la fête. Aimable et courtois, il rompit avec les méthodes en vigueur, il fut bon prince.

Les candomblés purent rouvrir leurs portes, les afoshés revinrent dans les rues, le samba retentit au Carnaval, groupes et défilés se réorganisèrent, *bumba-meu-boi* et pastorales. Les capoeiras au berimbau et dans les chansons :

> *Le cobra te mord*
> *Sinhô São Bento*
> *Oh, le saut du cobra*
> *Sinhô São Bento*
> *Mon compère !*

Eh ! compère Archanjo, quelle longue bagarre la nôtre, rappela maître Lídio Corró à la Boutique aux Miracles, en lisant dans la gazette la démission du commissaire auxiliaire. Cette lutte avec la police, avec le gouvernement, contre la haine, ils l'avaient commencée il y avait plus de vingt-cinq ans, à la fin du siècle passé, quand ils avaient imaginé, organisé et porté dans la rue le premier afoshé de Carnaval, l'Ambassade africaine. Le thème en était la Cour d'Oshalá, maître Lídio l'Ambassadeur, Valdeloïr le Danseur.

En ce temps initial, ils avaient confondu et fait se démettre le directeur de la police, le docteur Francisco Antônio de Castro Soromenho, qui avait interdit le défilé des ranchos et des afoshés, le batuque et le samba. C'était le bon temps, hein, compère ! quand nous défilions, jeunes et décidés, avec l'Afoshé des Fils de Bahia, *fit-o-fó* pour la police, vive le peuple et sa fête ! Tu te rappelles, compère ? Cette bagarre est longue à n'en plus finir. Le major Damiao de Souza, un enfant, arracha le képi d'un soldat, feu Manuel de Praxedes jouait le rôle de Zumbi. Jamais plus on n'a cessé de se battre, compère : dans la rue et au terreiro, dans les livres et dans les journaux, avec l'encre et la pierre, dans la fête et dans la pagaille. Une longue lutte, une bagarre sans fin. Est-ce qu'un jour ça se terminera, mon compère ?

Un jour, ça se terminera, mon bon, ce ne sera pas de notre temps, camarade. Nous mourrons en nous bagarrant, dans la bagarre nous divertissant. Pedrito devant, détalant, Ogun derrière, les mains de serpent, laisse-moi rire, compère, une chose aussi drôle je n'en ai jamais vu. Nous allons mourir en nous battant. Jeunes et décidés, mon bon. *Fit-o-fó* pour la police, vive le peuple de Bahia !

21

Un certain soir, assez longtemps après les événements du candomblé de Procópio, quelques hommes revenaient en automobile d'une fête à Casa Branca, le Terreiro d'Engenho Velho qui avait recouvré toute sa grandeur. La voiture appartenait au professeur Fraga Neto, agrégé de médecine occupant la chaire de Parasitologie, et avec lui venaient le frère Timóteo — ainsi habillé en civil, avec sa veste et sa longue barbe, sa peau rose de Hollandais il ressemblait à un boutiquier russe —, le santonnier Miguel et Pedro Archanjo. Ils déposèrent le frère au couvent et, de là, le santonnier rentra chez lui, il habitait une petite chambre dans cette même rue du Lycée où il avait installé son échoppe de saints.

Le professeur Fraga Neto avait rapporté d'Allemagne des habitudes de noctambule et le goût de la bière :

« Que diriez-vous de nous rafraîchir le gosier, maître Pedro ? J'ai la bouche sèche, ces plats à l'huile sont excellents, mais ils altèrent.

— Une petite bière serait la bienvenue. »

Assis au bar Perez, à l'angle du terreiro, à côté de la cathédrale et en face de l'École de médecine, après les premières gorgées, le professeur Fraga Neto entama la discussion :

« Ce n'est pas le professeur et l'appariteur qui sont ici, ce sont deux hommes de science et deux amis. Nous pouvons parler franchement et, si vous voulez, vous pouvez m'appeler "mon bon" comme vous le faites avec n'importe qui. Parce que aujourd'hui je veux que vous m'expliquiez un certain nombre de choses. »

Amis ? pensa Archanjo. Une forte et mutuelle sympathie liait le professeur et l'appariteur. Fraga Neto, plein d'ardeur et de générosité, enthousiaste et catégorique, intraitable dans les discussions, agressif, avait trouvé en Archanjo la maturité, l'expérience, une volonté irrépressible sous des dehors sereins et heureux de vivre. Un appariteur peut-il être l'ami d'un professeur ? Archanjo se considérait comme l'ami de Silva Virajá. Pendant des années, plus de quinze ans, il avait joui de l'affection quasi paternelle du savant, bien que ne soit pas grande la différence d'âge qui les sépare. Pendant tout ce temps la main du maître lui avait montré le chemin, il l'avait soutenu de sa constante et silencieuse présence. Ami aussi de Fraga Neto qui, pour commencer, le jour de son concours, avait cité un passage des *Influences africaines dans les coutumes de Bahia* et qui recherchait continuellement la compagnie d'Archanjo. Plusieurs fois, il était venu à la Boutique aux Miracles : ce n'était plus le bruyant rendez-vous du chant et de la danse, mais une modeste et active officine graphique où, le soir, les notables et les anciens se réunissaient pour discuter de tout. Amis, certainement, mais une amitié différente de celle qui le liait à Lídio, Budiao, à Valdeloïr, à Aussá, à Mané Lima et à Miguel : eux étaient des amis et des égaux, Silva Virajá et Fraga Neto étaient à un autre degré de l'échelle. Maître Archanjo n'avait pas voulu le gravir même s'ils lui tendaient une main amicale. Le major Damiao de Souza, un pied en bas et l'autre en haut, était seul capable de cet équilibre. Et Tadeu ? Il ne donnait pas de nouvelles depuis longtemps. Maître Pedro Archanjo avale une gorgée de bière. Le professeur Fraga Neto scrute la face de l'appariteur : que se cache-t-il dans l'ombre de ces yeux, dans cette douceur de bronze? A quoi pense-t-il, quelle est sa mesure de la vie?

Fraga Neto allait à la Boutique aux Miracles pour rechercher le contact avec le peuple, avec les « masses laborieuses » selon son expression. Parfois, en l'entendant parler de la vie européenne, des recherches, du mouvement politique, de l'agitation ouvrière, Pedro Archanjo se sentait vieux, un homme d'un autre temps qui écoutait le langage nouveau d'un prophète généreux parlant d'un monde où ne subsisteraient plus les subtiles différences qui sépareraient Archanjo et Fraga Neto.

« Eh bien, mon bon — dit le professeur imitant Archanjo et interrompant ses pensées —, il y a une chose qui m'échappe. Je voulais vous en parler depuis longtemps.

— Quelle chose? Dites, si je peux je répondrai.

— Je me demande comment il est possible que vous, un homme de science, oui, un homme de science, pourquoi pas? Parce que vous n'avez pas de diplôme? Abandonnons les politesses et disons les choses comme elles sont. Je me demande comment il est possible que vous croyiez aux candomblés. »

Il vide son verre de bière et le remplit à nouveau :

« Parce que vous y croyez, n'est-ce pas? Si vous n'y croyiez pas vous ne vous prêteriez pas à tout ça : chanter, danser, faire tous ces gestes, donner votre main à baiser, tout ça c'est très pittoresque, bien sûr, et le frère s'en enchante, mais il faut convenir, maître Pedro, que c'est très primitif, superstitieux, barbare, fétichiste, un stade primaire de la civilisation. Comment est-ce possible? »

Pedro Archanjo resta un moment silencieux, il prit son verre vide, demanda à l'Espagnol de la cachaça : celle que vous savez, pas l'autre.

« Je pourrais vous répondre que j'aime chanter

danser ; le frère Timóteo aime assister, moi j'aime participer. Ça suffirait.

— Non, vous savez que non. Je veux savoir comment vous pouvez concilier votre connaissance scientifique avec les obligations du candomblé. C'est ça que je désire savoir. Je suis matérialiste, vous le savez, et, parfois, je suis stupéfait de certaines contradictions de l'être humain. Les vôtres, par exemple. On dirait qu'il y a deux hommes en vous : celui qui écrit des livres et celui qui danse au terreiro. »

La cachaça était arrivée. Pedro Archanjo vida le verre : ce finaud voulait la clef de la devinette la plus difficile, de la plus indéchiffrable énigme :

« Pedro Archanjo Ojuobá, le lecteur de livres et le beau parleur, celui qui bavarde et discute avec le professeur Fraga Neto et celui qui baise la main de Pulquéria, la iyalorishá, deux êtres différents, le Blanc et le Noir, qui sait ? Ne vous y trompez pas, professeur, un seul. Un mélange, des deux, un mulâtre seul. »

Voix sévère et lente, d'une inhabituelle gravité, chaque parole arrachée de sa poitrine.

« Comment vous est-il possible, maître Pedro, de concilier tant de différences, d'être en même temps le non et le oui ?

— Je suis un métis, j'ai du Noir et j'ai du Blanc, je suis blanc et noir en même temps. Je suis né au candomblé, j'ai grandi parmi les orishás et, très jeune, j'ai eu un poste élevé au terreiro. Vous savez ce que signifie Ojuobá ? Je suis les yeux de Shangô, mon illustre professeur. J'ai une obligation, une responsabilité. »

Il tapa sur la table, appelant le garçon. Une autre bière pour le professeur, une cachaça pour moi :

« Si j'y crois ou non ? Je vais vous dire ce que jusqu'ici je n'ai dit qu'à moi-même et, si vous le répétiez à quelqu'un, je serais obligé de vous démentir.

— Soyez sans crainte.

— Pendant des années et des années, j'ai cru à

mes orishás comme le frère Timóteo croit à ses saints, au Christ et à la Vierge. Pendant tout ce temps, ce que je savais, je l'avais appris dans la rue. Ensuite j'ai cherché d'autres sources du savoir, j'ai acquis de nouveaux biens, j'ai perdu ma crédulité. Vous êtes matérialiste, professeur, je n'ai pas lu les écrivains que vous citez, mais je suis aussi matérialiste que vous. Plus, qui sait?

— Plus? Et pourquoi?

— Parce que je sais, comme vous le savez, que rien n'existe hors de la matière, mais je sais aussi que, malgré ça, parfois la peur m'envahit et me perturbe. Mon savoir ne me limite pas, professeur.

— Expliquez-moi ça.

— Tout ce qui a été mon assise, la terre où j'ai planté mes pieds, tout s'est transformé en un facile jeu de devinettes. Ce qui était une miraculeuse descente de saints s'est réduit à un état de transe que n'importe quel docteur de la Faculté analyse et explique. Pour moi, professeur, seule existe la matière. Mais je ne cesse pas pour autant d'aller au terreiro et d'exercer les fonctions de mon poste d'Ojuobá, d'accomplir mes engagements. Je ne me limite pas comme vous qui avez peur de ce que les autres peuvent penser, qui avez peur de compromettre votre matérialisme.

— Je suis cohérent, vous ne l'êtes pas! explosa Fraga Neto. Si vous ne croyez plus, ne trouvez-vous pas malhonnête de jouer la comédie comme si vous croyiez?

— Non. D'abord, comme je vous l'ai dit, j'aime danser et chanter, j'aime la fête, par-dessus tout la fête du candomblé. Et il y a ça encore : nous sommes dans une lutte, cruelle et dure. Voyez avec quelle violence on veut détruire tout ce que nous, Noirs et mulâtres, nous possédons, nos biens, notre physionomie. Il n'y a pas si longtemps, avec le commissaire Pedrito, aller au candomblé était périlleux. On y risquait sa liberté et même sa vie. Ça, vous le savez, nous en avons déjà parlé. Mais, savez-vous combien sont morts ? Savez-vous, par hasard, pourquoi cette violence a diminué ? Je ne dis pas cessé, diminué. Savez-vous pourquoi le commissaire a été mis à la porte ? Savez-vous comment ça s'est passé ?

— J'en ai entendu parler. Une histoire absurde à laquelle votre nom est mêlé.

— Pensez-vous que, si j'avais discuté avec le commissaire comme je discute avec vous, j'aurais obtenu un résultat ? Si j'avais proclamé mon matérialisme, abandonné le candomblé, dit que tout ça n'était qu'un jeu d'enfant, le résultat d'une peur primitive, de l'ignorance et de la misère, qui aurais-je aidé ? J'aurais aidé, professeur, le commissaire Pedrito et sa meute de brigands, j'aurais aidé à en finir avec une fête du peuple. Je préfère continuer à aller au candomblé d'autant que j'aime y aller, j'adore chanter et danser devant les tambours.

— De cette façon, maître Pedro, vous n'aidez pas à modifier la société. Vous ne transformez pas le monde.

— Non ? Je pense que les orishás sont un bien du peuple. La lutte de la capoeira, le samba de roda, les afoshés, les tambours, les berimbaus sont un bien du peuple. Toutes ces choses, et beaucoup d'autres que vous, avec votre conception étroite, vous voulez voir disparaître, professeur, exactement comme le commissaire Pedrito, pardonnez-moi de vous le dire. Mon matérialisme ne me limite pas. Quant à la transformation, j'y crois, professeur et n'ai-je vraiment rien fait pour y aider ? »

Son regard se perdit sur la place du Terreiro de Jésus :

« Terreiro de Jésus, tout est mêlé à Bahia, professeur. Le parvis de Jésus, le Terreiro d'Oshalá, Terreiro de Jésus. Je suis le mélange des races et des hommes, je suis un mulâtre, un Brésilien. Demain sera comme vous le dites, comme vous le souhaitez, certainement il le sera, l'homme va de l'avant. Ce jour-là tout se sera complètement mélangé, et ce qui aujourd'hui est un mystère et une lutte de gens pauvres, une ronde de nègres et de métis, une musique prohibée, une danse illégale, candomblé, samba, capoeira, tout ça sera une fête du peuple brésilien, musique, ballet, notre couleur, notre rire, vous comprenez ?

— Peut-être avez-vous raison, je ne sais pas. Je dois réfléchir.

— Je vais vous dire une autre chose, professeur. Je sais de science certaine que tout le surnaturel n'existe pas, qu'il vient de l'instinct, non de la raison, qu'il naît presque toujours de la peur. Pourtant, quand mon filleul Tadeu m'a dit qu'il voulait épouser une fille riche et blanche, sans même le vouloir j'ai pensé au jeu qu'avait fait la mère-de-saint le jour de son diplôme. Je porte ça dans mon sang, professeur. Le vieil homme m'habite encore, en dehors de ma volonté. Maintenant, je vous demande, professeur : est-il difficile de concilier la théorie et la vie, ce qui s'apprend dans les livres et la vie qui se vit à chaque instant ?

— Quand on veut appliquer les théories par le fer et par le feu, elles vous brûlent la main. C'est ce que vous voulez dire, n'est-ce pas ?

— Si je proclamais ma vérité aux quatre vents et je disais : tout ça n'est qu'un jeu, je me mettrais du côté de la police et je monterais dans la vie, comme on dit. Écoutez, mon bon, un jour les orishás danseront sur la scène des théâtres. Je ne veux pas monter, je vais de l'avant, camarade. »

22

« Cette fois-ci, cet animal de Nilo Argolo s'est surpassé. Vous vous rendez compte que ce travail est destiné au Parlement pour qu'il en fasse une loi ? Une loi, non, un corps de lois, pas moins. » Le professeur Fraga Neto agitait la plaquette, au comble de l'indignation. « Pas même en Amérique du Nord on n'a imaginé de législation aussi brutale. Le Monstre Argolo a dépassé les pires lois, les plus odieuses de tout État sudiste, le plus raciste des États-Unis. C'est une parfaite horreur, il n'y a qu'à lire ! »

Fraga Neto s'emportait facilement, l'enthousiasme et l'indignation l'amenaient à tenir de petits et fréquents meetings dans les couloirs de la Faculté et sous les arbres du terreiro à propos des sujets les plus divers. En un peu plus d'un lustre il était devenu extrêmement populaire parmi les étudiants qui venaient le trouver au moindre prétexte, et dont il était une espèce de procureur général.

« Cet Argolo est un fou dangereux, il est temps que quelqu'un lui donne une leçon ! »

Pedro Archanjo prit la brochure, un petit livre dans lequel le professeur de Médecine légale résumait ses idées bien connues sur le problème des races au Brésil. La supériorité de la race aryenne, l'infériorité de toutes les autres, surtout de la noire, race primitive par excellence, infra-humaine. Le métissage, le danger majeur, l'anathème lancé contre le Brésil, un monstrueux attentat : la création d'une sous-race dans la chaleur des tropiques, une sous-race dégénérée, incapable, indolente, promise au crime. Tout notre retard était dû au métissage. Les Noirs pouvaient encore être utilisés pour le travail manuel, ils avaient la force brutale des bêtes de somme. Mais les métis, paresseux et vils, n'étaient même pas bons à ça. Ils dégradaient le paysage brésilien, pourrissaient le caractère du peuple, rebelles à tout effort sérieux dans le sens du progrès, « de la progression ». Dans un maquis de citations, dans un portugais à prétentions littéraires, redondant, ampoulé, amphigourique, verbeux, il diagnostiquait le mal, exposait son étendue et sa gravité, et mettait entre les mains des législateurs de la nation l'ordonnance et le bistouri, le remède et la chirurgie.

Seul un corps de lois, résultat du patriotisme de messieurs les parlementaires, imposant une intransigeante ségrégation raciale, pouvait encore sauver la Patrie de l'abîme où elle roulait sous l'impulsion du métissage « dégradé et dégradant ».

Ce corps de lois comportait deux projets fondamentaux.

Le premier visait à isoler les nègres et les métis dans certaines aires géographiques que déterminait le professeur Nilo Argolo : des régions de l'Amazonie, du Mato Grosso, du Goiás. Des cartes établies par le professeur et reproduites dans l'opuscule ne laissaient aucun doute sur l'inhospitalité des aires choisies. Ces réserves n'avaient pas un caractère définitif, elles étaient faites pour garder séparées du reste de la population la « race inférieure » et l'« infra-race avilissante », tant qu'on ne leur aurait pas donné une destinée définitive. Le professeur prévoyait l'acquisition par le gouvernement d'un territoire africain susceptible d'accueillir la population noire et métisse du Brésil. Une espèce de Libéria, sans les erreurs de l'expérience nord-américaine, naturellement. Dans le cas du Brésil, tous les Noirs et les métis seraient déportés en bloc et pour toujours.

Le second projet, d'une clarissime urgence, loi ou décret de salut national, interdisait les mariages entre Blancs et Noirs, étant tenus pour Noirs tous les détenteurs de « sang afro ». Prohibition absolue, susceptible de mettre un frein au métissage.

Ainsi, brièvement résumés, sans le langage précieux « injustement tombé en désuétude », projets et thèses paraissent une absurde folie. Ils furent, pourtant, pris au sérieux par des journalistes et des parlementaires et, lors de l'Assemblée constituante de 1934, il y eut des gens pour extirper des archives de la Chambre les projets contenus dans la plaquette du professeur Nilo Argolo : *Introduction à l'étude d'un Code de lois de salut national*.

Il y avait longtemps que Pedro Archanjo ne se laissait pas aller à la colère. Depuis le refus qu'avait opposé le colonel Gomes à la demande en mariage de Tadeu, rien n'avait mérité une réaction aussi violente chez maître Archanjo. Dans la lutte contre les excès du commissaire Pedrito, le cœur blessé par les coups, les expéditions punitives, les arrestations, les assassinats, Pedro Archanjo n'avait pas perdu l'apparente placidité, l'économie de gestes qui marquèrent sa maturité et les premières années de sa vieillesse. Précis, vif, décidé et énergique dans l'action quand l'action était nécessaire, paisible et calme en temps ordinaire, un agréable camarade, compréhensif et bonhomme. La brochure du professeur Nilo Argolo eut le don de le mettre hors de lui, il se soulagea en jurant : « Vieux con, crétin, déchet, ordure ! »

Encore sous le coup de sa fureur, il alla voir Zabel, totalement incapable maintenant de se déplacer sur ses jambes, prisonnière de son fauteuil roulant, vieillissime. Pedro Archanjo n'avait jamais réussi à savoir l'âge de la comtesse. Quand il l'avait connue, vingt ans auparavant, « vieille et ruinée », elle lui avait semblé une vieille femme, à la fin d'une vie intense, ardente et dévastatrice. Pendant plus de vingt ans, Zabel était restée la même qu'en cette fin d'après-midi à la Boutique aux Miracles, s'agitant sans cesse, curieuse et infatigable : certaines fois, elle semblait une adolescente tels étaient la vitalité et l'enthousiasme de l'ex-princesse du Recôncavo, l'ex-reine de Paris.

Les rhumatismes eurent finalement raison d'elle. Pleine de douleurs, criblée de piqûres, discutant avec les médecins, parfois grincheuse, elle ne céda pas d'un coup, elle réagit autant qu'elle le put, montant, descendant les rues, jusqu'à ce que ses jambes se refusent définitivement à la porter. Que faire sinon utiliser le fauteuil roulant envoyé de São Paulo par Silva Virajá qui avait appris l'infirmité de son amie par une lettre d'Archanjo ? Elle ne céda pas, pourtant, à la mauvaise humeur. Ses grogneries étaient une coquetterie et non une plainte, un charme de vieille femme. Elle conserva sa lucidité et sa présence d'esprit jusqu'au dernier jour. Elle adorait vivre mais elle avait peur du vieillissement, de « devenir gâteuse, idiote, ridicule ». Si je deviens gâteuse, recommandait-elle à Archanjo, trouvez un poison à la Faculté, de ceux qui tuent en un clin d'œil, et donnez-le-moi sans que je le sache. Quel âge pouvait-elle avoir ? Presque quatre-vingt-dix ans, sinon plus.

L'arrivée d'un ami était une fête, celle d'Archanjo une fête redoublée : ils bavardaient des heures durant, la vieille dame demandait des nouvelles de Tadeu et de Lu, peu enclins à écrire. C'est vrai que les Gomes avaient fait la paix ? Tant qu'Eufrásia avait vécu, Zabel était restée informée. Mais la grand-mère avait rendu l'âme et la nouvelle sensationnelle, elle l'avait sue par hasard : un cousin éloigné qui habitait Rio, de passage à Bahia, avait pensé à lui faire une visite, louable charité ! Eh bien, ce cousin, Juvêncio Araújo, un agent d'assurances, avait rencontré dans la capitale toute la famille Gomes. Emília et le colonel, Tadeu et Lu. Ils se promenaient à Copacabana dans la plus parfaite harmonie. C'est l'intransigeant colonel qui lui avait présenté Tadeu : « Mon gendre, le docteur Tadeu Canhoto, un des ingénieurs responsables de l'urbanisation de Rio de Janeiro. » Très fier de son gendre, bras dessus, bras dessous avec lui. Archanjo lui confirma la réconciliation. Il ne l'avait pas apprise par Tadeu ou par Lu, ils n'écrivaient pas depuis longtemps. Mais il avait rencontré Astério, le frère de la jeune femme, de retour des États-Unis. Le garçon, très aimable, lui avait donné des nouvelles du jeune ménage et de la fin de la résistance du colonel Gomes. En apprenant la grossesse de sa fille, il s'était aussitôt embarqué pour Rio, malheureusement Lu avait perdu l'enfant, une fausse couche imprévue. Pour le reste, un ciel sans nuages, très heureux. Tadeu — vous le savez certainement — fait une carrière extraordinaire, on le considère comme un urbaniste hors pair, il subjugue le colonel Gomes. Il avait cligné de l'œil, un garçon sympathique, joyeux vivant, il ne voulait pas entendre parler de travailler.

Tadeu ne lui semblait-il pas un tantinet ingrat ? demandait Zabel. Ingrat ? Parce qu'il n'écrivait pas ? Beaucoup de travail, de responsabilités, peu de temps. Lui aussi, Archanjo, était une nullité épistolaire. Zabel l'observait : mulâtre matois, plein de mystère.

Pedro Archanjo lisait pour elle, Zabel réclamait des poèmes, voulait savoir les nouvelles, ils buvaient un petit verre de liqueur. La vieille femme ne tenait pas compte de l'interdiction des médecins. Une goutte, quel mal pouvait-il y avoir ?

Cette fois, il lui demanda l'autorisation d'utiliser, dans un livre qu'il se proposait d'écrire, les informations qu'elle lui avait fournies pendant ces vingt années sur l'aristocratie bahianaise, les grandes familles nobles, jalouses de leurs aïeux, de leur particule et de leur sang blanc, pur. Il lui montra la brochure du professeur Nilo Argolo : Noirs et métis déportés en Amazonie, en pleine forêt vierge, avec les moustiques et le paludisme, les fièvres des fleuves et des marais du Mato Grosso.

« Il n'en reste pas un pour raconter l'histoire... », rit Zabel en faisant la grimace, rire réveillant ses douleurs.

Pedro Archanjo rit aussi, la vieille dame lui rendait sa bonne humeur.

« Nilo Argolo est un microbe, un ver, *un sale individu*. Va, mon fils, raconte tout, par le menu, et écris vite pour que, avant de mourir, je puisse rire *de ces emmerdeurs*. »

Pedro Archanjo se remit à un travail discipliné, et il le fit en se pressant comme le lui avait demandé Zabel : je veux voir le livre publié, je veux en envoyer un exemplaire à Nilo d'Avila Argolo de Araújo, *avec une dédicace*.

Elle n'en eut pas le temps, elle mourut avant. Lucide et féroce, le soir avant sa mort elle rit sans s'arrêter, *un fou rire, mon cher*, quand Archanjo lui raconta sa plus récente découverte : un certain Noir Bomboxê, un ancêtre à lui, Archanjo, et vous savez de qui ? Du professeur Nilo Argolo de Araújo, *Oh! là! là!*

Au matin, la domestique la trouva morte dans son lit rococo. Elle était morte pendant son sommeil, c'est l'unique chose qu'elle fit en silence et discrètement de toute sa longue vie, riche et joyeuse, passionnée. En ce jour sinistre, gris et humide, quelques personnes se retrouvèrent autour du corps maigre : certains venaient des hôtels particuliers de Vitoria, d'autres des ruelles du Pilori et du Tabuao. Au moment de conduire le cercueil au mausolée des Araújo e Pinho, Archanjo et Lídio se virent en compagnie d'Avila, Argolo, Gonçalves, Martins, Araújo, tenant les anses du caisson.

Il revint du cimetière pour travailler, il continua au même rythme d'urgence, comme si Zabel eût été encore en vie. Un an plus ou moins après la publication de l'avant-projet de loi du professeur Nilo Argolo, Lídio Corró réussit à imprimer et à brocher cent quarante-deux exemplaires des *Notes sur le métissage dans les familles bahianaises*, un volume mal fichu, sur du papier infâme. Ils avaient manqué d'argent, la réparation de la presse avait coûté une fortune, ils avaient dû se contenter de quelques rames de papier journal obtenues par protection et payées avec des sacrifices.

Dans son troisième livre, Pedro Archanjo analysa les sources du métissage et prouva son extension, plus grande qu'il ne l'avait lui-même imaginée ; il n'y avait pas de famille sans mélange de sang, seulement quelques gringos récemment immigrés et eux ne comptaient pas. Le Blanc pur était une chose inexistante à Bahia, tout sang blanc s'était enrichi de sang indigène et noir, en général des deux. Le mélange commença avec le naufrage de Caramurú, jamais plus il ne cessa, il se poursuit, quotidien et rapide, c'est la base de la nationalité.

Le chapitre consacré à prouver la capacité intellectuelle des métis comporte une importante nomenclature de noms d'hommes politiques, écrivains, artistes, ingénieurs, journalistes et même de barons de l'Empire, diplomates et évêques, tous mulâtres, le meilleur de l'intelligence du pays.

A la fin du volume, la grande liste, motif des cris, du scandale, des poursuites dont fut victime l'auteur. Pedro Archanjo avait énuméré les familles nobles de Bahia et complété les arbres généalogiques, en général peu attentifs à certains grand-pères, aux unions d'une certaine sorte, aux fils bâtards et illégitimes. Reposant sur des preuves irréfutables, ils étaient là, du tronc aux rameaux, blancs, noirs et indigènes, colons, esclaves et hommes libres, guerriers et lettrés, curés et sorciers, ce grand mélange national. Ouvrant la liste, les Avila, les Argolo, les Araújo, les ascendants du professeur de Médecine légale, le pur aryen, prêt à discriminer et à déporter nègres et métis, des criminels nés.

D'ailleurs le livre lui était dédié : « A l'illustrissime monsieur le professeur, le docteur Nilo d'Avila Oubitikô Argolo de Araújo, comme contribution à ses études sur le problème des races au Brésil, offre les modestes pages qui suivent, son cousin Pedro Archanjo Oubitikô Ojuobá. » Archanjo n'avait pas mesuré, n'avait pas pesé les conséquences.

Dans les cent quatre-vingts pages du livre Archanjo traita le professeur de Médecine légale de parent et de cousin. Mon cousin par-ci, mon parent par-là, mon illustre consanguin. Parents par un arrière-grand-père commun : Bomboxê Oubitikô, dont le sang coulait dans les veines du professeur et dans celles de l'appariteur. Des preuves en abondance : dates, noms, attestations, lettres d'amour, une profusion. Cet Oubitikô avait été lié aux premiers grands candomblés de Bahia et, beau Noir, il s'était imposé à une Yayá Avila, des mulâtresses aux yeux verts étaient nées, cher cousin.

Et les Araújo? Il répétait la question de Zabel : pourquoi le professeur parlait-il tant des Argolo et taisait-il les Araújo ? Pour cacher, qui sait, le nègre Araújo, ce magnifique colonel Fortunato de Araújo, héros de la guerre de l'Indépendance, mulâtre du Recôncavo, sans doute le plus noble de tous les nobles de la zone sucrière par son intelligence, par son courage, par ses hauts faits.

Dans les *Notes*, maître Archanjo exposa la vérité complète et les familles purent enfin connaître leurs origines, contempler non seulement une face, mais leur visage entier, le blé et le charbon, et savoir qui s'était couché dans leurs lits.

Le monde s'écroula.

23

Les étudiants manifestèrent en faveur de Pedro Archanjo, des discours enflammés au Terreiro de Jésus contre la discrimination et le racisme. Les étudiants en médecine se joignirent à ceux de droit et aux ingénieurs, ils organisèrent l'enterrement du professeur Nilo d'Avila Argolo de Araújo, Nilo Oubitikô. Un cercueil, des banderoles et des pancartes, des discours à chaque carrefour, par des commentaires et des rires les étudiants protestèrent à travers les rues de la ville contre les poursuites envers Pedro Archanjo. La police dispersa l'enterrement au Campo Grande et le cercueil resta à l'abandon, il ne réussit pas à être brûlé au Terreiro de Jésus sur un bûcher symbolique « dressé par la haine bovine du professeur Argolo lui-même, un énergumène », selon la phrase du jeune Paulo Tavares, depuis son enfance dans un fauteuil roulant, paralysé, mais néanmoins un leader et un orateur agité et turbulent.

Ils entourèrent et applaudirent l'appariteur quand, souriant et tranquille, il quitta la Faculté, l'après-midi où l'Ordre, réuni en séance plénière, décida de le démettre de son humble charge qu'il avait exercée à la satisfaction de tous pendant presque trente ans, et de lui interdire l'accès de l'École.

Une immense huée accueillit le professeur Nilo Argolo à la sortie de la réunion. Il traversa la place aux cris de « Monstre! », « Nilo Oubitikô! », « Bourreau! ». Il réclama la présence de gardes, la protection de la police. Oswaldo Fontes, Montenegro, quelques autres également compromis dans la triste cause, reçurent d'identiques manifestations d'hostilité. Fraga Neto, en revanche, fut acclamé et occupa une tribune improvisée pour « exprimer encore une fois ma réprobation contre l'injuste et mesquine vengeance exercée à l'égard d'un fonctionnaire exemplaire, un chercheur de grand mérite; je proteste maintenant sur la place publique comme je l'ai fait au Conseil de l'Ordre, avec indignation et révolte! ».

Des détails de la réunion parvinrent au public. Le professeur Isaías Luna, tourné vers Argolo, lui avait demandé : « Vous allez permettre, monsieur le professeur, que toute la Bible donne raison à cet étudiant qui, un jour, en cours, vous traita de Savonarole? Vous venez de rétablir le Tribunal de l'Inquisition à la Faculté de médecine de Bahia. » Hystérique, le professeur Argolo avait tenté d'attaquer l'enseignant. A la fin de l'Assemblée, avant le vote, on avait lu une lettre de Silva Virajá, envoyée de São Paulo, où il avait eu connaissance des mesures proposées à l'Ordre par le secrétaire de la Faculté afin de « laver l'affront dont avait été victime le professeur Nilo Argolo, atteint dans son honneur par l'appariteur Pedro Archanjo ». Silva Virajá avait écrit : « Expulsez l'appariteur si vous le jugez bon, commettez une injustice, exercez la violence. Jamais vous ne parviendrez, pourtant, à effacer des annales de la Faculté de médecine le nom de celui qui créa, humblement et par son travail, une œuvre qui restaure la dignité de notre École traînée si bas par les propagandistes de la haine raciale, les faux scientistes, des hommes mesquins. »

Démis et acclamé, Pedro Archanjo descendit la ruelle du Pilori. A la Boutique aux Miracles l'attendaient Lídio Corró et deux inspecteurs de police.

« Vous êtes arrêté ! dit l'un des agents.

— Arrêté ? Pourquoi, mon bon ?

— C'est écrit ici : agitateur, fauteur de troubles, élément pernicieux. Allez suivez-nous.

— Ils ne m'ont pas laissé sortir d'ici, compère, je n'ai pas pu t'avertir », expliqua Lídio.

Entre les deux policiers, Pedro Archanjo en état d'arrestation. A la police centrale on l'enferma dans une cellule. En arrivant à l'angle du Pilori, il avait croisé une patrouille de soldats qui prit la direction du Tabuao.

A peine les agents furent-ils partis avec Archanjo que Lídio Corró partit à la recherche du docteur Passarinho. Il ne le trouva pas à son cabinet, ni au tribunal, ni chez lui, nulle part. Il réussit à avertir Fraga Neto, retourna chez l'avocat, il était à table. Le docteur Passarinho promit d'aller à la police dès qu'il aurait terminé de dîner : cette arrestation était une absurdité, qu'il soit tranquille, il ferait libérer Archanjo sous peu. Il promit et tint parole, du moins en partie. Il alla à la police et y trouva le professeur Fraga Neto. Mais les ordres étaient sévères : le mulâtre méritait depuis longtemps une leçon. Voyez : un casier énorme.

La nouvelle se répandit et, sans que personne se soit donné le mot, de toutes parts le peuple commença à se diriger vers la place devant la Centrale de police. Hommes et femmes, mulâtres, Blancs et Noirs, vieux et jeunes, Terência et Budioa, le santonnier Miguel et Valdeloïr, Mané Lima et la grosse Fernanda, Aussá. Des gens pauvres, de tous les côtés, toujours plus, un pèlerinage grandissant. Ils marchaient seuls ou par groupes de trois ou quatre, parfois une famille entière, des mères avec des enfants dans les bras, tous en direction de la place.

Ils se massèrent devant la Centrale, d'abord quelques dizaines de personnes, bientôt des centaines et des centaines, de plus en plus, de plus en plus. Partout où arrivait la nouvelle le peuple se mettait en marche. Ils sortaient des impasses, des misérables ruelles, des officines, des ateliers, des bistrots, des maisons de femmes, de toutes parts ils venaient vers la place. A la tête de tous on voyait le major Damiao de Souza, en costume blanc parce qu'il était fils d'Oshalá, col cassé, cigare à la bouche, la voix en colère.

Sur un caisson de gaz, le bras levé, les paroles enflammées, le discours interminable. Il descendait de la tribune, passait la porte de la Centrale, disparaissait dans les couloirs, revenait exalté. A nouveau, sur la caisse, il reprenait sa harangue. Il commença son discours au crépuscule, il continua à la nuit tombée; quel crime a commis Ojuobá, de quoi accuse-t-on Pedro Archanjo, qui a-t-il tué, qui a-t-il volé, quel crime a-t-il commis?

Quel crime a-t-il commis? demandait le peuple.

A l'intérieur discutaient des commissaires, l'avocat Passarinho, le chef de la police, le professeur Fraga Neto. Sans un mot du gouverneur je ne peux rien faire, répétait le chef de la police. C'est lui-même qui a donné l'ordre de l'arrêter, lui seul peut le faire relâcher. Où se trouvait le gouverneur, personne ne le savait, il était sorti après le dîner sans laisser d'indication.

Tôt encore, Lídio Corró avait reçu de mauvaises nouvelles, il était parti précipitamment à la Boutique aux Miracles, quand il arriva et qu'il vit le saccage, les soldats n'y étaient plus.

Du haut du caisson de gaz, la voix rauque, s'élevant contre la violence, le major Damiao de Souza pérorait, à la fin et au recommencement du discours : liberté pour l'homme bon qui jamais n'a menti, qui jamais n'a utilisé son savoir pour faire le mal, liberté pour l'homme qui sait et qui enseigne, liberté.

La nuit noire, et des gens venaient encore par les

rues, la place pleine. Ils venaient de loin, par des chemins malaisés, ils apportaient des lanternes et des quinquets. De pauvres lumières envahissaient la place occupée par le peuple. Une voix chanta : Ojuobá, une autre répondit, encore une autre et une autre, le chant passa de bouche en bouche, monta vers le ciel, alla retentir en prison. Une voix multiple et unique, le chant d'un ami. Archanjo était content, ç'avait été une journée divertissante. Il était fatigué, ç'avait été une journée fatigante. Voix innombrable, douce chanson d'amour, Pedro Archanjo s'endormit au son de la berceuse.

Philosophant sur le talent et le succès, Fausto Pena se retire : il était temps

Il est bien connu que le talent et le savoir ne suffisent pas pour assurer le succès, le triomphe dans les lettres, dans les arts, dans les sciences. Difficile est la lutte d'un jeune homme pour la notoriété, escarpé son chemin. Un lieu commun ? Certainement. J'ai le cœur lourd et je cherche seulement à exprimer mes réflexions, sans efforts de style ni d'imagination.

Pour se faire un nom, être cité dans les colonnes des journaux et des revues, avoir l'illusion de la réussite, on paie cher le prix en compromis, hypocrisies, silences, omissions — disons le mot : bassesses. Qui refuse de le payer ? Parmi mes collègues sociologues et poètes, anthropologues et romanciers, ethnologues et critiques, je n'en connais aucun qui ait marchandé. En revanche, les plus rampants sont les plus exigeants en matière d'intégrité et de décence — chez les autres, naturellement. Ils jouent les incorruptibles, se déclarent des esprits indépendants, ils ont la bouche pleine des mots de dignité et de conscience, féroces et implacables juges de la conduite d'autrui. Admirable maquillage. Ça donne des résultats, il y en a qui y croient.

En notre temps technocratique et électronique, de courses aux astres et de guérilla urbaine, si l'on n'est pas persuasif et cynique, si l'on ne fonce pas tête baissée et effrontément, on est refait. Complètement refait. Il n'y a pas de solution.

J'ai entendu pourtant l'autre jour un vieil écrivain obtus exprimer une opinion surprenante, avec un amer dépit : d'après lui les jeunes d'aujourd'hui ont d'innombrables et brillantes opportunités, de multiples possibilités, le monde est à eux et la preuve est là : le Pouvoir des Jeunes.

Le Pouvoir des Jeunes existe, il n'y a pas de doute, ce n'est pas moi qui le nierai, je pense faire partie de ce grand mouvement. Au fond de moi sommeille un inconformiste, un marginal de la société, un radical, un guérillero et j'en donne la preuve le cas échéant (c'est rare et dangereux dans les circonstances présentes, je n'ai pas besoin de dire pourquoi, ça crève les yeux, comme on dit). Les jeunes imposent leur révolution, dominent le monde, tout ça est certain, mais la jeunesse passe et il devient nécessaire de gagner sa vie. Dire que les occasions pullulent et que la victoire est à la portée de chacun, ah, ça non! Pour une place au soleil, une toute petite place, j'ai remué ciel et terre, j'ai lutté avec obstination et courage, j'en ai mal à la tête. Au milieu des embûches, en payant le prix qu'on exigeait de moi, où suis-je arrivé? Qu'ai-je obtenu? Le bilan est mélancolique. D'importante, l'enquête sur Pedro Archanjo, commande du génial James D. Levenson, ma carte de visite. Le reste est néant. La colonne de la Jeune Poésie, les adjectifs élogieux sur mon talent — éloges réciproques : renvoie-moi l'ascenseur — la promesse d'une émission à la T.V. en dehors des heures nobles, « Jeunes Espoirs ». Quoi d'autre? Trois poèmes dans l'*Anthologie de la jeune poésie bahianaise*, organisée par Ildásio Tavares et éditée par un organisme gouvernemental, à Rio. Trois poèmes miens, cinq d'Ana Mercedes — rendez-vous compte!

Voilà, en bref, ce que j'ai gagné jusqu'à présent dans une rude compétition, par un dur effort. Je n'ajouterai pas au total l'usufruit de quelques poétesses, pas toujours aussi sincères et désirables qu'il eût été souhaitable. En vérité, je végète, pauvre et inédit. De grand et de beau, monnaie d'un or véritable, la vie ne m'a donné qu'Ana Mercedes et je l'ai perdue par jalousie.

Il convient d'inscrire, pourtant, au solde créditeur le contrat que m'a finalement signé le sieur Dmeval Chaves, libraire et éditeur, un grand homme du commerce et de l'industrie. Il s'engage à publier à deux mille exemplaires mon travail sur Pedro Archanjo, en me payant des droits d'auteur : dix pour cent sur le prix des exemplaires vendus et remise de comptes semestrielle. Ça me semble bien, à supposer qu'il rende réellement des comptes.

Le jour historique de la signature du contrat à son bureau de la rue da Ajuda, au premier étage de la librairie, entouré de téléphones et de secrétaires, le mécène était cordial et je le jugeai généreux. Devant moi, il acheta une gravure originale d'Emanoel Araújo, et paya comptant, sans discuter, le prix fait par l'artiste snob et lauréat, un de ces protégés du sort. L'éditeur m'expliqua qu'il réunissait des tableaux, des gravures, des dessins pour les nouveaux murs de sa maison du Morro d'Ipiranga, la Colline des Millionnaires, qu'il venait d'agrandir d'un troisième étage : père de huit enfants, il prétend aller jusqu'à quinze si Dieu lui en donne les forces et le courage. Tant de prodigalité m'encouragea à lui faire deux demandes.

Je lui demandai, d'abord, une modeste avance sur les droits d'auteur. Jamais je n'ai vu physionomie se transformer aussi rapidement. L'aimable visage de l'éditeur, jusqu'alors souriant et euphorique, se ferma au mot avance. Pour lui, me dit-il, il s'agissait d'une question de principes. Nous signons un contrat, clauses explicites, droits et devoirs. A peine vient-on de le signer que je veux le modifier, violer ses termes. Si nous changeons une clause, quelle qu'elle soit, il perdra toute valeur. Une question de principes. Lesquels, je ne sus pas. Solides, pourtant, car il n'y eut pas d'argument capable d'ébranler l'éditeur. Tout ce que je voudrais sauf renoncer à ses principes.

L'incident clos, couleurs et sourire revinrent sur son visage, il reçut chaleureusement le graveur Calazans Neto et son épouse, Auta Rosa, me demanda mon opinion sur les travaux qu'apportait le fameux artiste. J'hésitai entre deux ou trois. Apparemment, c'était le jour de la gravure. Après le choix difficile, et le paiement en conséquence — ces gars-là se font payer cash, d'ailleurs ce sont les épouses qui font le prix et qui encaissent, les fines mouches — le couple partit et je tentai un second assaut : comme on le sait, je suis obstiné.

Je fus franc, et lui avouai : je n'ai d'autre ambition que de voir dans les vitrines des librairies un recueil, un petit livre, un choix de mes poèmes, sur la couverture mon nom éprouvé de poète. Ces poèmes méritent certainement d'être édités avec cocktail de lancement, signature et lecteurs. Ce n'est pas moi qui le dis, ce sont les plus importants jeunes critiques de Rio et de São Paulo. Je possède tout un dossier de leurs avis, quelques-uns imprimés, d'autres inédits, griffonnés dans des restaurants et dans des bars lors du voyage que je fis à Rio en compagnie d'Ana Mercedes, ah! jours bénis! Avec de tels appuis je pourrais contacter un éditeur du Sud, mais Dmeval Chaves ayant pris sous contrat mon livre sur Archanjo, j'avais décidé de lui abandonner l'édition originale de ces « poèmes d'une universelle connotation supra-sociale » selon la phrase d'Henriquinho Pereira, juge indiscutable et carioca. Un livre à succès — critiques et public —, une vente assurée, j'en avais la certitude. Un sceptique, le sieur Dmeval Chaves, il douta de la vente. Il me remercia pourtant de lui avoir donné la préférence. C'était curieux : il se sentait l'homme de prédilection des poètes — dès que quelqu'un avait des poèmes à publier, il courait à lui, lui en réservait la primeur.

Je lui abandonnai les droits d'auteur, lui offris pour rien ma poésie, il n'en voulut pas. Mais il ne me ferma pas complètement sa porte. Il était prêt à étudier la question si, avec mes relations à Rio, j'obtenais une commande de cinq cents exemplaires — ou au minimum de trois cents — de l'Institut national du livre. Le tirage en dépendrait : de six cents à huit cents volumes.

L'idée n'est pas mauvaise, je vais essayer, j'ai des relations à Rio, j'ai consacré mes dollars à des déjeuners, dîners, whiskies, nous verrons s'ils donnent des intérêts. Qui sait si je n'aurai pas bientôt des lecteurs, non plus en tant qu'aride sociologue, mais comme chantre libertaire des temps nouveaux, comme maître de la Jeune Poésie ? En me voyant reconnu et publié, poète fédéral, peut-être Ana Mercedes s'en émeuvra-t-elle et la flamme de l'amour brûlera à nouveau sa poitrine ardente.

Même si je dois la partager avec la musique populaire et les compositeurs, avec d'autres jeunes poètes, même si je dois porter toutes les cornes de la terre, peu m'importe, même ainsi je la veux, loin de son corps la poésie dépérit.

Quant à maître Pedro Archanjo, je le quitte ici, en prison, je ne le suis pas plus avant, ça n'en vaut pas la peine. Qu'offrent de positif les quinze dernières années de sa vie, hormis le livre de cuisine ? Grèves, ouvriers, décadence, misère. Le docteur Zèzinho Pinto m'a convaincu de respecter l'intégrité morale des grands hommes, de les présenter exempts de défauts, de vices, de tics, de petitesses, même si de telles imperfections ont existé. Je ne vois pas pourquoi je rappellerais la tristesse des mauvais moments quand la gloire, enfin, illumine la figure du maître bahianais. Quelle figure ? Pour parler franchement, je n'en sais rien moi-même. Dans ces fêtes grandioses de son centenaire le bruit est tel, les girandoles de la reconnaissance officielle sont si éclatantes qu'il devient difficile de distinguer les contours exacts de sa figure. De sa figure ou de sa statue ?

Hier encore, le dynamique préfet donnait à une

rue nouvelle de la ville le nom d'Archanjo, et à nouveau l'auteur de *La Vie populaire à Bahia* s'est vu promu patron d'entreprise dans le discours d'un conseiller analphabète. Même le préfet, avec toute son autorité, n'est pas parvenu à remettre les choses à leur place, même lui n'a pu rendre Archanjo à son temps et à sa pauvreté. Impressionnant : personne ne se réfère à l'œuvre et à la lutte d'Archanjo. Articles et discours, slogans et affiches, utilisent son nom et sa gloire pour vanter des tiers : hommes politiques, industriels, militaires.

On m'a raconté que lors d'un récent hommage à sa mémoire — l'inauguration du collège Pedro Archanjo dans le quartier populaire de Liberdade — en présence des autorités civiles, militaires et religieuses, l'orateur officiel, le docteur Sau Novais, fonctionnaire responsable du secteur culturel, averti à temps de l'inopportunité d'allusions à la démocratie raciale, métissage, miscigénation, etc., thèmes subversifs — tout ce qui est la vie et l'œuvre de notre héros — ne vacilla pas, il résolut le problème de façon radicale (et admirable) : il élimina maître Archanjo de son discours. Sa magnifique harangue, hymne aux plus nobles sentiments patriotiques des Brésiliens, porta sur l'autre Archanjo, « le premier, celui qui partit du Brésil comme volontaire pour défendre sur le champ de bataille, au Paraguay, l'honneur de la Patrie ». Il parla de son héroïsme, de sa bravoure, de son obéissance aveugle aux ordres de ses supérieurs, vertus suprêmes qui lui valurent galons et citations, avant de mourir au poste de combat, exemple pour son fils et pour les générations futures. Ainsi, en passant, discrètement, il cita Pedro Archanjo, rejeton de l'immortel soldat. Il s'en tira bien, un finaud.

Qui suis-je pour me mêler à tout ça ? Pourquoi montrer un Archanjo vieux et déguenillé, descendant le Pilori en direction de misérables bordels ? Le monument grandit à la lumière des hommages : sur sa statue, presque blanc pur, savant officiel de la

Faculté, châtré et muet, revêtu d'une tunique de soldat, Pedro Archanjo, gloire du Brésil.

Je me retire, messieurs, je laisse Pedro Archanjo en prison.

De la question et de la réponse

1

Revenons au commencement, au fauteuil de barbier — dit maître Lídio Corró.

S'il devait faire la barbe des clients saurait-il encore ? Il n'avait plus le geste rapide, la main légère. Main ferme et habile pourtant pour la gravure des miracles. Graveur de miracles, c'est son véritable métier et, s'il l'avait échangé pour la typographie, bien plus rentable, il n'abandonna jamais complètement son ancienne profession et son art. Faute de temps il refusait la majorité des commandes, mais il succombait à la tentation quand le miracle s'imposait à son imagination par sa rareté ou son importance : « Miracle que fit le glorieux Seigneur de Bonfim pour les six cents passagers du transatlantique anglais *King of England*, victime d'un terrifiant incendie à la sortie de la barre de Bahia. » Six cents passagers, tous protestants, sauf un Bahianais, et lui, à l'heure du danger, les yeux fixés sur la Colline sainte, cria : « Sauvez-moi, mon Seigneur de Bonfim ! » Il promit un tableau commémoratif pour l'église, un veau et un bouc à Oshalá, et, au même instant, une gigantesque vague balaya le navire, éteignit l'incendie démesuré.

Le jour de la démission et de la captivité de Pedro

Archanjo (« le nègre est captif, mon Blanc », avait annoncé le policier au professeur Argolo sur l'ordre du chef de la police), après le passage des soldats à la Boutique aux Miracles, il ne resta rien de l'officine. L'apprenti avait couru à la police, portant la nouvelle sur sa figure : la patrouille avait envahi la typographie, avait saccagé les machines, les étagères, avait détruit les rames de papier achetées à crédit pour compléter l'édition des *Notes* — « Il nous faut au moins cinq cents exemplaires. Tout le monde veut l'acheter et lire. » Ils avaient mis les caractères dans des sacs de jute, pêle-mêle avec les livres. Ils avaient ordre de saisir les exemplaires des *Notes*, ils emportèrent aussi les livres d'Archanjo, ne furent sauvés que ceux qu'il gardait dans sa mansarde, ceux qu'il lisait quotidiennement, ses livres de chevet. Furent pris Hovelacque et Oliveira Martins, Frazer, Ellis et Alexandre Dumas, Couto de Magalhães, Franz Boas, Nina Rodrigues, Nietzsche, Lombroso et Castro Alves, beaucoup d'autres, une longue liste de philosophes, essayistes, romanciers, poètes, des dizaines de volumes, la traduction en espagnol du *Capital* dans une édition bon marché, résumée, imprimée à Buenos Aires et le *Livre de saint Cyprien*.

Apportés un à un par les inspecteurs et les soldats, les livres finirent chez les bouquinistes. Archanjo parvint à en retrouver quelques-uns, les achetant à Bonfanti : « Je les vends le prix que je les ai payés, *figlio mio*, je ne gagne pas un centime. » Quarante-neuf exemplaires des *Notes* furent saisis — les autres avaient été envoyés par maître Lídio à des universités, facultés, bibliothèques, professeurs, critiques, rédactions, remis à des libraires ou distribués directement — et tous ne « brûlèrent pas sur les bûchers de l'Inquisition allumés à la Centrale de police à la demande de Savonarole Argolo de Araújo », ainsi que l'écrivit le professeur Fraga Neto dans une lettre à Silva Virajá. Un certain nombre furent vendus en cachette et à un prix élevé par les policiers et il n'y eut pas un commissaire ou un inspecteur qui n'emporte chez lui son exemplaire, pour jeter un coup d'œil à la fameuse liste du métissage, ainsi que le fit le chef de la police : « N'oubliez pas d'en garder un pour le gouverneur ! »

Endetté jusqu'au cou, sans aucun espoir de rouvrir l'officine, devant trouver de l'argent de toute urgence, maître Lídio vendit les machines et les caractères restants, quasiment au prix de la ferraille. Délivré de ses créanciers les plus pressants, il se considéra bien payé de son préjudice : le compère Archanjo avait arraché les plumes et les colifichets, les fausses perles dont se revêtaient ces prétentieux et intolérants professeurs à la manque, des savants de merde, une bande de grandes gueules, d'ânes bâtés ! Exposés nus sur la place publique, il ne leur resta que l'appui de la police, les inspecteurs et les soldats. Pour le reste ils furent la risée de la ville.

Deux mulâtres forts, deux joyeux compères. Maître Lídio Corró grave des miracles, maître Pedro Archanjo enseigne la grammaire et l'arithmétique aux enfants, il a quatre élèves de français.

En vérité, Lídio se sent malade, il vient d'avoir soixante-neuf ans. S'il marche un peu trop ses jambes enflent, mauvaise circulation du sang. Le docteur David Araújo lui a prescrit une vie calme, un régime sévère : nourriture légère sans huile de palme, sans coco, sans piment, pas une goutte d'alcool. Il n'a oublié de lui interdire que les femmes. Peut-être a-t-il pensé que Lídio avait déjà rengainé le couteau. Qu'il ne s'occupe plus de ça. Impossible, docteur, d'interdire l'huile de palme et la cachaça à un homme qui vient de perdre ses maigres biens sous la crosse des fusils, sous les pieds des soldats, et qui repart de rien. Quant aux femmes, elles le préfèrent encore à bien des jeunes gens. Si vous voulez en être sûr, demandez dans le voisinage.

De huit ans plus jeune, Pedro Archanjo ne se plaint pas de sa santé. Droit et fringant, ami de la table et de la boisson, toujours avec une fille nouvelle et plus d'une. Il ne cache pas, pourtant, son déplaisir à enseigner aux enfants. Il n'a plus la même patience, le temps est trop court et précieux pour le gaspiller à donner des leçons de grammaire.

Ce qu'il aime vraiment, c'est une bonne conversation. Aller de porte en porte, de boutique en boutique, de maison en maison, de fête en fête. Assister, dans l'échoppe du santonnier Miguel, à la procession des affligés et des nécessiteux qui viennent trouver le major Damiao de Souza. Il lui arrive de passer là des matinées entières, il griffonne dans son petit calepin noir, certains le prennent pour le secrétaire du Major.

Ce qu'il aime c'est entendre l'intimité des orishás de la bouche de Pulquéria et d'Aninha, des histoires du temps de l'esclavage racontées par les vieux grands-pères à la tête blanche, assister aux répétitions des Histrions d'Afrique dont il a accepté la direction à la demande de mãe Aninha quand Bibiano Cupim, ashogun du candomblé de Gantois, a brandi à nouveau le glorieux étendard et l'a porté dans la rue ; s'asseoir au banc de l'orchestre, à l'École de capoeira de maître Budiao ou à celle de Valdeloïr, prendre le berimbau et se mettre à chanter :

> *Comment va comment va*
> *Camunjerê*
> *Comment va la santé*
> *Camunjerê*
> *Je suis venu te voir*
> *Camunjerê*
> *Pour moi c'est un plaisir*
> *Comment va comment va*
> *Camunjerê*

Il aime chanter au terreiro, donner sa bénédiction aux initiées et aux iaôs, assis à côté de la mère-de-saint :

> *Kukuru, Kukuru*
> *Tibitiré la wodi la tibitiré.*

Il connaît de bons jours, il en connaît de mauvais, on vit quand même. N'est-il pas toujours *pai Ojuobá*? *Ma bénédiction, je m'en vais, celui qui vient derrière ferme les portes.*

Tandis que maître Lídio cherche des clients, annonce son retour à la gravure des miracles — un graveur comme lui il n'y en a pas, ni il n'y en aura — maître Archanjo réduit le nombre des élèves et des classes, passe tout son temps dans la rue, de l'un à l'autre, à converser, à rire, à questionner, ouvre la bouche, camarade, dévide ton peloton, débrouille la charade. Il écoute et raconte et il n'y a personne qui raconte avec tant d'abondance et de grâce, tant d'art : ce n'est qu'à la fin de l'histoire qu'il donne la clef de la devinette.

Tant de goût de vivre, d'impatience, pas même dans son adolescence quand, en rentrant de Rio, il plongea dans la vie bahianaise. Le temps est court, les jours comptés, les semaines et les mois passent trop vite. Il n'a le temps de rien et encore il le gâche à enseigner aux enfants. Quand Bonfanti lui commanda le livre sur l'art culinaire, il profita de ce prétexte et congédia ses derniers élèves. Maintenant, il se sentait complètement délivré de toute obligation d'horaire, de toute contrainte. Maître de son temps, rendu à la rue et à lui-même.

Il contemple maître Lídio qui s'applique dans le tracé du miracle, qui choisit les couleurs pour la scène mouvementée. Quadragénaire et bien portante, tombée devant le tram, la jambe cassée, dona Violeta regarde dans une supplique l'image du Seigneur de Bonfim. Le dramatique accident — chute risquée, tram assassin, regard pieux — tout ça occupe un petit espace du tableau. Sur les deux tiers restants le tramway est une joyeuse salle de réunion où passagers, mécanicien, conducteur et receveurs, un garde-civil et un chien, discutent de l'événement. Le graveur travaille un personnage après l'autre ; un homme à moustaches, un vieux nègre qui donne la main à un enfant blanc, la femme jaune, le chien d'un rouge vif.

Soudain, il lève les yeux vers Archanjo :

« Mon compère, tu savais que Tadeu est arrivé, qu'il est à Bahia ?

— Tadeu est arrivé ? Quand ?

— Quand, je ne sais pas. Il y a plusieurs jours. Je l'ai appris aujourd'hui, ce matin, à la baraque de Terência. Damiao l'a rencontré dans la rue. Il a dit qu'il partait pour l'Europe. Il est dans la famille de Lu...

— Sa famille, mon bon. N'est-il pas le gendre du colonel, le mari de sa fille ?

— Il n'est pas apparu par ici...

— Il va apparaître, c'est certain. Il est arrivé, il a des choses à faire, des occupations, des parents à visiter.

— Des parents ? Et nous ?

— Tu es son parent, mon bon ? Depuis quand ? Parce qu'il t'appelle oncle ? C'était du temps où il était apprenti, mon camarade.

— Et toi, tu ne l'es pas ?

— Je suis parent de tout le monde et de personne. J'ai fait des fils, je ne les ai pas, je n'en ai gardé aucun, mon bon. Ne t'agite pas, quand Tadeu trouvera le temps, il viendra ici. Pour nous dire adieu. »

Lídio baissa les yeux sur le tableau, la voix d'Archanjo était neutre, presque indifférente. Où est cet amour qui venait des entrailles, cette affection la plus grande du monde ?

« Quand on parle du diable, il apparaît », rit Pedro Archanjo et Lídio dresse la tête.

A la porte de la Boutique aux Miracles, d'une élégance sobre et raffinée, chapeau de paille, moustache bien soignée, ongles faits, col haut, guêtres, canne à pommeau de nacre, un prince, Tadeu Canhoto dit :

« J'ai appris aujourd'hui ce qui s'est passé. J'allais venir vous voir tous les deux. Je me suis précipité dès qu'on m'en a parlé. C'est vrai, alors ? Vous n'avez même pas pu sauver les machines ?

— Mais nous nous sommes bien amusés, rectifia

Archanjo. Mon compère Lídio comme moi, nous trouvons que ça valait la peine. »

Tadeu entra, s'approcha d'eux, baisa la main de son parrain. Lídio, ému, le prit dans ses bras :

« Tu es un lord !

— Dans ma situation, je dois soigner mon apparence. »

Pedro Archanjo observa d'un regard amical l'important monsieur debout devant lui. Tadeu devait avoir dans les trente-cinq ans, il en avait quatorze quand Dorotéia l'avait amené au terreiro et l'avait confié à Archanjo : il ne parle que de livres et de calcul, il ne me sert à rien, je ne peux pas changer son destin. Moi non plus, je ne peux pas changer son destin, modifier sa marche, arrêter le temps, l'empêcher de monter, compère Lídio, mon bon. Tadeu Canhoto fait son chemin, il arrivera au sommet de l'échelle, il s'y est préparé, et nous, mon camarade, nous l'y avons aidé. Regarde, Dorotéia, ton enfant qui monte, il va loin.

« Je voudrais savoir comment je pourrais vous aider. J'ai un peu d'argent, je l'avais conservé pour un problème à résoudre en Europe. Vous savez, n'est-ce pas ? J'ai obtenu une bourse du gouvernement pour un cours d'urbanisme en France. Lu part avec moi. Au total, nous passerons un an à voyager. Au retour, je dois occuper la place de mon chef qui prend sa retraite. Enfin, c'est vraisemblable, c'est à peu près certain.

— Tu n'écris pas, comment l'aurait-on su ? se plaignit Lídio.

— Quand trouver le temps ? Je vis dans une course perpétuelle, j'ai deux équipes d'ingénieurs sous mes ordres, tous les soirs des obligations, nous sortons beaucoup, Lu et moi. Un enfer — au ton de sa voix il était facile de deviner combien il aimait cet enfer. Je disais que j'ai de l'argent, quelques économies. Je pensais les utiliser pour faire faire un traitement à Lu, tenter qu'elle parvienne à mener une grossesse à son terme, elle a déjà eu trois fausses couches.

— Garde ton argent, Tadeu, fais faire le traitement de Lu, nous n'avons besoin de rien. Nous avons décidé de renoncer à la typographie, beaucoup de travail, de petits gains, Lídio se tuant jour et nuit. Pour nous, c'est mieux comme ça : le compère grave ses miracles, regarde quelle beauté de tableau il est en train de peindre. J'enseigne quand j'en ai le temps, j'ai enseigné toute ma vie, maintenant l'Italien m'a commandé un livre, je le fais. Nous n'avons pas besoin d'argent, toi, tu en as davantage besoin, un voyage pareil n'est pas une plaisanterie. »

Tadeu était resté debout, la pointe de sa canne appuyée sur les planches pourries du sol. Brusquement, ils étaient tous les trois sans rien à se dire. Enfin, Tadeu parla :

« J'ai été très triste de la mort de Zabel. Le colonel Gomes m'a dit qu'elle avait beaucoup souffert.

— Le colonel se trompe. Zabel avait beaucoup de douleurs, elle était infirme, elle adorait se plaindre. Mais elle est restée gaie et heureuse jusqu'au dernier jour.

— Tant mieux. Maintenant, je dois partir. Vous n'imaginez pas le nombre de visites que nous avons à faire. Lu s'excuse de n'être pas venue. Nous nous partageons, moi d'un côté, elle d'un autre, ainsi nous pourrons en venir à bout. Elle m'a demandé de vous transmettre son souvenir. »

Après les embrassades et les souhaits de bon voyage, quand Tadeu avait passé la porte, Archanjo le rejoignit dans la rue :

« Dis-moi une chose ! Dans tes voyages, tu passeras par la Finlande ?

— La Finlande ? Certainement pas. Je n'ai rien à y faire. Neuf mois en France, le temps du cours. Ensuite un coup d'œil sur l'Angleterre, l'Italie, l'Allemagne, l'Espagne, le Portugal, "à vol d'oiseau", comme aurait dit Zabel — il sourit, il allait reprendre sa marche, il attendit —, la Finlande, pourquoi ?

— Pour rien, non.

— Alors, au revoir.

— Adieu, Tadeu Canhoto. »

De la porte, Archanjo et Lídio le virent monter la ruelle, le pas ferme, faisant tourner la canne dans sa main, un monsieur important, bien habillé, bague au doigt, circonspect et distant, le docteur Tadeu Canhoto. Cette fois, c'était un adieu pour toujours. Troublé, Lídio Corró reprit la peinture du miracle :

« On ne dirait plus le même. »

Pour quoi luttons-nous, compère Lídio, mon bon, mon camarade ? Pourquoi sommes-nous ici, deux vieux sans un centime en poche ? Pourquoi ai-je été arrêté, pourquoi a-t-on détruit la typographie ? Pourquoi ? Parce que nous avons dit que tout le monde avait le droit d'étudier, d'aller de l'avant. Tu te souviens, compère, du professeur Oswaldo Fontes, de l'article dans la gazette ? La négritude, le métissage envahissent la Faculté, prennent les places, il faut y mettre un frein, un terme, interdire ce malheur. Tu te rappelles la lettre que nous avons écrite et envoyée à la rédaction ? C'est devenu un article de fond et les pages du journal ont été placardées sur les murs du terreiro. Tadeu est parti d'ici, ici il a commencé son escalade, il est monté et déjà il n'est plus d'ici, mon bon, il est du Corredor da Vitoria, de la famille Gomes, il est le docteur Tadeu Canhoto.

A l'École de Budiao, les joueurs de capoeira chantaient une mélodie ancienne, de l'époque de l'esclavage :

> *Au temps où j'avais de l'argent*
> *Je mangeais à table avec ioiô*
> *Je couchais au lit avec iaiâ*
> *Camaradinho, eh*
> *Camarade, oh !*

Le docteur Fraga Neto dit qu'il n'y a pas de Blancs ni de Noirs, il y a seulement des riches et des pauvres. Que voudrais-tu, compère ? Que le négrillon étudie et continue ici, dans la pauvreté du Tabuao ? C'est pour ça qu'il a étudié ? Le docteur Tadeu Canhoto, gendre d'un colonel, héritier de terres et de bétail, bourse en France, voyage en Europe, il n'y a pas de Blancs ni de Noirs, au Corredor da Vitoria l'argent blanchit, ici c'est la misère noire.

A chacun son destin, mon bon. Les gamins de cette rue, camarade, vont se séparer, à chacun son destin. Certains auront des chaussures, porteront une cravate, docteurs de la Faculté. D'autres continueront ici, avec l'enclume et le marteau. La division entre Blancs et Noirs, mon bon, se termine dans le mélange, avec nous elle s'est terminée, compère. La division maintenant est autre, et ceux qui viennent derrière fermeront les portes.

Adieu, Tadeu Canhoto, dans ta marche vers le haut. Si tu passes en Finlande, cherche le roi de Sandinavie, Oju Kekkonen, c'est ton frère, donne-lui mon souvenir. Dis-lui que son père, Pedro Archanjo Ojuobá, va très bien, il ne lui manque rien.

« Le docteur Tadeu Canhoto, un homme illustre et riche, compère. La vie avance sans s'arrêter, la roue ne tourne pas en arrière. Nous allons sortir et nous promener, mon bon. Où y a-t-il une fête aujourd'hui, camarade ? »

2

Quelques jours plus tard, à la fin de l'après-midi, en rentrant de chez Bonfanti où il avait été chercher les épreuves du livre sur la cuisine bahianaise, en arrivant à la Boutique aux Miracles, Pedro Archanjo trouva Lídio Corró, compère, ami, frère, jumeau, tombé mort sur le miracle inachevé, sang véritable qui débordait des rails.

La brosse du peintre efface les lettres sur la façade, il n'y a plus de Boutique aux Miracles. Un vieux descend la ruelle d'un pas lent.

3

D'abord restreinte aux mécaniciens, conducteurs, receveurs des tramways et autres employés de la Compagnie circulaire de Bahia, s'étendant ensuite à la Compagnie d'énergie électrique et à la Compagnie téléphonique, la grève trouva maître Pedro Archanjo montant et descendant les ruelles du Pilori, du Carme, du Passo, du Tabuao, parcourant la rampe du Savetier, présentant des quittances d'électricité. Par l'intermédiaire du docteur Passarinho, avocat de l'entreprise, il avait obtenu cet emploi. Fatigant et mal payé, il le préfère encore au travail sédentaire de maître d'école. Présentant les quittances, il va de maison en maison, de boutique en boutique, d'atelier en atelier. Il bavarde, écoute une histoire, en raconte une autre, commente les événements, accepte un petit verre de cachaça. Là où avait été la Boutique aux Miracles, un Turc a ouvert un magasin, un bazar de nouveautés.

Bien que le personnel de l'Energie électrique ait tardé quelques jours à adhérer à la grève, dès que les mécaniciens et les conducteurs la commencèrent, Pedro Archanjo ne manqua plus une réunion du syndicat, d'une activité et d'un enthousiasme contagieux : peu de jeunes gens pouvaient rivaliser avec ce vieux pour l'action et pour l'initiative. Parce qu'il ne le faisait pas de force, par obligation, pour accomplir une tâche dans un groupe ou un parti. Il le faisait parce qu'il trouvait ça juste et divertissant.

Pour la première fois en six ans il s'arrêta à la porte de la Faculté de médecine. Les étudiants de son temps étaient diplômés, Archanjo ne connaissait pas ceux de maintenant ni eux ne le connaissaient. Les enseignants, pourtant, en reconnaissant l'ancien appariteur ralentissaient. Quelques-uns lui dirent bonjour. Pedro Archanjo attendait le professeur Fraga Neto, il s'approcha de lui quand il le vit apparaître au milieu d'étudiants, dans une conversation agitée.

« Professeur...

— Archanjo ! Il y a si longtemps... Vous voulez me parler ? Il demanda aux étudiants : Vous savez qui c'est ? »

Les garçons regardèrent le mulâtre pauvre, ses vêtements élimés, vieux mais propres, ses chaussures conservées par le brillant du cirage. L'habitude de la propreté résistait à sa croissante pauvreté et à la vieillesse.

« C'est le célèbre Pedro Archanjo. Il a été appariteur de la Faculté durant une trentaine d'années et c'est un profond connaisseur de la vie bahianaise, des coutumes populaires, c'est un anthropologue qui a publié des livres, des livres sérieux. Il fut démis de la Faculté parce qu'il avait écrit un livre pour répondre à un travail raciste du professeur Nilo Argolo. Archanjo prouva, dans cet ouvrage, qu'à Bahia nous sommes tous mulâtres. Ce fut un scandale...

— J'en ai entendu parler. C'est pour ça que le Monstre Argolo prit sa retraite, n'est-ce pas ?

— C'est vrai. Les étudiants ne lui pardonnèrent pas son intransigeance. Ils ne l'appelaient que... Comment est-ce déjà, Archanjo ?

— Oubitikô.

— Pourquoi ce nom ?

— C'est un des noms de famille du professeur, un nom qu'il n'a jamais porté. Il l'avait hérité de Bomboxê, un Noir, son aïeul. Et, par coïncidence, aussi le mien...

— "Mon cousin, le professeur Argolo"... se rappela Fraga Neto. Excusez-moi, messieurs, je vous laisse, je vais avec Archanjo, il y a longtemps que je ne le vois plus. »

Le professeur et l'appariteur s'assirent au bar Perez, comme autrefois.

« Que buvez-vous ? demanda Fraga Neto.

— Je ne refuse pas un verre de rhum. Si vous en prenez aussi...

— Non, je ne peux pas. Aucun alcool, ni bière,

malheureusement, complications du foie. Mais je boirai une eau tonique. »

Du coin de l'œil il examinait Archanjo, il avait beaucoup baissé. Non seulement il avait vieilli ; il ne conservait pas non plus sa prestance ancienne. Combien de temps dureraient ses efforts pour garder des vêtements propres, des souliers cirés ? Le professeur ne voyait plus Archanjo depuis des années, depuis la mort du frère Timóteo. Ils avaient été ensemble au couvent, veillant le corps du frère hollandais. Une autre fois, il l'avait cherché pour savoir s'il lui procurerait un exemplaire des *Notes*, il ne trouva plus la Boutique aux Miracles. A la place, le magasin d'un Turc. Pedro Archanjo ? Il n'avait pas l'adresse, parfois on le voyait par là, s'il voulait laisser un message... Fraga Neto renonça. A la table du bar il constatait : le vieil Archanjo avait beaucoup baissé.

« Professeur, je suis venu vous voir à propos de la grève de la Circulaire.

— De la grève ? Générale, non ? Tout est arrêté, n'est-ce pas ? Les tramways, les bacs, l'ascenseur Lacerda, le chariot, tout arrêté. Formidable, hein ?

— Formidable, oui ! Un mouvement juste, professeur, les salaires sont misérables. Si l'Energie électrique et la Téléphonique adhèrent, notre victoire est certaine.

— Notre ? Qu'avez-vous à voir avec ça ?

— C'est vrai, vous ne savez pas. Je suis employé.

— De la Circulaire ?

— De l'Energie électrique, dans le fond c'est la même chose. C'est le trust comme vous dites, professeur.

— C'est vrai, le trust impérialiste, sourit Fraga Neto.

— Eh bien, professeur, je suis membre d'une commission de solidarité avec les grévistes. Et je suis venu vous voir...

— De l'argent...

— Non, senhor. C'est-à-dire l'argent aussi aide,

bien sûr, mais ça, c'est une autre commission, celle des finances. Si vous voulez coopérer par de l'argent, je parlerai à quelqu'un des finances, et il ira vous voir. Ce que je voulais, c'est autre chose ; votre présence au syndicat. Nous sommes en session permanente jour et nuit, et beaucoup de gens viennent apporter leur solidarité, les journaux publient les noms, c'est important. Il est venu des professeurs de droit, des députés, des journalistes, des hommes de lettres, beaucoup de braves gens, des masses d'étudiants. J'ai pensé que vous, avec vos idées...

— Avec mes idées... Vous avez eu raison de penser à moi, j'ai mes idées, je n'en ai pas changé. Pour les travailleurs il n'y a rien de plus juste que la grève, c'est leur arme. Seulement je ne peux pas y aller. Je ne sais pas si vous êtes au courant : je vais présenter le concours de professeur titulaire...

— Et le professeur Virajá ? Je sais qu'il est vivant, il y a peu de jours j'ai vu qu'on parlait de lui dans le journal.

— Le professeur Virajá s'est retiré, il ne trouvait pas convenable de conserver la chaire puisqu'il n'enseignait plus et qu'il n'a pas l'intention de revenir. J'ai tout fait pour l'en empêcher, je n'y suis pas parvenu. J'ai deux concurrents, Archanjo. L'un, passablement capable, professeur agrégé à Recife. L'autre est d'ici, un âne, mais plein de pistons de tous les côtés. Ce va être une belle bataille, maître Archanjo. J'espère gagner mais je suis victime d'une campagne terrible, on utilise tout contre moi, spécialement mes idées, celles dont vous parlez. Si j'allais au syndicat, ami, je pourrais dire adieu à la chaire... Vous comprenez, Archanjo ? »

Il fit signe que oui de la tête. Le professeur ajouta :

« Je ne suis pas un homme politique. J'ai mes convictions mais je ne fais pas de politique. Peut-être devrais-je, ce serait mieux. Mais, mon bon Archanjo, ce n'est pas tout le monde qui a votre courage et joue des emplois et des titres pour défendre des idées. Ne me jugez pas mal.

— Un titre d'appariteur... C'est bien peu, professeur, comparé à celui de professeur titulaire. Chaque chose a son prix, sa valeur. Pourquoi voudrais-je vous juger, professeur ? Je vais dire aux camarades de la commission des finances d'aller vous voir.

— Le soir, chez moi, c'est mieux. »

Archanjo se mit debout, Fraga Neto se leva aussi, il sortit son portefeuille pour payer les consommations :

« Quel est votre emploi à l'Énergie électrique ?

— Receveur de quittances d'électricité. »

Baissant la voix, un peu ému, le professeur demanda :

« Je peux vous aider en quelque chose, Archanjo ? Est-ce que vous accepteriez..., il tirait un billet de son portefeuille.

— Ne m'offensez pas, professeur. Gardez votre argent, ajoutez-le à ce que vous allez donner pour la grève. Bonne chance au concours. Si l'entrée de la Faculté ne m'était pas interdite, j'irais vous soutenir. »

Fraga Neto le suivit des yeux : diable de vieil irréductible. Mal à son aise, d'un pas hésitant, il sortit du bar en direction de son automobile. Diable de vieux sans bon sens, réduit à présenter des quittances. Un concours est un concours. Une chaire est une chaire. Un jeune candidat à l'agrégation, arrivant d'Europe, a le droit d'être fou et de se proclamer marxiste. Un professeur de la Faculté de médecine, à la veille de disputer une chaire contre deux adversaires, l'un compétent, l'autre protégé des ministres, sait qu'aller à un syndicat de grévistes, c'est vouloir perdre le concours, briser sa carrière. C'est comme si je jetais la chaire par la fenêtre, Archanjo. Un titre d'appariteur est une chose, celui de professeur titulaire en est une autre, il n'y a pas de comparaison, vous-même l'avez dit. Appariteur pauvre, misère et orgueil. Riche professeur, où sont l'orgueil et la décence ? Seul l'appariteur peut être décent, peut avoir son orgueil ? Il presse le pas, presque courant derrière le vieux.

« Archanjo! Archanjo! Attendez!
— Professeur...
— Le syndicat... A quelle heure, dites-moi, à quelle heure dois-je y aller?
— Tout de suite si vous voulez, professeur... Venez avec moi, mon bon. »

Le professeur Fraga Neto ne perdit pas la chaire, brillantissime il s'imposa au concours, triompha avec éclat du compétent et du protégé. Pedro Archanjo, lui, perdit son emploi, car ce démon de vieux ne se contenta pas d'amener des hommes solidaires au syndicat. Il fit l'agitateur, parla, convainquit, fut l'un des deux qui déclenchèrent la grève à la compagnie d'Énergie électrique, bientôt suivie par la Téléphonique. Grève générale, victorieuse. Sur le moment personne ne fut renvoyé. Un mois plus tard commencèrent les démissions. Parmi les premières, celle de Pedro Archanjo.

Il descendit le Pilori en riant. Sans travail, oui, Zabel, *chômeur*.

4

Une longue et misérable énumération d'emplois, tous de courte durée et de moindre salaire. Du travail pour un vieux, c'était difficile, et ce diable de vieux ne respectait aucun horaire, il abandonnait le service au milieu, arrivait tard, partait tôt, ne venait pas, se perdait en bavardages dans les rues. Impossible de le garder malgré la bonne volonté générale.

Il fut correcteur suppléant dans les ateliers d'un journal du matin. A la tombée de la nuit il allait voir si l'on aurait besoin de ses services, aujourd'hui il manquait quelqu'un, demain un autre ne venait pas, le vieux avait une certaine pratique, il connaissait bien la grammaire et les accents. Au matin, avec le *sarapatel* et la cachaça, il distribuait les nouvelles du monde et du pays aux amis, à Miguel, au Major, à Budiao, à Mané Lima, les premiers à savoir. Il allait mal, le monde, de mal en pis. Les fascistes tuaient les nègres en Abyssinie, renversant le trône de Saba, ah, Sabina dos Anjos, Saba, ton roi a été mis dans un camp de concentration! Les massacres de Juifs se succédaient, il y eut la proclamation officielle de l'aryanisme, la guerre mondiale approchait dans le roulement des tambours. Au Brésil, cette chose terrible, l'*Estado Novo*, le silence imposé, les prisons pleines. Ça ne tarda pas, le vieux non seulement fut renvoyé, il eut son nom dans la liste noire des journaux.

Tout porte à croire que le vieux caviarda volontairement un article à la gloire de Hitler, signé d'un grand du gouvernement, le colonel Carvalho, et donné aux gazettes par le Département de propagande et de presse, avec la recommandation impérative de le mettre en évidence. Les coquilles se multiplièrent dans tout le corps de l'article. On pouvait encore admettre, dit et répéta le chef de la censure de l'État au directeur du journal, un ami d'ailleurs, on pouvait encore admettre de bonne foi que sorte « Hitler, tumeur du monde » au lieu de « Hitler, lueur du monde », une distraction excusable du linotypiste. Il était bien plus difficile d'accepter « salaud de l'humanité » pour « salut de l'humanité », comme il était écrit dans l'original. Totalement inacceptable, le terme « radasse » deux fois répété à côté du nom du Führer. Une chance qu'à Rio personne ne sache que ça voulait dire putassier. Néanmoins les ordres étaient terribles et lui-même jouait son poste en réduisant le scandale et la sanction à la saisie du numéro et à l'interdiction du journal pendant huit jours, huit jours utiles afin de permettre aux censeurs de la presse une rapide enquête pour tirer au clair les responsabilités.

Les censeurs ne tirèrent rien au clair, impossible de découvrir les épreuves, elles avaient disparu. Avec une déconcertante unanimité personne ne savait rien, tous aveugles et muets. Le vieux n'étant qu'un suppléant occasionnel, son nom ne fut même pas prononcé. Même le directeur du journal, furieux de l'interdiction et du préjudice, encore plus furieux de la dictature, tut le nom de l'énergumène, bien que l'inscrivant sur la liste noire du journal : « S'il continue à revoir les épreuves, il nous fera tous fourrer en prison ! » « Fichu vieux ! » disaient les linotypistes. L'exemplaire de la gazette, vendu sous le manteau, atteignit un bon prix.

Copiste au tribunal, s'il s'était contenté de ne pas travailler, ça n'aurait pas eu d'importance, comme l'expliqua le greffier Cazuza Pivide au major Damiao de Souza. Le pire c'est qu'il ne travaille pas et qu'il ne laisse personne travailler dès qu'il arrive il arrête tout, ce diable de vieux est une mine d'histoires, toutes plus compliquées, plus captivantes, *seu* Major. Même moi, je lâche ce que je fais pour l'écouter.

Surveillant dans un lycée, il y resta un jour : les internes lui parurent des prisonniers, soustraits à leur famille et à la rue, soumis à une intolérable discipline, privés de nourriture et de liberté. Le premier et l'unique soir de surveillance, il offrit aux gamins une séance littérato-musicale : poèmes et viole. Ils auraient chanté jusqu'à l'aube si le directeur n'avait fait valoir son autorité pour mettre fin à cette « foire indescriptible ». Portier d'hôtel, il quittait son poste à la moindre invitation. Portier du cinéma Olímpia, à la rampe du Savetier, il laissait les gamins entrer gratuitement aux matinées du dimanche. Pointeur des chantiers en construction, sous le soleil et sous la pluie, il engageait conversation avec les ouvriers, le rythme du travail tombait, le vieux n'était pas né pour faire respecter l'ordre en vigueur, ce n'était pas un chien de garde, encore moins un garde-chiourme des travailleurs. Mal payés, exploités, pourquoi les maçons, les menuisiers, ouvriers et manœuvres devraient-ils se tuer pour que les autres gagnent facilement de l'argent ? Le vieux n'avait jamais respecté d'horaire : même la discipline de l'étude avait été intérieure, il ne l'avait jamais contrôlée sur le cadran d'une montre ; il ne s'assujettit jamais à un calendrier.

Vêtements râpés, chemise usée, chaussures percées. Un unique costume, trois chemises, deux caleçons, deux paires de chaussettes : impossible de rester bien mis. Pourtant, dans son horreur de la saleté, il lavait lui-même son maigre trousseau, et Cardeal, le cireur du terreiro, lui brossait ses chaussures, gratuitement.

« Venez, *meu pai*, je vais faire briller vos bottines. »

Content, allant d'un côté à l'autre. A la librairie Dante Alighieri, traitant Bonfanti de voleur : « où est l'argent de mon livre de cuisine, Calabrais ? ».

« Appelez-moi voleur, mais pas Calabrais, *io sono toscano, Dio merda !* » A l'atelier de Miguel, dans les officines du Pilori, les baraques du Mercado de Ouro, du Marché Modèle, du marché de Santa Barbara, il passait ses matinées et ses après-midi en conversation. Il mangeait ici et là, un joyeux convive. De fondation à la table de Terência, maintenant servie par sa nièce, Nair, une jeunesse de vingt-cinq ans, mère de six enfants en bas âge. Le premier, le petit-fils de Terência, car Nair l'avait eu de son cousin Damiao qui n'était pas fou pour laisser à un autre ce bijou de famille. Les cinq autres, à chacun un père, dans une gamme de couleurs allant du blond au noir. Nair n'avait pas de préjugés et ne perdait pas de temps.

« Je n'ai jamais vu ça... Elle ne peut pas voir un pantalon..., se plaignait Terência, la tête blanche, les yeux fixés sur son compère. Elle n'a pas votre orgueil, compère.

— Mon orgueil, commère ? Pourquoi dites-vous ça ? »

Dans les yeux languides, il lut la réponse : tant d'années à attendre un mot, une demande, une supplication. Ce ne fut pas de l'orgueil, ce fut du respect.

Vous parliez tant du Torto Souza, voix en colère, cœur en attente. Je mangeais votre pain, j'apprenais au petit à lire, j'ai respecté le lit vide en pensant que... Vous, compère, si intelligent, vous, compère, qui êtes les yeux de Shangô, pourquoi n'avez-vous pas su voir ? Maintenant il est tard, deux vieux sans remède. Sans remède, vraiment, commère ? De qui est l'avant-dernier de Nair, ce diable turbulent ? Il n'a pas encore deux ans et le père, commère, apprenez-le si vous ne le savez pas, est votre serviteur... »

A l'école de capoeira à discuter avec Budiao et Valdeloïr, aux pastorales, au siège de l'Afoshé des Histrions d'Afrique, dans les terreiros, au petit matin aux Sept Portes, à Agua dos Meninos. De conversation en conversation, prenant note sur son petit calepin noir, faisant rire et pleurer avec des histoires et des récits, dans une incessante agitation, le vieil Archanjo vécut les ultimes années de sa vie. Tant d'agitation, tant de gens, si seul.

Seul depuis la mort de Lídio Corró. Il avait tardé à se reprendre, il lui avait fallu toute son énergie, sa passion de la vie. Peu à peu le compère ressuscita, héros de mille histoires. Tout ce que le vieux avait vu et réalisé, il l'avait fait en compagnie de Lídio, une œuvre commune. Frère, jumeau, xiphopage. « Un jour, il y a bien des années, le compère Lídio et moi nous allions à une fête de Yansan, loin, du côté de la Goméia, au temps du commissaire Pedrito, quand la trique volait sur le dos des gens de candomblé. Le compère Lídio... »

En le voyant si pauvre et nécessiteux, *mãe* Pulquéria, qu'il avait tant aidée à résoudre les problèmes du terreiro, lui proposa une fonction rémunérée. Il lui fallait quelqu'un qui s'occupe de toucher les mensualités des membres de l'ahé, le loyer des cabanes dressées sur les terres de la maison, les habitations des parents et des proches des filles-de-saint. Quelqu'un de confiance qui fasse les comptes, elle n'avait pas le temps. Le salaire était peu élevé, mais c'était toujours utile, un petit quelque chose pour payer le tramway. Le tramway, il ne le payait plus depuis la grève. A manger, il avait en abondance, à de multiples tables, un choix varié. Je prends la charge, *mãe* Pulquéria, obligation d'Ojuobá et plaisir d'ami, à une condition : je le fais gratuitement, je n'accepte pas d'être payé, ne m'offensez pas, ma mère. Il pensa en lui-même : si encore il croyait au mystère, s'il n'avait pas pénétré le secret de la devinette, peut-être pourrait-il, croyant et convaincu, recevoir l'argent du saint. Maintenant, non, *mãe* Pulquéria : celui qui accepte cette charge est seulement un ami dévoué. On paie le frère de religion, on ne paie pas l'ami, l'amitié ne se loue pas, ne se vend pas, son prix est autre, différent : c'est moi qui vous le dis ! Jusqu'à la fin de sa vie Pedro Archanjo s'occupa des mensualités des membres de la secte, les fils du terreiro de Pulquéria, du loyer des habitations, il tint à la perfection les comptes de l'ashé et encore, quand il les avait, il mettait des pièces de sa bourse dans l'écuelle de l'orishá, au sanctuaire de Shangô, dans la maison d'Eshu.

Une fois, il disparut durant des jours, quand ses amis s'en aperçurent ce fut une révolution. On cherche partout, et rien : où pouvait-il vivre ? Depuis qu'il avait quitté la mansarde sur la mer, sa demeure de trente années, jamais il n'avait eu de gîte sûr, il changeait de chambre et de lit chaque mois, il vivait à la grâce de Dieu. Finalement découvert par Ester, patronne d'une maison de femmes au Maciel du Haut, tenancière respectée et sa *fille-petite*. Quand, jeune fille et serveuse de bar, elle avait fait son saint. Déjà la vieille Majé Bassan pouvait à peine marcher et Ojuobá l'aida beaucoup à conduire cette barque de iaôs jusqu'au port sûr de l'*ôrunkô*, le jour du nom. A l'heure de raser Ester, Majé Bassan, sans forces, emprunta la main d'Ojuobá, lui donna le rasoir.

Dans un réduit infect, sans lit, sans matelas, une couverture déchirée, une loque, le carton de livres — une misère pareille, Ester n'en avait jamais vu —, Archanjo brûlait de fièvre et disait que ce n'était rien, un simple refroidissement. Le médecin diagnostiqua un début de pneumonie, il prescrivit des pilules et des piqûres et le transfert immédiat du malade. L'hôpital, jamais, s'opposa Archanjo, à l'hôpital je ne mettrai pas les pieds. Un pauvre à l'hôpital est un défunt assuré. Le médecin haussa les épaules : en n'importe quel lieu où un chrétien puisse vivre, il ne peut en aucune façon rester dans ce trou humide où même les rats ne résistent pas.

Dans les combles du bordel, Ester avait une petite chambre destinée au garçon qui servait la bière, le vermouth et le cognac aux clients, maintenait l'ordre et protégeait les filles. Ces fonctions, si variées et importantes, incombaient à Mario Forfigão. Homme du Nord, robuste et père de famille exemplaire, il habitait avec sa femme et ses enfants. La chambre se trouvait libre. Une maison de putes, ce n'était pas un endroit pour *pai* Ojuobá mais Ester ne vit pas d'autre solution puisque le vieil entêté ne voulait pas entendre parler d'hôpital.

Dans cette chambre des combles du *château* d'Ester, une soupente étroite, il vécut ses derniers jours, heureux de la vie. D'emploi en emploi — ce n'était plus des emplois : des bricolages, des expédients — il franchit sans commémorations ses soixante-dix ans ; avant qu'il n'en ait soixante et onze la guerre commença et ce fut son unique emploi, elle occupa ses jours, ses heures, ses minutes.

Dans tous les coins de la ville, des bordels aux marchés, des foires aux boutiques, des ateliers aux terreiros, dans les maisons et dans les rues, il discuta et s'emporta. Tout ce qu'il avait pensé et fait était en jeu, était en danger, en danger de mort.

Il fut soldat et général, lui le plus civil des civils. Tacticien et stratège, il traça et livra des batailles. Quand tous se décourageaient et se donnaient pour vaincus, il prit le commandement d'une armée de mulâtres, de Juifs, de nègres, d'Arabes, de Chinois et partit affronter les hordes du nazisme. Allons, mon bon, vaincre la mort déchaînée, l'infâme !

5

Marcheur endurci, le vieux suivit le défilé, de son point de départ au Campo Grande jusqu'à la place de la Cathédrale où l'importante manifestation pour le quatrième anniversaire de la Seconde Guerre mondiale se termina dans un meeting monstre. Pour affronter cette marche il avait fourré de morceaux de papier ses chaussures aux semelles percées, il ne cherchait déjà plus à cacher les taches de sa veste, les trous de son pantalon.

Les forces antifascites avaient réuni des milliers de manifestants, un journal parla de vingt-cinq mille personnes, un autre de trente mille. Étudiants, intellectuels, ouvriers, hommes publics, gens du peuple de toutes les catégories sociales. A la lueur de torches allumées avec le pétrole brésilien interdit — dont l'existence était officiellement niée; beaucoup s'étaient vu intenter un procès et avaient été emprisonnés pour l'avoir soutenue — en une immense et lente procession, la foule progressait en répétant des slogans, dans les cris de « Viva! » et de « A mort! ».

Des drapeaux des pays alliés, des pancartes et des banderoles, d'immenses portraits des chefs de la guerre contre le nazi-fascisme. Ouvrant le cortège, sur les épaules des membres du Front des médecins, le portrait de Franklin Delano Roosevelt. Le vieux reconnut, soutenant les bras de cette espèce de brancard, le professeur Fraga Neto, la tête haute, le bouc polémique, la moustache rousse. Il avait été l'un des premiers à braver les interdictions de la police et à réclamer publiquement l'envoi de troupes brésiliennes sur les champs de bataille.

Suivaient les portraits de Churchill, de Staline, dans des acclamations délirantes, de De Gaulle, de Vargas. Deux mots d'ordre dominaient la manifestation. Le premier exigeait la formation immédiate d'un corps expéditionnaire qui rende effective la déclaration de guerre du Brésil aux puissances de l'Axe, lui retire son caractère symbolique. L'autre réclamait qu'on cherche et exploite le pétrole brésilien dont la présence dans le Recôncavo ne laissait plus de doute. On entendait aussi les premiers appels à l'amnistie des prisonniers politiques. Quant à la liberté, le peuple la conquérait dans les manifestations et les meetings. Le vieux clochard oisif ne manquait pas une manifestation, il avait des préférences pour certains orateurs, était capable de distinguer la coloration politique de chacun, tous maintenant sur un front unique pour la victoire.

Devant l'École polytechnique, à São Pedro, le défilé fit une brève pause et d'une fenêtre du premier étage, s'éleva une voix fougueuse pour dénoncer les crimes du nazisme raciste et totalitaire, acclamer les soldats de la démocratie et du socialisme. Chaque mot arrachait des applaudissements. Avec effort, le vieux était monté sur un banc pour mieux voir l'orateur, un de ses préférés, Ferdando de Sant'Ana, élève ingénieur et leader incontesté des étudiants, voix chaude, phrases sonores. Maigre et brun, de la même couleur que Tadeu. Bien des années auparavant, lors de la Première Guerre mondiale, le vieux avait entendu l'étudiant Tadeu Canhoto exiger de cette même fenêtre la participation du Brésil au conflit contre le militarisme germanique. Cette première grande guerre ne l'avait pas excessivement affecté, bien qu'il ait usé salive et arguments en faveur de la France et de l'Angleterre. Il vibrait, ça oui, aux discours de Tadeu — fascinante intelligence, phrase juste, raisonnement clair. Quelques jours plus tôt il avait lu dans les journaux, avec des éloges au « talent du grand urbaniste bahianais », l'annonce de la nomination de l'ingénieur Tadeu Canhoto au poste de Secrétaire des travaux publics du District fédéral. Les Gomes avaient déménagé pour Rio afin d'aider à élever les petits-enfants qui étaient enfin venus. Traitement en France ou promesse de dona Emília au Seigneur de Bonfim?

Maintenant c'est différent: le vieux boit avidement chaque mot du jeune étudiant, ardent métis qui accuse le racisme, jeunesse impétueuse qui entrevoit l'avenir. Il descend du banc : dans cette guerre il est un vétéran, il combat pour elle depuis tant d'années, dans ses tranchées il a consumé sa vie.

Le cortège s'immobilisa à nouveau place Castro Alves et la foule monta vers la Barroquinha, la Montagne, une partie de la montée de São Bento. De là, à mi-pente, le vieux au pas lent vit le Major sur le piédestal du monument au Poète, le doigt tendu. Le vieux ne put entendre que les applaudissements, les paroles de l'orateur ne parvenaient pas jusqu'à lui. Ce n'était pas nécessaire : il les connaissait toutes, termes et phrases, les adjectifs grandiloquents, les apostrophes, ô peuples, peuple de Bahia ! Se multipliant dans la ville entière, justice des pauvres, espérance des prisonniers, providence des nécessiteux, savoir des analphabètes, défenseur du peuple, son petit Damiao, debout sur la marche de la statue. Déjà un peu échauffé à cette heure, il avait ingurgité une bonne dose de cachaça, mais lucide et brillant, jamais personne n'avait réussi à le surprendre ivre. Chacun des autres orateurs représentait telle ou telle organisation, front, syndicat, classe, union, parti interdit et clandestin. Seul le Major parlait pour le peuple. Presque au niveau de la rue, sur la petite marche de la statue.

Dans un serpentement gigantesque, la manifestation monta la rue Chili, du balcon du Palais l'Interventeur fit signe de la foule. A la préfecture, le professeur Luis Rogério prit la parole : Nous vaincrons ! Le vieux se souvient de lui tout jeune, étudiant en médecine mêlé à l'enterrement symbolique du professeur raciste ; au terreiro, s'emportant contre le renvoi de l'appariteur.

Place de la Cathédrale, dans un joyeux déploiement de drapeaux, le meeting de clôture. Le vieux se glisse dans les rangs, demande qu'on le laisse passer, quand par hasard on le reconnaît on s'écarte. Il parvient à s'approcher de l'estrade. Un jeune, grand et beau mulâtre clair, voix de basse, parle au nom du

Front antifasciste des médecins, il s'appelle le docteur Divaldo Miranda. Il est trop jeune pour que le vieux l'ait connu. Mais, en ce 1ᵉʳ septembre 1943, le garçon évoque des événements oubliés, exhume des ombres et des fantômes. Il rappelle un projet de loi d'un certain professeur de la Faculté de médecine, Nilo Argolo de Araújo, qui prétendait isoler les métis dans des régions inhospitalières du pays, et ceux qui auraient résisté au climat et aux épidémies auraient été déportés en Afrique. Le projet n'eut pas de suites, il souleva les rires et l'indignation. Quand Hitler prit le pouvoir en Allemagne et annonça le commencement du millénaire raciste, le professeur était encore en vie et il le salua dans un article délirant : « L'envoyé de Dieu. » Envoyé de Dieu pour exterminer nègres et Juifs, Arabes et métis, le sordide métissage, pour transformer en loi le génocide projeté.

Sur la place, admirant le garçon si beau et si impétueux, le vieux se rappela un dialogue, ancien de plus de trente-cinq ans. Il venait de publier son premier livre et le professeur Argolo l'avait interpellé dans le couloir de l'École. « Il s'agit d'un chancre — avait-il dit, parlant du métissage — il faut l'extirper. La chirurgie semble être une forme cruelle de la médecine, en réalité elle est bénéfique et indispensable. » Archanjo, jeune et décidé comme le jeune homme à la tribune, s'était mis à rire et avait demandé : « Les tuer tous, un à un, professeur ? » Une lueur jaune, de fanatisme, s'était allumée dans les yeux du professeur titulaire. Il prononça l'inhumaine, l'implacable condamnation : « Les éliminer tous, un monde d'aryens, d'êtres supérieurs, conserver seulement les esclaves indispensables aux tâches viles. » Un génie, un chef, un envoyé de Dieu mettrait en pratique cette fantastique idée, un maître invaincu de la guerre qui accomplirait la mission suprême : nettoyer le monde des Juifs, des Arabes et des Jaunes, balayer du Brésil « cette scorie africaine qui nous souille ».

Tout ce que le professeur avait réclamé et prévu

était devenu réalité. Tout ce que le vieux avait prêché et défendu était en danger. Théories et idées s'affrontaient à nouveau. Non plus dans un débat intellectuel mais les armes à la main. Le sang coulait, les légions de soldats semaient la mort.

Si Hitler était vainqueur, Hitler ou un autre fanatique raciste, pourrait-il en terminer avec eux tous, dans la mort et dans l'esclavage ? Le professeur avait dit que oui, appelé le leader capable de le faire, des brumes d'Allemagne Hitler répondit : Présent ! S'il était vainqueur, pourrait-il en finir avec le peuple, en faire des morts et des esclaves ? Le vieux cherche une réponse dans les paroles des orateurs.

Giocondo Dias, révolutionnaire confirmé dans l'action, salua les combattants du monde libre au nom des travailleurs brésiliens et il prononça le mot amnistie, répété par la foule dans une clameur continue qui ne s'éteignit que lorsque les portes des prisons s'ouvrirent, à la veille de la victoire. Nestor Duarte, professeur de droit, écrivain, la voix rauque, le verbe enflammé, attaqua les restrictions à la liberté, produits de la dictature, il réclama la démocratie, « pour défendre la démocratie les soldats prennent les armes contre le nazisme ». Visage passionné et douloureux, dans la voix la souffrance des ghettos et des pogromes, le professeur Tzalie Jucht représente les Juifs. Figure populaire et aimée, orateur de haut vol, Edgard Mata clôt le meeting dans une gongorienne envolée :

« Fléau de Satan, Monstre de l'Apocalypse, Hitler rampera dans la boue de la défaite ! »

La foule applaudit, cris, bravos, enthousiasme et cohue. La gigantesque marée humaine se met en mouvement, s'écrase, commence à évacuer la place. Bousculé, le vieux tente de se frayer une sortie, il s'en va avec la question sans réponse : quelqu'un pourra-t-il réellement en terminer avec eux tous ? Hitler ou un autre, aujourd'hui ou demain ? A demi écrasé il profite du chemin ouvert par un marin, s'échappe, respire avec difficulté.

Il commence à marcher en direction du Terreiro de Jésus, la douleur le saisit, brutale. Ce n'est pas la première fois. Il tente de s'appuyer au mur de l'Évêché, mais il n'y parvient pas. Il va tomber, la jeune fille accourt et le soutient. Le vieux se reprend, son cœur s'apaise, la douleur cède, maintenant c'est une fine lame de poignard, distante.

« Merci.

— Que ressentez-vous ? Dites-le-moi, je suis étudiante en médecine. Voulez-vous que je vous conduise à un hôpital ? »

Il avait horreur des hôpitaux, un pauvre à l'hôpital c'est la certitude d'un cercueil de défunt. « Ce n'est rien, dans la cohue j'ai manqué d'air, je me suis senti suffoquer. Rien de grave, merci beaucoup. »

Les yeux usés regardent la jeune fille brune qui le soutient. Ah ! ce ne peut qu'être la petite-fille de Rosa ! La douceur, le charme, la grâce, la séduction, l'extrême beauté, il l'avait reconnue tout entière :

« Vous êtes la petite-fille de Rosa ? La fille de Miminha ? — la voix infiniment lasse mais heureuse.

— Comment le savez-vous ? »

Si pareille et si différente, combien de sangs s'étaient mélangés pour la faire ainsi, parfaite ? Les longs cheveux soyeux, la peau fine, les yeux bleus et le dense mystère du corps svelte et plein.

« J'ai été l'ami de votre grand-mère. J'ai assisté au mariage de votre mère. Comment vous appelez-vous ?

— Rosa, comme elle. Rosa Alcântara Lavigne.

— Vous étudiez la médecine ?

— Je suis en troisième année.

— Je pensais que jamais je ne verrais une femme aussi belle que votre grand-mère. Rosa de Alcântara Lavigne... — il regarda la jeune fille dans ses yeux bleus, francs et curieux, héritage des Lavigne. Ou des Alcântara ? Yeux bleus, peau brune — Rosa de Oshalá Alcântara Lavigne...

— De Oshalá ? De qui vient ce nom ?

— De votre grand-mère ?

— Rosa de Oshalá... C'est beau, je crois que je vais le garder... »

Un groupe d'étudiants appelle : Rosa ! Rosa ! Viens, Rosa ! « J'arrive », répondit Rosa petite-fille de Rosa si pareille et si différente.

La manifestation se dispersait, le peuple occupait les tramways, la nuit tombait sur les lampadaires éteints, le vieux sourit, fatigué et heureux. La jeune fille sentait confusément que ce vieillard chancelant, peut-être malade, la veste souillée, le pantalon reprisé, les chaussures percées, le cœur usé, lui était très proche, un parent, qui sait ? Elle n'avait jamais rien su de précis sur la famille de sa grand-mère, traces perdues, mystère enfoui, la famille d'Oshalá.

« Adieu, ma fille. C'est comme si j'avais revu Rosa. »

Dans une impulsion, poussée par elle ne sait quelle force étrange ou par quel sentiment, la jeune fille prit la main obscure et pauvre et la baisa. Ensuite, elle partit en courant vers le groupe joyeux de ses camarades qui descendaient la rue pleine d'ombres.

Lentement, le vieux traversa le terreiro de Jésus pour aller au Maciel du Haut, c'était l'heure du dîner au *château* d'Ester. Quelqu'un pourrait-il, si puissantes soient ses armées, en terminer avec le peuple entier dans la mort et dans l'esclavage, en terminer avec Rosa et sa petite-fille, avec cette perfection ? « Votre bénédiction, *meu pai* », demande la fille, presque une enfant, à la recherche du premier client de la nuit.

Les ombres enveloppent le vieux, pas titubant, dure énigme, qui lui donnera la clef de la devinette ?

Après les informations, les nouvelles de la guerre, « ces Russes sont des fortiches ! », Maluf servit la goutte, ils commentèrent la manifestation et le meeting, le courage des Anglais indomptables, l'épopée américaine dans les îles perdues d'Asie, les prouesses soviétiques. Ataufo, un pessimiste, ne considérait pas la victoire comme certaine et assurée. Loin de là. Hitler avait encore plus d'un tour dans sa manche, des armes secrètes, capables de détruire le monde.

Détruire le monde ? Si Hitler gagnait la guerre, pourrait-il tuer et esclaviser tous ceux qui n'étaient pas blanc pur, aryens éprouvés ? En finir avec la vie et la liberté, morts, nous tous, ou pire encore, esclaves, sans exception ?

La discussion prit feu, pourra, pourra pas, pourquoi il ne pourrait pas ? Ah ! s'il pouvait ! Le forgeron se fâcha :

« Même pas l'bon Dieu qui a fait l'monde peut tuer tous les gens d'un seul coup, il les tue un à un et plus il en tue, plus il en naît, plus les gens se multiplient, et ils naîtront, ils se multiplieront et ils se mélangeront, y'a pas de fils de putain qui va l'empêcher ! »

En tapant sur le comptoir sa main énorme, plus grande que celle de Manuel de Praxedes ou que celle de Zé Alma Grande, renversa le verre et c'en fut fait du reste de cachaça. Le Turc Maluf, un homme bon et solidaire, offrit une autre tournée.

Le vieux Pedro Archanjo répéta la réponse enfin entendue :

« ... ils naîtront, ils se multiplieront et ils se mélangeront, personne ne peut l'empêcher. Tu as raison, camarade, c'est comme ça, personne ne peut en finir avec nous, jamais. Personne, mon bon. »

Il était tard, il sentait encore son bras lourd, la douleur là au fond, tapie. Heureux, il dit bonsoir : à demain, mes bons, ça paie de sa peine de vivre quand on a des amis, une petite cachaça et une certitude aussi certaine. Je m'en vais, ceux qui viennent derrière fermeront les portes.

Dans l'obscurité de la ruelle, d'un pas lent, dans un dernier effort, maître Pedro Archanjo gravit le chemin, va de l'avant. La douleur le coupe en deux. Il s'appuie au mur du sobrado, roule sur le sol. Ah! Rosa de Oshalá!

De la gloire de la Patrie

L'excellent docteur Zèzinho Pinto avait bien choisi, il avait vu juste : le salon Noble de l'Institut d'histoire et de géographie, petit et imposant, était plein. En voyant une aussi illustre assemblée, le doyen de la Faculté de médecine dit à Son Excellence le gouverneur : s'il tombait une bombe à cet instant sur l'Institut, Bahia perdrait d'un seul coup le meilleur de son intelligence, capital et réserves. Effectivement, pour célébrer le centenaire de la naissance de Pedro Archanjo, se trouvaient là les figures de proue, les grands du pays. Unanimes à accomplir un devoir civique des plus agréables : célébrer une authentique gloire de la Patrie.

En ouvrant la grande session et en invitant le gouverneur à la présider, dans une petite et élégante allocution, le président de l'Institut ne résista pas au plaisir de lancer une pointe destinée aux hypocrites et aux prétentieux : « Nous sommes réunis ici pour célébrer le grandiose centenaire de celui qui nous a appris les noms complets de nos ancêtres. » En dépit de son âge avancé et de son œuvre imposante d'historien, le président Magalhães Neto était ami d'une bonne épigramme et il les rimait dans la meilleure tradition bahianaise.

La Table ayant été composée, le gouverneur donna la parole au docteur Zèzinho Pinto, propriétaire du *Jornal da Cidade*, organisateur de la séance. « En promouvant ces grandioses festivités, le *Jornal da Cidade* réalise un des points les plus importants de son programme : honorer et faire connaître les noms des hommes d'élite dont l'exemple illumine le chemin des nouvelles générations. Alertée par les trompettes du *Jornal da Cidade*, Bahia, enfin en marche sur les rails du développement et de l'industrie, vient solder sa dette de gratitude envers Pedro Archanjo, gloire de la Patrie, cote internationale. »

A sa suite, le professeur Calazans, heureux d'arriver vivant et en liberté à la fin du marathon, lut une traduction de la lettre envoyée par le grand James D. Levenson à la Commission d'honneur. Le prix Nobel, après avoir loué leur initiative, rendait compte du succès qu'avaient obtenu les traductions des livres du Bahianais, non seulement aux États-Unis — dans tout le monde savant. « La divulgation de l'œuvre de Pedro Archanjo fait de l'originale et notable contribution brésilienne à la solution du problème des races, haute expression de l'humanisme trop longtemps ignorée, un objet d'études passionnantes dans les centres scientifiques les plus divers et les plus prestigieux. »

Le docteur Benito Mariz, au nom de la Société des médecins écrivains, célébra en Pedro Archanjo avant tout le styliste au langage élégant, « pur et raffiné », qui « apprit dans la fréquentation des maîtres de la médecine à manier la science et les belles-lettres ».

Le doyen de la Faculté de médecine insista sur une thèse connue : « Pedro Archanjo appartient à la Faculté de médecine, il fait partie du patrimoine de la grande École, là il travailla et il construisit, la Faculté lui procura une ambiance favorable et des conditions propices. »

Au nom de la Faculté de philosophie personne ne parla, car le professeur Azevêdo, encore estomaqué de l'interdiction du séminaire sur la miscigénation et l'apartheid, avait refusé l'invitation : son hommage à Archanjo, c'était son livre déjà sous presse. Il expliqua ses raisons à Calazans : « Ils sont capables de me demander mon discours pour le lire et le censurer. »

« Qui ? » demanda la secrétaire du Centre d'études folkloriques, Edelweiss Vieira, toujours aussi éloignée des subtilités de langage, indispensables en des temps de vie politique confuse et de clair contrôle de la culture. Contrôle de qui ? Je vous en prie, dona Edelweiss, ne demandez plus rien, prenez la parole, occupez la tribune.

A la tribune, dans une page émouvante, Edelweiss Vieira remercia le « père des études folkloriques bahianaises » de l'immense richesse sauvée de l'oubli dans les pages de ses livres. Mulâtresse-blanche au visage rond, à la voix douce, sourire modeste, une sympathique personne, en terminant son texte de gratitude et d'amour elle s'adressa au défunt et lui demanda : « Votre bénédiction, *pai* Archanjo. »

Travaillant sur une terre défrichée par lui, parcourant les sentiers et les pistes ouvertes par l'auteur de *La Vie populaire à Bahia,* la folkloriste, parmi tant de formalisme, toute cette éloquence vide, paraissait une respectueuse fille du terreiro à genoux devant son *père-petit.* En cet instant, nettement, la figure d'Archanjo se projeta dans la salle. Un bref instant car aussitôt prit la parole l'illustre académicien Batista, orateur principal de la soirée puisque le professeur Ramos, de Rio de Janeiro, avait renoncé à venir : des motifs identiques à ceux du professeur Azevêdo. « Des susceptibilités de jeunes filles », commenta le docteur Zèzinho. Vieille pute de la politique, il lui fallait avaler des couleuvres.

Jusqu'à ce moment, tous les discours avaient été d'une longueur raisonnable, aucun n'avait dépassé une demi-heure, les orateurs obéissaient aux considérations du secrétaire général Calazans : « Une demi-heure chacun, ça fait trois heures de rhétorique, c'est le maximum que le public peut supporter. » Mais quand le bien connu Batista monta à la tribune, le désespoir s'empara de l'assistance et, s'il n'y eut pas de débandade, ce fut par égard pour le *Jornal da Cidade,* le docteur Zèzinho, la présence du gouverneur et, disons toute la vérité, à cause d'un certain sentiment de peur. Le professeur Batista était un homme en vue, responsable, disait-on, de nombreuses dénonciations et de quelques procès à des éléments subversifs. Dans ces conditions, il était libre d'abuser autant qu'il le voudrait, de multiplier les pages de son discours.

Une partie avait été écrite il y a longtemps, lors du passage de Levenson à Bahia. Elle était destinée au dîner d'hommage qu'avait refusé l'extravagant prix Nobel, plus curieux de la vie populaire et des charmes d'Ana Mercedes que de rencontrer d'éminentes personnalités. A cet introït ancien, le copieux Batista avait ajouté des chapitres se rapportant à Archanjo et à des problèmes d'un intérêt général et immédiat. Ainsi, il composa une « pièce magistrale d'érudition et de patriotisme » ainsi que la qualifia le rédacteur du *Jornal da Cidade*. Magistrale et interminable.

Un peu polémique aussi. Comme début de conversation Batista polémiqua avec James D. Levenson, prouvant que science et culture n'étaient pas l'apanage du gringo : l'orateur lui-même, s'il reconnaissait les mérites du Nord-Américain, ne craignait pas la confrontation. Il applaudit surtout chez Levenson les titres, la chaire, la réputation, la nationalité. Il critiqua sa constante hérésie scientifique, son manque de respect envers les noms consacrés, la légèreté avec laquelle il attaquait les tabous et traitait les augustes sommités de « graves charlatans ». Ensuite, il polémiqua avec Archanjo. A son avis, la cible des hommages de cette soirée n'aurait jamais dû dépasser les limites des recherches folkloriques, « bien que jalonnées d'imperfections nombreuses, elles représentent une tentative prometteuse et méritent d'être utilisées par les érudits ». Mais, en voulant marcher sur les brisées de grands savants de l'envergure de Nilo Argolo et d'Oswaldo Fontes, il écrivit des extravagances sans le moindre fondement. Il ne mena pas plus avant le thème Pedro Archanjo. Il occupa la majeure partie de son discours à louer la « véritable tradition, la seule véritablement digne de respect, la famille brésilienne et chrétienne ». Le professeur Batista avait assumé récemment la présidence de la bienheureuse Association de défense de la Tradition, de la Famille et de la Propriété, il se sentait responsable de la sûreté nationale. Œil policier aigu, il voyait partout des ennemis de la Patrie et du régime. Même certaines personnalités du gouvernement et de l'État lui étaient suspectes d'intelligence avec les forces subversives et il semble qu'il en ait dénoncé quelques-unes, je vous en prie, ne demandez pas lesquelles ni à qui, dona Edelweiss.

Tout finit un jour, ainsi le monument oratoire du redoutable Batista prit fin aux alentours de onze heures et demie du soir, la salle dans un pesant silence, un unanime malaise. De toute évidence, si Archanjo était apparu, l'orateur aurait probablement appelé les soldats.

Avec un soupir de soulagement, le gouverneur allait clore la séance :

« Si plus personne ne désire prendre la parole...

— Je demande la parole ! »

C'était le major Damiao de Souza. En retard comme toujours, les yeux injectés car, à cette heure de la nuit, il avait déjà absorbé une bonne partie de l'alcool de Bahia ; il avait pénétré dans la salle au début du soporifique discours du virtuose Batista. Il était accompagné d'une mulâtresse mal vêtue, dans un état de grossesse avancée, mal à son aise dans cette ambiance select. Le Major ordonna au poète et sociologue Pena :

« Barde ! cède ta chaise à cette pauvre femme qui attend le petit, elle ne peut pas rester debout. »

Fausto Pena s'était levé et, avec lui, solitaire et tendre, se leva une jeune poétesse, nouvelle recrue de la « Colonne de la Jeune Poésie », la dernière protégée du poète.

« Assieds-toi, ma fille », dit le Major à la mulâtresse.

Lui-même s'assit sur l'autre siège libre, il jeta un coup d'œil sur l'orateur et immédiatement s'endormit. Il se réveilla aux applaudissements, à temps pour demander la parole.

A la tribune, après un regard mélancolique sur le verre d'eau minérale — « quand offriront-ils de la bière ? » — il s'adressa aux autorités et à ce « bouquet de talents » réunis là pour fêter Pedro Archanjo, maître du peuple, et le maître aussi du Major à qui il avait appris à lire, un savant qui s'était fait lui-même, à force d'efforts, un des grands hommes de Bahia qui formait, avec Ruy Barbosa et Castro Alves, la « Suprême Trinité du Génie ». Après le sinistre discours de Batista, plein de sous-entendus et de menaces, les paroles du Major, grandiloquentes, baroques, bahianissimes, rendaient à nouveau l'air respirable, elles reçurent de chaleureux applaudissements de l'auditoire. Le Major tendait les bras, dramatique : « Très bien, mesdames et messieurs ! Tous ces hommages rendus à Archanjo dans le cours du mois de décembre, tout cela est juste et merveilleux, mais...

— Si quelqu'un enflamme une allumette devant sa bouche, elle prend feu... », murmura le président de l'Institut au Gouverneur, mais il le dit avec une immense sympathie, plutôt mille fois la voix rauque et les relents de cachaça du Major que la voix mielleuse et le regard hypocrite du sobre Batista.

Bras ouverts, voix larmoyante, le Major arriva à la péroraison : tant de fêtes, tant de discours, tant d'éloges à Archanjo, il méritait tout ça et beaucoup plus mais voilà le revers de la médaille ! La famille, les descendants d'Archanjo, ses parents, eux, mouraient de misère, végétaient dans le plus grand dénuement, dans la faim et dans le froid. Ici même, mes charitables dames, mes illustres messieurs, dans cette salle en fête, grandiose, ici même se trouvait une parente très proche d'Archanjo, une mère de sept enfants, bientôt huit, une veuve qui pleurait encore la mort d'un époux chéri, qui avait besoin d'un médecin, d'un hôpital, de remèdes, d'argent pour nourrir ses petits... Là, dans cette salle où l'on entendait tant d'éloges à Archanjo, là...

Il montrait la mulâtresse sur sa chaise :

« Lève-toi, ma fille, mets-toi debout pour que tout le monde voie dans quel état se trouve une descendante, une parente très proche de l'immortel Pedro Archanjo, gloire de Bahia et du Brésil, gloire de la Patrie ! »

Debout, tête basse, sans savoir que faire de ses mains, où regarder, le ventre en avant, des chaussures déformées, une robe sans couleur, une infinie pauvreté. Quelques personnes se dressèrent de leur chaise pour mieux voir.

« Mesdames et messieurs, au lieu d'adjectifs et d'éloges, je vous demande maintenant la charité d'une obole pour cette pauvre femme dans les veines de qui coule le sang d'Archanjo ! »

Cela dit, il descendit de la tribune, son chapeau à la main. Commençant par la table de la présidence, il passa dans les rangs et quêta auprès de tous les assistants. Quand il arriva au fond de la salle, le gouverneur déclarait la séance levée « dans le méritoire exercice de la charité chrétienne », et le Major déversa sur les genoux de la femme bouche bée les billets de valeurs diverses, tout l'argent. Il vida le chapeau et, prenant le bras d'Arno Melo, il lui proposa :

« Mon bon, viens m'offrir une bière, j'ai le gosier sec et je suis fauché. »

Ils allèrent au bar Bizarria. Eux deux et Ana Mercedes au bras d'Arno, elle avait finalement jeté l'ancre dans le port de la promotion et de la publicité. Une révélation impressionnante : il n'y avait pas de client qui résiste à ses arguments. Dans la rue, Arno demanda au Major : laissez-moi le temps de l'embrasser, il y a trois heures que je ne sens pas la saveur de ses lèvres et j'ai entendu tant d'âneries que je n'en peux plus, je vais mourir si je ne le fais pas. Va, mon cher, mais fais vite, n'oublie pas que la bière attend. Ensuite, si tu veux, je t'indiquerai un *château* discrétissime, du temps d'Archanjo.

Tandis que la salle se vidait, le professeur Fraga Neto, bouc et moustache blancs, un vieillard encore droit et polémiqueur, s'approcha de la parente pauvre et très proche d'Archanjo :

« J'ai été l'ami de Pedro Archanjo, mais je ne savais pas qu'il avait de la famille, qu'il avait laissé des descendants. Vous êtes la fille de qui ? Quel est votre degré de parenté ? »

Encore troublée, serrant contre elle le sac à deux sous où elle avait mis les billets — elle n'avait jamais vu tant d'argent de sa vie ! — la mulâtresse regarda ce vieillard curieux devant elle :

« Mon bon monsieur, je ne sais rien de tout ça. Cet Archanjo, je ne l'ai pas connu, je ne sais pas qui c'est, j'en ai entendu parler aujourd'hui pour la première fois. Mais le reste, c'est tout exact : le besoin, les enfants petits, il n'y en a pas sept mais quatre, oui, monsieur ! mon homme n'est pas mort mais il est parti et il m'a laissée sans le sou... Alors je suis allée trouver le Major, lui demander de l'aide. Je l'ai découvert au bar Triunfo, il m'a dit qu'il n'avait pas d'argent, mais que je vienne avec lui, il allait arranger tout ça. Il m'a amenée ici... » elle sourit et passa la porte ; malgré son état, elle roulait des hanches, d'un pas chaloupé comme celui de feu Archanjo.

Le professeur Fraga Neto sourit aussi, il hocha la tête. Depuis l'idée primitive de Zèzinho Pinto jusqu'aux ultimes paroles du discours de Batista Tradition et Propriété — un âne dangereux ! — dans ces commémorations tout n'avait été que farce et duperie, un chapelet de non-sens. Peut-être l'unique vérité avait-elle été l'invention du Major, la mulâtresse enceinte et affamée, misérable et rouée, fausse parente, parente véritable, de la race d'Archanjo, de l'univers d'Archanjo. Il répéta de mémoire : « L'invention du peuple est l'unique vérité, personne ne parviendra jamais à la nier ou à la corrompre. »

« *Du territoire magique et réel* »

Au Carnaval de 1969, l'école de samba « Les Fils du Tororó » porta dans les rues le spectacle « Pedro Archanjo en Quatre Temps », il obtint un grand succès et quelques prix. Au son du samba du jour, de Waldir Lima, vainqueur de cinq excellents concurrents, l'élite des compositeurs, l'école défila dans la ville en chantant :

> *Écrivain bouleversant*
> *Réaliste sensationnel*
> *Tu as ébloui le monde*
> *Oh ! Pedro Archanjo génial*
> *Et ta vie en quatre temps*
> *Nous chantons à ce Carnaval.*

Finalement, Ana Mercedes put être Rosa de Oshalá et elle n'eut rien à lui envier en grâce et en piquant — croupe frémissante, seins libres sous la blouse de cambrai et de dentelles, regard langoureux qui réclamait un lit et un spectre compétent — parce que cette mulâtresse n'est pas pour un oiseau déplumé — elle rendit fou le peuple et la place tout entière. Qui ne rêva de ses cuisses longues, de son ventre lisse, du nombril offert ? Ivrognes et masques se jetaient à ses pieds dans sa danse.

Ana Mercedes apparaissait parmi les principaux danseurs de gafieiras et chacun d'eux représentait un personnage du spectacle : Lídio Corró, Budiao, Valdeloïr, Manuel de Praxedes, Aussá et Paco Muñoz. Sur le char allégorique, l'Afoshé des Fils de Bahia, l'Ambassadeur, le Danseur, Zumbi et Domingos Jorge Velho, les nègres des Palmares, les soldats de l'Empire, le commandement de la lutte. Ils défilaient en chantant :

> *Du territoire magique et réel*
> *Grandeur de l'intelligence nationale*
> *Il tira des êtres et des choses*
> *Un lyrisme spontané.*

Kirsi, de neige et de blé, vêtue en étoile du berger, en tête de la pastorale, si blonde et si blanche, venue de Scandinavie. Des dizaines et des dizaines de femmes, une grande partie de l'élite féminine qui comporte des beautés, des étoiles, des princesses, et des femmes quelconques de la plus grande qualité, toutes dans des poses sensuelles sur un lit colossal qui occupait à lui seul un des chars, celui peut-être du plus grand effet. Précédant ce tableau vivant le maître de cérémonie brandit une pancarte avec le titre de cette allégorie qui réunit tant de femmes sur une couche immense et infinie : LE DOUX OFFICE DE PEDRO ARCHANJO. Elles étaient toutes là dans les conversations et dans les rires, les concubines, les commères, les filles de joie, les femmes mariées, les donzelles, les Noires, les Blanches, les mulâtresses, Sabina dos Anjos, Rosenda, Rosália, Risoleta, Terência pensive, Quelé, Dedé, à chacune son tour. Du lit, elles partaient demi-nues pour la ronde du samba :

> *Gloire gloire*
> *Au mulâtre brésilien*
> *Contemporain*
> *Gloire gloire.*

Dans les tambours, les clochettes, les sonnailles et les calebasses, le candomblé des initiées, des iaôs et des orishás. Procópio reçoit le fouet dans le bal sinistre des policiers, Ogun, immense nègre de la taille d'une maison, met en fuite le commissaire auxiliaire Pedrito Gordo, courant dans les rues et pissant de peur. Il poursuit son invincible danse.

Les lutteurs de capoeira échangent des coups mirifiques, Mané Lima et la grosse Fernanda dansant le maxixe et le tango. La vieille femme, ombrelle déployée, jupon à volants et rythme de french-cancan, c'est la comtesse Isabel Tereza Martins de Araújo e Pinho, Zabel pour les intimes, princesse du Recôncavo, demi-mondaine de Paris.

Avec ses cornes de diablesse, environnée de flammes de papier rouge, Dorotéia annonce la fin du cortège, disparaît dans un brasier de soufre.

> *Chantons la gloire obtenue*
> *Dans ses grandes équipées*
> *Dans ce monde du bon Dieu*
> *Tout ce qu'on voit sur l'avenue*
> *Ce sont des histoires vécues*
> *Dans ses livres racontées.*

Lutteurs de capoeira, filles-de-saint, iaôs, bergères, orishás, la Pastorale des Rois et l'Afoshé, étoiles du samba et belles, chantent, dansent et se déploient. Maître Pedro Archanjo Ojuobá réclame le passage :

> *Gloire gloire.*
> *Gloire gloire.*

Pedro Archanjo Ojuobá vient en dansant, il n'est pas un, il est plusieurs, innombrable, multiple, vieux, quadragénaire, jeune homme, adolescent, coureur, danseur, beau parleur, franc buveur, rebelle, séditieux, gréviste, bagarreur, joueur de viole

et de guitare, amoureux, tendre amant, étalon, écrivain, savant, un sorcier.
Tous pauvres, mulâtres et miséreux.

Villa Moreira, dans la maison fraternelle de Nair et Genaro de Carvalho, Bahia, de mars à juillet 1969.

GLOSSAIRE

Abará, gâteau fait de farine de haricots noirs, crevettes sèches hachées, piment, frit dans l'huile de palme et servi enroulé dans une feuille de bananier.
Acalanto, berceuse.
Acarajé, petit beignet qui ressemble à l'abará.
Adarum, dans le candomblé, rythme très rapide qui provoque la transe.
Agogô, clochette double que l'on frappe avec une baguette.
Aluá, boisson faite de farine de riz ou de maïs grillé, d'eau et de sucre, que l'on laisse fermenter dans des pots de terre.
Amalá, plat rituel que l'on offre à Shangô.
Ashé, force divine dans le culte du candomblé et objet qui est le support de cette force.
Ashéshé, cérémonie pour les morts dans les cultes afro-brésiliens.
Ashogun, sacrificateur dans les cultes afro-brésiliens.
Atabaques, tambours rituels. On en joue en frappant de la paume des mains.
Azulejos, céramiques bleues et blanches d'origine arabe, introduites par les Portugais.
Babalaô, père-de-saint, prêtre du candomblé.
Batuque — batucada, rythme de tambours, et aussi danse qu'accompagne ce rythme.
Berimbau, arc musical en bois dont la caisse de résonance est faite d'une petite calebasse. Il accompagne la danse de la capoeira.
Bicho — Jôgo do bicho, littéralement : bête, jeu de la bête. Jeu de hasard très populaire au Brésil. Il consiste en des paris sur des nombres ou des combinaisons de

nombres, chaque nombre correspondant à un animal. *Bicheiro*, ou banquier, celui qui reçoit les mises et effectue les paiements.

Bori, cérémonie de purification dans le candomblé.

Bumba-meu-boi, fête populaire de certaines régions du Brésil; danse théâtrale à laquelle participent des marionnettes géantes.

Caboclo, métis de Blanc et d'Indien — par extension paysan du nordeste brésilien. Et aussi, divinité indigène dans certains types de candomblés.

Cachaça, alcool de canne.

Cafuné, dans le nordeste brésilien, coutume qui consiste à gratter légèrement la tête de quelqu'un avec les ongles.

Candomblé, religion des Noirs de Bahia au rituel complexe et aux cérémonies somptueuses. Le même mot désigne également les cérémonies et les sanctuaires où elles se déroulent.

Capoeira, lutte africaine importée au Brésil par les Noirs d'Angola. Elle est devenue une sorte de danse ou de jeu athlétique. Elle est accompagnée de chants et de rythmes au berimbau. (*Capoeiristas* : joueurs de capoeira.)

Caruru, plat bahianais composé de légumes appelés quiabos, de crevettes, de poisson, le tout baignant dans l'huile de palme.

Cavaquinha, petite viole à quatre cordes.

Caxixi, instrument rythmique — sorte de grelot qui renferme des graines.

Château, un des termes pour désigner un bordel à Bahia.

Cocada, gâteau à base de noix de coco râpée et de sucre caramélisé.

Cucumbi, ensemble défilant dans les rues durant le carnaval.

Deká, la prise de pouvoir par le père ou la mère-de-saint.

Dendê, huile de palme, très employée dans la cuisine bahianaise.

Desafio, défi — joute entre deux chanteurs qui improvisent alternativement.

Docteur, on appelle « docteur » au Brésil tout diplômé d'une école supérieure et, par extension, tout homme d'un certain rang social.

Ebó, offrande à une divinité de culte afro-brésilien.

Efó, plat bahianais fait de crevettes et de légumes, assaisonné d'huile de palme et de piment.

Egun, esprit des morts.

« *Eparrei!* », cri de salutation à Yansan.

Eshu, esprit du candomblé au rôle ambigu ; on le représente sous la forme d'un diablotin tenant une lance et un trident.
Euá, déesse du candomblé.
Fazenda, grande propriété terrienne. (*Fazendeiro* : propriétaire d'une fazenda.)
Figue, amulette porte-bonheur figurant une main fermée laissant sortir le pouce entre l'index et le médius.
Fille-de-saint — *fils-de-saint*, celui ou celle qui, au cours d'une cérémonie du candomblé, a « reçu » le saint, qui a été possédé par lui, ce qui se traduit par l'entrée en transe.
Gafieira, bal populaire.
Ganza, instrument rythmique : hochet en laiton souvent cylindrique.
Gringo, on appelle ainsi un étranger.
Iabá, diablesse dans la mythologie populaire du nordeste du Brésil.
Iakekerê, assistante de la mère-de-saint.
Iansã — ou *Yansan*, déesse du candomblé.
Iaôs, les épouses des dieux, c'est-à-dire les filles ayant subi le rituel de l'initiation.
Ibejis, les jumeaux sacrés des Yoroubas.
Ifá, dieu yorouba de la divination.
Iyolorishá, grande prêtresse du candomblé.
Janaïna, déesse de la mer, un des noms de Yemanjá.
Kelê, collier très court mis au ras du cou de l'initiée : il marque sa sujétion à l'orishá.
Lundu, forme musicale chantée, puis danse, importée du Portugal.
Macumba, cérémonie fétichiste d'origine africaine qui n'est pas codifiée comme le candomblé. (*Macumbeiro* : adepte de la macumba.)
Mãe, mère.
Maxixe, danse.
Mère-de-saint ou *père-de-saint*, terme populaire pour désigner le grand prêtre ou la grande prêtresse d'un candomblé.
Moqueca, sorte de bouillabaisse très épicée.
Nagô, désigne ici une des formes du rituel du candomblé, d'origine yorouba.
Obá, titre donné dans le candomblé à un prêtre de Shangô.
Obaluâê, divinité afro-brésilienne.
Ogan, protecteur civil du candomblé.
Ogun, *orishá* (ou divinité) des métaux et aussi de la guerre.

Omolu, divinité des maladies.
Orishá, saint ou esprit, divinité du candomblé.
Oshalá, divinité du ciel, le plus grand des orishás.
Osholufan, Oshalá le Vieux.
Oshossi, orishá des chasseurs représenté avec un arc et des flèches.
Oshum, déesse des eaux douces, de l'amour et de la beauté.
Oshumaré, divinité de l'arc-en-ciel symbolisée par le serpent.
Ossain, divinité des plantes et des herbes médicinales.
Pai, père.
Pashorô, longue hampe d'argent, insigne d'Oshalá.
Pé-de-moleque, sorte de nougat noir fait de cacahuètes grillées et de sucre caramélisé.
Rum, rumpi, lé, trois tambours rituels du candomblé.
Saudades, regrets, nostalgie.
Senzala, maison d'esclaves au Brésil au temps de l'esclavage.
Seu, diminutif populaire de *senhor* (monsieur).
Shangô, dieu du tonnerre, un des orishás les plus puissants.
Sinhá, diminutif populaire de *senhora* (madame).
Sobrado, grande maison de style colonial portugais.
Terreiro, autre terme pour désigner un candomblé en même temps que l'enceinte qui lui est réservée.
Vatapá, plat bahianais : purée de farine de manioc assaisonnée d'huile de palme, de piment et mélangée à du poisson.
Xaorô, grelot attaché à une des chevilles de l'initiée au cours de la réclusion rituelle durant l'initiation.
Xareu, grand filet de pêche.
Yemanjá, déesse de la mer représentée sous la forme d'une sirène.

TABLE

Comment le poète Fausto Pena, bachelier ès sciences sociales, fut chargé d'une enquête et la mena à bien 23

De l'arrivée au Brésil du savant nord-américain James D. Levenson et de ses implications et conséquences 30

De la mort de Pedro Archanjo Ojuobá, et de son enterrement au cimetière de Quintas 43

De notre poète et chercheur dans sa condition d'amant (et cocu) avec un échantillon de sa poésie 65

Où l'on traite de gens illustres et distingués, d'intellectuels de grande classe, dont quelques-uns savent ce qu'ils disent 74

Où il est question de défilés de carnaval, de batailles de rues et autres merveilles, avec des mulâtresses, des négresses et une Suédoise (qui en vérité était finlandaise) 93

Où Fausto Pena, incorrigible arriviste, reçoit un chèque (petit), une leçon et une proposition 134

Comment la société de consommation promut les commémorations du centenaire de Pedro Archanjo, capitalisant sa gloire, lui donnant sens et importance 138

Où l'on parle de livres, thèses et théories, de professeurs et de trouvères, de la reine de Saba et de la iaba, et, parmi tant d'inconnues, où l'on pose une devinette et l'on exprime une opinion osée 160

Où Fausto Pena raconte son expérience théâtrale et autres tristesses 205

Où Pedro Archanjo est un prix et le thème d'un prix avec des poètes, des publicistes, des institutrices et le Coquin Crocodile 212

De la bataille civile de Pedro Archanjo Ojuobá et comment le peuple occupa la place 228

Philosophant sur le talent et le succès, Fausto Pena se retire : il était temps 358

De la question et de la réponse 365

De la gloire de la Patrie 396

« Du territoire magique et réel » 404

Glossaire 409

DU MÊME AUTEUR

Aux Éditions Stock :

Les deux morts de Quinquin-la-flotte.
Les Pâtres de la nuit.
Dona Flor et ses deux maris.
Gabriela, girofle et cannelle.
Tereza Batista.
La Boutique aux miracles.
Tieta d'Agreste.
La Bataille du Petit Trianon.
Le Chat et l'Hirondelle.
Le Vieux Marin.
Cacao.
Tocaïa grande.

Composition réalisée par EURONUMÉRIQUE

IMPRIMÉ EN ALLEMAGNE PAR ELSNERDRUCK
Dépôt légal Édit. : 16684-11/2001
LIBRAIRIE GÉNÉRALE FRANÇAISE - 43, quai de Grenelle - 75015 Paris.
ISBN : 2-253-93282-5   ◈ 42/3282/3